PHILOSOPHIE

TERMINALE

NOUVEAUX PROGRAMMES !

Pierre Benoit

Agrégé et docteur en philosophie.
Enseigne la philosophie à Nice au lycée Guillaume Apollinaire et est chargé de cours à l'Université Côte d'Azur

ellipses

Collection « Objectif Mention Très Bien »

Retrouvez les titres de la collection
et des extraits des livres sur http://www.editions-ellipses.fr

ISBN 9782340-039377

32, rue Bargue 75740 Paris cedex 15

www.editions-ellipses.fr

Table des matières

Deuxième perspective. Morale et politique

Troisième perspective. La connaissance

Méthode de la dissertation

Introduction

Je vous propose un exposé développé de la méthode de dissertation. Pour l'utiliser utilement il n'est pas nécessaire d'en faire la lecture exhaustive. Plutôt, intégrez la vision globale que la table des matières propose et formez-vous en piochant point par point.

La dissertation est l'exercice clé de l'expression philosophique en France. C'est une méditation réglée visant à donner une réponse justifiée et fondamentale à une question en surmontant des objections présentes dans la culture.

La réussite en terminale dépend de critères simples : une conceptualisation rigoureuse et évolutive, des exemples précis et analysés, une problématique justifiée et constante, la progression méthodique du raisonnement, l'enracinement d'une pensée personnelle dans une culture philosophique maîtrisée et pas seulement anecdotique, le dépassement d'objections clairement énoncées et justifiées, la qualité de la rédaction et, enfin, la clarté de la forme.

Sachant que votre but est d'obtenir une mention très bien, et pas seulement de poser les bases de la dissertation, je rappellerai pour mémoire ces bases en vue essentiellement de les approfondir dans des exercices. L'ordre de la méthode ne sera donc pas élémentaire mais il demeurera pédagogique en s'adressant à des candidats inexpérimentés ou insatisfaits des éléments méthodologiques dont ils disposent.

La visée est pratique.

I. Analyse du sujet et conceptualisation

Vous recevez un sujet : il s'agira de le comprendre dans son sens philosophique. Par exemple le sujet, « la santé est-elle nécessaire au bonheur ? ». Il ne s'agit pas seulement d'avoir une intuition de sa signification complète, en évitant les contresens, en s'assurant d'une compréhension lexicale des mots « bonheur », « santé », « nécessaire », et de la copule « est » dans une interrogation, en se contentant d'un passage par un dictionnaire de la langue française. La philosophie ne se contente pas de l'usage ordinaire des mots mais elle vise à clarifier leur véritable usage, leur usage légitime pour la raison. Pour cela vous devez réaliser une analyse conceptuelle du sujet. Le but de l'analyse est la conceptualisation philosophique du sujet.

1. Conceptualisation

Un concept est un mot ou une expression réfléchie et justifiée. Vous recevez le mot par le sujet, et vous devrez le réfléchir et le justifier. C'est l'objet d'un processus réflexif et critique qu'est la conceptualisation. Son point de départ est une définition d'usage du mot (on la trouve dans un dictionnaire) et son terme est la définition conceptuelle. Ses intermédiaires sont des distinctions entre plusieurs définitions. On le constate dans l'exemple suivant.

→ Le mot « liberté » désigne dans l'usage courant « **la capacité à faire un choix** » **(déf. 1)**, synonyme de « libre arbitre ». Mais, pour que le choix soit authentique, encore faut-il qu'il soit éclairé. La liberté ne se contente pas de se constituer comme « libre arbitre ». Encore faut-il qu'elle soit éclairée rationnellement et se donne comme « liberté rationnelle », de sorte que la liberté serait « **le choix éclairé par la raison** » **(déf. 2)** (Descartes ou Spinoza). Mais si la liberté choisit, c'est qu'elle est déjà en prise avec le monde et avec les règles de la raison, de sorte qu'elle acquiesce à ces deux instances pour se constituer. Elle n'est donc pas d'abord une capacité de choix mais un « **consentement au réel** » (Aimé Forest) **(déf. 3)** comme consentement à ses propres conditions de possibilité. Cependant, consentir c'est adhérer et choisir d'une façon antérieure à tout choix réfléchi. Le consentement c'est l'existence libre manifestant que la liberté est comme homogène à l'existence. La liberté n'est pas un qualificatif mais l'existence même, comme le dira Sartre : « l'homme n'est pas libre, l'homme est liberté ». **La liberté c'est alors l'existence comme rapport interprétatif à soi et au monde (déf. 4)**. Or, la conscience qu'à l'homme de lui-même est conditionnée par son rapport à autrui. Sartre dira ainsi que « autrui est un médiateur entre moi et moi-même ». De sorte que la liberté est aussi fondamentalement une responsabilité avec et pour autrui. Elle comporte une dimension éthique. **La liberté c'est la responsabilité (déf. 5)**. Or, cette responsabilité passe par des moyens présents dans un monde commun régi par des lois. C'est pourquoi, en dernier ressort, la liberté est politique : elle se trouve dans **le pouvoir de faire ce que les lois commandent (déf. 6)**, dira Montesquieu. Certes, l'homme est un « animal politique » (Aristote) mais c'est parce qu'il est doué de raison et de langage. La politique est une œuvre de la parole et elle n'a de sens que comme œuvre de l'homme pour l'homme. En conséquence, **la liberté, c'est le pouvoir d'être humain (déf. 7)**.

Il existe donc un chemin entre la définition 1 et la définition 7 qui passe par une réflexion sur le sens de chaque définition, une critique portant sur sa valeur, la proposition de distinctions conceptuelles (par exemple entre la liberté comme libre arbitre ou comme rationalité) et une définition nouvelle. Ce chemin est **la conceptualisation**. C'est un processus réflexif et discursif qui s'effectue progressivement dans une copie de sorte que la définition d'un mot ou d'une expression soit toujours maîtrisée et en prise avec ce qu'elle tente de dire. Par conséquent la définition conceptuelle n'est ni une définition technique (toujours la même), ni une définition de l'usage courant. C'est pourquoi la philosophie n'a pas de langue technique mais un rapport réfléchi et maîtrisé à la langue.

2. La structure d'un concept

Un concept est un mot ou une expression avec un sens plein. Comme tout ce qui a du sens, un concept se situe dans le domaine de la langue (un mot ou une expression). Il s'appuie sur trois sources fondamentales du sens : le réel, la pensée et la culture.

C'est pourquoi un concept se réfléchit par des exemples, des idées et des références. Le schéma suivant représente le concept comme un triangle dont le centre est un mot ou une expression et les trois côtés, ses trois constituants : idée, exemple, culture.

La conséquence est que chaque mot d'un sujet doit se référer à des exemples, des idées et des références philosophiques.

→ Par exemple dans le sujet « la santé est-elle nécessaire au bonheur ? ». Le mot « bonheur » peut désigner un sentiment de plaisir lié à un objet, comme le fait de manger ou de boire (exemple). Comme l'écrit Épicure dans la Lettre à Ménécée, « le plaisir est le principe du bonheur ». Et le bonheur est l'absence de douleur dans la satisfaction d'un besoin naturel et nécessaire. Mais si le bonheur est, à la différence d'une expérience, un état de bien-être durable, alors il accompagne toutes les expériences et l'existence même. Il engage un rapport réfléchi à l'existence et l'acquisition des vertus pour trouver un équilibre dans nos expériences. Ainsi, pour Aristote, la tempérance régule notre rapport aux plaisirs sensible, en particulier dans la nourriture et la sexualité, en gardant une mesure raisonnable. À chaque fois se trouvent des exemples, des idées et des références. Le concept de bonheur trouve une justification dans une théorie philosophique, il s'appuie sur des réalités et est réfléchi dans son sens et son expression, ce qui conduit à des distinctions (expérience du bonheur, bonheur vertueux, par exemple).

3. Circularité de l'analyse

Nous disions précédemment que la conceptualisation était un processus dynamique d'évolution réflexive d'une définition. Dans l'analyse du sujet, cette dynamique est circulaire. Elle part du mot extrait du sujet et revient au sujet dans un processus cyclique. Car le but de l'analyse, nous le répétons, est de conceptualiser le sujet. Il faut donc sans cesse que l'analyse du mot fasse retour à la totalité du sujet et soit contextualisée.

→ Donnons un exemple de cette circularité Dans le sujet « la santé est-elle nécessaire au bonheur ? », la santé désigne l'état d'intégrité, de fonctionnalité et de bien-être du corps. On se demande ainsi si le bonheur de l'homme, qui est un être d'esprit, un être conscient et libre, peut se résoudre dans l'expérience de la santé du corps. Cette santé indique la possession de tous les organes dans un état de fonctionnement et de plaisir. Cet état est relatif, variable, conditionné, inégal selon les personnes. L'homme, comme être moral semble avoir d'autres intérêts que celui de la seule santé, d'autant qu'il est prêt à l'hypothéquer dans certaines circonstances héroïques, en particulier. Plutôt que « nécessaire », la santé semble « souhaitable ». Plus que d'intégrité absolue, il s'agit d'une fonctionnalité finalisée par une volonté. Ce n'est pas le bien-être mais le bien agir. Il s'agira alors de distinguer entre la santé du corps et la santé de l'âme. L'intégrité de l'âme peut, de fait, engager un sacrifice de la santé du corps. Qu'est-ce que la santé, lorsqu'il s'agit de l'âme ? Peut-être la possession de toutes ses facultés, un sentiment intérieur de bien-être ou encore une vie vertueuse et digne. La santé équivaudrait à une vie heureuse. C'est ainsi qu'Épicure la définit. Mais la vie morale peut se distinguer de la vie heureuse. En ce sens la dignité n'est pas identique au bonheur, remarquait Kant contre Aristote.

Relisons cette démarche circulaire. Nous sommes partis d'une définition ordinaire. Nous avons fait évoluer cette définition en tenant compte du contexte du sujet, en procédant à des distinctions, en questionnant, en proposant des problématiques.

Cette démarche serait à opérer avec chaque mot de manière à les conceptualiser.

4. Analyse exploratoire

On le constate, la dynamique de l'analyse est ce qui va permet d'explorer le sujet et ainsi de progresser dans l'intelligence conceptuelle et problématique qu'on peut en avoir. Beaucoup d'élèves se contentent trop de définir les mots dans le lexique courant au lieu d'avoir cette analyse dynamique. Certes, ils s'assurent ainsi de ne pas se tromper sur les mots, mais ils ne parviennent pas à une intelligence réfléchie du sujet. Le risque est souvent d'enfermer le mot dans son premier sens courant alors que la réflexion dynamique permet d'en ouvrir les sens divers.

Une analyse exploratoire bien menée permet d'accéder au contenu du sujet. Elle anticipe le contenu ultérieur de votre développement puisque vous y amenez des définitions, des références, des exemples, des questions. Elle constituera le réservoir de votre travail ultérieur.

II. La problématisation et la problématique

La **problématisation** désigne le processus de justification d'une question sur la base de l'opposition rationnelle et réfléchie entre deux ou plusieurs réponses possibles à un sujet. La question ainsi justifiée constitue la **problématique** du sujet.

La problématisation est donc le processus permettant de passer d'un sujet (une notion, un couple de notion, une citation, une question) à une question-problématique. Pourquoi passer d'une question-sujet, à une question-problématique ? Pourquoi passer d'une question à une question ? Et pourquoi pas alors problématiser la question-problématique pour en atteindre une autre, et ainsi de suite, indéfiniment ? Il s'agit de passer en fait d'une question de curiosité (le sujet) à une question rationnellement maîtrisée et clarifiée. Le travail rationnel étant fait, il n'est pas nécessaire de le réitérer immédiatement. La problématisation permet ainsi d'aborder le sujet de manière réflexive et critique, en évitant d'aller trop vite vers une réponse dogmatique. Elle est ainsi à la fois la condition d'une pensée maîtrisée rationnellement et d'une pensée libre. Elle repose, évidemment, sur la qualité de la conceptualisation qui constitue le moment rationnel initial du traitement du sujet déterminant les conditions d'expression de la réflexion.

La problématique, quant à elle, possède deux fonctions principales. La première est de pointer l'enjeu du sujet. La seconde est de constituer le fil directeur de la dissertation ou d'un sujet-texte. L'**enjeu** du sujet est, finalement, ce qu'il faudra décider dans un processus rationnel pour pouvoir proposer une réponse satisfaisante au sujet en dépassant les oppositions.

L'**enjeu** du sujet est déterminé aussi par une interrogation sur les présupposés rationnels du sujet. Le présupposé, est la condition fondamentale du sens du sujet.

→ Prenons un exemple de manière à donner corps à ces mots encore abstraits concernant le sujet « la santé est-elle nécessaire au bonheur ? ».
Il semble que la santé corresponde à l'intégrité des conditions de la vie humaine (**Thèse initiale**). Elle vise la conservation de la vie contre la maladie, la souffrance et la mort. Elle est reconnue comme une valeur tant corporelle que psychique au regard de la vie comme valeur suprême. Le bonheur constitue la vie dans son état d'achèvement et d'ordre. Le bonheur réclamant toutes les puissances vitales pour les mener à leur état de perfection et de plaisir, il demande alors la santé. La santé s'impose alors comme norme du bonheur (voir Aristote dans l'*Éthique à Nicomaque*). *Ici, le présupposé est que le bonheur accomplit la vie naturelle et réclame donc leur force dans leur intégrité.*
Mais (ainsi commence **l'opposition**), faire de la santé la condition nécessaire de la vie heureuse, c'est oublier que le bonheur est une concentration de l'individualité sur un objet. C'est une orientation libre de l'existence, distincte de la conservation des puissances vitales. La dimension tragique et individuelle de l'existence va jusqu'au sacrifice de soi. En ce sens, la condition existentielle du bonheur est contraire à celle de la préservation des puissances vitales. L'existence, comme rapport libre et individuel à la vie, semble plus que la vie et donc le bonheur de l'existence ne peut avoir pour condition nécessaire la santé. (**Thèse opposée**).

→ On constate ici une **alternative** entre la thèse aristotélicienne et la thèse existentialiste à propos de la place de la santé relativement au bonheur. Quel est son enjeu ?
On se demande donc si la vie heureuse fait de la vie intègre sa condition suprême ou s'il existe des conditions morales du bonheur supérieures à la vie elle-même ? En ce sens, la résistance à la mort est-elle l'action qui doit constituer le sens de notre propre vie ? Au contraire, la santé est-elle un bien dépassable par la vie même ? Y a-t-il des valeurs productrices de bonheur supérieures à la vie intègre ? Peut-on à la fois vivre sa vie, la donner, et vouloir la conserver par la santé ? Peut-on vivre sa vie sans intégrer le risque de la mort et la maladie dans l'action ? Une vie heureuse n'est-elle pas celle où la santé est risquée ? À quelle valeur s'attache le bonheur ?

Expliquons rapidement cela. Le questionnement semble en effet s'exprimer de façon intuitive. Il s'agit en réalité d'un raisonnement rigoureux : la santé est la vie intègre et conservée contre la mort ; or, la vie en son action heureuse est liberté et la liberté est l'engagement de la vie et non sa conservation ; pourquoi la vie heureuse est-elle plus que la santé ? À quelle valeur supérieure s'attache le bonheur ? Quelle relation faire entre la conservation de la vie et l'exercice de la vie ?

Vous constatez donc que la problématique est une question qui résulte d'une déduction et d'une justification et pas seulement qu'un questionnement désordonné.

III. Construire le plan d'une dissertation

À partir de l'identification de la question problématique il est possible d'envisager un plan de dissertation. Deux plans se présentent ordinairement. Les deux permettent d'obtenir la note maximale au baccalauréat. Mais le second est le plus intelligent et le plus porteur d'une démarche philosophique problématisée. Je vais vous exposer les deux en distinguant le plan général et la démarche du plan détaillé.

1. Le plan dialectique

A. Le plan général

Le premier plan résulte de l'organisation précédente : la thèse initiale (TI) se présente en première partie ; la thèse opposée (TO) en seconde partie et la question problématique est traitée pour elle-même en troisième partie à partir de la proposition d'une hypothèse (Hyp) répondant à la question problématique (QP). En faisant cela, le plan se trouve rapidement, simultanément à la problématique.

Dans ce cas, chaque partie énonce une thèse (TI, TO, Hyp) que les paragraphes successifs argumentent dans une progression allant généralement des faits aux principes, et en anticipant des objections au cours de l'argumentation.

Pour l'énoncer, il faut constituer une phrase par partie qui associe la thèse et son argument principal. L'exception est l'énoncé de l'hypothèse qui est précédé par l'énoncé de la question problématique à laquelle elle répond.

→ Par exemple, concernant le sujet : « Existe-t-il une nature humaine ? ». La thèse initiale (TI) soutient que la nature humaine se veut le principe de de l'homme. MAIS, la thèse opposée (TO) dit que, l'homme étant libre on ne peut en rendre compte en référence à un principe de détermination, une nature. On énonce alors la question problématique (QP) : « Quelle est la pertinence de la notion de « nature humaine » ? » à laquelle on répond par une hypothèse (Hyp.) : « La nature humaine possède une fonction critique et éthique ». Ce plan est donc schématisé ainsi : I/ TI ; II/ TA ; III/ QP+Hyp.

B. Le plan détaillé

Une fois le plan général des trois parties identifié, il faut construire le plan détaillé. Pour cela il faut faire attention à quelques règles.

– Le plan doit être progressif. En général on va des faits analysés vers les principes premiers.
– Chaque partie doit comporter exemples, idées réfléchies (concepts) et références directrices. En effet, aucune pensée valide n'est dépourvue de rapport au réel, d'idées organisatrices et d'un enracinement culturel.
– Chaque partie doit être porteuse de la problématique, en particulier du débat porté par l'alternative. Ce n'est pas seulement le III qui l'exprime. Pour cela, il faudra rencontrer des éléments du débat dans chaque partie. En effet, la difficulté majeure de ce plan dialectique sera de conserver une démarche problématisée en chaque partie. Pour éviter une argumentation totalement linéaire et obsessionnelle, il faudra présenter des objections, en tenant compte de l'alternative. Autrement dit, il ne faudra pas oublier que les arguments sont objets de débats multiples.
– Enfin, chaque paragraphe devra porter un rapport explicite ou implicite à des exemples et au débat. Autrement dit, chaque paragraphe est porteur de la problématique et pas seulement l'ensemble du devoir. C'est comme un joueur de foot qui se souvient sans cesse qu'il joue contre des adversaires, même s'ils ne sont pas immédiatement devant lui. Il se positionne sur le terrain en tenant compte des oppositions. De même, sans cesse, à chaque moment de la dissertation, la pensée se positionne face à ce qu'elle sait s'opposer à elle. Il s'agit de comprendre que la pensée philosophique est toujours en débat parce que la culture l'est. Ce n'est pas artificiel.

→ Prenez comme exemple le sujet traité dans la 1re partie : « Existe-t-il une nature humaine ? ». La première partie soutient que l'hypothèse naturaliste, selon laquelle la nature humaine est le principe de connaissance de l'homme, est une hypothèse aporétique. Pour cela, la progression des trois paragraphes est : 1/ La nature humaine comme principe d'intelligibilité… ; 2/ … engage la naturalisation épistémique de l'homme… ; 3/ … qui, dans la réalité, ne se laisse pas saisir comme une nature.

Ici, la progression permet de comprendre d'abord le sens de l'hypothèse d'une nature humaine, puis sa contradiction interne. La partie est finalisée. Et l'ensemble de la partie intègre le débat entre les tenants d'une nature humaine (ici Aristote et Spinoza) et leur opposé (ici Kant).

La problématique est assumée fortement au niveau de la structure de la dissertation et plus faiblement dans chaque partie. Chaque partie exprime une thèse. C'est parce que chaque partie tient compte de son alternative que la problématique s'exprime.

2. Le plan problématique

A. L'organisation générale

Le plan problématique prend sa source dans la question problématique. **La problématique constitue le point de départ de l'organisation du plan.**

→ Concernant le même sujet : « Existe-t-il une nature humaine ? », la question problématique est déduite de l'alternative : « Sachant que la nature est l'idée d'une détermination mais que l'homme est un être qui s'affranchit des déterminations par la liberté, **quelle serait la fonction de l'idée de nature humaine ?** ».

La question problématique est celle qui permet de dégager l'argumentation principale servant à justifier la réponse au sujet. Se laisser diriger par elle permettra à chaque moment du devoir de proposer une réponse à la question-sujet en mettant en œuvre ce moyen.

Ici la question problématique est : « Quelle est la fonction de la nature humaine ? ». Cette question ouvre une pluralité de questions qui suivent partiellement l'alternative :

- I/ Peut-on comprendre l'homme indépendamment de l'idée de nature humaine ?
- II/ Que serait une morale humaine sans référence à la nature humaine ?
- III/ Faut-il conserver le concept de « nature humaine » ?

Nous remarquons qu'il s'exprime sous forme de question. À la fin de chaque partie, nous aurons une réponse partielle au sujet. Ici, par exemple : I/ L'intelligibilité de l'homme vient de ses conditions d'existence, du sens de ses actes et de ses discours et non d'une détermination préalable, comme le montrent les sciences humaines. Nul besoin de la notion de « nature » comme principe d'intelligibilité ; II/ La morale n'a pas non plus besoin de la notion de « nature » mais de celle de « valeurs » ; III/ Il faut conserver le concept de nature de par sa force critique et éthique.

B. Le plan détaillé

Le plan détaillé est nécessairement progressif dans la progression des parties. Il doit l'être aussi dans la progression interne des paragraphes internes à chaque partie. Il va d'une question à une réponse.

Il a aussi l'avantage, dans l'organisation interne des parties, parce qu'il part d'une question, de pouvoir passer par des alternatives et donc de maintenir la problématique dans chaque partie.

Enfin, les remarques précédentes, en particulier sur l'obligation d'exemple, de concepts, de références, demeurent valides.

→ Par exemple, concernant le sujet : « La santé est-elle nécessaire au bonheur ? », en tenant compte des analyses précédentes nous pourrions avoir le plan suivant :

- I/ **TI.** La santé désigne la conservation d'une vitalité intègre qui s'impose comme condition d'une vie heureuse qui n'est autre que l'exercice plaisant des puissances vitales. (Si celle-ci n'existe pas, elles ne peuvent s'exercer ou bien leur exercice est douloureux et donc malheureux).

- II/ MAIS **TO** le bonheur est l'exercice de ces puissances dans un monde plus vaste que l'individu de sorte qu'il ne peut y avoir de bonheur qu'en risquant sa santé et sa vie. (La vie heureuse est plus que la santé).

- III/ Donc, **QP** que valent la santé et la conservation de la vie relativement à l'épanouissement vital que constitue l'idée de bonheur ? Mon hypothèse directrice **Hyp** est que la santé est un bien relatif dans une vie qui progresse dans le bonheur, mais un objet d'attention et de jugement prudentiel évalué par la finalité d'une vie.

IV. Le paragraphe

1. La nature du paragraphe

Le paragraphe a une importance constitutive dans la dissertation. En effet, le paragraphe est **l'unité argumentative** de la dissertation. Il constitue l'équivalent des briques avec lesquelles vous bâtissez votre devoir.

Il s'agit de bien comprendre que ce sont des briques finalisées. La thèse principale du devoir (TP) – ce que vous entendez démontrer, la réponse au sujet – est ce qui oriente votre devoir. Les thèses partielles (Tpa) sont autant d'arguments au service de la thèse principale (TP = Tpa1 + Tpa2 + Tpa3). Et, à l'intérieur des parties, les arguments du paragraphe (T§) sont au service de la thèse partielle (Par exemple Tp1 = T§1 + T§2 + T§3). De la sorte, votre devoir est constitué par l'organisation successive de raisonnements au service d'une proposition principale (TP). Le paragraphe s'insère donc dans une dynamique argumentative.

Vous vérifierez ceci en regardant les plans détaillés qui vous sont proposés dans cet ouvrage.

2. Les constituants du paragraphe

Parce qu'il constitue l'unité argumentative, le paragraphe est constitué de tous les éléments produisant l'argumentation :

- Le réel, par la présence de l'exemple.
- La culture, par la présence d'une ou plusieurs références.
- La réflexion, par le travail du concept.
- Le débat problématique, par la présence d'une contre-référence ou d'un contre argument.
- Le raisonnement, par l'enchaînement cohérent des propositions et une forme argumentative, voire, idéalement, démonstrative (si... alors... ; or... ; donc...).

Un paragraphe s'achève toujours dans la validation ou invalidation d'une proposition et donc, il se termine par un jugement de vérité (donc...). Il n'est donc ni un simple constat de fait (sauf s'il s'agit de démontrer un fait en raison d'une contestation), ni un exposé culturel (la culture est finalisée par la réflexion), ni un travail réflexif gratuit (elle est finalisée par un jugement de vérité), ni le seul constat d'un débat (il faut départager par un argument).

→ Voici l'exemple d'un paragraphe d'une dissertation sur le sujet : « Existe-t-il une nature humaine ? »

« **L'homme n'a pas de nature parce qu'il n'est pas un être naturel.** En effet, le concept de nature humaine est paradoxal : la nature humaine se veut un concept universel décrivant d'avance un ensemble de réalité, les hommes ; or il ne le fait que négativement. Il dit seulement que l'homme est toujours un individu, et qu'il n'est pas animal ou minéral ou objet. Comme l'écrira Jean-Paul Sartre dans *L'existentialisme est un humanisme,* "l'homme n'est pas homme au sens où cet encrier est un encrier". L'homme inverse la relation qui se trouve chez tout être naturel entre son essence et son existence. En un être naturel, l'existence est un résultat de l'essence (Rex aboie comme un chien), mais en l'homme "l'existence précède l'essence", c'est-à-dire que chaque individu fabrique ce que signifie pour lui être un homme et "ce qu'est l'homme". La liberté est une anti-nature. En ce sens, il ne convient pas de dire de l'homme qu'il est libre, comme une qualité s'ajoutant comme le qualificatif d'une substance ; au contraire, comme le dit Sartre, « l'homme n'est pas libre, l'homme est liberté ». **Par conséquent il ne peut y avoir de nature humaine. »**

Vous repèrerez aisément les exemples (l'encrier, le chien), la référence (Sartre), les concepts (nature humaine, existence, essence, liberté). Vous repérez moins la contre référence, celle au naturalisme d'Aristote, mais elle est implicite en raison du développement qui précède ce paragraphe.

N.B. : Les constituants du paragraphe sont plus ou moins développés selon la place des paragraphes dans une partie et selon le rôle qu'ils jouent. Par exemple, le premier paragraphe de la première partie a souvent une fonction de conceptualisation fondée sur des distinctions et des exemples. En revanche, le dernier paragraphe d'une partie a souvent pour fonction de fonder l'argument principal de la partie et est donc plus abstrait. Il capitalise l'exemple analysé en première partie, voire sur l'objection développée dans le second.

3. La forme réflexive du paragraphe

Ce qui domine la pensée philosophique est le concept. C'est pourquoi tout ce qui est placé dans un paragraphe – tout, sans exception ! – doit faire l'objet d'une réflexion conceptuelle et être mené vers un concept. C'est comme si on vous disait que tout aliment devait devenir nourriture et être cuisiné et préparé, sans exception, même si c'est pour être mangé cru (on râpe les carottes, par exemple et on coupe les aubergines en les faisant mariner dans du citron et de l'huile d'olive).

Dans le paragraphe précédent, l'exemple du chien est rattaché immédiatement à la question de l'essence et de l'existence et à la thèse existentialiste.

4. La construction du paragraphe

Le paragraphe est l'échelle élémentaire de l'argumentation dans votre devoir. Il comprend donc trois moments :

- Une phrase introductive indiquant la visée du paragraphe (en caractère gras dans l'exemple plus haut).
- Un développement de plusieurs phrases utilisant exemples, analyses, culture, etc.
- Une phrase conclusive indiquant la thèse démontrée et son argument principal (en caractère gras dans l'exemple plus haut).

→ Jean Guitton dans son traité méthodologique résumait cela dans une formule simple : on dit qu'on va dire, on le dit, on dit qu'on l'a dit (et pourquoi on l'a dit).

5. L'indication du paragraphe dans le plan détaillé

Dans le plan détaillé, chacun des paragraphes est idéalement indiqué en écrivant sa première phrase, puis en mentionnant sans rédiger l'exemple, la référence (voire une citation), ou d'autres éléments significatifs. En faisant ainsi vous savez d'avance ce que vous voulez démontrer et vous tenez par là le noyau dynamique du paragraphe, ce qui dynamise son écriture. La fin décide des moyens.

→ Exercice : Comment présenteriez-vous dans votre plan détaillé le paragraphe ci-dessus ?
Réponse : Concernant l'exemple ci-dessus, nous aurions :
§2. L'homme n'a pas de nature parce qu'il n'est pas un être naturel. Sartre, « l'existence précède l'essence » *vs* Aristote. Ex : l'encrier et le chien par opposition à l'individu.

V. L'exemple

L'exemple assure le rapport de vos propos au réel. Il assure de la vérité empirique de vos propos, que vous parlez de quelque chose et que le discours n'est pas perdu dans les airs. C'est dire son importance. La vérité n'est en ce sens pas la loi logique du monde, mais elle est contenue, réalité. « La vérité (au sens logique) ne prouve pas la réalité, mais la réalité maintient la vérité », dira le philosophe Franz Rosenzweig. L'accès à la vérité passe ainsi par l'exemple.

Mais l'exemple doit être réfléchi pour s'intégrer au discours dissertatif. Il n'est pas une île flottante dans la mer du discours. Il doit devenir concept et être intégré à un concept pour acquérir un statut reconnaissable dans une dissertation. L'écriture de l'exemple est donc capitale pour son intégration dans la dissertation.

Puisque l'exemple possède des usages rhétoriques différents selon sa place dans le discours dissertatif, je vais me contenter d'en indiquer quatre rôles essentiels en précisant les modalités analytiques qui l'accompagnent.

1. La fonction fondatrice

La fonction fondatrice signifie que c'est à partir d'exemple que s'opèrent une induction et la construction d'un concept.

Remarquons que l'exemple prend sens dans le cadre d'un sujet et donc dans un cadre conceptuel.

→ Prenons le sujet : « Suffit-il d'apprendre à bien parler pour bien penser ? » Voici l'exemple d'un exemple... fondateur :

« C'est nul », dit l'enfant après avoir visité le zoo. Et sa mère le corrige : "On ne dit pas : 'c'est nul', on dit : 'je n'ai pas aimé... ma maman chérie.'". La correction porte à la fois sur le fond et sur la forme. Sur la forme bien entendu par ce que l'expression est blessante, indélicate et donc impolie. Sur le fond, parce que dire "nul" c'est se condamner à ne pas penser la diversité des expériences vécue au zoo et ainsi faire obstacle à une pensée vraie. La juste parole permet alors de bien penser dans les deux directions de l'usage de la langue : penser les relations et penser le sens en sa vérité. Bien parler c'est bien communiquer et bien pouvoir juger. »

Ici les concepts de « juste parole », de communication et d'une « juste pensée » sont appréhendés sur la base de l'analyse de l'exemple, et ils permettent de fonder la proposition finale : « Bien parler c'est bien communiquer et bien pouvoir juger ».

2. La fondation problématique

Placé en accroche, dans l'introduction, l'analyse d'un exemple peut aller jusqu'à établir une problématique.

Sur le même sujet :

« La jeune fille dit "j'adore le chocolat". Son religieux ami lui répond : "On n'adore que Dieu". Dans la correction, la distinction des mots favorise une juste pensée concernant le verbe "adorer" et sa spécialisation conceptuelle. Le verbe "aimer" désigne un désir au sens général mais le verbe "adorer" indique une intensité du verbe aimer rattaché à Dieu. Bien parler, ici, c'est appréhender de façon juste les réalités en jeu et donc bien penser, puisqu'une "bonne pensée" est une pensée vraie. Pour bien penser en passant par un bon usage du langage, il faut conceptualiser les mots, et entrer dans un usage spécialisé des mots. **Mais**, cette conceptualisation des mots n'est pas l'usage normal du langage. Spécialiser les mots, les rationaliser, n'est-ce pas s'empêcher de les repenser de façon critique ou d'accéder à une pensée poétique ? La jeune fille qui dit "adorer" le chocolat parle aussi du débordement de son amour, du fait qu'il est excessif, et non pas de l'idolâtrie du chocolat. Parler sans précision c'est aussi bien penser et donner à penser en usant d'une métaphore. Parler c'est métaphoriser et donc déplacer le sens commun des mots (Aristote) pour exprimer une pensée originale. Dire que "l'amour est bleu comme une orange" c'est exprimer une parole singulière qui ouvre un champ d'images et de sensations. Cela ne s'opère qu'en détournant le sens logique des mots. C'est le fait du poète ou de l'homme politique plus que du grammairien. C'est ouvrir la pensée. C'est ce que fait la jeune fille adorant le chocolat. Faut-il donc nécessairement rationaliser le langage pour parvenir à bien penser ? N'en resterait-on pas à de la bien-pensance ? Qu'est-ce donc que bien penser sans se réduire à une pensée rationalisée ? »

La problématisation naît du fait d'avoir conceptualisé le premier niveau. À nouveau, la proposition principale « le bien penser passe par un bien parler moyennant un processus de conceptualisation », est établie sur la base de l'exemple. Cela passe par un travail conceptuel au-delà de la seule description. Ce travail permet d'élever l'exemple au niveau d'une pensée, moyennant une réflexion. De là, il est possible de parvenir à une opposition, à une alternative, et donc de fonder la problématique.

3. La fonction illustrative de l'exemple

Considérons le paragraphe suivant, tiré de la dissertation : « Faut-il recourir à la notion d'inspiration pour rendre compte de la production artistique ? ». L'exemple illustratif est **en caractère gras**. Le concept essentiel est *en italique*.

→ « Puisque *la beauté est "sans concept"* (Kant), il faut postuler, à la source de l'œuvre, non pas une activité de la pensée – une science – mais un don naturel. Kant définit ainsi le *génie comme "le talent (don naturel) qui donne à l'art ses règles" (CFJ §46).* Ce concept permet de rendre compte de l'originalité de l'œuvre. L'artiste lui-même expérimente qu'il est "incapable de décrire lui-même ou d'indiquer scientifiquement comment il donne naissance à son produit". Au contraire, "c'est en tant que nature qu'il donne la règle à ses productions" (§46). L'étude, **par exemple, des carnets ou de la correspondance des artistes tels Beethoven, Van Gogh, Vinci... ne permet pas tant de comprendre le sens de leur œuvre que les circonstances de sa réalisation**. La production se fait dans un "enthousiasme", un "état chantant" (P. Valéry), non dans un état de totale maîtrise de soi. Le concept de génie exprime, en considérant son fondement humain, le caractère inspiré de la production artistique. »

Ici, l'exemple des carnets d'artistes illustre de façon générale l'absence des concepts dans la production de l'œuvre d'art. Elle montre que l'idée défendue existe empiriquement. Dans l'usage illustratif de l'exemple, l'idée domine dès le départ. Son inconvénient est d'ignorer le débordement du réel dans l'idée, sa complexité plus grande. C'est pourquoi l'usage fondateur domine dans le domaine de la vérité.

4. La fonction de preuve

C'est la manière d'user du fait empirique dans les investigations policières.

→ Par exemple, pour montrer que l'inconscient existe, Freud use du lapsus, de l'acte manqué et des rêves. Dans *Psychopathologie de la vie quotidienne,* il donne l'exemple du président d'une assemblée qui, au lieu de déclarer « la séance est ouverte », en disant : « la séance est close ». Ce président fait ce qu'il n'avait pas l'intention consciente de faire, mais il exprime une pensée cachée, l'espoir que cette séance de l'assemblée soit vite terminée parce que son adversaire politique devait y prendre la parole contre lui. L'existence du lapsus est la démonstration qu'existent des puissances inconscientes et signifiantes, comme une « pensée inconsciente ».

Cependant, pour que l'exemple fasse preuve, il faut toujours l'élever au concept par un travail réflexif. C'est celui que fait Freud en modélisant l'inconscient dans l'opposition entre le Ça, le Moi et le Surmoi. Il faut expliquer que le lapsus est fondé sur un désir caché et pas sur un oubli. L'exemple, singulier, ne fait preuve pour une proposition universelle qu'en étant élevé à l'universel. Or, c'est ce qu'oublient le plus souvent les élèves en utilisant des exemples. Ils croient que leur énoncé suffit, ce qui n'est pas le cas.

5. Bien choisir ses exemples

Tous les exemples ne sont pas aussi pertinents pour une démonstration. Si vous voulez prouver quelque chose, il faut un exemple sans ambiguïté.

→ Par exemple, les natures mortes ne sont pas de bons exemples d'imitation de la nature parce qu'elles désignent en réalité un genre particulier, une forme imposée par l'art. En revanche, les *Pigeons picorant des raisins* de Xeuxis en est un meilleur ainsi le *Zeus* de Phidias ou le *David* de Michel-Ange.

Il faut aussi que l'usage de l'exemple ne soit pas naïf mais réfléchi et contrôlé. Concernant l'exemple précédent, il faudra travailler à montrer que les Grecs ou Michel-Ange idéalisent la nature parce qu'ils la fondent dans un ordre idéal. De la sorte, l'imitation n'est pas une simple reproduction.

Parmi les exemples disponibles pour soutenir des thèses philosophiques, on trouve ceux fournis par les auteurs philosophiques. Ce sont des **exemples exemplaires**. L'exemple du « morceau de cire » est un exemple emblématique pour montrer que la conscience vise l'être de la cire par-delà les états différents de la cire, et donc qu'elle discerne la substance derrière les accidents. Ou encore, l'exemple de l'esclave Ménon retrouvant une propriété géométrique, est un exemple classique de la réminiscence chez Platon. Mais, là encore, il faudra les analyser et les conceptualiser dans le cadre du sujet.

Enfin, il y a des exemples emblématiques. Le voyageur errant dans la forêt sans savoir où se trouve la lisière est un exemple emblématique d'une morale provisoire pour Descartes. Il permet de discuter d'emblée le sujet de la liberté et de l'obéissance aux coutumes de son pays.

6. Les faux exemples

Attention, un exemple est une réalité.

Ce n'est donc pas une catégorie générale de réalité. Ainsi, dire que l'art grec est un exemple d'art imitatif est non seulement faux mais aussi reste vague et général. Citer le *Zeus* de Phidias ou *Les raisins* de Xeuxis permet de faire une analyse précise. Ou encore vous ne montrez aucunement qu'on peut résister à un traumatisme, en disant : « par exemple les gens résilients ». Vous ne visez qu'une catégorie et finalement vous vous payez de mots. En revanche, si vous citez l'exemple de Stephen Hawkings qui a su utiliser dépasser son handicap et devenir un astrophysicien célèbre, vous prouvez l'existence de la résilience parce que vous indiquez une réalité existante.

Ce n'est pas non plus une fiction. Vous ne pouvez pas citer l'exemple de l'Araignée, le héros de Marvel, pour montrer que la science pourrait transformer l'humanité, parce que, tout simplement il n'existe pas. En revanche, ce que prouve le personnage de Spiderman c'est l'idée, la représentation, qu'on se ferait du changement de l'homme par des mécanismes scientifiques. Il faut ainsi distinguer un exemple d'une image et d'une fiction.

Enfin, ne confondez pas un mythe ou une allégorie avec un exemple. L'allégorie de la caverne ne prouve rien, et n'explique rien. Elle est une image. De même, le mythe de la Tour de Babel n'est pas un exemple de risque d'une langue unique, c'est une image qui donne à penser.

VI. L'usage des références

La fonction des références dans un devoir de philosophie n'est pas d'abord décorative, ni elle n'a de rôle de vanité, ni enfin n'a pour rôle de jeter votre savoir au visage du correcteur qui constatera ainsi le travail de l'année, bien qu'elle le permette aussi. La référence a un rôle constitutif de l'acte philosophique. Et c'est ainsi qu'il s'agit d'en user.

1. L'usage théorique

Une référence a d'abord un rôle théorique. Elle adosse votre pensée à un système de pensée plus large qui fournit des concepts et des théories. Ainsi, dans le sujet « Suis-je ce que j'ai conscience d'être ? », la référence à Descartes ouvre à la déduction du *cogito,* à l'idée de la transparence de la conscience, au projet de fondation de la science, au dualisme métaphysique entre matière et esprit, etc. alors que la référence à Hume ouvre à une pensée empiriste critique du fait de conscience, et qu'encore la référence à Freud amènerait à mettre en cause l'idée de la transparence de la conscience au nom d'une théorie de l'inconscient. Dans ce paragraphe déjà cité, la référence à l'existentialisme sartrien ouvre tout un champ de pensée antinaturaliste.

2. L'usage problématique : X *vs* Y

La référence a aussi un rôle problématisant. En effet, toute pensée s'effectue dans le cadre d'une culture et des débats qui existent en son sein et définissent des problématiques. Connaître ces débats c'est s'inscrire dans la culture. Par exemple, concernant le sujet précédent, le débat entre Hume et Descartes est important (voir ici l'explication du texte de Hume dans la partie méthodologique de la Troisième perspective), de même que celui entre les cartésiens, comme Sartre et Alain, et le freudisme (voir ici le chapitre sur l'inconscient). Dans le paragraphe précédent, c'est l'opposition entre le naturalisme et l'antinaturalisme qui est convoqué au travers de l'opposition entre Aristote (première partie du devoir) et Sartre (seconde partie).

3. La contre-référence ou l'usage polémique de la référence : le grand oublié

Les élèves oublient trop souvent qu'on peut utiliser une référence dans un sens polémique. On peut utiliser un auteur parce qu'il est notre adversaire intellectuel. On l'utilise pour mieux énoncer sa pensée. Par exemple, dans une partie sur le sujet « Le bonheur se trouve-t-il dans le plaisir ? », on peut utiliser la pensée épicurienne comme ennemi :

→ « Épicure soutient que le bonheur se trouve dans le plaisir. Mais le plaisir n'est qu'un effet de surface. Chacun sait que sa liberté passe, non seulement par un discernement entre les plaisirs justes et injustes – ce que fait d'ailleurs le même Épicure – mais encore par une résistance à l'influence du plaisir pour se trouver dans une position de liberté et de moralité. Le plaisir ne peut pas constituer, comme le montre Kant, un motif moral. Ce n'est pas en raison du fait que quelque chose me plaît qu'il est bon. Mais, parce qu'il est bon, il faudrait y trouver son plaisir. Épicure ignore donc l'ordre même de la morale et sa constitution volontaire. C'est pourquoi l'hédonisme épicurien est structurellement erroné ».

Dans ce morceau de paragraphe, Épicure est utilisé comme contre-référence, et permettra de mettre en valeur le rôle structurel du motif dans la constitution d'un acte moral et donc d'un acte libre, et par conséquent comme condition d'un bonheur humain.

N'oubliez donc jamais de travailler les auteurs qui vous gênent. Non seulement ils vous donnent à penser, mais aussi ils vous aident à exprimer vos idées, de même que le tennisman Nadal se dépassera en jouant à Roland Garros contre Djokovic ou que l'équipe de France de football donnera le meilleur d'elle-même en jouant contre l'équipe d'Allemagne. Un bon adversaire philosophique est un outil précieux de pensée et d'expression de sa pensée.

4. Usages structurants, allusifs ou anecdotiques

A. L'usage structurant de références

La question se pose du degré d'approfondissement des références – et concomitamment du niveau de connaissance requis pour en user. En ce sens il faut distinguer un usage fort et structurant des références, d'un usage faible, plus allusif ou anecdotique.

On ne saurait trop vous conseiller d'utiliser les références dans un rôle structurant. Un rôle structurant est celui qui fournit à la démonstration sa théorie sous-jacente et ses concepts opératoires ou ses contre-concepts dans le cas d'une contre-référence.

→ Par exemple, dans la dissertation « Existe-t-il une nature humaine ? », la référence à Aristote structure la première partie, celle à Sartre la seconde. Autrement dit, les concepts de l'existentialisme vont organiser la logique de la démonstration dans la seconde partie et lui donner une rigueur théorique.

→ De même, on peut structurer ainsi des problématiques par la référence à des débats. Par exemple dans le sujet : « Peut-on mentir ? », il est fréquent de faire allusion au débat entre Kant et Benjamin Constant.

Structurer sa pensée par des références n'est pas s'inféoder à un auteur. C'est au contraire s'en servir. Pour utiliser un auteur et non être asservi par lui, il faut que les paragraphes soient guidés par votre thèse, que les auteurs soient interprétés et que la conclusion des paragraphes soit rattachée à la

thèse que vous défendez et non à l'auteur. Bref, il faut finaliser l'usage des auteurs à un jugement de vérité.

B. Usage allusif et anecdotique de la référence

Mais si l'usage structurant des références est le plus important, il n'est pas le seul. L'usage allusif d'une référence consiste à faire allusion à un auteur sans l'approfondir mais à ouvrir la fenêtre sur sa pensée pour consolider la sienne ou pour la situer dans le paysage culturel ou encore pour indiquer une solidarité ou une opposition dans un champ culturel plus large ou enfin pour montrer qu'on n'est pas ignorance de certains savoirs qu'on n'a pas cependant le temps ou le souhait de développer.

La référence anecdotique est celle qui est énoncée sans aucune analyse. Elle est soumise à d'autres qui l'organisent.

En lisant la dissertation sur Hume, que vous retrouverez dans la partie méthodologique de la Troisième perspective, vous trouverez des références **structurantes**, *allusives* et <u>anecdotiques</u>, en particulier dans I,1.

5. Les citations

Faut-il utiliser des citations dans une dissertation ? La réponse est bien entendu affirmative. La citation est l'expression textuelle attestant d'une pensée.

Mais il y a quelques règles pour citer.

- Il faut toujours interpréter une citation, dégager son sens. Elle ne vaut jamais pour elle-même comme lettre d'un texte. Soulignons qu'une citation peut être interprétée autant par ce qui la précède que par ce qui la suit.
- Une citation, pour être valorisante, réclame donc d'être rattachée à une œuvre, à une époque et à un système.
- La citation doit être exacte. Elle diffère d'une allusion qui paraphrase une pensée. Cette dernière n'est pas de moindre valeur.

Une citation peut être longue ou courte, se rattacher à un mot-clé, à une formule, à un exemple.

Voici un exemple.

→ « Faudrait-il concevoir l'anthropologie (la science de l'Homme) sur le modèle des autres sciences de la nature ? Pour ce faire, pour connaître l'homme comme une réalité naturelle, l'inconvénient majeur et méthodologique dont il faut absolument avoir conscience est qu'il faut *naturaliser* l'homme. Par « naturalisation » il faut entend le processus par lequel on présuppose que tout de l'homme s'explique par des causes. L'homme est en effet, on le constate factuellement, un être *dans* la nature. Il s'agit donc d'éviter de le concevoir « comme un empire dans un empire » (Spinoza, *Éthique*, III), une exception de la nature, et à lui appliquer « les lois et règles universelles de la nature » (*Éthique*, III). Au lieu de craindre ou de se moquer des actions humaines, de les juger « bizarres », il s'agira, comme Spinoza, de prendre le parti de les "comprendre" : "J'ai pris grand soin, touchant les actions humaines, de ne pas m'en moquer, de ne pas les déplorer, de ne pas les détester, mais de les comprendre (*non ridere, non lugere, neque detestari, sed intelligere*)" (Spinoza, *Traité politique*). »

6. La préparation lointaine à l'usage des références

Il va de soi que pour utiliser des références, il faut en connaître et en apprendre. D'où viennent-elles ?

Elles viennent essentiellement de lectures réfléchies et retravaillées de façon utilitaire. Par exemple, vous étudierez au moins une œuvre complète dans l'année. Elle doit vous fournir une référence structurante. Vous devez en avoir identifié quelques citations que vous aurez apprises.

De même, vous aurez travaillé de nombreux textes. D'eux vous pouvez tirer des citations que vous apprenez. Y compris parmi les exercices d'explication de texte. En les rattachant au texte vous saurez recontextualiser les citations.

ATTENTION : Pour apprendre les auteurs et les citations, le mieux sera toujours de les apprendre dans des débats de culture. Par exemple : Descartes (« Je suis une chose qui pense », *Méditations métaphysiques,* 1641) *vs* Hume (« Je ne peux jamais me saisir, moi, en aucun moment sans une perception et je ne peux rien observer que la perception. », *Traité de la nature humaine,* 1740). Il va de soi qu'une dissertation de philosophie sera d'autant meilleure qu'elle saura user de références précises dans tous les autres domaines de la culture. Sachez utiliser en particulier ce que vous aurez travaillé en littérature en première. Mais les mêmes règles précédentes s'appliquent.

Au travers de ce travail autant sur les références et les exemples, vous comprenez que la clé est toujours d'élever un contenu extérieur à de la pensée au niveau d'une pensée par le truchement d'une analyse.

VII. Les articulations intermédiaires du devoir

Une dissertation n'est pas un tout linéaire. Elle a des parties, des sous parties et des discontinuités qui doivent s'articuler les unes aux autres pour constituer des unités cohérentes de pensées emboîtées qui forment un tout.

Les moments de ces articulations sont des introductions et des conclusions qui se trouvent à toutes les échelles du devoir : à l'échelle générale (introduction et conclusion générale), à l'échelle des parties (introduction et conclusion partielles) et à l'échelle du paragraphe (introduction et conclusion du paragraphe).

Ces articulations ne se présentent pas graphiquement de la même manière selon les échelles. L'introduction générale peut être constituée de plusieurs paragraphes et faire jusqu'à une page, alors que l'introduction partielle ne fait qu'un paragraphe et peut n'être constituée que d'une phrase courte. Quant à l'introduction d'un paragraphe il est rare qu'elle fasse plus d'une phrase et est intégrée au paragraphe.

Nous considérerons ici les articulations intermédiaires du devoir.

1. Introductions partielles

Chaque partie doit être introduite par une introduction partielle. L'introduction partielle anticipe la thèse de la partie et l'énonce. Elle donne la direction du propos. Le plus souvent, l'introduction des parties une et deux énonce la thèse. Concernant le sujet : « Faut-il recourir à la notion d'inspiration pour rendre compte de la production artistique ? », la thèse de la première partie est énoncée dans l'introduction partielle :

→ « La référence à l'inspiration est le plus souvent utilisée pour comprendre la cause principale de l'invention artistique. »

Elle énonce souvent le titre de la partie sous la forme d'une proposition. Concernant le sujet : « Pouvons-nous refuser d'être heureux ? », l'introduction partielle de la première partie est :

→ « La possibilité effective de s'affranchir de la recherche du bonheur semble théoriquement impensable mais s'avère pratiquement faisable. Montrons-le. »

Elle peut s'exprimer sous la forme d'une question, comme dans l'introduction partielle n° 2 du même sujet :

→ « Les valeurs de liberté et le bonheur sont-elles compatibles ? »

Vous le constatez, une introduction partielle est courte. Elle s'articule avec la transition qui parfois la précède. Ici l'introduction partielle est légèrement plus longue :

→ « Le bonheur qui s'enracine dans notre nature est cependant une condition permanente de l'action parce que l'action libre ne nous fait pas quitter le terrain de la nature. Peut-on concilier dans l'action entre l'exigence naturelle du bonheur et l'exigence déontologique du devoir ? »

2. Conclusions partielles

De même qu'une partie est introduite, elle doit être conclue. La conclusion exprime l'aboutissement du cheminement argumentatif. Elle contient l'argument principal de la partie. Cet argument est la mesure de ce qu'il est légitime de conclure en n'allant pas plus loin qu'il ne le permet. En cela, la conclusion partielle est rationnelle. Par ailleurs, la conclusion rapporte l'argument principal au sujet principal et pas seulement à la partie.

La conclusion commence par l'indication d'une conséquence : « donc... », « par conséquent... », « ainsi... ». Puis elle énonce la thèse partielle accompagnée de son argument principal. Ainsi, concernant le sujet : « Existe-t-il une nature humaine ? » la première partie conclut ainsi :

→ « Donc, malgré l'effort pour connaître l'homme comme être naturel pourvu d'une nature, l'homme ne se donne pas à connaître ainsi parce qu'il est un être réfléchi et libre, capable de déjouer les apparences qu'il donne. La nature humaine n'est pas un fait. »

Concernant le sujet, « Peut-on refuser d'être heureux ? », la seconde partie conclut ainsi :

→ « L'enracinement de la recherche du bonheur dans notre nature en fait une valeur relative que l'on peut moralement contourner et même refuser au nom de devoirs supérieurs. Cependant, le rationalisme kantien ne conduit-il pas, au nom du devoir, à justifier une vie de malheur ? »

3. Transitions

La conclusion, hormis dans la partie finale, est accompagnée d'une transition. Le but de la transition est de débuter la justification d'une poursuite de la réflexion dans la partie suivante. Elle s'appuie sur une limite allusive de la réponse de sorte d'ouvrir la justification de la partie suivante. Cette limite est amenée par l'usage d'un terme comme : « cependant... », « pourtant... ». Pour cela, elle use le plus souvent d'une question :

Concernant le sujet, « Peut-on refuser d'être heureux ? », la seconde partie conclut ainsi :

→ « L'enracinement de la recherche du bonheur dans notre nature en fait une valeur relative que l'on peut moralement contourner et même refuser au nom de devoirs supérieurs. **Cependant, le rationalisme kantien ne conduit-il pas, au nom du devoir, à justifier une vie de malheur. Ne faudrait-il pas réhabiliter la valeur du bonheur comme condition naturelle de la liberté ?** »

L'énoncé de transition peut-être plus court.

→ « Donc, malgré l'effort pour connaître l'homme comme être naturel pourvu d'une nature, l'homme ne se donne pas à connaître ainsi parce qu'il est un être réfléchi et libre, capable de déjouer les apparences qu'il donne. La nature humaine n'est pas un fait. **N'est-ce pas parce que, en son principe même, elle est contradictoire ?** »

N.B. : Ce paragraphe qui contient conclusion et transition est celui qui manifeste le plus la problématique de la dissertation. Son importance pour l'intelligence la dissertation est capitale.

VIII. L'introduction générale

Tout discours réclame d'être introduit. Le but principal de l'introduction est de justifier la problématique. Elle use pour cela d'une analyse élémentaire des termes du sujet, d'une mise en situation de ce dernier, de l'exposé de l'alternative. **Structurellement, l'introduction est construite autour du triangle problématique : TI mais TO donc QP.**

Il faut comprendre que la rédaction de l'introduction est un résultat pour vous, même s'il est pour le lecteur le début de la dissertation. Elle résulte de l'analyse et de la construction du plan détaillé. Ne rédigez donc pas l'introduction au départ.

L'introduction comporte plusieurs moments que nous détaillons ici en six moments, mais qui se résumeront à deux ou trois : l'approche analytique, l'énoncé problématique, l'annonce éventuelle du plan. Énonçons-les dans leur ordre d'apparition fréquent : une approche par un exemple ou un élément culturel, une analyse conceptuelle élémentaire permettant de définir les termes du sujet et de formuler la thèse initiale (TI), puis l'énoncé de la thèse opposée (TO) justifiée par une objection, pour terminer par l'énoncé de la question problématique (QP). L'ensemble s'achève (éventuellement par l'énoncé du plan).

1. L'approche du sujet

Il s'agit d'une mise en situation du sujet. On part du réel ou de la culture. L'approche doit soutenir au minimum la thèse initiale. Par exemple, concernant le sujet « Peut-on apprendre à être libre ? », on peut partir d'un exemple ou d'une donnée culturelle :

→ « La « déclaration des droits de l'homme » affirme que « les hommes naissent libres et égaux en droit ». S'agit-il là d'une reconnaissance du caractère inné de la liberté et de son caractère spontané ? »

→ Le même avec un exemple : « L'enfant à qui son éducateur transmet les usages sociaux, lui apprend la liberté sociale. »

Le mieux est lorsque l'approche ouvre à la problématique et pas seulement à la thèse initiale. Pour cela il est nécessaire d'analyser les éléments de l'approche.

2. Analyse

L'analyse et l'approche sont associées et permettent de construire les premiers éléments conceptuels et problématiques de l'introduction. **Le but est d'énoncer conceptuellement la thèse initiale**. Cela est clair dans l'analyse du premier membre de l'alternative concernant le sujet : « Existe-t-il une nature humaine ? » :

→ « Le philosophe Diogène, raconte la légende antique, se promenait en plein jour à Athènes avec une lanterne allumée en criant : "Je cherche un homme !". Son geste peut s'interpréter diversement, mais en particulier comme la difficulté à identifier une nature humaine et un individu qui y soit conforme. Il nous semble si évident que nous sommes de l'espèce humaine ! De même que le castor suit sa nature de castor en bâtissant des barrages, de même les humains exprimeraient dans leurs actes une "nature humaine" qui les précéderait. »

Vous remarquerez que l'analyse énonce des éléments de définition élémentaires, non un approfondissement conceptuel. Ce dernier se fera, concernant la thèse initiale, plutôt dans le premier paragraphe de la première partie ou au cours de la première partie.

Souvent ce premier moment d'analyse ouvre la problématique et s'achève avec l'énoncé du sujet ou sa reformulation. Concernant le sujet « N'y a-t-il de vérité qu'établi par la science ? », cela apparaît clairement (voir Méthodologie Troisième perspective).

3. Énoncé de l'alternative

Après avoir énoncé la thèse initiale, il s'agira de formuler l'alternative en l'introduisant par un terme d'opposition : « Mais... », « Cependant... ». Vous le constaterez dans les énoncés précédents concernant le sujet : « Peut-on apprendre à être libre ? ». Concernant le sujet : « Existe-t-il une nature humaine ? », l'alternative est claire. Remarquez que c'est ici lors de l'énoncé de l'alternative que le concept central de nature humaine est défini. Remarquez aussi que l'énoncé de la thèse opposé est plus conceptuel que celui de la thèse initiale. L'opposition est justifiée conceptuellement et non empiriquement.

N.B. : Il est bon de construire l'alternative en utilisant des références fondatrices. Vous en trouverez de nombreux exemples dans les parties méthodologiques.

4. Question problématique

À partir de l'alternative commence la justification de la question problématique. Par exemple concernant le sujet : « Existe-t-il une nature humaine ? » :

→ « Faut-il alors renoncer à l'idée de « nature humaine » et renoncer à caractériser l'homme en identifiant ses déterminations propres comme le font les sciences humaines ? Plus radicalement, si la liberté semble échapper à la *physis*, n'est-elle pas aussi une sorte de nature qui connaît des lois ? Finalement, si Diogène éteignait sa lanterne, ne finirait-t-il pas par découvrir un « homme » dans la claire lumière du soleil ? »

5. Annonce du plan

Il importe d'annoncer l'ordre du développement pour l'anticiper et rattacher d'avance les éléments de chaque partie à l'ensemble du raisonnement. Mais, si vous suivez l'ordre dialectique du développement par lequel est énoncée la suite problématique, inutile d'énoncer le plan puisqu'il est déjà annoncé, de sorte que vous ne feriez que pour répéter. Parfois l'annonce du plan est allusive.

Vous trouverez dans les parties méthodologiques des exemples d'introduction complète. Lisez celle comportant un plan annoncé sur le sujet : « N'y a-t-il de vérité qu'établie par la science ? ».

N.B. : L'introduction est un morceau déterminant de l'ensemble de la dissertation. Non seulement parce qu'il est le premier perçu par le lecteur mais aussi parce qu'il résume toute la problématique.

IX. La conclusion générale

Le but premier de la conclusion est d'énoncer la **réponse** au sujet en s'appuyant sur l'argument principal établi dans le développement.

Le but second est de faire un *bilan problématique*. La réponse finale étant donné avec un argument principal, on peut juger à la lumière de cet argument, des thèses de l'alternative.

Enfin, la conclusion propose une ouverture. Elle montre les limites de la réponse énoncée. Elle établit un rapport critique à l'ensemble du développement et ouvre ainsi la poursuite d'une recherche.

→ « S'il existe une nature humaine, c'est donc comme coexistence des libertés. C'est un concept éthique et politique dans sa réalisation concrète. *Pour parvenir à le comprendre, il s'agit de se débarrasser de la naturalisation du concept d'homme. Le fait de préférer le concept de « condition humaine » à celui de nature humaine se comprend alors. Il favorise la mise en valeur de la liberté, de l'Histoire et des différences entre les humains. Mais cette préférence peut conduire à un déni de l'humain et de l'éthique constitutive de l'existence, et se retourner comme un antihumanisme.* On admettra alors l'idée d'une nature humaine et d'une espèce humaine, non pour déterminer l'homme en amont de son existence à la manière d'un concept scientifique à portée déductive et explicative, mais pour espérer de l'homme qu'il soit humain ».

X. Conclusion

La méthode vous propose des repères d'un savoir-faire. Mais la rédaction reste un art et un jeu d'écriture qui exprime une pensée à la fois libre et rigoureuse. Attention de ne pas vous enfermer dans la mécanique de la rédaction.

Méthode d'explication de texte

La méthode d'explication de texte dépend des repères fondamentaux de la méthode de dissertation. C'est à elle qu'il faut se référer.

Introduction

L'explication de texte fait partie des exercices phares de la philosophie. Elle vise à recevoir le patrimoine de la philosophie de façon exacte et réfléchie. La précision dans l'explication et la problématisation constitueront les qualités principales de l'explication. On attend de vous la fidélité au texte, l'identification des raisons possibles de ses propos et le recul réflexif d'un jugement sur la vérité du texte. Ces trois démarches sont toujours au service de la philosophie dans la mesure où le texte a pour but de résoudre un problème philosophique.

Parce que les travaux de conceptualisation et de problématisation ont été considérés dans la méthode de dissertation, il convient de se rapporter à cette dernière avant de travailler la méthode d'explication de texte.

Le texte qui vous sera proposé à l'épreuve de philosophie au baccalauréat sera tiré d'une œuvre d'un des auteurs du programme dans la liste officielle, et jamais d'un autre auteur. Il portera sur une ou plusieurs notions du programme, et pas sur d'autres.

Il ne sera jamais présupposé que vous connaissiez l'auteur de façon précise. Il s'agira donc de le lire indépendamment de l'Histoire de la philosophie. C'est à l'opposé du travail que vous aviez à faire à l'oral de français du baccalauréat où, au contraire, vous deviez montrer votre connaissance préalable d'un texte et d'un auteur. Ici, c'est en mobilisant vos connaissances philosophiques des notions que vous serez a même de dégager le contenu philosophique du texte.

Si on vous pardonnera les contresens sur le système philosophique d'un auteur, cependant, évitez d'énoncer des erreurs sur l'auteur. Le plus souvent, des indications à la fin du texte vous permettront de vous situer dans une chronologie. Le fait de posséder des connaissances générales sur l'antiquité, le Moyen Âge, la période moderne ou contemporaine, vous aidera alors.

Nous travaillerons principalement sur les deux textes suivants. Lisez-les avec attention. Vous en trouverez l'explication développée du texte de Thomas d'Aquin dans les parties méthodologiques des chapitres sur le bonheur et la justice. L'explication du texte de Pascal se trouve ci-après.

Expliquez le texte suivant :

On charge les hommes dès l'enfance du soin de leur honneur, de leur bien, de leurs amis, et encore du bien et de l'honneur de leurs amis, on les accable d'affaires, de l'apprentissage des langues et d'exercices, et on leur fait entendre qu'ils ne sauraient être heureux, sans que leur santé, leur honneur, leur fortune, et celles de leurs amis soient en bon état, et qu'une seule chose qui manque les rendra malheureux. Ainsi on leur donne des charges et des affaires qui les font tracasser dès la pointe du jour. Voilà direz-vous une étrange manière de les rendre heureux; que pourrait-on faire de mieux pour les rendre malheureux ? Comment, ce qu'on pourrait faire : il ne faudrait que leur ôter tous ces soucis, car alors ils se verraient, ils penseraient à ce qu'ils sont, d'où ils viennent, où ils vont, et ainsi on ne peut trop les occuper et les détourner. Et c'est pourquoi, après leur avoir tant préparé d'affaires, s'ils ont quelque temps de relâche, on leur conseille de l'employer à se divertir, et jouer, et s'occuper toujours tout entiers.

Que le cœur de l'homme est creux et plein d'ordures.

Blaise Pascal, *Pensées*, (1670)

Expliquez le texte suivant :

« Parce que les actes humains pour lesquels on établit des lois consistent en des cas singuliers et contingents, variables à l'infini, il a toujours été impossible d'instituer une règle légale qui ne serait jamais en défaut. Mais les législateurs, attentifs à ce qui se produit le plus souvent, ont établi des lois en ce sens. Cependant, en certains cas, les observer va contre l'égalité de la justice, et contre le bien commun, visés par la loi. Ainsi, la loi statue que les dépôts doivent être rendus, parce que cela est juste dans la plupart des cas. Il arrive pourtant parfois que ce soit dangereux, par exemple si un fou a mis une épée en dépôt et la réclame pendant une crise, ou encore si quelqu'un réclame une somme qui lui permettra de combattre sa patrie. En ces cas et d'autres semblables, le mal serait de suivre la loi établie ; le bien est, en négligeant la lettre de la loi, d'obéir aux exigences de la justice et du bien public. C'est à cela que sert l'équité. Aussi est-il clair que l'équité est une vertu. »

Thomas d'Aquin, *Somme théologique*, 1266-1273

Vous remarquerez que chaque texte est introduit par la formule : « Expliquez le texte suivant : ». Expliquez désigne trois actes :

- Comprendre ce qui est dit dans l'expression et le raisonnement : « que signifie le texte ? » ;
- Rendre raison de ce qui est soutenu par des arguments, des principes et des causes : « comment peut-on soutenir rationnellement ce qu'énonce le texte ? » ;
- Problématiser le texte ce qui signifie de comprendre ce son enjeu et sa place dans le débat d'idées dans lequel elle s'insère : « avec qui l'auteur discute-t-il et pourquoi ? ».

Expliquer signifie donc comprendre un texte en rendant raison des arguments dans une discussion sur la vérité des choses. La méthode suivante a pour but de vous donner les éléments pour comprendre, rendre raison et problématiser un texte.

Un principe fondamental à suivre sera aussi : « **expliquer tout le texte et rien que le texte** ». « Tout le texte signifie » qu'il n'y aura aucun mot, aucun exemple, aucune phrase qui n'auront pas été mise en lumière par l'explication. Cependant si tous les éléments du texte doivent être considérés, tous ne sont pas de même importance dans le texte de sorte qu'il s'agira de les hiérarchiser. « Rien que le texte » signifie qu'il ne s'agit pas d'expliquer des notions extérieures au texte.

I. Préparation de l'explication

1. Lecture analytique du texte

A. Lecture active

La première étape de l'explication d'un texte est sa lecture active.

- Elle commence par une étape de lecture passive, c'est-à-dire d'une lecture sans crayon, une lecture à l'écoute du texte qui se termine par un acte d'indication du thème du texte : de quoi parle-t-il ? Qu'ai-je entendu ?
- Ensuite vient le moment de prendre un crayon ou plusieurs surligneurs de couleurs différentes en utilisant des codes de formes ou de couleurs : repérer les mots importants (ceux qu'il faudra conceptualiser), les mots difficiles (qu'il faudra identifier et définir), les mots de liaisons (pour repérer les liens logiques).

– Aussi, entourez les exemples, encadrez les formules clés, repérer celles servant à l'argumentation.

Par exemple :

Expliquez le texte suivant :

> *On charge les hommes dès l'enfance du soin de leur honneur, de leur bien, de leurs amis, et encore du bien et de l'honneur de leurs amis, on les accable d'affaires, de l'apprentissage des langues et d'exercices, et on leur fait entendre qu'ils ne sauraient être heureux, sans que leur santé, leur honneur, leur fortune, et celles de leurs amis soient en bon état, et qu'une seule chose qui manque les rendra malheureux.* ***Ainsi*** *on leur donne des charges et des affaires qui les font tracasser dès la pointe du jour. Voilà direz-vous une étrange manière de les rendre heureux ; que pourrait-on faire de mieux pour les rendre malheureux ?* ***Comment,*** *ce qu'on pourrait faire : il ne faudrait que leur ôter tous ces soucis, car alors ils se verraient, ils penseraient à ce qu'ils sont, d'où ils viennent, où ils vont, et ainsi on ne peut trop les occuper et les détourner. Et* ***c'est pourquoi,*** *après leur avoir tant préparé d'affaires, s'ils ont quelque temps de relâche, on leur conseille de l'employer à se divertir, et jouer, et s'occuper toujours tout entiers.*
>
> *Que le cœur de l'homme est creux et plein d'ordures.*
>
> **Blaise Pascal, *Pensées*, 139-143**

B. Conceptualisation initiale

Ici, les mots en plus grands que la taille du corps du texte indiquent des concepts : qu'entendre par « bonheur », « malheur », « charges et affaires », « se divertir et s'occuper tout entier », « penser à ce qu'on est ». Il faut engager une analyse conceptuelle comme dans l'analyse d'un sujet de dissertation. Par exemple, le bonheur désigne l'épanouissement de la nature humaine. Les conditions du bonheur constituent l'objet du texte, son thème principal. Connaître à ce propos votre cours sur Aristote par opposition à Nietzsche ou Schopenhauer (par exemple, vos enseignants peuvent user avantageusement d'autres références) vous aidera à analyser le concept et à mieux appréhender la problématique du texte.

C. Plan initial

Au cours de cette lecture initiale, tentez d'identifier les articulations du texte. Quels seraient ses grands moments, au fil du texte ? L'indication des mots de liaisons (ici en caractère **gras**) vous aidera.

Il s'agit d'identifier un ordre dans la succession des lignes : « l'auteur dit ceci, puis cela, enfin il conclut ainsi ».

Vous pourrez ainsi comprendre les éléments du texte et saisir leur ordre linéaire. Mais, ensuite, il s'agira de dégager un plan plus rationnel qui guidera votre explication.

2. Approche synthétique du texte : dégager thème, thèse, question à laquelle répond le texte, plan du texte, problématique du texte

Thème, thèse, question, plan (TTQPP) constituent les éléments synthétisant le texte. Une fois conceptualisés, ils deviendront les outils principaux de votre explication. Il s'agira donc de produire une analyse conceptuelle du thème, de la thèse, de la question et des parties du plan en les ayant identifiés au préalable.

A. Le thème

Le thème désigne « ce dont parle le texte ». Il s'agit de l'identifier le plus précisément possible.

→ Par exemple, « le bonheur » est bien le thème général du texte de Pascal. Mais on peut être plus précis et parler des « conditions du vrai bonheur ». On peut être plus lié au texte en précisant : « Le malheur de l'homme » ou « les raisons d'une fausse conception du bonheur humain ». Ces propositions successives permettent de resserrer le regard sur le domaine exact du texte sans être ni trop large (le bonheur) ni trop étroit (l'illusion du bonheur), ni inversé (les conditions du vrai bonheur).

Parler du bonheur c'est indiquer ce qui épanouit l'homme comme animal rationnel et donc aussi comme individu. Parler de « faux » bonheur c'est envisager la différence entre les discours sur le bonheur et la réalité du bonheur, en s'interrogeant sur la raison de l'erreur. On se trouve là au plus près du texte, sans le déborder ni ne s'intéresser qu'à une de ses parties.

B. La thèse

La thèse du texte désigne « ce qu'affirme le texte à propos du thème ». C'est aussi ce que veut démontrer l'auteur. Là encore, il s'agit d'être ajusté au texte, ni trop large, ni trop étroit, ni à côté du texte.

Ici, le texte de Pascal a une thèse difficile à discerner parce qu'elle est double. La dernière phrase du texte (« Que le cœur de l'homme est creux et plein d'ordure ») conduit en effet à revisiter la totalité du texte. Au-dessus, sachant que le thème est « les raisons d'une fausse conception du bonheur humain », la thèse serait : « L'homme place son bonheur dans l'évitement de lui-même, ce qui ne peut que le rendre malheureux ». Elle peut-être aussi : « L'homme est malade et ne peut parvenir au bonheur ». La seconde assume plus la thèse anthropologique de Pascal, dont on peut savoir, par ailleurs, qu'elle se réfère à l'idée chrétienne du péché originel.

L'ensemble du texte a donc pour but la démonstration de cette thèse, ce qu'on peut vérifier par une relecture.

N.B. : De même qu'il ne faut pas confondre la thèse du texte avec des sous-thèses, il ne faut pas confondre le thème avec des sous-thèmes. Une thèse repose en effet sur plusieurs thèses intermédiaires, explicites ou implicites. De même, le thème du malheur de l'homme est un sous-thème, mais n'est pas le thème central.

C. La question à laquelle répond le texte

Le texte répond à une question le plus souvent implicite. Identifier cette question permet d'identifier l'équivalent d'un sujet de dissertation à partir duquel vous pourrez dégager la problématique du texte.

Parfois, il suffit de formuler la thèse du texte sous la forme d'une interrogation. Parfois, il vaut mieux la reformuler. Ici elle est : « L'homme peut-il se rendre heureux ? ». La réponse à cette question est la thèse.

D. Le plan de l'argumentation du texte

Le plan doit être énoncé comme un raisonnement rattaché à la thèse, idéalement un syllogisme. Le raisonnement se déploie dans le texte. Parfois, cependant, la succession du texte ne suit pas exactement le raisonnement. Il faudra donc énoncer le plan de l'argumentation en clarifiant des propositions,

Chaque partie doit donc énoncer chaque partie sous la forme d'une proposition (une sous-thèse).

→ Thèse du texte de Pascal : L'homme est malade et ne peut parvenir au bonheur.
I/ Le bonheur humain est défini ordinairement comme une vie vertueuse et responsable. (L.1 à 5).
II/ Pourquoi être heureux par des charges qui appesantissent la vie ? (L.5-6)
III/ C'est parce qu'elles divertissent de l'existence et non parce qu'elles permettent d'être heureux en vérité en assumant la vérité de l'existence (L.6-10).
Conclusion (et dernière phrase) Puisque l'homme appelle bonheur ce qui l'éloigne de sa propre vie, et puisqu'il ne veut pas d'un bonheur véritable, l'homme est donc vain et malade.

→ Thèse du texte de Pascal : L'action de l'homme est vaine.
I/ En effet, l'homme cherche le bonheur par la multiplication des charges qui devraient le rendre malheureux.
II/ La raison en est qu'il cherche, non à se rendre heureux, mais à éviter les exigences d'un authentique bonheur réclamant d'assumer l'angoisse de l'existence.

On remarquera ici que le plan du texte ne se donne pas de façon automatique. Plusieurs plans peuvent être parfois proposés. Pour le texte ci-après, le plan est plus évident.

→ Thèse du texte de Thomas d'Aquin : bien juger de l'application de la loi est une qualité qu'on appelle « l'équité ».

I/ Les lois, établies pour le bien commun, sont imparfaites du fait de leur généralité. (L.1 à 4)

II/ C'est pourquoi, certaines circonstances les prennent en défaut relativement à leur finalité. (L. 4 à 8).

III/ Par conséquent, il est nécessaire de bien juger de l'application des lois selon les circonstances, ce en quoi constitue la vertu d'équité. (L.8 à 11).

E. La problématique d'un texte

Elle provient de la justification de la question posée par le texte. Elle part d'une alternative qui oppose l'auteur à un adversaire concernant le thème. Le plus souvent, l'adversaire est identifiable par le texte. Parfois il est implicite et seule votre culture philosophique permettra de l'identifier. Ici, Pascal s'oppose au naturalisme aristotélicien qui le précède dans la pensée scolastique. Thomas d'Aquin s'oppose à une conception légaliste qu'on trouve dans le nominalisme de son temps et dans le platonisme. Dans la modernité on le trouvera chez Hobbes, Kant ou Kelsen.

Nous avons donc une alternative :

– Pour le texte de Pascal : Aristote CONTRE Pascal.
– Pour le texte de Thomas d'Aquin : le légalisme (Platon par exemple ou dans la modernité Hobbes ou Kelsen) CONTRE Thomas d'Aquin et l'aristotélisme.

  Préciser l'adversaire permet de travailler le texte de façon problématique et présentant des objections auquel il répond. Il faut donc reconstruire l'alternative à partir de la question posée par le texte :

  Pour le texte de Pascal : (question-sujet à laquelle répond le texte) : « L'homme peut-il se rendre heureux par ses actes ? »

  TI : Oui, selon Aristote, c'est la vertu civique – la prudence – qui le permet en s'appuyant sur l'idée d'une nature humaine ordonnée.

  MAIS, TO, selon Pascal, la nature est corrompue. L'homme ne peut donc être heureux.

  Concernant le texte de Thomas d'Aquin : « A-t-on le droit de désobéir aux lois ? »

  TI : Non, selon le légalisme qui fait de la loi un principe absolu d'autorité que seule l'autorité légitime peut changer ; MAIS, TO, selon Thomas d'Aquin, seule la finalité de la loi possède une autorité absolue, la loi étant elle-même structurellement imparfaite. C'est par la vertu d'équité qu'on maintient l'autorité de la loi dans les moments où son imperfection est manifeste.

Cela ne suffit pas encore. Il faut identifier la question-problématique à partir de l'alternative et du texte.

Concernant le texte de Pascal, ce pourrait être : « Pourquoi faudrait-il être lucide dans une situation qui serait toujours malheureuse ? » « Y a-t-il un bonheur possible pour l'homme ? », on interrogerait le pessimisme pascalien et la possibilité d'un bonheur vrai.

Concernant le texte de Thomas d'Aquin : « La loi, comme principe d'autorité, peut-elle prévoir les situations d'exception à la loi ? » ; « L'équité peut être légale ? ».

On vise ainsi les enjeux du texte, enjeux qui constituent la vérité du texte et rendent possible le fait d'en juger. Précisons que cette problématique ne doit pas être projetée sur le texte, mais correspondre à ce que le texte discute.

N.B. : Avec le TTQPP (Thème, Thèse, Question, Plan, Problématique) vous possédez tous les fondamentaux avec lesquels construire votre explication.

II. Construction de l'explication

La construction de l'explication repose à la fois sur le texte et sur la discussion philosophique qu'il engage. La construction est donc délicate car, elle doit tisser les éléments de compréhension, d'explication et de discussion. La clé de ce tissage est dans la conscience qu'il s'agit d'expliquer le texte dont le but est d'établir une vérité philosophique en se situant dans un débat avec des adversaires qu'on aura identifié dans la démarche précédente. Les yeux sur ce but et sur les adversaires en présence, on suivra alors l'ordre linéaire du texte.

1. Le plan détaillé du texte

Il part de la logique même du texte. Il repose donc sur une analyse de détail du texte qu'il faudra reconstruire. En ayant dégagé le plan rationnel du texte vous avez identifié la thèse partielle (la thèse de la partie, ou la sous-thèse). C'est celle-ci qui vous servira de guide et qu'il s'agira d'établir à la fin de chaque partie en ayant rencontré l'adversaire à cette thèse.

Par exemple, concernant le texte de Thomas d'Aquin, la thèse de la première partie est :

I/ Les lois, établies pour le bien commun, sont pourtant imparfaites du fait de leur généralité. (L.1 à 4). C'est ce qu'il faudra démontrer. Pour cela, les notions de « loi », de « généralité », de « bien commun », d'« imperfection » devront être précisées. Le concept de Loi est bien entendu un concept principal.

Rappelons le texte : « *Parce que les actes humains pour lesquels on établit des lois consistent en des cas singuliers et contingents, variables à l'infini, il a toujours été impossible d'instituer une règle légale qui ne serait jamais en défaut. Mais les législateurs, attentifs à ce qui se produit le plus souvent, ont établi des lois en ce sens.* »

On montrera :

1/ La loi se réfère aux actes de liberté dont elle prescrit les conditions en vue d'un bien commun. On précisera les finalités des lois (le bien commun) et on donnera des exemples. Ex : la manière d'éduquer un enfant dans une famille, les règles des contrats commerciaux, le Code de la route. C'est une conception communautarienne des lois, une visée d'un « bien vivre ensemble ». Elle s'oppose à celle de Hobbes pour lequel l'institution légale n'a pas pour but le bonheur commun mais l'évitement de la violence généralisée par la force d'un pouvoir autoritaire.

2/ Mais la loi est générale du fait de l'infinité des possibilités de la liberté. C'est son imperfection majeure (Ex : les situations du Code de la route).

3/ Malgré cette imperfection, nul législateur de ne renonce à établir des lois. C'est que ce défaut peut ne pas en être un ou trouver un correctif : lequel ? Ce défaut en est-il vraiment un ? Pour Hobbes, ce n'est pas une imperfection, mais une détermination de l'autorité que de prescrire des normes.

En résumé, l'écriture du plan détaillé doit indiquer le minimum à expliquer dans la rédaction :

I/ Les lois, établies pour le bien commun, sont imparfaites du fait de leur généralité. (L.1 à 4)

1/ La finalité des lois est d'établir les règles sociales des actes humains. Ex : les règles commerciales. Contre Hobbes.

2/ L'imperfection structurelle des lois est alors leur généralité. Ex : Code de la route.

3/ Mais, malgré cette imperfection, nul législateur ne renonce à établir des lois. Ce défaut en est-il un ? Voir Hobbes.

II/ C'est pourquoi, certaines circonstances les prennent en défaut relativement à leur finalité. (L.4 à 8).

1/ Le rapport de généralité du principe législatif à ses conséquences. Ex : rendre une dette est un principe fondateur.

2/ Ex : un dépôt dangereux. Le problème du danger. Ou encore : un accouchement d'urgence, il faut rouler rapidement sur la chaussée.

3/ Qui est donc le législateur : le citoyen ou le souverain ? La finalité des lois ou leur principe d'établissement ? Que faire ? À qui de faire ?

III/ Par conséquent, il est nécessaire de bien juger de l'application des lois selon les circonstances, ce en quoi constitue la vertu d'équité. (L.8 à 11).

1/ Le bien et le mal moraux jugent de la légalité dans la perspective communautarienne de Thomas d'Aquin. Il existe donc un principe de jugement de la loi extérieur à la loi. Mais, pour Hobbes, elle remet en question l'autorité de la loi.
2/ L'équité est une vertu correctrice de la loi.
3/ Mais de qui est-ce la vertu ? Du citoyen (Aristote) ou du législateur (Hobbes) ? Qui gère donc l'exception à la loi ?

Vous constatez ici que le plan tisse les éléments du texte et la problématique. Cela n'a été rendu possible que par la réflexion conceptuelle en amont sur le texte, qui a mené à sa problématisation. En ce sens l'explication du texte n'est pas paraphrastique – cherchant seulement à redire le texte autrement – mais réflexive. Ce qui établit la réflexivité de l'explication est l'appropriation réflexive du texte.

III. Rédaction

Le devoir d'explication de texte comprendra nécessairement une introduction, un développement (en autant de parties qu'il y a de parties du texte) et une conclusion. Chaque partie comprendra elle-même une introduction partielle (« partielle » signifie « de la partie »), des paragraphes construits, une conclusion partielle avec transition vers la partie suivante – hormis la dernière partie. Enfin, chaque paragraphe sera construit lui-même avec une introduction, un développement et une conclusion de paragraphe. Les conventions d'écriture à respecter sont les mêmes que celles énoncées dans la méthode de dissertation.

1. Introduction

Le but de l'introduction de l'explication de texte est de présenter le texte et sa problématique.

L'introduction comporte plusieurs éléments, dont l'expression n'est pas toujours dans cet ordre : (A) une approche ; (B) une synthèse introductive du texte ; (C) la problématisation du texte ; (D) une formule introduisant le plan de votre développement.

A. Approche

Comme toujours, on entre dans le discours par son thème au travers d'un exemple ou d'une référence claire, qu'on interroge. Cela se nomme une « approche » ou « une mise en situation » du texte. Il permet de comprendre la situation à laquelle le texte fait face. Cela facilitera sa compréhension et sa problématisation.

Concernant le texte de Pascal :

→ « Pour Épicure, le bonheur se reconnaît au plaisir. Mais le plaisir est une certaine passivité, qui vient de l'exercice des facultés sensorielles en présence de ce qui leur procure de la jouissance, comme le plaisir de l'eau et du soleil sur la plage. Pourquoi alors prétendre que le bonheur viendrait de la multiplicité des activités et des responsabilités ? »

B. Synthèse introductive du texte

Il s'agit de mentionner l'auteur, en le situant chronologiquement si vous le pouvez. Puis d'énoncer son thème, la question à laquelle il répond, sa thèse, et le plan synthétique de son argumentation. Ce faisant vous aurez synthétisé le texte. C'est là le corps de votre introduction. Ici, concernant le texte de Pascal.

→ « C'est ce que, au XVIIe siècle fort des discussions jansénistes sur le péché originel et la grâce, Blaise Pascal essaye de comprendre en soutenant que l'homme ignore les voies de son propre bonheur et paradoxalement se trompe lui-même sur ce qui lui permettrait de le comprendre. Ainsi, dans un premier moment il rappelle que selon l'opinion commune le bonheur est rattaché au travail et à la responsabilité. Dans un second moment, plus analytique, il juge que c'est bien là un bonheur paradoxal car il empêche de jouir de la vie, mais que, l'enjeu de cette conception du bonheur n'est pas de rendre heureux mais de masquer la vérité par le divertissement, car la lucidité semblerait faire le malheur de l'homme. Il conclut d'une phrase qui semble très pessimiste quant à l'état du cœur de l'homme et de sa capacité à être réellement heureux. »

Vous percevez ici qu'on aurait pu mettre les éléments dans un autre ordre et plus directement. Par exemple, en commençant par l'auteur, le thème, la thèse, le problème, le plan, et en situant d'emblée la controverse.

C. Problématisation

Il s'agit alors de discerner l'enjeu du texte à partir de sa controverse.
Ici, par exemple :

→ « Mais y a-t-il une voie possible de bonheur par la vérité ? La vérité rend-elle nécessairement malheureux ? »

D. Indication du plan

Ayant indiqué le plan du texte dans la synthèse introductive, vous pourrez vous contenter d'une formule générale comme :
« *Dans notre exposé, nous suivrons le plan du texte.* »

2. Écriture du développement

Elle comprend, dans l'ordre : (A) une introduction partielle ; (B) un développement en plusieurs paragraphes ; (C) une conclusion partielle à laquelle s'ajoute une transition, hormis dans la dernière partie.

A. Introduction partielle

L'introduction partielle indique par anticipation la thèse du paragraphe. Elle répète essentiellement le titre de la partie. Concernant le texte de Pascal :

→ Selon Pascal, le bonheur humain est défini ordinairement comme une vie vertueuse et responsable.

B. Les paragraphes

Chaque paragraphe doit contenir nécessairement des éléments du texte, chacun étant analysé. Il doit contenir aussi des exemples et des éléments du débat problématique. Évidemment chaque paragraphe ne contient pas ces éléments au même degré. Certains paragraphes analyse des exemples présents dans le texte, d'autres travaillent plus sur le débat.

La *première* phrase du paragraphe, comme toujours, donne la direction du paragraphe et la *dernière* la synthétise. Les éléments du texte sont entre guillemets et sont toujours analysés. <u>L'alternative</u> est énoncée.

Par exemple, concernant le texte de Pascal :

→ Pascal rappelle cette opinion ordinaire, celle par exemple des parents qui ambitionnent des responsabilités multiples pour leurs enfants et qui contraignent leurs enfants de toutes sortes d'apprentissages : « les langues et des exercices ». Dans l'éducation, les parents demandent aux enfants d'avoir « soin de leur honneur », c'est-à-dire de leur rang social, et aussi « de leur bien » c'est-à-dire de leur propre autonomie et indépendance. Aussi, on leur demande d'assumer leur être social en faisant attention à leurs amis. Et ce déploiement de l'intérêt pour les autres va jusqu'à les traiter comme s'ils étaient nous en restant attentif à leur honneur et leurs biens. En ce sens, être heureux suppose d'agir en personnes responsables. Il s'agirait d'assumer sa réalité comme individu de nature sociale, comme le remarque Aristote, par des actions conséquentes.

Sur le plan détaillé devrait figurer la première phrase de chaque paragraphe.

C. La conclusion partielle et la transition

La *conclusion partielle* reprend la thèse de la partie en y ajoutant l'argument principal et l'enjeu problématique. Elle fait le point sur ce qui est atteint à ce moment précis du texte.

La transition anticipe sur la suite du texte. Elle s'exprime le plus souvent par une question dont **l'introduction partielle** de la partie suivante constituera la réponse.

Vous regarderez des exemples dans les diverses explications de texte.

Chaque partie est donc ainsi organisée : commençant, se développant et se rassemblant dans son principe établi par l'explication, tout en suivant l'ordre du texte. Vous y utiliserez les éléments synthétisés préalablement, en particulier le TTQPP.

3. Conclusion

Le but de la conclusion est de rappeler la réponse argumentée de l'auteur à la problématique et de situer l'enjeu de la discussion.

Elle rappelle (A) *la réponse argumentée* ; (B) elle situe l'adversaire ; (C) **elle propose une évaluation du texte et la poursuite de la réflexion sur le thème**.

Conclusion

L'explication de texte est bien un art proche du tissage. On tisse ensemble le fil du texte, de ses principes et de sa discussion. La trame fondamentale reste cependant bien celle du texte lui-même dont il s'agit de découvrir le sens, les fondements rationnels et les enjeux.

Évidemment, on évitera les deux excès que sont, d'une part, la paraphrase, qui ne problématise pas, et le commentaire, qui n'explique pas le contenu et se sert du texte comme prétexte à un discours autre.

Ces excès étant évités, la vraie difficulté est de produire une excellente explication à la fois fidèle et problématisée. La clé est d'expliquer les éléments du texte – tous les éléments – au niveau de la problématique. Là se trouve l'excellence que vous cherchez.

Chapitre 1

Le langage

Je révise et je me perfectionne

I. Les mots et les images du langage

Langage, langue, code, parole

Le **langage** désigne la faculté des signes. Elle est d'abord une faculté sémantique – celle de la perception d'un monde du sens –, mais aussi une faculté herméneutique – d'interprétation des signes et donc du sens –, encore une faculté artistique de production de signes, et enfin une faculté de communication par des signes.

La **langue** désigne un système évolutif de signes vocaux ou écrits utilisé par un groupe humain. La langue présuppose le langage pour être vive. Elle semble constituée conventionnellement comme un code, mais, en réalité, elle désigne un ensemble de signes dont l'usage dans un groupe est dynamique et évolutif. Un **code** est la fixation formelle du rapport entre un signifiant et un signifié. Le morse est un **code** comme les différents langages informatiques (le LilyPond, dédié à l'informatique musical, le POV-Ray dédié au graphisme ou des langages plus généraux comme anciennement le Cobol ou le Pascal, ou encore aujourd'hui le Python ou encore des langages de programmation comme le Java). Un code est un moyen de communication toujours déterminé en un sens unique (univoque) à la différence de la langue qui fonctionne plus par métaphores et analogies.

La réduction communicationnelle de la langue au code conduit à la disparition de la fonction poétique de la langue comme à sa fonction heuristique (inventive). Au contraire, la **parole** c'est l'acte du langage dans la langue. C'est le langage vivant, incarné, et qui réinvente sans cesse la langue tout en l'utilisant.

Signe, signal, symbole

Un **signe** désigne une réalité sensible dans laquelle s'articulent un signifiant et un signifié. La réalité sensible peut être un son, un mot, un écrit, un objet naturel ou artificiel. Le signe est la matière du langage. La science des signes est appelée la **sémiologie** (du grec, *semeion,* le signe) alors que la

sémantique s'intéresse au sens, en particulier à son étymologie (du grec, *semen*, la semence) et l'**herméneutique** à l'interprétation des signes.
Alors que le signe articule le monde du sens avec un monde sensible, le **signal** est une réalité sensible qui ne fait que désigner une autre réalité sensible. Ainsi, de nombreux oiseaux ont des chants d'alertes permettant d'indiquer la proximité d'un danger ou des singes montrent avec leurs doigts des objets d'attention. L'homme est capable, dans l'ensemble des outils de sens qui sont les siens, d'utiliser et interpréter des signaux, comme ceux du Code de la route, ou comme des cris de douleur ou de plaisir. Si le signe peut se faire signal, en revanche, le signal est un signe minimal. Les animaux utilisent ainsi de signaux mais pas formellement de signes désignant des entités abstraites.
Comme le signal, le symbole est un signe engagé dans une réalité sensible. Le lion est ainsi le symbole de la force ou du courage ; la rose est le symbole de la beauté et du secret, en raison de la fermeture de ses pétales. Le **symbole** est d'abord un signe naturel au sens où il désigne une idée par ce qu'il est naturellement de sorte que, par le symbole, l'expérience naturelle nous introduit au monde du sens. Le premier symbole, montrent les psychanalystes, est sans doute le corps et le premier référent le corps de la mère. L'expérience, lorsqu'elle dure, peut faire d'une réalité non naturelle un symbole. Ainsi, le sac à main de marque est-il un symbole de richesse et de raffinement. Et le sens des symboles peut évoluer par l'expérience et par les situations historiques et géographiques. Inscrit originellement dans la nature, l'expérience l'inscrit dans la culture parce qu'il est un référent stable de l'expérience.

Parler, communiquer, s'exprimer

On aura compris que **parler** c'est incarner une pensée. La parole est rattachée à un sujet parlant. La parole est en cela toujours une **expression**, c'est-à-dire une manifestation du sujet par le moyen de la langue et du corps qui porte la parole. Mais, si parler c'est souvent **communiquer** au sens de transmettre des discours à d'autres, l'acte de parole ne vise pas nécessairement à transmettre un message destiné à être compris par le récepteur. Accueillir l'expression d'une parole, comme le fait un psychanalyste, comme dans une conversation ordinaire, n'engage pas nécessairement une pleine compréhension mais d'abord l'accueil de ce qui se dit.

II. Problématiques du langage

1. Langage et communication

Pour bien des gens, depuis la linguistique de Ferdinand de Saussure (1857-1913), le langage n'est qu'un instrument de communication. D'emblée il s'agit de prendre le contre-pied de ce préjugé scientiste et utilitariste pour saisir les véritables enjeux du langage.

La communication désigne schématiquement la transmission d'un message par un code depuis un émetteur jusqu'à un récepteur. Georges (émetteur) dit à Françoise (récepteur) : « Chérie, le gigot et les haricots sont prêts » (message codé). Ici, le code est la langue française et le message est l'annonce que le repas est prêt. Analysons chacun de ces présupposés et montrons leurs limites.

Premièrement, il y a l'idée qu'une pensée précède le langage, celle du message à énoncer (« le repas est prêt »). Or, cette idée est fausse, d'abord parce que le message est lui-même du langage, de sorte qu'il faudrait penser une préexistence du langage au langage, ce qui est contradictoire. Aussi, parce que la plupart des énoncés de la langue ordinaire se font sans y penser vraiment et la penser qui correspond à l'énoncé vient en l'énonçant. Comme le dit Hegel dans *L'Encyclopédie des Sciences philosophiques en* abrégé (1830) : « C'est dans les mots que nous pensons ». En ce sens, les situations langagières n'engagent que rarement une pensée précédant le langage. Cette situation n'est qu'un cas particulier.

À cela s'ajoute, deuxièmement, l'idée qu'il faudrait *encoder* le message, de manière à le faire correspondre à la pensée préalable, elle-même dépourvue de langue. Un code, comme le dit Saussure, c'est la correspondance lexicale et grammaticale entre des mots et des représentations mentales. Chaque langue use d'un code qui lui est propre. La « vache » se dit « vache » en français et *cow* en anglais, *vaca* en espagnol, et *çêlek* en kurde. « Il en est du langage comme d'un poste d'aiguillage où les choses les plus différentes s'exécutent à l'aide de manettes, les mots correspondant aux manettes », dit Ludwig Wittgenstein dans ses *Remarques philosophiques* (1953). Mais, note Maurice Merleau-Ponty, pour décider un code, il faut se parler et avoir déjà un code. L'idée que le langage soit du code présuppose donc déjà le langage. C'est donc que le langage est autre chose.

Troisièmement, la situation langagière fondamentale n'est pas celle d'abord qu'un émetteur ait quelque chose à dire à un récepteur pour l'en informer. Elle est celle d'être ensemble dans du langage, avec le désir d'une relation. Le langage met en relation plus qu'il ne communique des informations.

Par conséquent, le langage ne se réduit pas à un instrument de communication. Il précède la communication. L'identification du langage à la communication instrumentalise le langage alors que le langage préexiste à notre naissance et constitue le milieu d'accès à notre conscience de soi. On peut ajouter que la communication elle-même dépend de conditions institutionnelles, médiatiques ou organisationnelles qui ne relèvent pas du seul ordonnancement des mots. Saussure a donc tort dans sa théorie fondamentale du langage. Il constate que l'homme use de signes pour communiquer, et il pense que la fonction du signe est de communiquer, alors que le pouvoir du signe est plus large.

2. Le monde du langage

Si le langage est le pouvoir du signe, qu'est-ce que le pouvoir du signe ?

Revenons à Saussure. Le signe est pour lui une réalité qui articule un signifiant et un signifié. Le son « vache » est un signifiant qui signifie « ce qu'est une vache » ou qui désigne cette vache-là du nom de Marguerite. « Vache » est un signe qui se différencie d'un bruit, lorsqu'il est parlé, ou d'un gribouillis, lorsqu'il est écrit, parce qu'il articule un signifiant et un signifié. Ce que Saussure appelle « le langage articulé » est ce pouvoir de fabriquer et d'utiliser des signes. Le signe, c'est cette relation du signifiant et du signifié.

Mais, avant même qu'ils soient fabriqués ou utilisés encore faut-il qu'ils soient perçus comme des signes. Le langage, en ce sens, c'est le monde du signe. C'est la capacité à évoluer dans un monde qui a du sens, qui est signifiant et signifié, un monde sémantique, un monde symbolique. Ainsi Charles Baudelaire (1821-1867) peut-il écrire dans ses *Correspondances* que « La Nature est un temple où de vivants piliers / Laissent parfois sortir de confuses paroles ; / L'homme y passe à travers des forêts de symboles / Qui l'observent avec des regards familiers ». Ce faisant, le poète nous montre que par le langage, l'homme évolue dans un monde où tout a sens, même dans « de confuses paroles ». Et il soutient que ce sens fait de la Nature « un temple » puisque ce qui est signifié touche au domaine du sacré. Le langage nous place dans un monde plein de sens. Ce qui signifie que la Nature n'est pas seulement nature, ensemble de réalités déterminées en interactions (voir le chapitre sur la nature), mais qu'elle est plus qu'elle-même parce qu'elle a du sens.

Que signifie « avoir du sens » ? À du sens ce qui parle à notre esprit. On le dit « intelligible » parce qu'il parle à l'intelligence, mais ce qui a sens et fait sens est plus large que ce que notre intelligence peut comprendre. L'amour, le sacré, la vie, la poésie, etc. sont des domaines pleins de sens et pourtant qui ne sont pas toujours intelligibles. En cela, le langage s'inscrit dans l'expérience vitale spirituelle au sens large. Il fait que l'expérience est signifiante parce qu'elle signifie quelque chose.

Le monde du langage est ainsi un monde de signes ouvrant à un monde de sens, et ne constituant à deux qu'un seul univers. Le langage est ce pouvoir vital de perception, de production et d'utilisation des signes.

3. Comprendre le langage

Mais il faut aller plus loin. Pour percevoir des signes et les utiliser, encore faut-il pouvoir les comprendre. Le pouvoir du signe est le pouvoir de les interpréter, c'est-à-dire de percevoir qu'une réalité est un signe ou qu'elle fait signe. Toute la Nature fait signe, avons-nous dit avec Baudelaire. Certes. Mais nous sommes capables d'interpréter les niveaux de sens. Si quelqu'un nous parle, nous tentons de le comprendre. Le comprendre sera décodé sa langue, interpréter ce qu'il signifie. Ainsi, lorsque Georges dit à Françoise : « le dîner est prêt », il peut signifier qu'il faut passer à table, ou encore qu'il attend, ou encore faire remarquer qu'aujourd'hui il s'est donné la peine de faire le repas et qu'on devrait lui en être reconnaissant, ou encore que les rôles genrés ont été redistribués, ou encore qu'il est un excellent cuisinier, ou tout simplement que puisque le gigot et les haricots sont chauds il faudrait passer à table avant qu'ils refroidissent. En fait, tout cela se dit ensemble.

Le signe est donc une réalité qui appelle une interprétation. Le pouvoir du langage est ainsi un pouvoir *herméneutique* (du grec *hermeneuein*, interpréter). Il ouvre à ce que Ludwig Wittgenstein appelle des « jeux de langages » c'est-à-dire la possibilité de déplacer les sens selon les situations que les locuteurs veulent créer entre eux. L'humour joue beaucoup sur les déplacements de sens. Ainsi lorsque Woody Allen écrit à propos de sa judéité et des juifs : « Dieu n'existe pas et nous sommes son peuple élu », il joue sur le sens du mot « élection » et sa valeur dans un monde sécularisé pour produire un étonnement et un rire. La poésie aussi joue sur l'empilement des sens ou le jeu des relations de sens, comme on l'a vu plus haut à propos de Baudelaire. La poésie est en ce sens éminemment représentative du pouvoir interprétatif du langage puisqu'elle peut ouvrir différents domaines de sens et travailler à des lectures à niveaux différents. La fable de La Fontaine, « le corbeau et le renard » est évidemment une fable se moquant des courtisans royaux et dénonçant la fragilisation du pouvoir royal qui s'en suit : « tout flatteur vit au dépend de celui qui l'écoute ».

Le langage est un pouvoir herméneutique. Dans le mythe biblique de l'Adam originel énoncé au livre de la *Genèse*, Adam est présenté comme nommant les animaux. Nommer c'est interpréter de façon juste. C'est bien entendu un pouvoir de la pensée qui ordonne, organise, limite, situe, autorise, institue, le sens vrai. À la fois elle le perçoit mais aussi elle le produit par un découpage particulier du sens. Parler, au sens du pouvoir d'user de langage, c'est ainsi être capable d'interpréter le sens du monde en le recevant et en s'y situant.

4. Langage et pensée

Mais, pour interpréter de façon juste, n'a-t-on pas besoin de la raison? La raison est-elle indépendante du langage ou n'est-elle que le nom donné à l'usage des mots? En ce sens, le langage précède-il la pensée ou la pensée précède-t-elle le langage?

D'une certaine manière la raison précède logiquement le langage parce qu'elle permet de discerner l'usage vrai de l'usage faux du langage. « Bien nommer c'est bien penser » ; et réciproquement, « bien penser c'est bien nommer ». C'est ce qu'énonce la sentence célèbre du classicisme de Boileau dans son *Art poétique* (1674) : « Ce que l'on conçoit bien s'énonce clairement, et les mots pour le dire arrivent aisément ». L'époque classique, dont Boileau est un éminent représentant, soutient que la pensée dirige l'usage du langage, exprimant une conception intellectualiste de ce dernier. En effet, maîtriser le langage c'est maîtriser l'usage des signes, ce qui relève d'un travail de la raison. La traduction est par excellence ce travail réfléchi où le discernement du sens domine pour transposer un texte d'une langue dans une autre, et donc d'une vision du monde à une autre.

Mais, inversement, sans langage, la raison serait impuissante à prendre conscience d'elle. Ainsi disait Hegel dans un texte précédemment cité : « C'est dans les mots que nous pensons. Nous n'avons conscience de nos pensées déterminées et réelles que lorsque nous leur donnons la forme objective, que nous les différencions de notre intériorité, et, par suite, nous les marquons de l'activité interne la plus haute. C'est le son articulé, le mot, qui seul nous offre l'existence ou l'externe et l'interne sont si intimement unis. Par conséquent, vouloir penser sans les mots, c'est une tentative insensée ». Pour le philosophe berlinois, le langage permet la conscience de soi en distinguant la vie intérieure du monde, tout en les reliant. Le langage ouvre la possibilité de la pensée autonome. Il révèle l'autonomie de la pensée en étant reçu par la pensée.

Nous retrouvons la question permanente et apparemment insoluble de l'origine : « qui de la poule ou de l'œuf arrive le premier ? ». Ce qui est certain est que langage et pensée sont indissociables. Maurice Merleau-Ponty, dans *Signes,* permet de sortir partiellement de ce dilemme. En effet, il montre que c'est bien par le langage que nous apprenons à parler et que nous y progressons. Chaque mot délimite un espace de sens qu'un autre mot vient préciser ou avec lequel il joue. Ainsi, pour distinguer entre la liberté et le libre arbitre (voir le chapitre sur la liberté), je vais utiliser d'autres mots qui sont des concepts : le « choix », la « volonté », la « responsabilité », la « raison », etc. En parlant, et donc en utilisant des mots, je creuse, découpe et précise le sens des mots. Parler c'est ouvrir le temps des mots.

Le langage est ainsi une dynamique temporelle de la parole et pas seulement le réservoir toujours identique du rapport des signifiants aux signifiés dans d'éternels dictionnaires. Au contraire, les mots changent de sens dans les usages. Ces derniers détournent, précisent, transforment, ouvrent ou referment, du sens. À l'évidence, le mot « foyer », dans des maisons ou des appartements contemporains dépourvus de cheminée, ne signifie plus la même chose qu'au XIXe siècle. Le mot « famille » s'est ouvert avec les transformations contemporaines de la famille. Le langage est ainsi un outil de formation de la pensée qui, en retour, est transformé par la pensée.

D'un côté le langage est plus que la pensée, car il rassemble un héritage historique considérable qui dépasse la pensée individuelle. De l'autre, le langage n'a de réalité que dans l'usage qui en est fait par la pensée. Finalement, le langage, comme réservoir dynamique de signes, est le conditionnement permanent de la pensée qui, sans elle, serait comme une âme sans corps, dépourvue de réalité, de puissance, d'expression et de conscience. Et inversement, sans pensée le langage serait totalement dépourvu de vérité.

5. L'origine du langage : langue naturelle et langue artificielle

Le langage est ainsi un fait humain total. On peine à discerner son origine parce que tout semble se donner ensemble en lui : la société, l'histoire, la pensée, la conscience. Peut-on ainsi dégager une origine du langage, tant il semble rattaché à l'origine de la nature humaine comme nature rationnelle ? Resterait cependant à établir comment l'homme vient au langage, et par quelle langue, parlée par qui ? La question porte certainement sur le fait que l'homme apprenne à parler par une relation originelle. Ce qui est en jeu est donc de penser la filiation originelle de l'homme. Mais, cette question est plus l'objet de mythes et de croyances que d'investigations philosophiques ou scientifiques rationnelles. Ce qui est certain c'est le fait linguistique et sémantique. Son origine est la question de l'origine de l'homme. D'où vient l'homme ? Quelle relation originelle serait la sienne ? Tous les grands mythes de l'humanité se confrontent à cela et tentent de l'exprimer dans un langage symbolique. Sur ce point, aucun fait scientifique, aucune explication n'est définitive, parce que cette origine est perdue dans la nuit des temps. Et aussi, note Paul Ricœur, parce que, pour connaître factuellement cette origine, il faudrait n'être pas immergés dans le langage. Or nous le sommes. Ce n'est donc que par des mythes que nous parvenons à une représentation symbolique de cette origine mais jamais par une explication de type scientifique.

Chapitre 2

La nature

Je révise et je me perfectionne

I. Les mots de la nature

Nature, monde, cosmos, univers

La **Nature** désigne le principe de ce qui est matériel et en mouvement dans notre expérience, et qui s'oppose au domaine de la liberté (art, culture, morale). Elle est une notion plus restreinte que celle de **monde** puisque le monde est tout ce qui se présente à notre perception, y compris l'art, la culture et la morale. Le monde naturel peut se distinguer du monde de la liberté. Mais, en ce cas, la Nature pourrait apparaître comme un contenant global, un lieu. Toutefois, les anciens remarquaient que la Nature elle-même était contenu dans un **cosmos**, et donc un ordre global associant terre et ciel. Mais si les anciens séparaient les lois terrestres (sub-lunaires) et les lois célestes (supra-lunaires), les modernes à partir de Galilée (1615) les identifient comme des lois générales de la nature et de la matière, isomorphes, c'est-à-dire identiques dans toutes les régions de **l'univers**. La nature est alors comprise dans un contenant infini et mathématisable : l'univers. « L'univers est écrit en langage mathématique », disait Galilée. L'univers est l'idée mathématisée du monde et de la nature. C'est le Tout.

Dieu, panthéisme

La Nature, comme principe premier et contenant universel pourrait enfin s'opposer à l'idée de **Dieu**. Dieu est l'idée d'une cause première de la nature et de la liberté ensemble, dit Kant, qui n'est pas la Nature. Mais Spinoza identifiera au contraire Dieu et la Nature (*Deus sive Natura,* Dieu ou la Nature) puisque la Nature exprime les lois divines et l'immanence de Dieu au monde. On appelle ***Panthéisme*** la doctrine qui identifie Dieu et la Nature, rabattant la transcendance supposée de Dieu à l'immanence expérimentée de la Nature. Le Panthéisme engage alors une religion de l'anonymat divin, sans Je transcendant.

- **Écologie, environnement, terre**
  La Nature désigne aussi ce qui nous entoure et préside à notre naissance, qu'il s'agisse du contenant de notre vie ou de l'ensemble des êtres qui nous précèdent indépendamment de l'art. Il y aurait ainsi un ordre naturel. **L'écologie** se veut ainsi la science qui étudie la relation du vivant, de l'homme en particulier, avec son milieu naturel. Elle s'intéresse à **l'environnement**, qui est ce qui entoure l'homme et son action, et qui doit être de valeur positive. Mais l'environnement est une notion variable, puisque l'environnement dépend de l'art humain alors que la nature est un donné. Un paysage appartient à l'environnement, aussi artificiel soit-il. Il ne va donc pas de soi que l'écologie cherche à étudier l'ensemble de la nature et à la préserver. En revanche, si on considère que l'écosystème principal de l'homme est celui de la **terre**, on comprend que l'écologie s'y intéresse. Selon le mot de Husserl, philosophe du début du XXe siècle, attentif à notre perception native : « la terre ne tourne pas » parce qu'elle est le sol originaire de toute perception, y compris de l'univers mathématisé de Galilée ou Newton.

- **Inné, acquis, nature et culture**
  Globalement, on voudrait distinguer entre ce qui est donné à l'homme dans sa vie par la nature, qu'on qualifie d'**inné** de ce qui lui est ajouté par un processus culturel, qu'on qualifie d'**acquis**. La réduction de l'inné au naturel est idéologique puisqu'il est naturel à l'homme d'avoir une culture. Cependant, il est pertinent de distinguer, sans les opposer absolument, la **nature et la culture**. La nature désignerait ce qui précède tous les processus symboliques de la culture. On met alors en valeur le fait que la culture est ce qui nomme et accorde une valeur à la nature, en lui étant partiellement différentié.

II. Les problématiques de la nature

1. Une réalité à la fois simple et complexe

Pour la philosophie antique, la philosophie consiste à connaître la nature et à s'y situer. Étymologiquement le mot « nature » vient du latin *nascor*, et cela signifie que la nature serait ce qui préside à la naissance de toutes choses. La nature désigne alors un principe premier du réel. Baruch Spinoza distingue deux aspects de la nature : la Nature naturante, comme principe global universel ; et la Nature naturée, comme l'ensemble des choses naturelles dépendantes de la

Nature naturante et distincte de l'art humain. La nature est donc ce qui nous précède, nous enveloppe, nous constitue et nous fait agir, au moins partiellement.

Peut-on la connaître ? La science se veut classiquement l'établissement des lois de la nature à partir de leur vérification expérimentale. La loi de l'apesanteur, les lois génétiques du vivant, les lois de la thermodynamique, constituent des exemples de lois naturelles. Mais la Nature comme principe n'est en réalité jamais connue ainsi, seulement la loi de phénomènes naturels, tels qu'ils apparaissent à l'expérimentateur et à ses théories. De fait, pour la connaître, il faudrait lui être extérieur. C'est tout au plus une prétention de la théologie de la création, pensant la nature à partir de l'acte de Dieu qui se révèle dans une religion, mais c'est une impossibilité philosophique, puisque le philosophe est toujours au-dedans de la nature. La pensée immersive de la Nature est toujours une pensée modeste. Pourtant des auteurs comme Aristote sont parvenus à penser certains principes de la nature.

2. La complexité de la nature

En effet, dire que la Nature nous, précède, nous enveloppe, nous génère, c'est indiquer une complexité de la nature naturée, ainsi qu'Aristote l'a analysé dans ses *Physiques*. Prenons le temps de la considérer dans cette introduction générale, car l'idée commune est souvent de regarder la Nature comme une réalité monolithique, uniforme et constante.

La nature, montre-t-il, est à la fois une matière et une forme, une efficience et une finalité. Comme matière elle nous conditionne et nous constitue. C'est une donnée évidente que la nature est matière (en grec *hulè*). Le corps est la réalité matérielle en laquelle notre vie se réalise. Il est composé d'éléments divers, d'organes qui fonctionnent plus ou moins bien. Comme réalité matérielle, le corps est soumis à l'apesanteur, existe dans l'espace et le temps. De manière évidente la nature est matière, un ensemble d'éléments, de matières diverses, de rochers, de molécules, de corps vivants. Cependant, remarque Aristote, cette matière se présente de façon organisée : on perçoit un corps vivant, mais c'est un corps particulier, un rocher, un termite, un chien, un homme, tel homme ou tel autre. Le corps a donc telle structure, telle organisation. Pour les désigner, Aristote emploiera le terme de « forme » (en grec *morphè*). La forme est relative à la matière et réciproquement, inséparable comme l'empreinte de l'euro et le métal de la pièce sont inséparables, comme le bureau et le bois du bureau. On appelle du nom d'« hylémorphisme » la doctrine soutenant cette double structure de la nature.

Mais réduite à cette double structure, la vision de la nature est fixiste. On dira que c'est de la nature du bureau d'être solide, de la nature de l'État d'être autoritaire, de la nature de l'homme ou de la femme d'avoir tel rôle social, en référence à une essence immuable. Or la nature est en mouvement et cause de mouvement et il s'agit de comprendre la structure de ce mouvement. Aristote met en valeur deux principes de mouvement : le premier précède le mouvement : une flaque d'huile associée à la vitesse et au freinage, cause le dérapage de la moto et son accident, le vent fait tomber la tuile, et la présence de vent s'explique puisqu'il repose sur le différentiel des températures des masses d'air, etc. La nature comme cause efficiente est probablement ce qu'on repère le plus comme « nature ».

Mais, demande Aristote, « pourquoi ? », « en vue de quoi ? » – le mouvement a-t-il lieu ? « Vers quelle fin ? » Il s'agit de bien le comprendre. Le grain de blé grandit, se déploie, donne la tige, les feuilles, puis les fruits. Cela est ordonné, et la croissance du blé ne produit pas... une voiture de collection ! Ou des pommes ! La croissance et la fécondité semblent une finalité du vivant, ce vers quoi le mouvement naturel s'oriente.

Avec Aristote, nous découvrons ainsi une complexité structurelle de la nature. Elle est matérielle, organisée, déterminée et partiellement finalisée. C'est un état de choses statique et une dynamique, une grande variété de réalités et un principe unique, une potentialité et une réalisation.

Le fait que les causes soient interdépendantes permet à Aristote de penser une unité sous-jacente, et par un raisonnement inductif, de saisir l'unité du principe de la Nature (en grec, la *physis*). Mais est-ce un nom unique pour une réalité multiple ? Chaque cause aussi conditionne l'autre. La nature elle-même semble conditionnée par d'autres principes, comme la liberté individuelle qui l'oriente, s'y oppose où l'intègre. Or, si la nature est conditionnée, est-elle un principe premier ? Et comment identifier clairement ce qui est « nature » ou « d'une nature », ce qui change de « nature » ou non : l'évolution des espèces, la transsexualité, l'existence d'un artifice, en général ? Et tout est-il « nature » ? La nature constitue-t-elle une valeur immuable ? Si « oui », alors que peut-on s'autoriser à changer ? Se posent là, notera Aristote à nouveau, la question de la place de l'art, de la culture, de la morale et de la religion, parallèlement à la nature. Plus généralement, il s'agit de la place de ce qui n'est pas nature, à savoir la liberté et Dieu, relativement à la nature.

3. Ce qui n'est pas nature : l'art, la culture, la morale, et donc la liberté en général

Commençons à distinguer ce qui est nature de ce qui ne l'est pas. La nature relève du fait qui s'impose, mais sur lequel on peut aussi agir. La nature s'oppose à un principe d'action humaine qui la transforme et qu'Aristote appelle l'art, c'est-à-dire un travail organisé à partir d'un projet. Aussi, la nature s'oppose à la culture qui la nomme et en use. La nature est un ordre du fait, la culture un ordre symbolique qui « parle la nature », l'élève au rang éventuel d'une signification et d'une valeur. Ce n'est pas en soi que la nature a de la valeur, c'est relativement à l'usage culturel qui la reconnaît et en fait usage. Certaines cultures sacralisent des cours d'eaux, d'autres bâtissent des barrages. Enfin, si la nature se donne comme un fait, c'est la liberté qui se donne comme un ordre moral qui organise les passions ou s'y adonne, qui transforme le monde et en a l'usage, de sorte que, ce qui s'impose de l'intérieur de la liberté soit autre chose que la nature, mais relève de l'ordre de la morale. On distinguera ainsi la nature et l'art, la nature et la culture, la nature et la morale, et plus généralement la nature et la liberté.

La question se pose cependant de leurs relations et de leur interdépendance. La liberté, elle-même, n'est-elle pas un fait de nature ? La culture n'est-elle pas une donnée de la nature humaine ? L'homme n'a-t-il pas une « nature » ? Et la nature ne constitue-t-elle pas une valeur pour la liberté ? Si c'était le cas, laquelle ? Pour certains la nature indiquerait une limite à ne pas dépasser dans l'action, voire même l'indication de ce qu'il faut tendre à réaliser dans l'action et qui sert de norme (on appelle cette doctrine le « naturalisme »). La position naturalisme s'est observée par exemple dans les discussions contemporaines concernant les identités sexuelles, les uns considérant que les homosexualités et les transgenres étaient transgressifs, les autres considérant que la liberté est toujours un écart vis-à-vis de la nature et un droit fondamental. En effet, la liberté peut toujours transformer la nature, par la technique, la chirurgie, en imaginant d'autres ordres de valeurs. Et, de fait, on observe que ce qu'on appelle « naturel » est très souvent le résultat d'une construction culturelle. Typiques à ce sujet sont les discussions autour des stéréotypes du masculin et du féminin, qui sont souvent considérés comme fixes par le naturalisme et variables en réalité selon les cultures, les groupes et les individus. Il en va de même en ce qui concerne les questions écologiques aujourd'hui : faut-il préserver absolument la biodiversité et l'état originel de la nature, ou peut-on la transformer à notre guise ? Quand bien même il y aurait une position d'équilibre (ni trop de transformations, ni trop de limites à la transformation) qu'est-ce qui la justifierait intellectuellement concernant l'idée d'une valeur de la nature ? Pourquoi la nature aurait-elle une valeur ? Pourquoi s'imposerait-elle à la liberté ? Est-ce comme norme ou comme environnement relatif à l'homme ? Le fait qu'elle s'imposerait, la place-t-elle dans le statut d'une contrainte qu'il faudrait contourner ou comme une valeur qu'il ne faudrait pas transgresser ? S'agit-il là de la Nature naturante ou de la Nature naturée ?

D'ailleurs, la liberté semble avoir une nature, c'est-à-dire un ordre. Aristote, en postulant dans *l'Éthique à Nicomaque* que la volonté tend toujours par nature vers un bien qui l'attire et la structure, bien ultimement identité comme bonheur, suppose que la liberté possède une nécessité interne. Le fait même de dire que la liberté grandit dans une culture et une société, c'est indiquer de conditions naturelles de sa croissance et de son épanouissement. Le fait de la reconnaître comme le signe de notre dignité d'homme, et réclamer politiquement et moralement le respect de la liberté, c'est vouloir établir un droit naturel, et donc vouloir établir la morale comme nature. Mais la liberté est aussi la capacité à s'écarter de ce qui est donné, de ce qui se présente comme une condition de l'action, pour se déplacer vers d'autres conditions. En ce sens, l'intelligibilité de la liberté ne semble pas relative à une nature. Et Kant a raison de séparer l'ordre de la nature et l'ordre de la liberté dans sa morale exprimée dans la *Critique de la raison pratique* (1788). Toutefois, comment faire droit à l'enracinement de la liberté dans la nature, enracinement à la fois interne et externe ? Ce serait l'enjeu d'une écologie de l'homme.

Chapitre 3

Le temps

Je révise et je me perfectionne

I. Les mots du temps

- **Temps réel, temps abstrait, durée, temps vécu et temps social, temps cosmique, temps total et temps universel, progrès et temps cyclique, Éternité**
  Les concepts ont été distingués ci-après.

II. Problématiques du temps

1. Temps réel et changement : l'enseignement d'Aristote

Partons d'une expérience simple que nous allons analyser de façon fine pour parvenir à une première définition du temps.

Le monde change : les plantes et les animaux croissent, les étoiles se meuvent, la météo varie, la mer et la terre sont instables, notre connaissance et notre liberté connaissent aussi du mouvement. Le changement est une donnée universelle du réel.

Cependant, le temps n'est pas le changement lui-même, remarquait Aristote dans le livre IV des *Physiques* (IVe av. J.-C.), mais il est quelque chose du changement. Ainsi, les progrès de la connaissance en matière d'éthologie se sont effectués *dans le temps* sans être *du temps*. Le temps est une dimension commune de notre expérience du changement qui permet de comparer plusieurs changements de nature différente : la naissance des éphémères, le cycle de la lune, l'apprentissage du métier d'ébéniste, etc. Chacun de ces changements dure *un certain temps*, de sorte qu'on puisse dire que l'un est rapide et l'autre lent. Le temps est la mesure de la comparaison, soutient Aristote. Il est donc « une mesure ». Mais laquelle ? À quoi s'applique-t-elle ?

Aristote, toujours, notait que le temps mesure un changement en comparant un instant passé et un instant futur. Le temps repose sur l'expérience qu'il y a de l'avant et de l'après. Un présent constant serait intemporel. C'est celui correspondant à l'idée d'Éternité. Qu'est le temps dans ce passage de l'avant à l'après, demande Aristote ? C'est un certain nombre, une certaine quantité : on va dire que la vie de l'éphémère est n fois plus rapide que celle de la grenouille, par exemple, ou qu'il faut « plus » de temps pour écrire une dissertation que celui qu'on s'était fixé, ce qui indique une quantité. D'où la première définition qu'Aristote donnera du temps : « le temps est le nombre du mouvement selon l'avant et l'après ». Le temps n'est ainsi pas le mouvement mais le nombre de ce mouvement. Dans les mouvements, du temps passe, mais le temps diffère du mouvement. Comme nombre, il constitue une mesure du mouvement, mesure quantitative plus que qualitative.

Mais de quel nombre s'agit-il ? Aristote, à nouveau, fait la différence entre deux types de nombre. Il y a d'abord le nombre interne d'un mouvement, par exemple les cycles de la lune, ceux de la rotation de la Terre sur elle-même. On peut les compter pour eux-mêmes. Et puis il y a le nombre externe d'un mouvement, résultant d'un comptage extérieur et d'une comparaison. Par exemple, la trotteuse de ma montre à aiguilles fait le tour du cadran en soixante secondes (c'est son nombre propre) et je peux utiliser ce cycle et cette division pour compter le temps d'autres choses, par exemple d'une course de 1 000 m. Ainsi, le record du monde du 1 000 mètres est détenu depuis 1999 par le Kenyan Noah Ngeny dans le temps de 2 min 11 s 96. On distinguera alors deux temps et deux nombres : le temps nombré (la course) et le temps nombrant (le cycle de l'aiguille de la trotteuse). On pourrait imaginer, mais ce serait peu pertinent, d'utiliser le nombre temporel de la course pour mesurer autre chose dont on dirait qu'il durerait n fois la course. Ainsi, cinq minutes deviendraient plus de deux fois « la course de Ngeny », si l'on comptait en « course de Ngeny » et non plus en minutes et secondes.

La question alors que se pose Aristote est celle du nombre nombrant le plus pertinent. Autrement dit, quelle est la meilleure mesure du temps ? Plusieurs critères interviennent, en particulier son universalité, sa périodicité régulière, sa simplicité, son accessibilité, son objectivité. Pour Aristote, la réflexion est cosmologique. La cause première du mouvement dans le monde terrestre est, selon sa propre cosmologie, le mouvement éternel des étoiles. C'est donc de là que doit se prendre la mesure du temps. Le fait d'utiliser comme base de mesure, le cycle naturel des étoiles, du soleil et de la lune, permet ainsi de s'assurer de cette objectivité et aussi de son universalité et de son accessibilité. Nous comptons par cycles de la lune (les mois) et du soleil (les jours, les saisons et les années). Faisant cela, nous pensons que ce qui mesure notre temps, c'est la nature, qui en constitue alors le nombre nombrant principal.

2. Du temps cosmique au temps social : Saint-Augustin

Mais, remarquera Saint-Augustin dans *Les Confessions* (397), le choix de la mesure principale du temps relève de la décision de l'homme. Il se réfère pour cela à sa vie et à ce qui est utile à sa vie. Augustin dira que « l'âme est la mesure du temps ». Or, la vie humaine se déploie dans un rythme plus rapide que le temps cosmique, et c'est pourquoi les hommes ont divisé le jour naturel jusqu'à la seconde, puis en dessous, selon les moyens techniques de mesure à disposition (sablier, horloges mécaniques, quartz, vibration atomique, le temps de Planck). Aujourd'hui, on définit la seconde, unité universelle du temps, de façon extrêmement précise par un nombre d'oscillations de l'atome de césium, exactement 9 192 631 770 par seconde. Le comptage de ces oscillations est effectué par les horloges électroniques. Cette précision est utile par exemple pour régler des ordinateurs ensemble. Notre technologie contemporaine a besoin de mesures très précises et donc d'un nombre nombrant le plus petit possible, c'est pourquoi elle utilise des horloges atomiques.

Entre l'échelle la plus grande (le cosmos) et l'échelle la plus petite (l'atome) existe l'échelle intermédiaire du temps social. L'usage que les hommes font du temps détermine le nombre nombrant qu'ils utilisent comme référence. L'horloge de Big-Ben est ainsi à Londres une figure capitale du temps (voir dans ce chapitre la référence à Mrs Dalloway) qui règle la vie des Londoniens. Elle fournit une convention commune de temps qu'on appelle « le temps social ». De même que le mouvement cosmique est la base du temps physique, de même le mouvement social est la base du temps social. En conséquence, si une société travaille de plus en plus vite, la mesure qu'elle se donnera sera de plus en plus rapide. De fait, aujourd'hui, nos rendez-vous sont de plus en plus précis. Ce n'est pas « en matinée », ce « week-end », mais « à 13 h 55 » qu'il faudra être présent à un rendez-vous téléphonique. Le nombre nombrant est de plus en plus petit à mesure que se déploie la technologie.

Alors des questions politiques, sociétales et spirituelles se posent autour du choix du nombre nombrant, c'est-à-dire de la convention fondamentale qui règle la temporalité commune. Elle constitue un symbole culturel avec un effet puissant pour les mentalités et les comportements. Le temps (le nombre nombrant) détermine une temporalité (une culture du temps). Ainsi, choisir une mesure large, c'est « prendre le temps » ; choisir une mesure « rapide » c'est vouloir être plus efficace et productif. Mais quel est le juste temps de l'homme ?

3. Temps abstrait et durée réelle : Kant et Bergson

Henri Bergson, dans un ouvrage majeur sur le temps intitulé *Essai sur les données immédiates de la conscience* (1889) distinguera nettement entre le temps physique et le temps vécu, confondant au passage le temps physique et le temps social.

Le temps physique désigne pour lui un temps abstrait, mathématique en réalité, que définit Emmanuel Kant dans la *Critique de la Raison pure* (1781). Le temps est une forme de l'intuition sensible pure qui se définit comme « la forme *a priori* du sens interne ». Il se réfère là au fait que les phénomènes se déroulent toujours dans le temps. Si on supprimait tous les phénomènes, il nous resterait une organisation pure de la succession des phénomènes, organisation dépourvue de tout objet concret et précédant l'expérience des objets (*a priori*). La représentation du temps ne dérive pas de l'expérience des choses, mais elle les précède et les contient *a priori*. Cette organisation de la succession des phénomènes (une forme) qui précède tout objet c'est le temps. Le temps est donc absolument abstrait car ouvert à tous les objets possibles se succédant. C'est un temps mathématique, le temps de Galilée et de Newton. Contrairement à Aristote, Kant ne comprend pas le temps comme quelque chose du mouvement, qu'il connaîtrait par l'expérience du mouvement, mais comme une forme *a priori* de notre perception du mouvement. De la même manière que le monde est *dans* notre esprit par la connaissance, le mouvement est *dans* le temps qui le précède comme une condition de possibilité pour le connaître (Kant parlera d'une « forme *a priori* de la sensibilité » – transcendantale – mais nous n'irons pas jusqu'à cette technicité pour la terminale). Retenons que, pour Kant, le temps est la manière d'apparaître de nos perceptions. Ce n'est ni une impression ni une sensation, mais une forme d'organisation du donné empirique.

Cette conception abstraite du temps et vide de tout vécu réduit le temps à une donnée purement quantitative. Or, le temps vécu est un temps qualitatif. La mélodie musicale que j'entends va et vient, dans une temporalité qui lui est propre. Elle n'avance pas dans une succession quantitativement uniforme où chaque instant ressemble à l'autre et lui succède en s'y substituant. Au contraire elle a sa respiration et s'appuie sur une mémoire, usant de *leit motiv*, de répétitions, de variations, de rupture, d'accélération, de continuum, etc. Le temps vécu dans la musique, par exemple, est un temps non quantitatif. Ce qui le montre est le décalage entre l'écriture musicale purement basée sur la division quantitative, et l'interprétation ou le vécu des musiciens comme des auditeurs. Le temps mathématique est en cela conventionnel, rationnel, quantitatif, vide et diffère du temps vécu, intuitif, qualitatif, plein de vie. Ce que Bergson dit du temps psychique, il le dira aussi du temps réel par opposition au temps abstrait. Ainsi, le temps de dissolution d'un sucre dans un thé engage une « durée » propre au sucre et donc une temporalité non-abstraite. On a donc une double opposition à comprendre : d'une part entre le temps mathématique quantitatif et le temps vécu qualitatif, et d'autre part entre le temps abstrait et le temps réel. D'une certaine manière, sans jamais le citer, Bergson en revient à Aristote et à la primauté de l'être en mouvement sur la représentation du temps. Le temps réel est ce qu'il nomme « durée ».

Pour Bergson, c'est l'usage du langage abstrait et conventionnel qui a détruit notre sens du temps réel. Le temps social est pour lui un temps artificiel et quantitatif qui aliène l'intuition de la durée. Donnant à comprendre cela, il montre que tout le système techno-scientifique qui marque notre culture et organise le temps, place l'humanité et la nature en danger. En effet, la culture scientifique, basée sur l'abstraction quantitative, en ignorant la durée, ignore la vie ; et l'ignorant, ne pouvant la comprendre telle qu'elle est réellement, elle la détruit. Le bergsonisme est avant tout une tentative d'amener la raison à retrouver l'intuition de la durée pour s'enraciner dans le réel. Et si le réel est la durée, alors le réel est temporel, et le temps s'identifie profondément au réel.

4. La mort

Dans l'existence humaine, l'élément qui marque le plus notre temporalité est sans doute la mort. En définissant l'être par le temps dans *Être et Temps* (1927), Martin Heidegger définissait l'homme comme *être-pour-la-mort*. L'existence s'y identifie pour Heidegger. De sorte que le temps est à la fois la marque de notre vie et la marque de sa fin. Tout être humain qui naît est déjà assez vieux pour mourir. Ainsi la mort n'est pas un effet de la longueur des jours mais de notre finitude existentielle même : « La mort est la maladie des bien portants et des malades. Quand on n'est pas malade, on est encore quelqu'un qui doit mourir », disait Vladimir Jankélévitch.

Est-ce donc la mort qui fait sens pour la vie ? En ce qu'elle est le signe de notre finitude, elle est la marque de notre condition. Platon dans le *Phédon* prête à Socrate ce célèbre mot : « philosopher c'est apprendre à mourir ». Dans les tableaux mettant en scène des « vanités » (voir ci-après dans ce chapitre au IV, 3) l'invitation est faite au spectateur de méditer sur la fragilité de sa vie et de se décider pour les choses les plus importantes. Le spectacle a une fonction morale. Ces types de tableaux appelés « vanités » se développent dans le contexte d'une culture religieuse attentive à souligner l'importance de l'immortalité de l'âme et l'urgence d'une décision pour l'éternité. Le *Phédon* se situe dans ce même contexte, soutenant l'importance qu'il y aurait à cultiver les qualités immortelles de notre âme. Ce faisant, il place la vie en dehors du temps, dans l'âme immortelle et immuable.

C'est le reproche que lui font d'autres auteurs. En effet, ce qui compte est la vie, non la mort. Épicure (IVe av. J.-C.) remarque dans sa *Lettre à Ménécée* qu'on ne rencontre jamais la mort : lorsque nous sommes vivants, elle est absente de nos sensations ; lorsque nous sommes morts nous ne sentons plus rien. La philosophie est alors une méditation sur la vie et non sur la mort. La mort est une perspective qui nous *conditionne* mais qui ne nous *détermine* pas, de sorte qu'elle ne dit rien du sens de la vie. Elle nous invite à saisir que, la vie étant courte, il faut vivre le mieux possible. Il y aurait là une sorte d'invitation de bon sens à un bonheur présent, cueillant « la rose du jour ». Mais il y a une forme de naïveté morale dans la démarche épicurienne parce que la mort est présente à la vie sous la forme de la mort d'autrui, remarque Vladimir Jankélévitch dans *La mort* (1966). On ignore aussi les souffrances de la finitude humaine. La mort de l'ami est une mort vécue pour un sujet avec un cœur vivant, et la mortalité de tout homme éveille la pitié. En ce sens, la perspective épicurienne peut sembler égoïste et indifférente. Ceux qui l'adoptent aujourd'hui le font d'ailleurs pour des raisons de bien-être et de jouissance (un faux épicurisme), non par souci des autres ou par souci éthique.

Peut-on se rapporter à la mort dans un souci éthique de la vie ? Nous sommes là à un carrefour de pensée à propos du temps. En effet, si la mort ne fait pas sens pour la vie, mais constitue un conditionnement capital de celle-ci, alors c'est dans le déploiement de la vie qu'il s'agit d'organiser la vie ; en revanche, si, en ne considérant pas la mort, on ignore la souffrance et la finitude des vivants, alors il faut que l'éthique tienne compte de la mortalité. Tenant compte de ces deux éléments, Emmanuel Levinas porte ainsi son intérêt sur la fécondité et non sur la mort. Les deux tiennent compte de la finitude de l'homme. Tous les deux se situent dans le futur. L'un fait de la matière et de sa dissolution l'horizon de l'action : « la vie est un naufrage ! ». L'autre fait de l'amour, de la responsabilité et de la transmission de la vie la clé de l'action temporelle : « la vie est à venir », elle vient sous la forme de l'enfant qui est toujours un nouveau commencement du monde. Pris ainsi, Levinas critique l'idée heidegerienne de l'être-pour-la-mort, sans tomber dans la naïveté de l'être-pour-la-vie ni dans la désertion de cette vie au profit d'une hypothétique vie future.

Ce serait l'espérance qui serait alors le sens du temps. Non pas celle portant sur un hypothétique progrès de l'Humanité, mais celle portant sur la transmission de ce qu'il y a d'humain à des enfants qui recommencent l'Humanité. L'avenir serait la responsabilité présente d'actualiser la mémoire du passé dans une durée vivante. Les trois parties du temps sont récapitulées dans l'espérance.

5. La courbure du temps

Si c'est le cas, c'est que le temps n'est pas seulement linéaire, il se courbe et se retourne dans la richesse de l'expérience humaine. Il ne s'agit pas ici d'une thèse de science-fiction mais du constat simple du travail de la mémoire, de l'action et de l'espérance dans la vie des individus et des groupes humains. Le pardon, par exemple, est le signe de la réversibilité du temps. La mémoire, n'est pas seulement le souvenir du passé enregistré mais sa réorganisation vers l'avenir dans le présent. Et notre mémoire personnelle n'est pas seulement constituée des faits de notre propre passé mais aussi du passé de l'humanité. Elle est aussi constituée des espoirs de l'humanité et de son action présente. Ce sont plusieurs temporalités qui se tissent comme un habit fait de plusieurs fils qui vont et viennent dans une trame fondamentale. La trame première, c'est le temps linéaire, à première vue. Mais, en ce que nous héritons du temps, et que nous bâtissons le temps dans l'action, la trame première du temps est d'une autre nature et d'une autre forme qu'une ligne. Il serait long de la décrire. Contentons-nous ici d'exprimer sa courbure.

Il s'agit de comprendre que le temps humain n'a pas exactement les mêmes propriétés que le temps physique. Il n'est pas irréversible ; l'attente du futur est espérance ; l'évanescence du présent est récapitulation et action, concentration du temps. La forme dans lequel nous visitons sans cesse toutes ces dimensions est le cycle de l'année. C'est celui des anniversaires, des bilans, des vœux de débuts d'année. C'est, dans des religions diverses, le cycle liturgique ; dans les États, le cycle civil. Tout revient, est repris et relancé dans des espoirs nouveaux. En ce sens « le passé n'est jamais mort, il n'est même pas passé », disait William Faulkner dans *Requiem pour une nonne* (1951). Le « voyage dans le temps » est en ce sens une réalité de l'existence humaine.

Pourtant, prendre au sérieux les trois états du temps – passé, présent et avenir –, et ne pas les gommer, est essentiel à la structuration de la vie humaine. Le temps n'est pas donné à l'humain, il est hérité d'une construction. Le temps s'apprend donc. Kant avait existentiellement tort de postuler un temps abstrait homogène pour toute sensibilité. Ce temps abstrait est l'objet d'une construction particulière dans une société qui fait de l'abstraction une valeur.

Il ne faut donc pas s'étonner de la diversité des conceptions individuelles et culturelles du temps. Toutes, cependant ont en commun de distinguer entre ces trois parties du temps, ce dont témoignent généralement les temps de la conjugaison dans la diversité des langues.

Chapitre 4

Le travail

Je révise et je me perfectionne

1. Les mots du travail

Emploi, travail, métier, profession

L'emploi désigne une fonction sociale dans le monde du travail. Un P.-D.G. ou un ouvrier du bâtiment ont un emploi au sens où ils exercent une fonction. Dans la notion d'emploi se trouve aussi l'idée d'un employeur et d'un employé. Avoir un emploi signifie de subir un entretien d'embauche, et de recevoir socialement la possibilité et les droits au travail. Mais le **travail** en tant que tel est une activité, un acte de liberté essentiel à l'humanité de l'homme. Il se vit indépendamment d'une reconnaissance sociale dans la sphère publique ou privée. Même dans le domaine public, le résultat du travail – l'œuvre : la table, le logiciel informatique, le plat cuisiné, etc. – cache le travail lui-même, tout en manifestant l'emploi (menuisier, informaticien, cuisinier, etc.). On s'intéresse au résultat et à la fonction de celui qui est fantasmé comme réalisateur, pas au travail comme processus. Le travail est une réalité cachée le plus souvent dans ses officines et ses ateliers. On ne sait pas ce que le façonnage d'une baguette de pain demande de compétences au boulanger. On ne sait que peu aussi de son **métier** comme savoir-faire intégré à sa personne. Ce boulanger a du métier, c'est-à-dire de l'expérience et du jugement, et pas seulement *un* métier ou une **profession**, c'est-à-dire un statut.

Travail, jeu, art

Le **travail** désigne la réponse productive à une nécessité qui s'impose en raison d'un besoin à satisfaire. Il réclame des efforts (la « sueur du front »), des contraintes matérielles et sociales et engage des sanctions en cas de mauvais résultats. Emmanuel Levinas dans *Totalité et infini* (1968) dira que la survie ou la mort sont les enjeux du travail. Le travail est donc une activité sérieuse ; ce n'est pas un **jeu**. Un jeu est guidé par le plaisir et la liberté. Certes il connaît des règles et des contraintes, mais elles sont librement consenties et n'engagent pas la survie. C'est d'ailleurs la différence entre le joueur et le joueur professionnel, le second étant pris par des nécessités et des obligations. Le bon jeu est un **art** comme le bon travail, au sens de l'apprentissage de la maîtrise d'une technique et d'un jugement. L'art rejoint le jeu comme acte libre de production esthétique mais il demeure un travail dans l'exigence d'un résultat de qualité. L'art est libre et sérieux. Il permet une expression libre de soi. De ce point de vue il peut se distinguer du travail qui vise surtout un résultat objectif, quelle que soit l'appropriation subjective. C'est pourquoi certains voudraient que le travail soit toujours de l'art. Mais tout travail est-il créatif ? Que devient le statut de l'artiste lorsqu'il est soumis à des contraintes professionnelles, comme le musicien en tournée ou le designer ou d'un architecte dépendant d'un cahier des charges précis ?

Repos, loisir, vacances, divertissement

À l'opposé du travail comme effort et mouvement, il y a l'idée de **repos**, qu'illustre très bien la représentation du shabbat ou encore du dimanche dans le monde chrétien. C'est un jour chômé, sans travail productif, où il s'agit de revenir à ce qui est fondamental dans la vie (famille, spiritualité...) et de s'affranchir de la nécessité. Les grecs de l'antiquité parlaient du **loisir** comme cette activité libre, non soumise à la nécessité, qu'ils identifiaient à la vie politique du citoyen ou à la contemplation. La notion de repos insiste sur la finalité de l'existence alors que le loisir insiste sur l'exercice de la liberté. Les deux s'opposent au travail. Ils ont en commun une critique du travail dans sa prétention à tenir la place du sens de l'existence. Nous les identifions faussement aux **vacances** et au divertissement. Les vacances désignent un moment social de travail vacant, sans travail. Tous ceux qui ne travaillent pas – les chômeurs par exemple – ne sont pas en vacances. Quant au « **divertissement** », il a pris le sens d'activité plaisante dérivative au travail. Au sens pascalien, le divertissement est une activité permettant de fuir les questions fondamentales de l'existence. Le divertissement est l'évitement du repos, et non pas du travail puisque le travail est un puissant dérivatif, évitant de faire face à soi-même. « Les hommes n'ayant pu guérir la mort, la misère, l'ignorance, ils se sont avisés, pour se rendre heureux, de n'y point penser » énonce un fragment de la liasse intitulée « Divertissement » des *Pensées*.

II. Les problématiques du travail

1. Travail, emploi et argent

Au sens social, le travail désigne une activité sociale utile et rémunérée. On la confond facilement avec la notion d'emploi qui désigne un travail reconnu et salarié. La rémunération serait la récompense du temps passé, de l'effort fourni, des compétences mises en œuvre, de l'œuvre réalisée, de l'efficacité et de la qualité du service rendu, comme de sa rareté. Elle relèverait du mérite du travailleur et de la valeur de l'œuvre effectuée. Le travail serait un moyen de reconnaissance sociale parce qu'il permettrait au travailleur de trouver une fonction sociale en se sentant utile, et aussi en recevant de l'argent en échange de son travail, de manière à pouvoir vivre comme il l'entend en dehors du travail. L'argent est aujourd'hui le médiateur principal qui tend à mesurer la valeur du travail. Cependant, l'équivalence entre l'argent et le travail ne va pas de soi, aussi commune soit elle. Gagner de l'argent, est-ce le but du travail ? C'est pourquoi une réflexion fondamentale du travail doit se tourner vers une essence du travail. Quelle serait-elle ?

2. L'essence du travail : une *praxis*

Pour Marx, le travail est d'abord un acte qui se passe entre l'homme et la nature, et qui consiste à transformer la nature à partir d'un projet. Aristote la nomme par le mot de « production » (*poiesis*, du verbe grec *poiein* signifiant : faire, fabriquer, produire au sens d'obtenir un œuvre, c'est-à-dire un résultat extérieur à un agent). Travailler c'est transformer la nature, la faire devenir autre que ce qu'elle est matériellement en lui donnant une nouvelle forme. Le bois devient table, l'électricité devient des bits informatiques, les idées deviennent discours et écriture, etc. Quelle est l'altérité qui naît ? C'est celle qui résulte d'un projet et qui manifeste dans un objet une idée qui se trouvait en premier lieu dans l'esprit. Le travail est en ce sens une spiritualisation du monde et une expression de la liberté de l'homme. L'œuvre, c'est l'esprit dans la matière. Le travail est le processus de spiritualisation et donc d'expression de l'esprit dans la nature.

Dans le même mouvement qui cherche une essence du travail, demandons-nous « pourquoi travaille-t-on ? ». Pour les Grecs anciens, c'est la nécessité qui préside au travail, nécessité de répondre à nos besoins puisque la nature ne nous donne pas dans l'environnement les moyens de nous nourrir, de nous vêtir, de nous loger, de nous cultiver, etc. Le travail serait le moyen de répondre à nos besoins en humanisant la nature, en l'organisant selon nos besoins : par le travail la terre se couvre de blé, un pont enjambe la rivière, le coton devient un vêtement, le bois devient une table. L'essence du travail est donc l'acte de médiation qui se réalise entre notre esprit et la nature qui fait de la nécessité une liberté en spiritualisant la nature.

En retour de la transformation de la nature, le monde devient autre et il transforme alors la conscience que l'homme a de lui-même. Le travail bien fait produit un certain contentement, qui en son essence, consiste en la conscience que l'homme a de la puissance qui vient de la conscience de soi et de sa force. Hegel, dans un texte célèbre de la *Phénoménologie de l'Esprit* (1807), intitulé « la dialectique du maître et de l'esclave », va jusqu'à dire que le travail conjure la peur de la mort, puisqu'il permet de saisir le caractère solide et concret de sa pensée, de son action et de sa puissance. Le travail donne confiance en soi à un niveau ontologique et pas seulement à un niveau psychologique. Marx, après Aristote et Hegel, caractériserait alors le travail non seulement comme une production (*poiesis*) mais comme une *praxis* (une action morale), c'est-à-dire une activité qui transforme à la fois l'homme et la nature en humanisant fondamentalement l'homme.

3. Les conditions du travail

Mais le travail améliore-t-il nécessairement l'homme ? La thèse de Marx n'est-elle pas trop riante et irénique ? La réponse évidente est négative. Il y a de nombreuses souffrances et violences au travail (voir par exemple l'article de M.-F. Irigoyen https://www.cairn.info/revue-l-information-psychiatrique-2008-9-page-821.htm). La question n'est alors pas l'essence du travail mais, dira Marx, les conditions sociales du travail. Les conditions du travail sont de ce qui entoure matériellement le travail, qui le rend facile ou difficile, heureux ou malheureux, dégradant ou constructif. Ce sont ces conditions qui rendent le travail « aliénant ». Marx les qualifie de « sociales » parce qu'elles sont produites par les hommes, à la différence des conditions naturelles du travail. Par exemple, pour construire un pont sur le Rhône, les ouvriers n'ont pas le choix de la largeur du fleuve, de son débit et de la nature de la vase, c'est-à-dire des conditions naturelles du travail ; mais le salaire, les outils employés, la qualité des calculs d'ingénieurs et des bureaux d'études, les vêtements de sécurité... constituent des conditions sociales du travail. Tel travail structurellement bon peut devenir destructeur lorsqu'il s'exerce dans certaines conditions.

Il s'agit, pour Marx, de penser inséparablement l'essence du travail et de ses conditions pour parvenir à un jugement complet sur le travail et identifier les voies de transformation de la société au travail. On ne peut faire qu'il n'y ait pas d'agriculture mais que les conditions de travail des travailleurs agricoles changent. Ainsi, l'aliénation du travail a lieu lorsque le travail, au lieu de permettre au travailleur de construire sa liberté, au contraire le dégrade et le rend étranger à lui-même en son corps, son psychisme et son esprit. Un travail exclusif de surveillance d'écrans, un travail extrêmement stressant de camionneur mal payé en fonction de sa vitesse mais exclu s'il a des contraventions, celui d'un commercial pressé par d'exclusifs objectifs de rentabilité, le travail à la chaîne, la systématisation du harcèlement moral ou sexuel sur le lieu de travail, etc. constituent des lieux d'aliénation. La différence entre la violence au travail et l'aliénation est que l'aliénation est une violence structurelle et justifiée qui détruit la personnalité et pas seulement un événement inter-individuel. Il s'agit alors d'organiser le travail de façon humaine et humanisante.

Mais quelles sont les conditions de l'humanisation et de l'aliénation du travail ? Par exemple, la recherche du profit dans le travail est à la fois un objectif stimulant et une source d'aliénation. Vouloir un travail humanisant, serait-ce une utopie, celle d'un travail sans effort, devenu exclusivement un jeu ou une expression artistique ? On voit que l'enjeu touche à la valeur qu'une société accorde au travail, au travailleur, à la place du travailleur dans l'économie, et inversement à la place de l'argent dans la société, à l'usage du licenciement comme variable d'ajustement financier, à la place de la formation, aux règles de la compétitivité économique, au droit du travail, en particulier.

4. Le travail est-il la valeur la plus élevée dans la vie de l'homme ? H. Arendt : travail et action

Pour beaucoup de nos contemporains, dans de nombreux pays, le travail est la valeur centrale. Il en va ainsi de Marx qui voit dans les travailleurs et la révolution des travailleurs la solution à l'organisation juste du politique, avec l'idée que la société doit s'organiser par le travail et l'économie. Contre Marx, Hannah Arendt dans *La Condition de l'homme moderne* (1958), revenant aux anciens grecs, montre que le travail est une réponse aux besoins et à la nécessité de sorte que, pour qu'une société soit humaine, elle doit se construire sur la base de l'expression de la liberté. On pourrait penser que cette expression pourrait être celle d'un travail artistique, partiellement délivré des contraintes de la nécessité. Mais, montre Arendt, ce travail forgerait les produits de la culture mais non les relations entre les hommes.

Il faut donc comprendre que la société se fonde sur la parole échangée et l'action autour de cette parole, et non sur le travail. Si le travail peut être une *praxis*, la *praxis*, l'action politique, n'est pas en son essence de l'ordre du travail. Les lois d'un pays n'ont donc pas pour finalité d'organiser l'économie planifiée ou d'assurer le maximum de rentabilité aux produits mais elles ont comme but d'assurer la justice dans la liberté. Le travail peut s'élever vers la liberté et partir d'elle de manière à assurer un sens au travail et créer de conditions sociales de travail digne des citoyens. Cependant, le travail n'est pas la valeur la plus élevée pour l'homme. Le croire, c'est finalement organiser une société inhumaine, dépourvue du sens véritable de l'action politique.

Travaille-t-on au paradis ?

Le paradis est souvent la figure utopique ou nostalgique d'un monde sans travail, où l'homme trouverait le nécessaire à sa vie dans une nature ne comportant aucune adversité, mais une harmonie spontanée. Le *paradeisos* est un jardin clos pour les Grecs antiques, dont la clôture assure la sécurité et les arbres fruitiers l'abondance. Mais l'idéal de la jouissance sans travail, assurée aux dieux seuls pour les Grecs, est-elle vraiment humanisante pour les hommes ? En ce sens, le Jardin des Hespérides, avec les fruits de l'immortalité, diffère du sens biblique du Jardin d'Eden qui, au contraire, est regardé comme un lieu de travail (« cultive et garde le jardin », est l'injonction divine faite à l'Adam originel dans le mythe, ce qui renvoie au travail). Ce qui semble contraire à la vie au Jardin d'Éden n'est pas le travail mais « la sueur du front » dans le travail, résultat d'une faute originelle selon le même mythe biblique. En cela l'idée de paradis est tantôt l'affranchissement de la nécessité de travailler, tantôt l'affranchissement de la peine du travail. Mais il n'est pas question de s'affranchir de la joie du travail. Les dieux aussi ont des activités fabricatrices et créatrices.

Chapitre 5

L'art

Je révise et je me perfectionne

- **Précautions d'approches**

L'art est une notion qui réclame de maîtriser des exemples d'œuvres artistiques pour être traitée avec pertinence. Il serait bon de maîtriser des œuvres de plusieurs époques et dans plusieurs arts. Pour cela appuyez-vous sur les références d'œuvres littéraires et poétiques que vous avez travaillées pour l'oral de français, en ayant soin de travailler les problématiques de plusieurs époques ou en comprenant les discussions qu'il peut y avoir entre arts classiques et arts baroques, entre les anciens et les modernes, entre romantisme, naturalisme, surréalisme, etc.

I. Les mots de l'art

Beau, agréable, émouvant, joli, gracieux, sublime

La **beauté** désigne la valeur esthétique dans sa plénitude. Cette plénitude engage une reconnaissance à tous les niveaux de l'humanité. D'abord dans la structure de l'homme : corps, âme et esprit ; mais aussi dans toutes les conditions de son humanité : autrui, la société, la culture. C'est pourquoi « beau » est à la fois un qualificatif normatif, culturellement, mais aussi psychique, sensoriel et spirituel.

Parce qu'il est reconnu dans une expérience individuelle (« c'est beau ! »), on le confond aisément psychologiquement avec l'**agréable**. Comme ce dernier, il procure un certain plaisir. Mais le plaisir du beau est bien plus complexe que le plaisir sensoriel et sensuel, puisqu'il intègre tous les replis réflexifs de notre humanité. L'agréable désigne ainsi « ce qui plaît aux sens » (Kant), y compris à notre sens interne c'est-à-dire à notre appareil psychique. On pourrait dire, « ce qui plaît dans la chair ». C'est pourquoi l'agrément est très individualisé. Alors que le beau plaît universellement (Kant), c'est-à-dire qu'il amène à se préoccuper des autres subjectivités. Il est l'objet d'un jugement intersubjectif et pas seulement individuel. Par là, Kant soutiendra

qu'en matière d'agrément on admet le principe « à chacun ses goûts » mais pas en matière d'esthétique.
Si les goûts esthétiques changent selon les individus c'est souvent qu'ils sont attachés à une expérience individuelle qui n'a pas fait le travail de la culture. Toute émotion, vibration, frisson, esthétique et psychologique, n'est pas nécessairement beau. En ce sens l'**émouvant** est une valeur esthétique qui rattache à un objet d'art le pouvoir de procurer un effet psychologique. C'est à un autre niveau qu'on qualifiera cet objet de beau. De même, dire d'une jeune fille ou d'une robe qu'elle est **jolie**, d'un garçon qu'il est « mignon », c'est les qualifier esthétiquement comme procurant le plaisir d'être regardés. Ils font donc de l'effet à leurs spectateurs, un effet agréable et **gracieux**. Le gracieux qualifie un objet qui semble posséder le mouvement fluide de la vie et la communiquer de façon exemplaire.
C'est l'opposé du **sublime** au sens où ce dernier engage un rapport à l'infini. Quelque chose de sublime, comme la *Tempête de neige en mer* (1842) de William Turner, place le spectateur au bord de l'abîme, l'oblige à dépasser sa propre finitude. Il s'oppose au beau qui maintient la finitude, comme le gracieux.

II. Les problématiques de l'art

1. Travail, technique et art

L'art, dit Aristote, est une vertu intellectuelle orientée vers la production d'une œuvre selon une règle mentale. Comme le dit Alain, dans le *Système des beaux-arts*, « l'idée précède et règle l'exécution ». L'ébéniste, tel André-Charles Boulle, réalise une table à partir de l'idée qu'il en a, et qu'il a éventuellement dessinée d'avance pour mieux conduire chaque étape du processus de fabrication. Boulle, ébéniste du roi, fut le premier de son temps à appliquer du bronze doré à l'ébénisterie. Il dut passer de la maîtrise des « tableaux de fleurs » en marqueterie avec des bois précieux, pour penser à partir de 1685, étant devenu ébéniste royal, à l'usage des techniques de fonderie du bronze. Il devait travailler avec des ciseleurs, graveurs, menuisiers, doreurs pour réaliser ses œuvres. Son art était de rendre possible, dans une collaboration, la réalisation effective des tables, commodes et autres meubles qu'on lui demandait dans toute l'Europe. L'art c'est donc à la fois l'invention d'un projet, la maîtrise de sa réalisation, dans ces processus, ses techniques, ses outils, ses collaborations, jusqu'à l'œuvre finale.

L'artiste est donc un travailleur et un technicien avant tout (voir les chapitres sur ces notions). L'art, comme travail, est un acte qui se réalise entre l'homme et la nature et constitue une *praxis* dans laquelle l'homme se forme en formant l'œuvre. Le projet est le moment idéalisé du travail, et aussi son principe intellectuel, à partir duquel se forme une matière. Cette matière exprime le projet qui en devient comme le symbole. La table de Boulle en marqueterie métallique de 1710, et gardée au Château de Chantilly, est composée de laiton, d'écailles de tortue de mer et de feuilles d'or. Elle exprime le projet raffiné de Boulle, associant qualités esthétiques, représentations sociales de la richesse, et utilité d'une œuvre. L'artiste est un travailleur au sens où il réalise une œuvre à partir d'un projet de sorte que l'œuvre exprime symboliquement et matériellement une intention.

L'artiste est aussi un technicien, au sens où, par son travail, il doit maîtriser des outils efficaces à la réalisation de l'œuvre. Avec Boulle, il s'agirait des techniques de l'ébénisterie, de la coupe et de l'assemblage des bois différents, mais aussi de la fonderie et du ciselage du bronze, et encore de techniques de management et d'organisation du travail lui permettant de faire fonctionner un atelier avec des artisans différents. Le danseur aussi est un technicien du corps, capable de l'assouplir et de le fortifier, de mobiliser son énergie, sa vitesse, de maîtriser son anatomie et l'effet expressif qu'il produit pour une perception extérieure. Le peintre de la Renaissance maîtrise les techniques du dessin comme ceux de la fabrication de la toile et de la chimie des couleurs. L'art est une technique, c'est-à-dire une maîtrise des moyens de la production permettant de former une matière.

Une opinion courante dit que, jusqu'à la Renaissance on confondait le technicien et l'artiste, en employant le même mot grec, *technè,* qui signifie l'art comme la technique. Ce n'est pas tout à fait exact cependant. De fait, la Grèce antique savait nommer ses artistes comme les sculpteurs Phidias ou Praxitèle, Homère, son poète génial, Eschyle, Euripide et Sophocle, ses écrivains tragiques. Elle ne les confondait pas avec des artisans. Platon faisait distinguer à Socrate dans l'*Apologie de Socrate,* entre les artisans, maîtres d'un savoir-faire, et les poètes (*poietès*), qui étaient traversés par une inspiration. Les poètes sont les artistes dont le savoir-faire est lié à une inspiration qui exprime un sens qui les dépasse. Ainsi Eschyle, le premier grand tragique grec (V^{e} av. J.-C.), chante-t-il comme nul autre une lamentation sur les guerriers grecs et mèdes morts à la bataille de Salamine dans *Les Mèdes*. Il est inspiré. Il ne se contente pas d'en rappeler la mémoire. Ce qu'il exprime est l'unité humaine malgré l'opposition culturelle entre l'orient perse et la Grèce. Il dépasse de loin un regard nationaliste et emmène les athéniens dans un humanisme qu'ils ignorent partiellement. L'inspiration est ce mouvement intérieur en l'artiste qui déborde sa rationalité ordinaire et lui permet d'exprimer un sens plus vaste. C'est elle qui fait de lui un artiste et pas seulement un artisan. Dans *l'Ion,* Platon faisait dire à Socrate : « Le poète est chose légère, ailée, sacrée, et il ne peut créer avant de sentir l'inspiration, d'être hors de lui et de perdre l'usage de la raison ». L'artisan est celui qui maîtrise la règle de réalisation d'une œuvre et l'accomplit selon la même procédure, alors que l'artiste produit de la nouveauté avec une touche de « génie » et de « talent » supplémentaire. L'artisan a appris des règles alors que le génie « donne à l'art ses règles », selon l'expression d'Emmanuel Kant dans la *Critique de la faculté de juger*.

Certes, la frontière n'est pas absolue si l'on se place du point de vue de l'inspiration. La différence entre un grand-chocolatier et un artiste du chocolat est sans doute cette touche de génie qui fait que, avec les mêmes ingrédients et une recette identique, le résultat du premier sera excellent et que celui de l'autre sera sublime. L'inspiration est à l'œuvre dans tous les métiers. Mbappé est sans doute un footballeur de génie, sachant passer derrière son adversaire en anticipant son action, et en sachant user de son pouvoir d'accélération à la course. Il saisit le bon moment et possède l'idée de la bonne action dans une inspiration. Il y a du génie dans l'art, sans aucun doute, du moins dans le grand art, comme il y en a dans l'artisanat de grande qualité.

2. L'œuvre d'art

Certainement il faut aller chercher la différence entre l'artiste et le technicien ailleurs que dans le mode de production mais plutôt dans la signification de leur production. En effet, un geste footballistique ou une tablette de chocolat sont tout à fait autre chose qu'une sculpture de Rodin ou une symphonie de Mahler, même si, par métaphore on peut parler de la « symphonie du chocolat en bouche ». Qu'est-ce donc qui différencie l'œuvre d'art d'une œuvre technique ?

La réponse ordinaire serait que l'œuvre technique est utile avant tout, alors que l'œuvre d'art a un but esthétique avant tout. Certes, le design contemporain allie l'esthétique et l'utilité dans une seule œuvre. Le TGV est un train dont la forme évoque la vitesse. La chaise « Louis Ghost » fabriquée par le designer Philip Stark en 2002 pour l'éditeur italien Kartell est une chaise utile pour s'assoir mais dont la transparence d'un plastique formé à la manière d'une chaise de style Louis XV évoque la présence et l'absence royale. Elle est à la fois un outil et *comme* un objet d'art parce qu'elle éveille la sensibilité au monde de la signification. Elle « fait sens » dans une direction qui n'est pas seulement utilitaire. Elle « parle » comme une œuvre d'art « parle ». Le propre du design est d'allier les dimensions esthétiques et utilitaires, permettant de multiples lectures de l'objet. La *sémiologie* (étude des signes) permettra de comprendre ce qu'est l'objet design. De fait, la Ferrari F8 Spider n'est pas achetée seulement à cause de son utilité mais aussi pour la beauté de ses lignes. Et elle a du sens pour son propriétaire et pour ceux qui perçoivent le lien entre le propriétaire et la voiture. Elle est un signe social, un signe esthétique et un objet utile. Sa couleur rouge évoque l'appartenance au monde légendaire de la course automobile italienne. Celui qui la possède s'installe dans un monde autre que celui de la seule ustensilité des objets.

L'architecture est, par excellence, l'art faisant la synthèse entre l'utilité et l'esthétique. La cathédrale Notre-Dame de Paris exprime l'intention d'honorer Dieu, en articulant de multiples arts et intentions présents dans la statuaire ou le vitrail ou le mobilier liturgique. L'œuvre est utile, puisque Notre-Dame permet de rassembler un public et de l'orienter selon les finalités du culte, mais on dira que c'est une œuvre artistique pour d'autres raisons que sa seule utilité. De même, l'Opéra de Sydney, conçu par le danois Jørn Utzon et inauguré en 1973, est une sorte de voilier contenant une très bonne salle de spectacle lyrique. L'œuvre est devenue un emblème du port australien de Sydney, et donc une œuvre symbolique, là où sa finalité est utilitaire (une salle de spectacle). « Au lieu de faire une forme carrée, j'ai fait une sculpture. J'ai voulu que cette forme soit un peu une chose vivante, que lorsque vous passez devant, il se passe toujours quelque chose, vous n'êtes jamais fatigué de la regarder se détachant sur les nuages, jouant avec le soleil », disait son créateur Jørn Utzon. L'architecture est art de l'ingénieur et de l'esthète.

Mais, s'il existe des frontières communes larges entre l'objet d'art et l'objet utilitaire, l'œuvre architecturale étant par essence un objet utilitaire, qu'est-ce qu'il y aurait de propre à l'objet d'art ? Quelle est l'esthétique proprement artistique ? Emmanuel Kant aide à faire la distinction entre précisant la différence entre deux types d'effets esthétiques dans sa *Critique de la faculté de juger* (1790). « Il existe, dit-il, deux espèces de beauté : la beauté libre ou la beauté adhérente. La première ne présuppose aucun concept de ce que l'objet doit être ; la seconde suppose un tel concept et la perfection de l'objet d'après lui. » Autrement dit, la beauté pure est la beauté libre parce qu'elle ne se déduit d'aucun concept préalable qui la déterminerait à telle forme. En cela, le domaine du design relèverait de la beauté adhérente parce que la chaise doit être chaise, la voiture, voiture alors que la 6ᵉ symphonie de Gustav Mahler (1860-1911) relève de la beauté libre, totalement inattendue, ne parlant qu'à la liberté. Aussi, « les fleurs sont de libres beautés naturelles », écrit encore Kant, car on les regarde gratuitement, même si le botaniste peut déclarer ce qu'elles devraient être selon un concept. « Beaucoup d'oiseaux (le perroquet, le colibri, l'oiseau de paradis), une foule de crustacés marins sont en eux-mêmes des beautés qui ne se rapportent à aucun objet déterminé quant à sa fin par des concepts, mais qui plaisent librement et pour elles-mêmes », dit encore le maître de Königsberg. Mais ce sont des beautés naturelles. L'esthétique qui caractériserait l'œuvre d'art relève de la beauté libre parce que ce qui se donne dans l'œuvre est la représentation sensible de la liberté. Dans les objets naturels (des animaux, des paysages) cette beauté s'exprime parce que la jouissance de la vie est l'enracinement naturel de la liberté.

L'œuvre d'art serait alors spécifiquement un objet produit avec la finalité esthétique d'une beauté libre. Revenons à l'analyse de la 6e symphonie de Gustav Mahler citée précédemment. Mahler est un compositeur qui associe l'héritage romantique et l'art contrapunctique de Bach. Ses symphonies ont des thématiques métaphysiques. La sixième, composée en 1903 et 1904, décrit une confrontation avec la mort à la fois personnelle et universelle. C'est une représentation pessimiste et tragique du combat perdu d'avance entre l'homme et la mort. Les trois puissants coups de marteau qui se font entendre dans le final, représentent pour le compositeur et Alma, son épouse, l'intuition prémonitoire des tragédies personnelles qui leur adviendront. Dans ce sens, qu'est-ce que l'œuvre d'art, sinon une expression de la vérité sensible d'un être ?

L'œuvre d'art, dira Hegel, est une réalité spirituelle. Elle veut communiquer la vérité de l'idée dans une apparence sensible. C'est un symbole.

3. La critique de la beauté et la pluralité des valeurs esthétiques

La notion de beauté est celle qui mesure classiquement la valeur propre à une œuvre d'art. La beauté veut exprimer la plénitude et la perfection des valeurs esthétiques. Avant de tenter de la définir, il importe de remarquer qu'elle n'est pas la seule des catégories esthétiques, comme le remarquait le philosophe Robert Blanché (1898-1975) dans une œuvre posthume appelée *Les catégories esthétiques.*

Contre Kant, qui définit l'esthétique comme la science du beau, Robert Blanché remarque que l'esthétique n'est pas plus la science exclusive du beau que la zoologie n'est la science exclusive du cheval : le sublime, le joli, le gracieux, le poétique... On y ajouterait l'expressif, l'intéressant ou le curieux, le laid ou le *gore,* et bien d'autres catégories encore qui encadrent et s'organisent en système avec le beau. Prenons un morceau de *Trash metal,* comme *Seasons in the abyss* du groupe Slayer (1981-2018). Ce groupe ne vise aucunement la beauté comme valeur. Le groupe utilise un style musical particulier usant des *tremolo picking*, de solos avec des sons saturés et épais, d'une *double grosse caisse* et d'un chant hurlé. Il s'intéresse à des thèmes repoussants tels que les tueurs en série, le satanisme, la religion, la guerre et la politique. Ils ont pourtant eu beaucoup de succès et remportés des prix musicaux pour d'autres raisons que commerciales. Leur esthétique se définit par ce qu'exprime l'adjectif américain « *trash* » signifiant « l'ordure », « l'immondice », ce qui est « répugnant ». Par définition et expérience, le « répugnant » n'est pas beau. Pourtant il est esthétique au sens étymologique (*aisthesis* en grec, sensible), c'est-à-dire qu'il produit une certaine impression globale. L'existence de cette esthétique, par contrecoup, montre que l'esthétique du beau est souvent convenue et que le jugement de goût relève d'un préjugé.

Au XXe siècle en particulier, sont nés des esthétiques déjouant et déconstruisant la valeur du beau, considérée comme valeur bourgeoise (entendant ce mot comme signifiant « conventionnellement attendue dans les règles sociales »). Ainsi l'artiste français Marcel Duchamp (1887-1968), d'abord peintre, produit vers 1913-1915, les premiers objets *ready-mades*, objets « tout faits » qu'il choisit pour leur neutralité esthétique, en particulier ses œuvres *Roue de bicyclette* (1913) et *Porte-bouteilles* (1914). Duchamp fait disparaître la signification d'usage de ces objets ordinaires en leur donnant un nouveau titre ou en les faisant apparaître sous un nouveau point de vue. Déplaçant le contexte esthétique, plaçant ces objets dans un lieu inhabituel pour leur usage ordinaire mais ordinaire pour un usage esthétisant définissant l'art, Duchamp élève ces objets au rang d'œuvres d'art. Son simple choix en tant qu'artiste reconnu par une galerie d'art, ou toute autre institution, y suffit. Ainsi veut-il exposer un urinoir renversé et signé dans une galerie d'art, qui le refusa (*Fontaine* en 1917). Duchamp marque ainsi une critique de la tradition artistique qui le précède et qui valorise le savoir-faire de l'artiste, le caractère sacré de l'œuvre, et dénonce le caractère bourgeois de l'art. On retrouvera cette critique dans le dadaïsme qui se caractérise par une remise en cause de toutes les conventions et contraintes idéologiques, esthétiques et politiques. Son *Manifeste littéraire* de 1915 déclare : « Nous ne sommes pas assez naïfs pour croire dans le progrès. Nous ne nous occupons, avec amusement, que de l'aujourd'hui. Nous voulons être des mystiques du détail, des taraudeurs et des clairvoyants, des anti-conceptionnistes et des râleurs littéraires. Nous voulons supprimer le désir pour toute forme de beauté, de culture, de poésie, pour tout raffinement intellectuel, toute forme de goût, socialisme, altruisme et synonymisme. » C'est clairement une critique de l'esthétique classique qualifiée de « bourgeoise ».

Ce qui est considéré comme « beau » relève ainsi d'une perception formée par une culture et par ses règles. L'esthétique doit alors intégrée la possibilité d'une critique des règles. Mais la perception esthétique peut-elle devenir réflexive ? C'est ce que prétendra l'art conceptuel (on le date entre 1965 et 1975). C'est, comme le dit Joseph Kosuth, « l'art comme idée en tant qu'idée ». Il s'agit de produire un discours de justification de l'œuvre qui est aussi un discours de critique vis-à-vis d'autres œuvres, et qui soit supplante l'œuvre soit guide son interprétation. Les minimalistes Sol LeWitt et Donald Judd soutenaient que « le progrès en art n'est pas seulement formel », c'est un progrès du concept. Cependant, l'art conceptuel tend à remplacer l'œuvre d'art par le discours sur l'art. À la limite, l'art parvient à se passer de l'objet d'art, pour la première fois dans l'histoire de l'art, comme avec les *Zones de sensibilité picturale immatérielle* d'Yves Klein (1928-1962). Mais un art sans œuvre d'art se réduit à de la philosophie abstraite et se vide de toute vie. Il vide aussi tout intérêt pour l'art.

Comment peut-on intégrer la réflexivité à l'expérience sensible en évitant là à la fois la naïveté esthétique autant que l'hyper conceptualité ? Voici un des défis esthétiques de la fin du XXe siècle. Considérons-le dans le domaine de la danse au travers de l'opposition entre le ballet classique et le ballet moderne. Résumons le paradigme classique de la danse. Il associe la narrativité (la danse au service d'un discours), des personnages hiérarchisés (expression d'une hiérarchie sociale dont le sommet est le danseur étoile), une chorégraphie dépendante de la musique (créant un asservissement de l'art de la danse), la verticalité (privilège du haut sur toutes les autres places) et l'harmonie (tout doit être beau et léger, voulant effacer la gravité et la souffrance). Le « gracieux » de la danse classique est le résultat d'une extrême discipline et d'une rigidité des règles esthétiques des gestes et des chorégraphies. On le trouvera exprimé dans le célèbre ballet classique *Casse-noisette* (1892) sur la musique de Tchaïkovski. Il s'agit d'une adaptation du conte d'Hofmann, *Casse-noisette et le roi des souris* (on pourrait tout autant prendre pour exemple *Le Lac des Cignes* ou *La Belle au Bois dormant* du même compositeur). Cette ode à l'imagination et à la fantaisie est aussi extrêmement normalisée et joue sur l'opposition entre rêve et réalité dans l'enfant, ne questionnant absolument pas la valeur du réel et les souffrances de l'enfance. Tout est en ce sens parfaitement conventionnel et « politiquement correct ». Contre cela s'est développé le ballet dit « moderne », voulant prendre de la liberté avec les règles et voulant faire cesser le monopole classique sur la danse. Ils commencent par la gestuelle, supprimant les pointes et l'orientation verticale, préférant l'en-bas, dansant au sol, chutant, choisissant des mouvements naturels ou saccadés ou anguleux. Au lieu d'une gestuelle conventionnelle, on cherchera des gestes qui sont propres au danseur, à son individualité ainsi qu'à un chorégraphe. L'auteur importe alors et on distingue les ballets de Angelin Preljocaj ou ceux de Mathilde Monnier ou de Pina Bausch. C'est par l'expressivité que beaucoup d'artistes proposeront leur expérience. Mais, pour cela, ils s'écartent des règles classiques et en proposent d'autres. Les ballets modernes questionnent le lien entre musique et mouvement et composent parfois sans musique, ou indépendamment de la musique. À la narrativité ils préfèrent le fil rouge du corps. À la hiérarchie des danseurs, ils préfèrent les jeux entre les corps, comme on le voit nettement dans les chorégraphies de Pina Bausch. En tous ces choix, c'est la vie du corps qui domine et non des règles abstraites. S'opère une critique du conventionnalisme et de l'intellectualisme des règles classiques par l'expression même de la vie dans le corps.

À l'esthétique de la beauté conventionnelle s'oppose une esthétique de l'expressivité. Durant l'été 2020, dans un happening très culotté, le sculpteur Marc Quinn a placé la statue d'une jeune femme noire qui avait participé aux manifestations du mouvement Black Lives Matter début juin, sur le socle d'une statue d'un marchand d'esclave de Bristol en Angleterre renversé durant les mêmes manifestations. Il s'agissait d'une statue d'Edward Colston qui serait devenu riche en vendant 100 000 esclaves d'Afrique de l'Ouest dans les Caraïbes et aux Amériques entre 1672 et 1689, avant d'utiliser sa fortune pour financer le développement de Bristol, ce qui lui a longtemps valu une réputation de philanthrope. Ici, l'acte est lui-même expressif. On dira qu'il est « performatif » parce qu'il fait lui-même sens.

4. Le crépuscule de la beauté ?

Alors, le beau est-il une valeur esthétique périmée ? Il est certain que le beau n'est pas une valeur esthétique exclusive. Il est certain que l'esthétique du beau peut être instrumentalisée par un usage de propagande et de rigidité culturelle. Il est certain aussi que l'esthétique du beau peut se dégrader jusqu'à des répétitions incessantes et stérilisantes des mêmes règles, comme on l'a constaté pour le ballet ou le théâtre ou la prosodie classiques. Mais, la beauté est une expérience riche, dépassant de loin la normalité culturelle. C'est cette richesse qu'il s'agit de redécouvrir. L'itinéraire précédent nous a conduit de l'antiquité vers la période contemporaine, pour construire une critique de la normalité esthétique ; dans un itinéraire qui fera retour de la période moderne vers l'antiquité, nous montrerons que la beauté demeure une valeur esthétique capitale.

Kant nous avait habitué à distinguer entre l'*agréable* et le *beau*. L'agréable est seulement l'objet d'un plaisir sensible, comme le vin doux des Canaries, dit-il ; alors que le beau est l'objet d'une appréciation esthétique qui engage autant les sens que l'imagination et l'esprit. Le constat du beau est l'objet d'une appréciation possédant toute la richesse et la plasticité de l'imagination et de l'esprit présent dans la perception. En cela, l'expérience esthétique se cultive. On apprend à apprécier une œuvre d'art en la décodant, en intégrant ce qu'elle peut avoir de repoussant ou d'inhabituel au premier abord, pour former un nouveau regard. Tout ce qui forme l'imagination et l'esprit forme ainsi l'expérience esthétique (voir les chapitres sur la raison, le langage et la liberté). L'expérience de la beauté est une expérience culturelle et spirituelle. Elle est tout autant personnelle que collective. Elle associe la singularité la plus individuelle et l'exigence la plus universelle.

En ce sens, il existe un rapport entre la beauté et la vérité parce qu'il existe une relation entre l'expérience de la beauté et l'exigence de l'esprit. Certes, la beauté d'une œuvre littéraire ou cinématographique n'est pas dans sa vérité factuelle ou conceptuelle, et le plus souvent ce qui se raconte n'a jamais existé et relève de la fiction. Comme le disait Kant, « le beau est ce qui plaît universellement et sans concept ». En ce sens, une œuvre didactique, qui exprime des concepts prédéterminés, est souvent ennuyeuse, autant qu'un film de propagande. Mais il existe une vérité de la fiction. Les personnages du réalisateur Arnaud Desplechin dans *Roubaix, une lumière* (2019) brillent de leur vérité sociale, de leur vérité intérieure, de la vérité de leurs fragilités, des tensions qui les habitent. Ils n'ont jamais existé factuellement mais ils existent partout parce que ce sont des incarnations d'hommes et de femmes sans fard. Le personnage de fiction s'incarne dans le regard du lecteur ou du spectateur. Le concept possède là un rôle « régulateur » et non un rôle « déterminant » (voir cette distinction dans le chapitre sur la raison). Le concept ne dicte pas l'œuvre, mais l'œuvre y fait référence et le fait jouer en le transposant dans un domaine qui n'est pas le sien. Ainsi, les personnages du film d'Arnaud Desplechin sont symboliques et en même temps ils ont une consistance propre dans la trame narrative du film. Ils sont plus vrais que « vrai ». Certes, en propre, la vérité est une valeur de la raison et la beauté une valeur de la perception. Mais cette perception du beau est celle dont l'homme tout entier est le sujet. En cela, une perception qui engage l'esprit en entier et dans ses exigences, répond aux exigences internes de l'esprit. C'est pourquoi, si l'esprit peut discerner que l'œuvre d'art est la production d'une illusion perceptive, cependant elle n'adhère pas à ce qui, dans cette illusion ne correspond pas aux exigences internes de l'esprit. Parfois, nous l'avons vu, c'est en raison de préjugés culturels, mais la raison essentielle tient à ce que l'esprit présent à la perception s'engage en elle. C'est pourquoi la beauté doit être, comme le dit Plotin (205-270 ap. J.-C.), « la splendeur de la vérité ».

On peut dire, que la beauté exprime en cela une exigence réflexive. La beauté serait le résultat réussi du travail d'un regard ou d'une perception en général en tout ce qui est constitutif de l'acte perceptif. Le beau est ainsi une valeur esthétique intégratrice. Il n'est pas le contraire du laid, sur un plan relatif, car ce qui se donne spontanément comme laid peut-être jugé beau et finalement perçu comme tel dans une expérience esthétique. Les étagères de bouteilles de Coca vertes peintes par Andy Warhol en 1962 (*Green Coca-Cola Bottles*), semblent inintéressantes mais le discours d'Andy Warhol, expliquant que tout le monde peut s'offrir une bouteille de Coca-Cola, qu'il soit sans-abri ou président, place l'objet au sein de la société comme un symbole d'égalité et une exception à la hiérarchie sociale, de manière à donner à les regarder autrement, jusqu'à une expérience esthétique profonde. De même, la peinture de Goya, *Saturne dévorant un de ses fils* (1823), met le comble à l'horreur en associant dans la même image l'infanticide, le cannibalisme et la folie. Pourtant, cette peinture noire de la violence bestiale dont l'homme est capable laisse Saturne les yeux effrayés et ouvre à une esthétique où la beauté est victorieuse de l'horrible. Il en va encore de même des crucifixions comme celle que Matthias Grünewald peint pour l'ordre des antonins à Issenheim en 1516. Ce Christ désarticulé et sanguinolent ouvre aux malades que soignent les religieux antonins la contemplation d'un salut et d'une lumière qui les rejoint dans leur chair. Ils ne peuvent percevoir cette beauté que par la foi et le discours chrétien qui la soutient. La beauté leur est donnée comme une lumière moyennant ce travail réflexif. Il s'agit alors de se détourner de sensations immédiates, d'un préjugé sur la souffrance et la divinité qui l'inflige, ou sur la société de consommation, pour parvenir à une nouvelle perception, plus vraie et approfondie.

La beauté n'est donc pas l'exigence bourgeoise de la perception esthétique mais l'exigence d'une plénitude esthétique, dont le contenu est à découvrir et n'est pas d'avance donné conceptuellement. Elle peut prendre des formes expressives ou symboliques, mais ne s'y réduit jamais. La beauté est une perception vivante et plastique. L'idéal grec du *kalloskagathos* (« le beau-et-bon ») demeure une référence vivace.

Chapitre 6

La religion

Je révise et je me perfectionne

- **Précautions d'approche de la religion**

Le sujet religieux est délicat et complexe.

Il est délicat parce qu'il est traversé par des susceptibilités et des enjeux historiques considérables. Il s'agira donc de « raison garder ». Si vous êtes un « croyant » ou que vous ne l'êtes pas, ne concluez jamais plus loin que les arguments dont vous avez établi la pertinence, ne vous laissez pas entraîner par votre enthousiasme vers une attitude « dogmatique », c'est-à-dire qui soutient des opinions indépendamment de ses véritables capacités argumentatives. En ce sens, restez modestes : vous ne pourrez jamais, dans un devoir, défendre la totalité de vos convictions en la matière.

De plus la religion est une notion complexe parce qu'elle demande des connaissances dans le domaine du religieux et des religions. Il s'agit de connaître des mythes, des rites, des textes, des morales, des organisations, des liturgies ou des prières, et surtout une vision du monde. Il n'est pas possible ici de les transmettre. Mais je vous invite à être précis dans vos informations. Il ne s'agit pas tant d'être exhaustif – c'est impossible – que d'être précis à propos d'une religion donnée. Évitez aussi de mettre toutes les religions dans un même sac, évitez de projeter un modèle religieux particulier sur l'ensemble des religions, et donc évitez un syncrétisme trop facile et paresseux.

I. Les mots de la religion

N.B. : Les concepts traversant la philosophie de la religion sont nombreux et posent déjà les problèmes que vous aurez à aborder.

Croyance/Foi/Superstition

La **croyance** désigne l'adhésion à une vérité par un sujet qui en possède la certitude rationnelle ou expérimentale. En ce sens, croire c'est faire confiance à quelqu'un, à une intuition, à une autorité, à une apparence, etc. La croyance est un régime très courant de la vérité et les croyances, comme ses domaines d'exercice, sont multiples comme le remarquait le sociologue Raymond Boudon : il y a de la croyance dans l'éducation, dans la politique,

dans la confiance des amants et des amis, dans les institutions, et dans toute autorité en général.
Le plus bas degré de croyance est ce qu'on nomme **superstition**. La superstition est une croyance infrarationnelle, comme le fait de croire aux sept vies d'un chat, au fait qu'un chat noir porte malheur, qu'une patte de lapin porte-bonheur, ou qu'un acte de piété rituel aura une efficacité immédiate. Comme le remarquera Spinoza dans le *Traité théologicopolitique* (1662), la superstition provient d'une ignorance des causes réelles des phénomènes naturels, et même d'un déni de ces causes. La superstition est irrationnelle en étant infrarationnelle, en dessous du niveau d'exigence de la raison.
La **foi**, au sens de la croyance religieuse biblique, désigne tout à fait autre chose, avec un autre rapport à la raison. Comme l'écrira Pascal dans les *Pensées* (1670) : « Rien de plus raisonnable que le désaveu de la raison », autrement dit la foi est suprarationnelle. La raison qui s'exerce peut saisir ses propres limites et trouver légitime son dépassement vers des vérités qu'elle ne maîtrise pas, sachant que Dieu, qui dépasse la raison, les contrôle. La foi ne rejette en rien tout ce que la raison peut énoncer par la science ou la philosophie, mais selon Pascal, il y a plusieurs ordres de vérités, la foi permettant d'accéder à un ordre spécifique relevant précisément du religieux. En cela, la foi se veut tout à fait autre chose que la superstition parce qu'elle nourrit l'exigence rationnelle. On se demandera cependant classiquement si ce dépassement est bien raisonnable, de sorte que, la conscience des limites rationnelles équivaudrait à une perte des conditions de toute vérité humaine.

Théisme, athéisme, agnosticisme, religion

Dans les *Pensées,* Blaise Pascal nomme plusieurs adversaires qu'il veut convaincre de la vérité de la religion chrétienne.
Le premier est l'athée. C'est un adversaire qu'il apprécie, un esprit fort qui refuse les compromis faciles de la religion sociale et mène une vie de libertin hédoniste : puisqu'il n'y a pas de Dieu, il n'y a pas de justification aux interdits. L'**athéisme** (a *privatif, theos*, Dieu) désigne ainsi un rejet actif de Dieu et de la religion comme référence de l'action. Nietzsche promeut l'athéisme par son mot d'ordre : « Dieu est mort ».
L'athéisme se distingue de l'**agnosticisme** (*a* privatif, *gnosis,* le savoir) en ce que ce dernier consiste à tenir seulement qu'on ne peut rien dire de rationnel à propos de Dieu. L'agnostique peut-être croyant ou athée. L'agnosticisme s'oppose au **théisme** en ce que ce dernier défend l'idée rationnelle que Dieu est la Première cause et le premier principe du réel, la raison première et dernière de toute chose, comme le font certains philosophes des Lumières ou une certaine Franc-Maçonnerie. Le théiste est le véritable adversaire de Blaise Pascal, parce qu'il soutient qu'il existe un Dieu, mais que ce Dieu

n'est pas le Dieu vivant de la religion. Un homme religieux vit de la foi et de la charité, et donc de la révélation que Dieu ferait de lui-même. En cela, la religion n'est pas théiste, puisqu'elle ne se réduit pas à un ordre rationnel en se revendiquant d'une révélation spécifique dans l'histoire (Dieu *parlant* à Abraham, Moïse, Jésus ou Mahomet), mais elle peut être agnostique, selon Pascal, de manière à faire de la foi l'objet d'un pari.

- **Laïcité, tolérance, liberté religieuse**
On a tendance facilement et faussement à identifier ces trois concepts. La **laïcité** est un principe juridique permettant d'assurer la séparation entre le pouvoir politique et le pouvoir religieux. Il vise un double but : d'une part, l'autonomie du politique, qui s'intéresse à une organisation pragmatique de la vie commune ; d'autre part, la liberté religieuse, permettant à chacun de vivre sans être inquiété quelques soient ses convictions en matière de religion. Il se distingue du principe de **tolérance**, dont le but prévu par John Locke dans sa *Lettre sur la tolérance* (1689) est de permettre, dans un pays théocratique, de ne pas opprimer et persécuter d'autres confessions. Chez Locke, elle permet le pluralisme religieux, favorable à un équilibre social et politique, mais elle n'est pas la liberté religieuse puisqu'elle interdit les athées et les catholiques. Le principe de **liberté religieuse** est le droit de choisir et de vivre collectivement selon ses convictions en matière de religion, qu'il s'agisse d'athéisme ou d'orthodoxie. La liberté religieuse touche le domaine de la conscience mais aussi celui de l'expression collective dans des liturgies ou des associations spirituelles ou des vêtements. Mais elle peut être limitée par le principe de laïcité qui assure une primauté du bien de l'État sur les consciences individuelles. En cela, liberté religieuse, laïcité et tolérance constituent des principes distincts.

II. Grands enjeux de la religion

1. Un problème de définition

La religion désigne une organisation culturelle et institutionnelle visant le culte d'une divinité. C'est là l'étymologie du mot « religion », liée au culte, que donne Cicéron : « La religion est le fait de s'occuper d'une nature supérieure, que l'on appelle divine, et de lui rendre un culte » (Cicéron, *De l'invention oratoire,* II, 53). Cependant, il n'y a pas de définition communément admise de cette notion, et il n'est pas simple d'identifier ce qui serait « religion » de ce qui ne l'est pas.

D'où le fait de parler de « religions séculières » (le communisme ? Le marché ?), de « spiritualités », pour désigner des phénomènes ressemblants mais différents par essence. Sans doute, le point commun des religions serait de faire vivre un groupe d'hommes par la foi, des rites et une morale en vue de leur salut, en référence à la manifestation d'une divinité dont la révélation serait conservée dans une tradition. En ce sens, on pourrait dire de façon développée que la religion est l'organisation cultuelle, culturelle et institutionnelle d'un groupe humain visant à le mettre en relation avec une divinité ou un principe – transcendant, invisible, actif et essentiel du réel – par le moyen de rites et d'un comportement spécifique rattachés à une tradition. C'est donc une réalité complexe, composée de multiples éléments en interactions dynamiques. Elle comprend une tradition, des textes, une doctrine, qui lui confèrent une dimension cognitive et historique qui peut se mesurer à la raison ; elle comprend une organisation de la transmission, des rites, un droit et des pouvoirs, qui peut la mesurer à une organisation politique et juridique ; elle réclame des comportements spécifiques de sorte qu'elle se tient sur le terrain de l'éthique et de la morale ; enfin, elle se présente dans une liturgie et des rites de sorte qu'elle se tient sur le terrain de l'art et de l'esthétique. La religion est donc un phénomène complexe.

2. La religion et les religions

Par ailleurs, il faut penser la distance entre la question de *la* religion, au singulier, et *des* religions, au pluriel. La religion est une idée ; les religions sont une réalité. L'idée au singulier n'exprime pas nécessairement, objectivement, ce qu'il y a de commun à la diversité des religions. De fait, les philosophes ont constitué le mot commun de « religion » à partir d'une construction conceptuelle spécifique à leur philosophie : la religion comme morale (Kant), la religion comme pouvoir de l'illusion (Marx), la religion comme organisation superstitieuse (Lucrèce), la religion comme pouvoir opposé au politique (Diderot, Rousseau), la religion comme expression symbolique de l'Absolu (Hegel) opposée à la philosophie, etc. De fait, le sociologue recense dans l'histoire plus de 10 000 religions différentes, c'est-à-dire plus de 10 000 cultes hétérogènes. En ce sens, le christianisme ou l'Islam ne constitue pas une religion mais plusieurs, dont certaines croyances et pratiques sont communes. Dans une « famille religieuse », on peut s'exclure mutuellement, comme les catholiques, les protestantismes divers, les orthodoxies, ou encore comme les Sunnites et les Chiites. Les points communs entre les rites chamaniques mongoles et les célébrations de l'Hindouisme sont difficiles à trouver pour identifier la notion commune de religion.

3. Religion et spiritualité

Les critiques classiques de la religion la voient comme une attitude ritualiste très extérieure, dont la caricature est la bigoterie, comme piété superstitieuse, ou le « pharisaïsme » comme religion fanatique et scrupuleuse. On oppose alors la religion, extérieure, à la spiritualité, intérieure. La spiritualité serait une dynamique de l'esprit et de la liberté, vers les valeurs portées par la religion.

Alors que la religion se présente sous une forme extérieure, rituelle, institutionnelle et moralisatrice, la spiritualité se présenterait sous une forme intérieure, réfléchie, individuelle et éthique. À la religion extérieure, on opposerait la religion intérieure comme spiritualité. La seule justification de la religion relativement à la spiritualité serait d'être pédagogique, de s'adresser à tous, en particulier aux ignorants. Mais le fond de la relation entre la spiritualité à la religion serait critique : la religion serait destinée aux ignorants et aux pouvoirs politiques qui ne regardent que l'apparence et la facilité, alors que la spiritualité s'adresserait aux hommes mûrs, capable de faire la part du réel et de son apparence, dans le contenu religieux, et de prendre ainsi des distances avec une institution et des foules. La religion serait toujours une tartufferie, c'est-à-dire un jeu d'apparence, là où la spiritualité serait le lieu de la sincérité. Passer de la religion à la spiritualité serait passé de l'extérieur à l'intérieur en ouvrant un chemin de liberté et de vérité, comme si la religion y était opposée.

Mais c'est ignorer factuellement que toutes les religions engagent des spiritualités solides et libres. Le **saint** est la figure de l'homme religieux pleinement spirituel, dont la spiritualité est nourrie dans l'enracinement religieux. S'il faut opposer le **tartuffe** et le saint, l'un étant menteur et l'autre non, en revanche, le **pharisien** n'en est l'opposé qu'à cause de l'excès ritualiste éventuel, mais non à cause de l'absence de spiritualité, ce qui fait que, dans l'histoire du judaïsme, les pharisiens s'avéraient le plus souvent des gens de haute valeur morale et spirituelle. La catégorie de « pharisien » est donc ambiguë. Il vaut mieux, pour critiquer exactement l'excès de l'attachement au pouvoir parler de **fanatisme**. Le fanatique est celui qui exerce sa vie religieuse sous la forme d'une violence à infliger à soi-même et à autrui, en rapport à l'universalisation du permis et du défendu dans sa propre religion. Le fanatique veut imposer ses propres normes religieuses. Quant au **bigot**, on lui reprochera l'impossibilité de s'ouvrir à une spiritualité plus complexe que sa dévotion obsessionnelle, de manière à parvenir à une intelligence de la complexité religieuse.

Par conséquent, le concept de spiritualité est celui qui, opposé à celui de religion, même de l'intérieur d'une religion ; est celui qui pense la dynamique de la critique, de l'appropriation personnelle, du devenir libre de la vie religieuse. Mais l'identification du religieux au seul domaine du spirituel consiste à devenir aveugle à la dimension sociale du religieux.

4. Religion et croyance

Pour les philosophes rationalistes, le point commun des religions se trouverait dans les actes de croyances. Il s'agirait d'adhérer à des opinions sans appui expérimental, et en faisant confiance aveuglément à une tradition gardée par un clergé. La philosophie des Lumières nous a appris à penser que la foi religieuse est une adhésion à une vérité dépassant l'ordre de la raison. Ainsi croire que le Coran a été révélé à Mahomet par l'ange Gabriel, que Moïse est passé avec le peuple hébreu au milieu de deux murs de mer, ou encore que Jésus a accompli des miracles et est ressuscité après avoir été crucifié, sont des opinions religieuses difficiles à établir rationnellement. En cela, la foi n'engage-t-elle pas une démission de la raison, au sens étymologique, d'avoir à se défaire de la mission légitime de la raison de donner le critère de la vérité et du bien ? La foi religieuse est-elle irrationnelle ou la raison peut-elle y jouer un rôle positif et autonome ?

La foi religieuse est par essence l'adhésion à la vérité révélée par une divinité usant d'une tradition et d'une autorité religieuse. Elle est toujours par essence l'adhésion à une autorité différente de la raison. En cela, la foi religieuse destituerait la raison de son pouvoir légitime de reconnaître la vérité. La raison est en effet la puissance par laquelle nous discernons le vrai du faux. En réclamant la renonciation à la raison, la foi religieuse déshumaniserait l'homme, ce qui le placerait dans une contradiction morale et produirait un clivage radicalement dommageable à sa vie. Avec Kant, il faudrait distinguer entre une foi morale et rationnelle, conforme aux exigences internes de la raison, et une foi religieuse qui destitue la raison au profit d'une autorité extérieure. Dans *La religion dans les limites de la simple raison* (1793) Kant appelle à ne garder de la foi religieuse que ce qui correspond à la foi rationnelle et morale. Mais la destitution de la raison ne peut-elle répondre à des critères donnés par la raison ?

Dans les *Pensées* (1670), Blaise Pascal écrivait : « Rien de plus raisonnable que le désaveu de la raison ». Il soulignait ainsi que la raison pouvait juger de la nécessité de son dépassement dans la foi religieuse et ce pour deux raisons. Premièrement parce que la raison peut juger de ses propres limites et ainsi comprendre que son devoir est de se taire. Elle le fait depuis l'aurore de la philosophie chez Socrate identifiant la sagesse à une docte ignorance. Kant lui-même déploie une démarche critique qui repose sur les capacités de la raison à juger des conditions de son propre jugement. Deuxièmement, Pascal propose de distinguer entre ce qui est *rationnel*, c'est-à-dire conforme aux exigences internes de la raison, de ce qui est *raisonnable*, c'est-à-dire possible selon le jugement de la raison mais qui la dépasse dans sa capacité à en saisir la vérité. Ainsi, penser que les baleines peuvent avaler les prophètes et les déposer sur une terre de mission est déraisonnable, et relève du genre littéraire du conte, comme dans l'histoire biblique du prophète Jonas, mais l'idée que Dieu s'adresse à un prophète ne l'est pas ou encore qu'il donne sa

« grâce ». Encore faut-il qu'il l'ait fait réellement, ce qui réclame des vérifications factuelles et expérimentales. Il s'agira alors pour Pascal d'admettre des ordres de vérités différents (fait, raison, charité).

On conclura que la religion n'engage pas une démission de la raison, ce qui serait contradictoire comme tout scepticisme, mais un désaveu qui provient de la raison, et qui est raisonnable parce que fondé sur l'analyse des pouvoirs de la raison et celle des faits de foi et de l'histoire.

5. La religion et violence

Mais ce dépassement de la raison n'est-il pas facteur de violence ? La violence désigne une action qui détruit l'intégrité d'un être. La violence accompagne depuis toujours l'histoire de l'homme, « pleine de bruit et de fureur » disait Shakespeare, et ce quelles que soient ses réalisations politiques ou religieuses. Ce n'est pas cette évidence historique concernant l'histoire des religions qu'il s'agirait de discuter mais le fait que, la religion, par principe, par sa structure même, serait source d'une atteinte à l'intégrité de l'homme.

Nietzsche soutient le caractère foncièrement pervers du religieux, en particulier dans *Le Gai savoir* (1882). En effet, le religieux repose sur la foi en Dieu promettant une vie éternelle, en particulier dans les religions d'inspirations bibliques ou l'hindouisme. En cela, les religions orientent les croyants vers un monde métaphysique, que Nietzsche appelle « un arrière-monde » qui vient se substituer comme valeur principale à la valeur du monde sensible. Ce déplacement dans l'ordre des valeurs subvertit fondamentalement la valeur de la vie. Il vient juger de la vie à partir d'un ordre invisible et abstrait, qui a pour effet de dévitaliser toute la culture de l'homme. Au lieu d'aimer ce qui se présente à son regard et à ses sens, le croyant juge du monde en fonction de l'ordre religieux des valeurs. Contre cette entreprise structurellement mortifère Nietzsche appelle à un athéisme radical qu'exprime son mot d'ordre : « Dieu est mort ». Contre la violence structurelle du religieux dans sa position relative à la vie, il s'agit, pour mettre fin à cette violence structurelle, en détruisant le religieux et la religion qui le soutiennent, de retrouver l'expérience de la vie.

Mais si la religion promeut un au-delà de l'expérience immédiate de la vie, n'est-ce pas en raison de l'expérience d'un surcroît de vie ? C'est ce que soutient Blaise Pascal. Dans le fragment des *Pensées* intitulé le *Mémorial,* Pascal témoigne d'une nuit de feu, une expérience mystique, le 23 novembre 1664. Lui, le scientifique attentif à l'expérience, note la date et l'heure, la durée exacte (2 h) le lieu, le contenu de cet événement. La première image qui lui vient est : « feu », au sens de lumière, de chaleur et de transmutation intérieure, le moyen majeur d'une alchimie. Cette expérience spirituelle s'appuie sur Dieu, non pas le Dieu des théistes, le Dieu des savants, mais « le Dieu d'Abraham, d'Isaac et de Jacob », c'est-à-dire le Dieu vivant de la Bible. Il ne s'agit en cela pas d'un « arrière-monde » qui deviendrait un « avant-monde », dans un moment de substitution au monde sensible, mais d'une ouverture du monde sensible, comme si l'on ouvrait une boîte fermée, ou qu'on enlevait le toit d'une maison pour contempler la voûte étoilée. Pour Pascal c'est la vie exclusive du monde sensible qui se présente comme une expérience de clôture et non pas l'expérience mystique de Dieu. Par définition, Dieu est l'Être infini et sans limite, de sorte que rien de fini ne s'y oppose et que rien ne fasse nombre avec lui, y compris le monde sensible. En conséquence, la « mort de Dieu » serait plus comme jeter la clé d'une prison en restant enfermé dans la cellule plutôt qu'une libération.

Si la référence à Dieu est au fondement de la religion, et que la mystique fait de cette idée une expérience vécue, alors la religion ne serait pas source de violence mais de dépassement. C'est une dynamique d'humanisation dans un dépassement du monde.

6. Religion, politique et modernité

Mais si la religion n'est pas du monde elle est dans le monde. Elle se présente comme une communauté organisée. Quelle différence faire entre elle et la politique ? Les deux tentent d'inscrire l'homme dans des pratiques sociales. Toutes deux constituent – avec la famille – des faits sociaux totalisants, englobant la totalité des dimensions de l'existence. Elles peuvent se trouver en concurrence dans la gestion des groupes humains, et donc, soit vouloir fusionner (cas de la théocratie présent dans le Wahhabisme ou le système hindou des castes) soit vouloir se séparer (cas du laïcisme).

Entre le religieux et le politique se pose nécessairement la question de leurs relations et de leurs différentiations. Dans la situation ordinaire du pluralisme religieux, le politique insiste sur la tolérance et l'importance de la laïcité comme dispositif séparant le pouvoir politique des pouvoirs religieux, en évitant la domination d'une religion sur les autres (cas de la religion d'État). Le philosophe John Locke et les philosophes des Lumières ont combattu en ce sens pour la tolérance en matière de religion. Certains philosophes, comme Rousseau, ont combattu pour imposer une religion civile visant à défendre le patriotisme, ainsi qu'on le voit dans la Chine contemporaine. Aussi, certains ont combattu en faveur de la privatisation de la religion, en vue d'une égalité des apparences de la citoyenneté, et ils ont conduit à des lois contre le port de signes religieux dans l'espace public. Un certain laïcisme s'oppose ainsi à l'expression collective de la religion qui n'est alors considérée que comme une spiritualité privée. Mais les religions y résistent du fait de leur dimension traditionnellement sociale et liturgique, et donc intrinsèquement collective. Les temps et les espaces du politique et du religieux sont en concurrence.

Il s'agit de comprendre les enjeux contemporains de l'opposition entre modernité et religions. Du XVIIe au XXe siècle, l'enjeu était pour la raison de se défaire de la tutelle religieuse dans tous les domaines, et pour les religions de résister à un ordre humain indépendant de Dieu et d'une tradition. Au XXIe siècle les religions se sont transformées (pas toutes et pas toutes de la même manière ni en toutes leurs parties), les enjeux sont différents et il est souhaitable qu'ils soient actualisés.

La modernité propose un paradigme de l'existence humaine fondée sur le choix individuel, la maximisation du bien-être, le progrès permanent, le modèle scientifique de la rationalité, la domination de la nature et la lutte contre les traditions considérées comme sclérosantes, l'auto-détermination de sa loi civile. Comme l'a bien remarqué le philosophe Olivier Rey (*Une folle solitude*, Seuil, 2006) la modernité promeut le mythe de l'homme auto-construit. Contre cette mythologie la religion avance des arguments sérieux :

– Le premier argument est anthropologique. L'homme ne se produit pas lui-même mais se reçoit d'abord. Il est précédé par un don, un langage, une société, de manière à se produire lui-même comme conscience de soi libre. Il existe une genèse de la liberté et de l'individu. Cette genèse c'est une filiation, une famille et une tradition. La religion est une institution qui porte tout cela dans une tradition et attestée par une expérience séculaire, et en ce sens humanise l'individu là où la modernité l'affaiblirait (Thèse des conservateurs comme Burke ou, de façon anachronique, celle de Platon).
– Le second est moral et politique. Puisque l'homme se reçoit, alors la morale et la politique doivent se référer à une loi naturelle ou révélée qui précède l'individu et se traduit dans des limites symboliques intouchables. La religion serait gardienne de ces limites et les exprimerait dans une loi religieuse (Thora, Charia). Le caractère conservateur des religions serait structurellement lié non à de la rigidité mentale mais à une défense de la vie de l'homme. (Thèse de Saint-Augustin dans *La Cité de Dieu*).
– Le troisième est culturel et anthropologique à la fois. L'homme possède un désir d'infini que le monde ne peut combler. La religion est ce qui lui permet de se structurer pour le bien de tous, tout en découvrant son objet véritable, à savoir la divinité. En rejetant toute transcendance, la modernité replie le désir de l'homme sur le monde et ne lui donne comme substitut que la violence ou la consommation (thèse de René Girard ou de John Locke dans sa critique de l'athéisme).
– Le quatrième est politique. La politique a besoin de régulations non politiques. Les religions en font partie dans un sens fort puisqu'elles proposent

des alternatives aux comportements convenus. L'idée moderne d'un État rationnel et seul régisseur de l'ordre temporel est une idée autoritaire où l'État se substituerait au pouvoir religieux, sans véritables possibilités de limiter sa violence. Les totalitarismes, qui sont des dénaturations profondes du politique, naissent aussi dans le giron de la modernité. Ce sont les religions, des religions « saines » (est-ce possible ?) qui permettraient aussi de laisser l'État à une place plus modeste. L'enjeu serait alors une laïcité apaisée, favorisant la liberté religieuse, et non une laïcité de combat, tentant de limiter toujours plus l'expression du religieux.

Mais ces arguments réclament d'identifier les possibles maladies du religieux et aussi de s'en prémunir : le fanatisme, le fondamentalisme, la superstition, le moralisme, en particulier. La modernité n'est en ce sens pas seulement un mythe mais aussi la proposition d'un humanisme dont les religions peuvent être bénéficiaires, à condition d'accepter des instances critiques et de ne pas prétendre au monopole de la vérité. Un enjeu considérable serait celui du pluralisme religieux et de la laïcité entendue comme condition politique de la paix des religions dans la dynamique de la vie sociale et politique. À cela, les réponses s'appuient sur des principes mais diffèrent selon les régions du monde et l'histoire des sociétés.

Méthodologie

Je m'entraîne aux écrits

Je m'exerce et je fais la différence

L'ensemble des exercices a pour but de vous faire appliquer correctement les éléments de méthode qui vous sont ici proposés. Elle repose donc sur une bonne compréhension de celle-ci telle qu'elle s'exprime dans les chapitres concernant la méthode de dissertation et de sujet-texte. Dans cette partie du cours vous travaillerez plus particulièrement la méthode de dissertation.

Vous trouverez les corrections des exercices à la fin de chaque partie.

I. Je m'exerce à la dissertation

1. Voici un sujet de dissertation : « Une langue bien faite mettrait-elle fin à toute discussion ? »

1. Analyse : Comment distingueriez-vous une langue et un code dans le cadre du sujet ?
2. Après avoir lu le cours, quels auteurs pourriez-vous convoquer pour théoriser la proposition de l'identification d'une langue à un code ?
3. Quelle auteur adverse pourriez-vous proposer ?
4. Quelle accroche pourriez-vous avoir pour ce sujet ?
5. Analysez-le jusqu'à justifier le sujet ?
6. Quel exemple pertinent pourriez-vous utiliser visant à montrer qu'il serait souhaitable de dépasser l'ambiguïté de la langue par une langue rigoureuse ?

2. Que signifie l'expression « gagner du temps » ?

Justifiez-la en utilisant la distinction d'Aristote entre nombre nombré et nombre nombrant.

3. « Peut-on penser le temps ? »

1. Après avoir analysé le sujet quel triangle problématique proposeriez-vous ?
2. Proposez une référence structurante pour chaque partie de l'alternative ?

4. « La religion est-elle nécessaire à l'homme ? »

1. En utilisant les repères du programme, vous opposeriez le concept de nécessité à quels autres concepts ?
2. Dégagez l'alternative de la dissertation (Thèse initial MAIS thèse opposée, oui MAIS non).
3. Proposez, dans un paragraphe le résumé du contenu de l'alternative en l'argumentant ? (Ceci… MAIS cela).
4. Indiquez plusieurs enjeux possibles dans la troisième partie.

II. Exemples de dissertation complète : « Existe-t-il une nature humaine ? »

Introduction

Le philosophe Diogène, raconte la légende antique, se promenait en plein jour à Athènes avec une lanterne allumée en criant : « Je cherche un homme ! ». Son geste peut s'interpréter diversement, mais en particulier comme la difficulté à identifier une nature humaine et un individu qui y soit conforme. Il nous semble si évident que nous sommes de l'espèce humaine ! De même que le castor suit sa nature de castor en bâtissant des barrages, de même les humains exprimeraient dans leurs actes une « nature humaine » qui les précéderait.

Mais rien d'évident dans ce concept de « nature » appliqué à l'homme. La nature d'un être désigne en effet l'ensemble des déterminations essentielles qui font qu'il est ce qu'il est : un lapin, un bureau, un cercle ou une étoile. La définition d'un être donnerait à dévoiler sa nature, et l'existence de cet être exprimerait sa nature. Or, dans le cas de l'homme, la liberté qui le caractérise semble une possibilité d'invention de sa propre histoire et de sa propre définition, de sorte qu'aucun homme individuel n'exprime l'humanité comme nature, mais plutôt que l'humanité soit un mot dévoilant autre chose qu'une nature, sans doute un ensemble d'existences reliées entre elles dans des fils divers. Faut-il alors renoncer à l'idée de « nature humaine » et renoncer à caractériser l'homme en identifiant ses déterminations propres comme le font les sciences humaines ? Plus radicalement, si la liberté semble échapper à la *physis,* n'est-elle pas aussi une sorte de nature qui connaît des lois ? Finalement, si Diogène éteignait sa lanterne, ne finirait-il pas par découvrir un « homme » dans la claire lumière du soleil ?

I. La tentative de connaissance de l'Homme par sa nature

Avant tout, affrontons le problème de l'idée de « nature humaine » en mettant en valeur son caractère aporétique *de facto*.

1. La nature humaine comme principe d'intelligibilité...

La nature humaine est le principe qui permettrait de rendre raison des diverses manifestations de l'homme : le langage, l'art, l'histoire, les sciences, la pensée, la religion, etc. Elle comporte deux exigences fondamentales. La première est d'ordre épistémique : la nature humaine rendrait raison de l'homme, de même que l'idée de triangle rend compte des propriétés du triangle. Elle permettrait de dégager l'unité intelligible dans une diversité d'expériences. De la sorte, nous pourrons ramener les phénomènes humains de l'étrangeté au savoir. Nous pouvons aussi par le concept de nature distinguer entre l'essentiel et l'accidentel dans les phénomènes humains et, par exemple soutenir que le langage est une propriété essentielle mais que la langue est accidentelle. La seconde exigence est d'ordre pratique : la nature humaine indique la finalité de l'homme, ce qui explique en dernier ressort son action, comme le note Aristote dans l'*Éthique à Nicomaque* à propos du bonheur. L'explication téléologique rend compte par exemple de l'importance que la société a pour la vie des hommes, et aussi des raisons pour lesquels chacun doit suivre les règles d'un droit commun. De la sorte, ainsi que l'écrira David Hume dans son *Traité de la Nature humaine* (1739), la connaissance de la nature humaine aurait un rôle fondateur pour toute science de l'homme.

2. ...engage la naturalisation épistémique de l'homme...

Faudrait-il concevoir l'anthropologie (la science de l'Homme) sur le modèle des autres sciences de la nature ? Pour ce faire, pour connaître l'homme comme une réalité naturelle, l'inconvénient majeur et méthodologique dont il faut absolument avoir conscience est qu'il faut *naturaliser* l'homme. Par « naturalisation » il faut entend le processus par lequel on présuppose que tout de l'homme s'explique par des causes. L'homme est en effet, on le constate factuellement, un être *dans* la nature. Il s'agit donc d'éviter de le concevoir « comme un empire dans un empire » (Spinoza, *Éthique*, III), une exception de la nature, et à lui appliquer « les lois et règles universelles de la nature » (*Éthique*, III). Au lieu de craindre ou de se moquer des actions humaines, de les juger « bizarres », il s'agira, comme Spinoza, de prendre le parti de les « comprendre » : « J'ai pris grand soin, touchant les actions humaines, de ne pas m'en moquer, de ne pas les déplorer, de ne pas les détester, mais de les comprendre (*non ridere, non lugere, neque detestari, sed intelligere*) » (Spinoza, *Traité politique*).

3. **...qui, dans la réalité, ne se laisse pas saisir comme une nature**

Mais si, idéalement, abstraitement, nous comprenons cette logique, est-ce que l'homme se donne à connaître comme toutes les autres réalités de la nature, c'est-à-dire précisément avec une « nature » ? L'homme, en réalité, est un être se connaissant lui-même par réflexion. Il se sait sujet de ses actes, et est capable de déjouer les apparences et d'être imprévisible. Au mieux, une science de l'homme digne de l'homme cherchera à comprendre l'homme plutôt qu'à l'expliquer, en épousant les méandres de sa réflexivité. C'est par exemple ce que tente de faire l'Histoire, en repérant des constantes de l'action humaine sans pour autant prétendre à prévoir ses actions, projetant ainsi un passé connu dans un avenir prophétisé. Si tout est nature et mécanisme de la nature, si l'homme n'est qu'un être de fait, alors « toute la science pratique se réduira à la politique, c'est-à-dire à l'art de faire usage de ce mécanisme pour gouverner les hommes » (Kant, *Projet de paix perpétuelle,* 1795). En effet, « gouverner, c'est prévoir », ainsi que le dire l'adage. Mais, de fait, l'Histoire est imprévisible et la prévision est plus celle de l'administration des choses que celle du gouvernement des hommes. À conditions semblables, les conséquences ne sont pas semblables. Le déterminisme des choses humaines est inexistant.

Donc, malgré l'effort pour connaître l'homme comme être naturel pourvu d'une nature, l'homme ne se donne pas à connaître ainsi parce qu'il est un être réfléchi et libre, capable de déjouer les apparences qu'il donne. La nature humaine n'est pas un fait. N'est-ce pas parce que, en son principe même, elle est contradictoire ?

II. L'apories des déterminations de la nature humaine

Il ne s'agit pas seulement de constater l'absence d'une nature humaine, mais d'expliquer pourquoi elle est introuvable.

1. **L'homme est un individu...**

La nature humaine ne se laisse pas connaître comme celle de tout autre être naturel parce qu'il est capable de modifier sa nature. La nature humaine n'est pas seulement la nature d'un être particulier, mais une nature en un autre sens du terme. La notion de la nature d'un être implique une certaine stabilité de propriétés essentielles, comme celle d'un cercle. Mais l'homme n'est pas ainsi parce qu'il est un individu orientant sa vie à partir de ses choix. La vérité de l'homme est dans un *cogito,* une substance pensante, dira Descartes. De sorte que, quand on prétend étudier une nature humaine, en réalité on ne fait que regarder l'animal humain, c'est-à-dire des éléments apparemment communs entre les hommes, mais qui, pour chaque individu prendront un sens absolument singulier. L'homme est à ce point un individu que Montaigne peut remarquer qu'il "y a plus de différence de tel homme à tel homme, qu'il n'y a de tel homme à telle bête" (*Essais*, II, 12). Il faudrait alors arriver à un paradoxe : la nature humaine, c'est l'individu.

2. ...tel que son existence précède toute nature...

Mais si la nature humaine c'est l'individu, nous arrivons à un paradoxe important : la nature humaine se veut un concept universel décrivant d'avance un ensemble de réalité, les hommes. Or il ne le fait que négativement. Il dit seulement que l'homme est toujours un individu, et qu'il n'est pas animal ou minéral ou objet. Comme l'écrira Jean-Paul Sartre dans *L'existentialisme est un humanisme,* « l'homme n'est pas homme au sens où cet encrier est un encrier ». L'homme inverse la relation qui se trouve chez tout être naturel entre son essence et son existence. En un être naturel, l'existence est un résultat de l'essence (Rex aboie comme un chien), mais en l'homme « l'existence précède l'essence », c'est-à-dire que chaque individu fabrique ce que signifie pour lui être un homme et « ce qu'est l'homme ». La liberté est une anti-nature. En ce sens, il ne convient pas de dire de l'homme qu'il est libre, comme une qualité s'ajoutant comme le qualificatif d'une substance ; au contraire, comme le dit Sartre, « l'homme n'est pas libre, l'homme est liberté ». Par conséquent il ne peut y avoir de nature humaine.

3. ...de sorte qu'il n'y aurait non pas une nature humaine, mais une « condition humaine »

Il s'agirait de cesser alors d'employer la notion impropre de nature humaine porteuse de l'ambiguïté d'une détermination de l'homme et d'un destin de l'homme. Par quoi la remplacer dans la compréhension globale des hommes ? La condition indique, non une détermination, mais un ensemble de moyens à disposition de la liberté, ce que Sartre appellera une « situation » relativement à l'action. La condition est un état de fait, plus ou moins favorable à certaines actions, là où la nature prétend être toujours et partout la même détermination. Et cette condition peut connaître des constantes comme des variations au travers de l'Histoire, de sorte qu'elle rende possible une science de l'homme. Mais, fondamentalement, homme vit « conditionné » en fabriquant, comme liberté, le sens de cette condition.

La nature humaine est introuvable dans la réalité humaine, parce que l'idée de nature humaine est impropre pour rendre compte de l'existence des individus. Le concept est supplanté plus adéquatement par l'idée de condition humaine qui rend compte de propriétés plus ou moins constantes de ce groupe qui n'est donc pas une « espèce » au sens animal. Mais alors comment expliquer la persistance de la notion de nature humaine dans la culture ? Quel est sa fonction ?

III. Quelle est la pertinence de la notion de « nature humaine » ?

Pourquoi en effet cette évidence si commune d'une « nature humaine », alors que l'homme est dépourvu de « nature » au sens des autres êtres de la nature ? Quel serait sa pertinence ?

1. La fonction première de l'idée de nature humaine est de critiquer la normalité civile

La fonction première de l'idée de nature humaine est celle qu'ouvre un droit naturel pour critiquer le droit civil. Le droit naturel se réfère en effet à une certaine conception de la condition humaine en ce qu'elle forme la liberté comme nature humaine. En effet, la condition humaine, souligne Hannah Arendt dans *La Condition de l'homme moderne* (1958), n'est pas sans lois. Ces lois assurent l'enracinement concret de la liberté de l'homme. La liberté a besoin, dit Arendt, d'être fondée et instituée (loi 1). Aussi elle se déploie temporellement dans une histoire qui engage une mémoire (loi 2). Encore, les libertés se donnent de façon plurielle (loi 3). Enfin, cette liberté engage des décisions et des responsabilités (loi 4). L'idée de nature humaine entendue comme ensemble des conditions de la liberté, est ce qui fait référence dans un droit naturel pour conserver une relation critique à une loi civile. C'est un concept nécessaire et irremplaçable, bien qu'il ne soit pas sans danger dans l'usage qu'on en fait.

2. ...mais pour cela il faut distinguer entre la normalité culturelle et l'idée de nature humaine...

Peut-on cependant éviter le risque de confondre la nature humaine avec son expression culturelle ? Montaigne au XVIe siècle identifie la coutume à une seconde nature et il dénonce la tendance à identifier l'Autre homme à un barbare non civilisé parce qu'il ne posséderait pas les mêmes repères de civilisation. Il faut reconnaître que la représentation culturelle de la nature humaine court toujours le risque de clôturer la liberté dans une normalité. Il est essentiel alors de distinguer entre la norme sociale qu'est la normalité, et la norme de la liberté qu'est la nature humaine, condition humaine portée par la liberté. Pour cela il est nécessaire de procéder à une critique de l'ethnocentrisme ainsi que de sa propre culture. On gagnerait en liberté et en vérité à faire une généalogie du naturalisme pour éviter les abus de pouvoir et le rejet des différences entre les groupes et les individus en brandissant une « naturalité culturelle » en réalité tout artificielle. C'est en distinguant clairement nature humaine et normalité qu'on peut assainir le concept de nature humaine. Mais on gagnerait aussi à faire une généalogie de l'antinaturalisme qui a des effets délétères sur la compréhension des conditions de la liberté.

3. ...pour définir cette dernière comme coexistence éthique des libertés

Qu'est-ce qu'alors la nature humaine ? La « nature humaine », pris historiquement dans une culture, c'est le nom des libertés d'un groupe humain à un moment et un lieu donné. Mais cette définition ne suffit pas parce que les groupes culturels s'opposent les uns aux autres, tout en étant « humains ». C'est leur opposition et leur rencontre qui est humaine au plus haut point. Alors, si on universalisait ce jeu des libertés et du langage, on arriverait, note Emmanuel Levinas, à l'idée juste d'une « espèce humaine » ou d'une « nature humaine » comme d'une pluralité. La nature humaine c'est cette pluralité de fait. Mais on peut aller plus loin, car cette pluralité oblige au plan moral. Le rapport à Autrui est un rapport éthique fait d'obligations et de conversations dans le monde des lois et du langage. En conséquence, l'idée d'espèce humaine ou de « nature humaine » est un concept éthique, celui qui traite de la coexistence des libertés. Il a pour règle fondamentale une règle antique et universelle qu'Homère identifiait à la civilisation : l'hospitalité. Au contraire, la guerre c'est l'inhumanité. Si les hommes sont en guerre, c'est que la nature humaine est une notion à venir, et non pas une notion du passé.

C'est donc sous l'angle éthique, débarrassé du naturalisme qui la fausse, que la notion de nature humaine est pertinente.

Conclusion

S'il existe une nature humaine, c'est donc comme coexistence des libertés. C'est un concept éthique et politique dans sa réalisation concrète. Mais pour parvenir à le comprendre, il s'agit de se débarrasser de la naturalisation du concept d'homme. Le fait de préférer le concept de « condition humaine » à celui de nature humaine se comprend alors. Il favorise la mise en valeur de la liberté, de l'Histoire et des différences entre les humains. Mais cette préférence peut conduire à un déni de l'humain et de l'éthique constitutive de l'existence, et se retourner comme un antihumanisme. On admettra alors l'idée d'une nature humaine et d'une espèce humaine, non pour déterminer l'homme en amont de son existence à la manière d'un concept scientifique à portée déductive et explicative, mais pour espérer de l'homme qu'il soit humain.

III. Corrections

1. « Une langue bien faite mettrait-elle fin à toute discussion ? »

1.1 Un code rattache un signe à une signification et une fonction précise. Une langue est un système de signe qui existe dans des paroles et ouvre à des actes de paroles et à des interprétations sociales. Le code prédétermine le sens, alors que l'acte de langage joue avec le sens.

1.2 Le mythe biblique de la Tour de Babel fait référence au rêve d'une humanité qui s'assemblerait autour d'une langue bien faite. L'idée des babéliens (babyloniens) est que, par un codage précis, les gens s'entendraient sur le sens et la vérité, et qu'ainsi la paix, la force et le savoir régneraient au lieu du conflit, de l'impuissance et de l'ignorance. En possédant le bon mot, on posséderait le vrai sens. Mais le mythe renverse la perspective parce que cette ambition est détournée par le principe premier moral et divin en une subite « confusion des langues ». Elle veut signifier que l'ambition de la toute-puissance sur la langue est moralement dommageable. Elle ne conduit qu'à une forme de totalitarisme qui masque par l'uniformité l'incompréhension réelle de la différence des êtres. Comme si le rapport du mot au sens, rapport de signification, était un rapport multiple, un rapport herméneutique. En quoi, discuter appartient-il au jeu bien fait de la langue ?

1.3 Toutes les langues possèdent des ambiguïtés et engagent des mécompréhensions. Par exemple, le verbe « aimer » en français indique à la fois les attachements les plus superficiels et les engagements les plus puissants. Le rapport de signifiant à signifié, constitutif du signe, est ainsi un rapport fluctuant. Une langue rigoureuse serait à faire parce qu'elle n'est pas donnée. C'est en effet l'histoire qui produit les langues et les divise en familles de langues ainsi qu'en idiomes. Entre les langues existent des concurrences, comme on le constate entre l'anglais, l'espagnol, le français, l'arabe et le mandarin aujourd'hui. Aussi, l'histoire est faite de relations incertaines, de relations affectives et de rapports de force qui engagent des conventions multiples et des usages rhétoriques des langues. Si la philosophie socratique a voulu dénoncer et vaincre l'usage rhétorique de la langue, c'est parce qu'elle conduit à des discussions dépourvues de référence fixe et donc dépourvues de critère de vérité. Il s'agit donc de conquérir la vérité de la langue par-delà le donné des langues historiques et chercher de façon démiurgique à fabriquer une langue rigoureuse et pacifiante.

2. « Gagner du temps » ?

« *Time is money* », disent sentencieusement les managers américains. L'idée est que l'optimisation de l'efficacité dans le travail permet de gagner plus d'argent. Mais ce proverbe s'applique-t-il à tous les domaines de la vie humaine ? En quel sens le temps peut-il se gagner ? Ne s'agit-il pas de le vivre ?

La formule « gagner du temps » a d'abord un sens quantitatif. « Gagner » quelque chose, c'est en obtenir la propriété ou l'usage ou la reconnaissance par un effort ou un échange. En ce sens, Nadal a souvent « gagné » le tournoi de tennis de Roland Garros, ou l'entreprise Renault-Nissan « gagne » de l'argent en recyclant ses moteurs et accessoires rentabilisés dans sa filiale roumaine Dacia. Le temps se « gagne » lorsqu'on parvient au même résultat dans un temps moindre, et donc lorsqu'on augmente la vitesse du processus de production du résultat. Le coureur de 100 m gagne du temps lorsqu'il court plus vite, et dans ce domaine le jamaïcain Usain Bolt demeure le gagnant en 9 secondes

58 centièmes à Berlin en 2009. Il s'agit de comprendre que, comme le dit Aristote, le temps est le nombre du mouvement, et qu'en augmentant la vitesse on augmente le nombre d'instants temporels, on densifie le temps, et qu'ainsi on possède un gain de temps Ici, le verbe « gagner » a un sens quantitatif et la vitesse, en établissant un rapport entre le temps et une distance ou une quantité de résultats, est la clé de ce gain.
Le temps est un nombre qui se mesure en rapport avec un autre nombre. Dans l'économie capitaliste, finalisée par le profit financier où le temps se mesure par l'argent, des gains de productivité, à coûts comparables, conduisent à des gains financiers. « Gagner du temps » signifie alors « gagner plus d'argent ». Le nombre du mouvement du travail est mesuré par un nombre nombrant qui est l'argent. On calcule le temps par le gain ou la perte financière. Tout mouvement vital humain pourrait faire l'objet d'une telle mensuration : l'éducation, l'amour, l'amitié, la contemplation esthétique, la connaissance, etc., tout pourrait être jugé à l'aune de l'argent comme nombre nombrant du temps. On se demandera ce que rapporte l'amour, l'amitié, etc. Mais, ce faisant, nous n'obtiendrions qu'une mesure du gain quantitatif du temps. Est-elle satisfaisante ?
Sachant l'importance de l'argent comme moyen universel d'échange des biens, l'idée de gain de temps se déploierait dans tous les domaines de la vie humaine. En ce sens, la locution proverbiale « *time is money* » possède une profondeur sociale et existentielle éclairant le rapport de l'homme au temps et de l'homme à la vitesse. Comme le note Paul Viriglio ce rapport à la vitesse est archaïque, c'est « la sublimation de la chasse », lorsque l'homme prédateur rattrape son gibier et le gagne. Et le gagnant, il gagne en survie, c'est-à-dire en longueur de vie. Le capitalisme, c'est la chasse à l'argent, et l'obtention d'une vie plus longue, moins exposée aux dangers. C'est aussi la possibilité d'une alchimie du travail en argent et de l'argent en biens sociaux très riches et divers. Gagner du temps, c'est alors gagner en quantité comme en qualité de vie grâce à des biens d'échanges médiatisés par l'argent. Gagner du temps, c'est intensifier et sécuriser la vie.

3. « Peut-on penser le temps ? »

Solution 1. Aristote contre Bergson

Le temps a une intelligibilité et peut-être mesuré. → **Aristote.**
Cependant, il n'est pas extérieur à la pensée mais intérieur. Penser le temps c'est s'approprier de l'intérieur la durée. Il ne s'agit pas d'une pensée réflexive mais d'une intuition de la durée. → **Bergson.**
Plusieurs enjeux apparaissent alors :

- Penser c'est aussi prévoir : peut-on prévoir le futur sur la base d'une analyse et d'une habitation du temps ?
- Penser le temps, est-ce seulement l'habiter ? Voir Mrs Dalloway.

Solution 2. Bergson contre Levinas

Penser, au sens rationnel, c'est mesurer, compter, saisir une intelligibilité. Pourtant la pensée n'est pas extérieure au temps.

Penser le temps ce n'est pas le dominer mais l'habiter.
Habiter le temps c'est le vivre de façons éthique et sociale.
Plusieurs enjeux apparaissent alors :

- Faut-il rejeter une façon rationnelle d'habiter le temps ? Quel est le domaine du contrôle ?

Solution 3. Aristote contre Heidegger
Penser le temps c'est le mesurer.
Mais le temps se révèle alors comme la marque de notre impuissance et de notre mortalité.
Plusieurs enjeux apparaissent alors :

- Penser le temps, n'est-ce pas l'habiter ? Mrs Dalloway.
- Penser le temps, n'est-ce pas espérer ?
- Penser le temps, n'est-ce pas en découvrir la valeur vitale et éthique ?

4. « La religion est-elle nécessaire à l'homme ? »

4.1 Contingence, liberté.

4.2, 4.3, 4.4 La religion désigne une organisation sociale et morale reposant sur une autorité transcendante. Nous nous demandons si, d'une part la référence à une transcendance est nécessaire pour la constitution de l'homme en son humanité, et si, d'autre part, cette référence éventuelle réclame nécessairement une organisation de type religieux. Qu'apporte donc la religion à l'homme ?
Saint-Augustin décrit dans les *Confessions* (397) sa quête effrénée de Dieu. Pourquoi le cherchait-il ? Parce que, analyse-t-il, Dieu est le Bien absolu et la Beauté absolue, objet secret du désir de l'homme. Il confesse ainsi : « Tu nous as fait pour toi Seigneur, et notre cœur est sans repos tant qu'il ne demeure en toi ». En trouvant Dieu, l'homme trouverait sa mesure. Comme l'écrivait huit siècles plus tôt Platon dans *Les Lois :* « Dieu est la mesure de l'homme », inversant l'adage du sophiste Protagoras : « L'homme est la mesure de toute chose ». Pourquoi Dieu serait la mesure de l'homme, parce que sa pensée est capable d'envisager l'Absolu en soi et l'Absoluité des valeurs. Dieu serait sa vraie mesure, le reste, l'homme lui-même dans sa condition mortelle, et le monde, seraient relatifs, l'homme n'étant un absolu que dans sa dignité morale.
Mais, la religion est-elle une gardienne authentique du désir de l'homme et de sa dignité morale ? Elle est une organisation dont l'histoire n'est pas tout à fait celle de la vérité, contrairement à ce que disait Blaise Pascal de l'Histoire de l'Église. Au contraire, comme pouvoir fondé et tourné vers une transcendance, elle détourne le désir de ce monde pour l'orienter vers un au-delà. En ce sens elle démobilise l'homme de ses tâches temporelles, laissant le contrôle du monde aux cyniques, aux violents et aux riches. Karl Marx écrira ainsi dans une formule très célèbre, que la religion est « l'opium du peuple », voulant dire qu'ainsi elle endort et démobilise l'homme par une consolation imaginaire. C'est pourquoi Marx défend un athéisme militant, visant la destruction violente de toute

organisation religieuse comme condition nécessaire à une libération concrète de la société. Il faut détruire la religion pour détruire le désir de Dieu qui aliène l'homme.
Plusieurs enjeux apparaissent :

- Marx rend-il compte du désir de l'homme en l'orientant vers le monde ? L'homme trouverait-il la satisfaction de ce qu'il désire dans des objets du monde et dans la justice ? Faudrait-il plus nettement distinguer entre une religion et une spiritualité ?
- Et la religion est-elle vraiment contraire au bien social ? L'exigence chrétienne de charité, l'aumône musulmane, la compassion bouddhiste, etc. ne sont-elles pas des valeurs essentielles pour établir plus de justice dans le monde ? En ce sens, pour critiquer le monde, faut-il ou non se présenter à partir de ce monde-ci ?
- Pour séparer la religion de la politique, la violence est-elle la seule possibilité ? Que penser de la laïcité ?

Chapitre 7

Le bonheur

Je révise et je me perfectionne

I. Les mots du bonheur

Satisfaction, plaisir, joie, vertu, béatitude, bien-être

Une ***satisfaction*** est un terme générique pour indiquer ce qui nous fait du bien ou plaisir, ce qui répond à une attente vécue comme un manque ou une douleur. Boire lorsqu'on a soif est une satisfaction ; obtenir une mention très bien au bac aussi. Dire du bonheur qu'il est une satisfaction, c'est le ramener aux dimensions du **besoin** et de l'attente et donc de la prédétermination. En ce sens, il faut se demander de quoi le bonheur est-il la satisfaction ? D'un manque prédéterminé et donc d'un besoin ; d'un désir dont l'objet reste sans cesse obscur. Ou s'il se tient dans un autre domaine que celui de la relation entre puissance et acte, le vide du manque et le plein de la satisfaction du « remplissage » en quelque sorte. Aristote a insisté sur cette lecture du rapport entre la puissance d'une faculté, par exemple nutritive ou intellectuelle, et sa satisfaction sous la forme du bonheur dans son acte, par exemple le fait de manquer ou de connaître la vérité.

Opposés à cette démarche, plusieurs philosophes antiques, dits « hédonistes », Épicure par exemple, ont fait du **plaisir** le bonheur : « nous disons que le plaisir est le commencement et la fin de la vie bienheureuse » (*Lettre à Ménécée*). Le plaisir se définit comme l'état heureux des facultés dans leur exercice ou leur repos. Pensons au plaisir de faire du tennis, de converser avec des amis, de lire un bon livre. En quoi ne sont-ils pas seulement des « satisfactions » ? Certes ces plaisirs répondent à un manque, ici d'exercice physique, de relations et de connaissance, et ils s'opposent à la douleur comme l'expérience d'un manque. On apprend ainsi que la satisfaction est le plus souvent un plaisir et qu'elle se reconnaît au plaisir qu'elle procure. Toutefois, le concept de plaisir est plus large car il peut venir de ce qui ne manque pas, par exemple dans l'exercice de l'amitié ou de la conversation, ou du sport ou encore dans des exercices totalement gratuits par exemple dans le jeu d'échec ou enfin, dans le plaisir esthétique, qui est indépendant de tout manque. Le plaisir se lit comme un état de bonheur et pas seulement comme manque. Mais, si le plaisir s'oppose à la douleur, en revanche, la douleur n'est pas totalement le contraire de certains aspects du bonheur. C'est pourquoi Spinoza parle de « **joie** » pour parler du bonheur. La joie est un état de satisfaction spirituel, l'expérience d'un sens vivant pour l'esprit et la liberté. La joie c'est la vie de l'esprit qui accompagne la sagesse. Le sage est joyeux et à cause de cela il est heureux. Mais il peut être joyeux aussi dans l'épreuve, la maladie, la contradiction, le manque et le déplaisir. Il ne s'agit pas de réduire l'expérience du bonheur à la joie, comme si les autres aspects de satisfaction et de plaisir n'y participaient pas, mais de montrer que par la joie le bonheur est spirituel et libre et pas seulement matériel et conditionné. En cela la joie est une expérience qui indique la présence du bonheur mais non son accomplissement.

En ce qui concerne la satisfaction, le plaisir et la joie, de nombreux philosophes, en particulier Aristote, ont montré qu'ils engageaient une attitude active et réflexive pour se réaliser. Si l'on n'est pas heureux par hasard, mais par une activité idoine, c'est que le bonheur s'identifie à cette qualité d'action qui prend le nom traditionnel de **vertu**. Les vertus sont des habitudes à agir selon le bien et donc qui permettent d'être heureux et d'éloigner activement le malheur. Elles sont à la mesure de l'homme et permettent un bonheur à mesure des mérites de l'homme. Par conséquent l'ambition des vertus est modeste.

C'est pourquoi existe la notion de **béatitude**. La béatitude c'est l'état de bonheur complet et accompli. Complet, signifie qu'il ne manque rien à ses conditions matérielles, sociales et spirituelles ; accompli signifie que dans le temps on serait amené à une réalisation des capacités humaines. C'est une notion importée du monde religieux (les Béatitudes dont Jésus parle dans l'*Évangile selon Saint-Matthieu*) et repris souvent par des théologiens. Elle comporte une partie utopique, à la manière de l'idée de Paradis. Elle est cependant féconde à la manière d'une utopie en ce qu'elle permet de se représenter toutes les conditions du bonheur et de sa croissance. Elle engage toujours une dimension socio-politique car on n'est pas heureux seul ; une dimension matérielle, car il faut des biens matériels pour être heureux ; une dimension intérieure et personnelle, car c'est réellement des individus qui sont heureux ; elle engage une dimension universelle, sous la forme d'un rapport à une divinité ; à cause de cela elle permet de se représenter un ordre tranquille et complet, c'est-à-dire un état de paix.

Mais, contre cette idéalisation totale, beaucoup préfèrent un critère à la fois modeste et mesurable du bonheur qu'on appelle le **bien-être**. Le bien-être désigne un état de sérénité et de plaisir, à la fois somatique, psychique et spirituel. Il se concentre essentiellement cependant sur la dimension psychique du bonheur comme un état qualitatif. Pour cela il est mesurable économiquement par un certain degré d'abondance de biens, des relations, des services publics, une sécurité politique, sociale, sanitaire, des critères de qualités environnementales, et bien d'autres critères. C'est une notion à la fois très individuelle, car c'est un individu qui éprouve un bien-être, et cependant, sous l'angle des propositions objectives et mesurables, c'est aussi une notion économique à dimension socio-politique.

II. Enjeux de la notion de bonheur

1. Le bonheur est une expérience et un idéal

Le bonheur est à la fois une expérience et un idéal. Une grande partie des problèmes que nous rencontrons à propos du bonheur tiennent à cette double structure idéale et réelle.

C'est une expérience, ce que nous désignons lorsque nous disons : « je suis heureux ». Il relève en cela d'un concept expérientiel. Nous pouvons faire la liste des expériences de bonheur. Généralement elles se classent selon notre humanité partagée (les plaisirs en général, manger, boire, et la satisfaction des besoins en général, mais aussi l'amitié, la réflexion, l'apéro non-confiné, etc.) ou selon notre individualité (j'aime jouer aux jeux vidéo d'action, je suis heureux avec Tartenpion-e ou en faisant de la randonnée, etc.) ou selon notre culture (les Français sont heureux de partager leurs repas en famille avec du bon vin, les Américains aiment le base-ball, etc.).

Plus qu'une expérience, le bonheur apparaît comme objet d'un désir : j'agis en vue d'être heureux, remarquait Aristote (IVe av. J.-C.) dans le premier livre de son *Éthique à Nicomaque*. Autrement dit, le bonheur est appelé « Souverain bien » parce qu'il est le bien qui gouverne les autres bien comme la fin ordonne les moyens. Il fait alors l'objet de la science la plus élevée qu'est la politique, pour Aristote, parce que la politique organise l'ensemble des moyens pour l'animal social qu'est l'homme. Certes, c'est l'individu qui éprouve le bonheur, mais c'est par des moyens qu'il l'obtient. Le moyen est ce qui médiatise le rapport à la fin en permettant de l'obtenir efficacement : l'argent est un moyen pour obtenir des biens marchands nécessaires à la vie ; manger est un moyen nécessaire pour survivre, etc. Le bonheur est, dans cette logique du désir médiatisé, identifié à la fin en vue de laquelle sont ordonnés les moyens. Et aussi, il est incarné dans le moyen de sorte que chacun peut dire, du fait de l'expérience d'un moyen, qu'il est plus ou moins heureux. Il l'est en s'achetant un vêtement, en rencontrant un ou une amie, en gagnant une somme d'argent, par un courrier ou une réussite, etc.

C'est ainsi que, parce qu'il est un Souverain bien, le bonheur semble un idéal à poursuivre plus qu'une réalité à vivre. On se le représente comme le rassemblement de l'ensemble des moyens nécessaires à la fin. Or, dans son imaginaire, personne ne semble jamais assez riche, assez honoré, assez savant, assez stable dans sa position pour se dire que le bonheur est possible. Le désir de bonheur engage alors à la fois une expérience heureuse et une distance avec toute expérience de bonheur. De fait, nous ne sommes jamais ni totalement heureux ni totalement malheureux. Entre le bonheur comme expérience et le bonheur comme idéal du désir existe une tension (qu'un bon élève doit identifier).

On peut alors se demander si le bonheur est seulement un idéal, c'est-à-dire une représentation mentale ? Quelle serait la fonction vitale de cette représentation ? Peut-elle nous rendre paradoxalement malheureux en nous faisant manquer les satisfactions réelles ou en nous engageant dans une quête sans fin et sans objet réel ? Ou bien pouvons-nous réellement être heureux ?

2. Nous pouvons être heureux moyennant un travail réflexif et rationnel du désir sur le désir

Pour Épicure (IVe av. J.-C.) comme pour les stoïciens, le bonheur est possible par l'ajustement de notre désir. Désirer l'impossible ou ce qui n'est pas inscrit dans le réel serait l'assurance du malheur. On ne peut qu'être malheureux de n'être pas un oiseau ou de n'être pas né dans un autre siècle, si c'est là notre rêve de bonheur. Il s'agit alors de prendre conscience par une introspection psychologique et spirituelle de la diversité de nos désirs et de faire le tri entre ceux qui nous rendent heureux et ceux qui nous rendent malheureux. Pour Épicure, le premier discernement est à effectuer entre les désirs naturels, inscrits dans notre nature humaine et donc à portée de celle-ci, et ceux qui ne le sont pas. Les premiers sont les besoins simples comme manger, boire, dormir, de façon sobre ; les seconds sont les désirs de luxe, de paraître, et les désirs illimités comme celui de la richesse ou de l'honneur. Choisir de nourrir les désirs naturels et nécessaires, c'est s'assurer de la proximité du bonheur. Choisir les autres désirs, des passions, c'est s'orienter à coup sûr vers le malheur. Suivre son désir n'est donc pas la meilleure manière d'être heureux. Encore faut-il choisir le bon désir.

Le bonheur n'est donc pas immédiatement présent en suivant aveuglément les désirs, mais moyennant une réflexion sur ceux-ci. Il s'agit de travailler sur soi et sur ses représentations du désir pour être heureux. Les stoïciens comme Épictète (50-135 ap. J.-C.) soutiennent que le premier discernement doit s'effectuer entre « ce qui dépend de moi et ce qui n'en dépend pas ». Le hasard, la fortune, l'honneur, ne sont pas au contrôle de ma liberté, et ne peuvent me rendre fondamentalement heureux. En revanche, ce qui peut me rendre heureux de façon stable est ce qui dépend de moi. Le bonheur se construit ainsi. Qu'est-ce donc qui dépend de moi en tous lieux et en tout temps ? C'est la relation que j'établis avec les choses, ce qu'Épictète nomme « opinion ». Ainsi, accepter ce que je ne peux changer comme un deuil, une addiction (voir la prière des alcooliques anonymes), une maladie, une filiation, un état de la société, etc. c'est établir une relation libre avec la chose qui, pourtant, s'impose malgré ma liberté. Mais cette opinion, pour être vraie, réclame un discernement de manière à ne pas accepter ce qui pourrait et devrait être changé, comme de prendre un médicament contre une maladie qu'on ne choisit pas ; ou encore de manière à ne pas vouloir changer ce qu'on ne peut changer. Il s'agit alors, pour Épictète, de discerner ce qui relève de l'Ordre du monde, c'est-à-dire de la Nature ou du divin. Le travail sur le désir est ainsi un travail réflexif et rationnel.

Mais le bonheur est aussi une spontanéité du désir. Il s'agit alors, non d'éteindre tout désir, mais de vivifier les désirs authentiques de manière à les fortifier en affaiblissant les désirs inauthentiques, que les stoïciens nomment avec le terme de « passion ». Ce travail réflexif et rationnel s'opère donc à l'intérieur de la dynamique du désir et non pas contre le désir. C'est toute la différence, selon Aristote, entre la vertu et le vice. La vertu est un travail sur le désir, pour que sa fin et son objet soit plus présents et vivants dans toutes les dimensions de la condition humaine. La tempérance le travaille dans les appétits sensibles (la nourriture, le sexe en particulier) ; le courage le travaille dans le domaine de l'agressivité ou des peurs naturelles : la justice dans les relations avec les autres ; la prudence sur les choix prioritaires entre la multitude des sollicitations du monde et des tendances. La vertu est une qualité de la personnalité qui s'acquiert par la répétition des actes : « c'est en forgeant qu'on devient forgeron », et c'est en multipliant les actes de courage qu'on devient courageux, etc. La vertu est ainsi le fruit de ce travail réflexif et rationnel dans le désir. La transmutation du désir par la raison prend alors le nom de « volonté ». La volonté, c'est l'appétit rationnel, dira Thomas d'Aquin (1225-1274). Le choix volontaire qui rend heureux, parce qu'éclairé par la raison et inscrit dans le corps concret de quelqu'un, prendra le nom de « liberté ». Le « libre arbitre » n'étant que la capacité à être libre (voir le chapitre sur la liberté).

On comprend alors que massivement, pour les philosophes grecs de l'Antiquité, le bonheur s'identifie à la vertu et donc aux qualités acquises et personnelles permettant de grandir dans ce qui épanouit notre nature humaine. Le bonheur consiste pour eux à devenir plus humain et à le demeurer de façon stable. Mais, puisque la nature humaine est complexe et que se présentent toujours des désirs différents, le grand enjeu du bonheur c'est de maintenir tous les désirs mais dans l'orientation de notre fin heureuse. En ce sens, le bonheur, pour Aristote, vient d'un équilibre harmonisant les tendances dans la situation de notre individualité et les circonstances de l'existence. La vertu se présente alors toujours comme « un juste milieu entre un excès et un défaut ». Manger vertueusement, c'est prendre plaisir à manger des bonnes choses pour notre santé et notre fonction. L'équilibre n'est pas le même à un repas de mariage ou à la pause déjeuner. L'homme équilibré est ainsi l'homme heureux. Il possède tous les biens nécessaires à sa vie sans excès de l'un sur l'autre, et en tenant compte de ses propres besoins.

La vertu qui domine l'ensemble des équilibres est par excellence la vertu du bonheur. Elle touche à tous les domaines, imposant sa règle rationnelle. Cette vertu est, pour Aristote, la prudence (*phronesis*). L'homme prudent est celui qui sait choisir ce qui rend heureux dans des circonstances données. C'est la vertu de la contingence des choix du bonheur, la vertu la plus incarnée parce qu'elle porte sur les moyens du bonheur. L'homme heureux, c'est alors l'homme prudent. On comprend bien entendu qu'ici la prudence soit autre chose que de la réserve ou de la circonspection. Au contraire, elle sera portée par une juste audace et un juste sens des circonstances pour commander au bon moment (*kairos*).

Pour les Grecs, le bonheur est donc fondamentalement accessible dans la nature humaine moyennant un travail rationnel et réflexif au service de l'acquisition des vertus. On est heureux en le choisissant et par ses mérites avant tout. Le hasard joue un maigre rôle.

3. La querelle quant aux objets du bonheur

Mais si la prudence décide des moyens en vue de la fin, qu'est-ce qui permet de discerner la fin authentique de l'homme, s'il y en a une ? Suivons à nouveau la déduction aristotélicienne. Nous en ferons ensuite la critique. Celle-ci s'exprime nettement dans le chapitre V du livre I de l'*Éthique à Nicomaque* (traduction Tricot, éd. Vrin). Il constate que les fins sont multiples selon les activités : pour le militaire ou le sportif c'est la victoire ; pour le flutiste c'est de jouer un concerto de Mozart, pour l'architecte c'est de bâtir la maison, etc. Mais quelle est la fin souveraine qui est telle que les autres fins soient en vue d'elle ? Voici une question clé pour identifier le bonheur authentique. L'idée d'une « fin parfaite » signifie une activité qui accomplisse la vertu et qui est au-dessus de tout le reste. C'est ce qu'on cherche pour soi et pas pour autre chose. C'est aussi ce qui est au plus haut point désirable. Certes Aristote précise formellement ce bonheur mais il ne l'identifie pas encore en son contenu.

Or, si on appelle « objet du bonheur » ce que vise notre volonté pour atteindre le bonheur (par exemple le plaisir sensible, l'amitié, la connaissance, le bien commun, la gloire et l'honneur, la créativité), il faut reconnaître qu'entre les objets du bonheur existent des concurrences et donc des évaluations contradictoires. Par exemple, si le bonheur est lié à l'honneur, alors le plaisir sensible doit lui être sacrifié, comme l'effort du politique ou du soldat. Si le bonheur est lié à la connaissance alors il faut nécessairement limiter les relations sociales pour étudier. Comment reconnaître alors le véritable bonheur ?

Aristote propose de comparer ces fins. Pour cela il énonce un critère anthropologique général. L'homme est un animal rationnel : l'animal en lui est une donnée générale, une condition de sa rationalité ; en revanche la rationalité comme liberté, connaissance, vouloir, est ce qu'il y a de propre à l'homme, ce en quoi consistera son bonheur spécifique et conforme à sa nature. C'est donc en cela, et non dans les plaisirs sensibles partagés avec les animaux, que se trouvera le bonheur. Or, qu'est-ce que l'œuvre de la raison dans la vie des hommes ? C'est la vie politique et de la recherche contemplative de la vérité. Là consiste le bonheur pour l'auteur de l'*Éthique à Nicomaque*.

La conception aristotélicienne du bonheur est naturaliste. De même que la nature se laisse analyser en quatre causes (voir le chapitre sur la nature), le bonheur dans l'action se laisse analyser selon ces quatre causes :

- sa cause finale est la réalité, le bien concret, l'activité, qui oriente l'action ;
- sa cause efficiente est la vertu, en particulier la vertu de prudence (sagesse pratique) ;
- sa cause matérielle est la volonté, puisqu'il se construit ;
- sa cause formelle est soit la vie politique (en particulier l'amitié), soit la vie contemplative.

4. Première objection : l'homme veut-il vraiment être heureux ?

Des objections se dessinent cependant contre la belle construction aristotélicienne.

La première est dans le constat pascalien que les hommes ne veulent pas en réalité être heureux, car le bonheur est exigeant en termes de réflexion et de travail sur soi. Ainsi Blaise Pascal nous présente-il dans les *Pensées* (1670) les désordres de la condition humaine, qu'il rattache à ce que la doctrine chrétienne appelle le péché originel. L'un de ces désordres essentiels est par exemple le divertissement. Pascal indique qu'on charge les hommes de ce qui semble le plus naturel : leur honneur, leur bien, et celui de leurs amis, parce qu'ils sont par nature, comme le dit Aristote, des êtres sociaux. Mais, en réalité, non seulement ceux qui les chargent de ces devoirs préfèrent les vacances, mais aussi cette charge est lourde et ne peut rendre heureux. La solution serait alors les loisirs, et la vie contemplative. Ou encore de travailler sur soi, comme les stoïciens, de manière à discerner le plus juste désir. Mais, remarque l'auteur des *Pensées,* les gens craignent le face-à-face avec eux-mêmes. Au contraire, ils le fuient. De sorte que, lorsqu'ils louent l'activité, ce n'est pas en raison de ce qu'elle apporte à l'homme, mais seulement parce qu'elle leur permet de fuir la rencontre avec eux-mêmes. Ce que veulent les hommes c'est ainsi se divertir. Le reste n'est que discours moralisateur adressé aux autres. Le discours aristotélicien sur la dignité de la nature humaine et de son bonheur est ainsi seulement un masque. Les hommes fuient ce qui pourrait les rendre heureux authentiquement parce qu'ils ne peuvent savoir qui ils sont ni d'où ils viennent de façon naturelle. Le rapport au bonheur est donc, dans la réalité des pratiques humaines, essentiellement tragique. Les hommes évitent de rencontrer leur nature en se cachant derrière des activités qui les occupent. Le divertissement est ainsi la forme commune du bonheur qui, en réalité, est un mensonge sur le bonheur et même un évitement structurel du bonheur.

Pascal ne peut que constater la misère de l'homme : « que le cœur de l'homme est creux et plein d'ordures ». Il s'est vidé de lui-même et rempli de passions honteuses. Le rapport au bonheur n'est donc pas naturel, parce que la nature est viciée et que l'homme veut plus que la nature. Foncièrement, le rapport au bonheur est tragique. Ce n'est pas la nature du bonheur qui le serait, mais la condition humaine.

5. Seconde objection : l'impossible indexation du désir au bonheur

La seconde objection est que la nature est un horizon insuffisant pour le cœur de l'homme qui aspire à l'infini, selon Pascal. Or, si le bonheur procède de l'accomplissement d'un désir qui est infini, peut-on identifier clairement, dans un jugement rationnel, ce que nous désirons réellement ?

L'homme ne peut jamais se satisfaire du monde. Comme l'écrivait le poète Fernando Pessoa : « La littérature existe parce que le monde ne suffit pas ». Aucun objet ne peut satisfaire le désir. Par nature, la possession de tout objet limité « laisserait à désirer ». C'est pourquoi, depuis Platon, la philosophie manifeste la portée mystique du désir. Il porterait sur un objet aussi immatériel et transcendant que le Beau-en-soi ou le Bien-en-soi. La pensée chrétienne de Saint-Augustin l'a finalement identifié à Dieu, comme Personnalité infinie porteuse de toutes les valeurs. Mais alors, le bonheur devient l'objet d'une espérance plus que d'une expérience. Ainsi, si l'on indexe le bonheur sur le désir, alors le bonheur s'enfuit nécessairement parce que le désir est infini.

Contre la prétention d'identifier rationnellement le bonheur la psychanalyse freudienne a mis en valeur ce que le cinéaste Buñuel a appelé « l'obscur objet du désir ». Le désir se déplace ainsi d'objet en objet, de projection en projection, sans jamais pouvoir s'attacher à aucun. Il travaille l'action de l'intérieur de chaque individu et de chaque groupe, en usant de stratagèmes rationnels fondés sur des logiques réalistes et morales (voir le chapitre sur l'inconscient). Mais, en réalité, le désir ne peut se reposer. Il n'est ni transparent à lui-même, ni mesuré par un objet rationnel. C'est pourquoi, vouloir construire le bonheur dans un projet rationnel en prédéterminant son objet, comme on construit un projet professionnel par exemple, est la certitude de manquer le désir profond de chacun. La preuve en est l'impossibilité dans laquelle se trouve la plupart des gens d'identifier ce qui les rend *vraiment* heureux. Et encore, le constat de déception dans lequel se trouvent les hommes qui atteignent ce qu'ils ont voulu. Que leur reste-t-il à désirer ? Après avoir gagné la coupe du monde, quel est le bonheur des joueurs de foot ?

Parce qu'il ne s'identifie à aucun objet mais peut s'attacher à tous, le désir est structurellement conflictuel. Il s'exprime en termes souvent contradictoires : « je t'aime » et « je te déteste » dans le même mouvement. L'amour et la haine sont proches. Mais aussi il s'exprime dans des discussions sans fin dont l'enjeu demeure caché aux conversants puisqu'aucun mot de la finitude humaine ne peut identifier l'infinité du désir. Le bonheur ne se trouve ainsi pas dans la tranquillité de l'âme s'il prétend être lié au désir. Il ne se trouve pas non plus dans un objet quelconque.

Faut-il renoncer alors à toute réflexion sur le bonheur et à toute identification ?

Chapitre 8

Le devoir

Je révise et je me perfectionne

I. Les mots du devoir

Devoir, obligation, contrainte, soumission

Le **devoir** est une certaine force qui s'impose comme une condition de l'action. Mais si l'on prend comme centre de l'action la volonté libre (voir cours sur la liberté) on distingue entre une force qui s'exerce de l'extérieur de ce centre, qu'on appelle une **contrainte** et une force qui est interne à la logique même de la liberté, comme une donnée rationnelle, ce qu'on appelle une **obligation**. Une menace sur la vie est une contrainte, qu'elle vienne d'une arme ou d'une situation naturelle comme un tremblement de terre, une maladie, un handicap, un espace géographique, la mortalité… Respecter autrui, ne pas le tuer, ne pas le voler… sont des obligations. Comme l'adhésion à des vérités mathématiques. Les obligations sont des exigences internes à la volonté et à la raison, celles qui constituent la liberté. Elles indiquent une force qui s'impose **de droit** et non pas seulement **de fait**.
On distinguera alors ce qui autorise la force, qu'on appelle **autorité** qui commande et réclame une **obéissance**, de ce qui impose le fait de la force qu'on appelle le **pouvoir** et qui réclame une **soumission**. Le devoir semble relever de l'obligation plus que de la contrainte, mais n'est-ce pas un devoir aussi de préserver la vie et de consentir aux conditions du réel en cédant à la contrainte ?

Autonomie et hétéronomie

Un cas particulier de la contrainte dont on ne sait pas toujours décider si elle est interne ou externe est celui de la loi civile. Elle impose des obligations **légales** qui sont rationnelles par leur origine et les individus rationnels auxquels elle s'impose, mais dont on peut discuter la légitimité. Est **légitime**, ce qui s'impose dans un ordre rationnel et moral respectant la dignité humaine universellement. Ainsi, la Déclaration universelle des droits de l'homme pourrait exprimer ce qui est légitime et devrait s'imposer à l'action ; inversement on peut critiquer une loi parce qu'elle est illégitime et ne peut imposer alors un devoir, sinon celui de la désobéissance civile. Emblématiquement, la contrainte légale de dénoncer les juifs durant l'occupation allemande de la Seconde guerre mondiale était illégitime moralement. Par « **moral** » on indique alors ce qui est absolument légitime, universellement, pour tout homme, au-delà des conflits entre groupes humains et nations. Ainsi, ce qui est légitime est parfois imparfaitement moral, mais nécessaire à la vie, comme le fait de défendre sa famille ou sa patrie. La légitimité est l'objet d'un discernement moral difficile.

Morale, éthique, prudence

On voit ainsi qu'il existe des catégories de devoirs à distinguer selon qu'ils relèvent de ce qui est **bon** et de ce qui est, de la **morale** ou de l'**éthique**. La morale tente de discerner le bien dans son universalité et prétend imposer des obligations inconditionnées, valables quelles que soient les situations, comme de protéger l'innocent. Elle indique des normes universelles et s'exprime sous une forme **normative et prescriptive**, le plus souvent du **commandement**. Elle identifie l'ordre du bien et du mal. L'éthique, en revanche, est une recherche du bonheur, et donc de ce qui « fait du bien », c'est-à-dire le bon, par opposition au mauvais, « ce qui fait mal ». Elle s'énonce plutôt sous la forme de **conseils** ou de proverbes. Le bon et le mauvais sont des réalisations naturelles, particulières et circonstanciées du bien pour un individu ou un groupe plus ou moins grand. L'idéal du bon est certainement d'être partagé par tous. L'homme bon est celui qui rayonne du bien, qui l'accomplit pour les autres et y trouve son bonheur.

La **prudence** désigne la vertu morale évaluant l'action la meilleure à réaliser en tenant compte des circonstances. Elle commande une action contingente et temporelle. Les **circonstances** de l'action désignent ce qui entoure (*circum*) l'action. Elles définissent une **situation**, et donc un ensemble de conditions pour l'action et donc des éléments de moralité. La prudence serait la vertu de la contingence de l'action. Chez Kant, elle s'oppose aux exigences du devoir. Dans tous les cas, le devoir semble être la réponse à la reconnaissance fondamentale d'un **droit**, de sorte qu'existerait une corrélation entre droit et devoir. Le devoir de respecter la nature ou l'innocent impliquerait de reconnaître des droits fondamentaux à la nature ou à l'innocent. La question se pose alors de la priorité du droit ou du devoir dans l'action. Cela relève de la **justice** que d'énoncer les droits et les devoirs et les règles de leurs corrélations. Une symétrie absolue est impossible qui impliquerait autant de droits que de devoirs. Ainsi les enfants n'ont pas autant de devoirs que leurs parents et les adultes en général.

On comprend au travers de cette réflexion la richesse et la diversité possible de la notion de devoir et son articulation nécessaire à la question de la justice et de la morale.

II. Les enjeux du devoir

1. Ce qui nous commande

Le devoir désigne cette motion intérieure qui nous commande et qui désigne ce qui a autorité sur nous. Nous avons des devoirs de nature diverse. Certains devoirs semblent la condition d'obtention de certains buts comme celui de travailler pour obtenir une mention très bien. Certains encore semblent des contraintes très extérieures, comme les règlements et les lois civiles, qui nous obligent pour éviter l'exclusion sociale et ses dangers. D'autres enfin, semblent s'imposer de l'intérieur de notre conscience comme des obligations auxquelles nous ne pourrions nous soustraire sans perdre notre humanité. Ils s'adressent à des collectifs, comme l'obéissance aux lois, à des individus rationnels, mais aussi à des réalités anonymes ou dépourvues de raison comme d'éventuels devoirs vis-à-vis des animaux ou vis-à-vis de la nature.

Le devoir possède deux pôles extrêmes. Le premier est l'autorité qui commande ; l'autre est la conscience ou la liberté qui obéit. Le premier pôle se veut objectif et le second subjectif. En ce qu'il nous commande de l'intérieur mais indique une autorité extérieure, le devoir indique la participation de la conscience à l'objectivité morale. Mais il ne se réduit pas à la conscience parce qu'il implique l'action. « Avoir bonne conscience », c'est-à-dire reconnaître son devoir, ne veut pas dire « avoir accompli son devoir ». Le devoir est une action morale et non pas seulement un état de conscience. Le devoir a toujours la forme d'une injonction et d'une obéissance et pas seulement celui d'une reconnaissance par la conscience. Mais il est toujours la reconnaissance par la conscience de ce qui fait autorité. Sans cette reconnaissance, l'obéissance se réduirait à la contrainte physique, sans impliquer un acte intérieur. En cela, le devoir s'élabore de l'intérieur, et sa reconnaissance est une condition de son existence. En cela, seul un être doué de conscience a des devoirs. La pierre tombe lorsqu'on la pousse sur la pente ou l'animal réagit à une sollicitation de sa nature, mais il n'agit pas par devoir. La structure du devoir est cette relation dans l'action entre une autorité reconnue et une liberté obéissante.

Rejeter un des pôles et leur relation c'est tomber dans des apories. Ainsi, vouloir faire dépendre le devoir exclusivement de la reconnaissance de la conscience, c'est finalement ne jamais obéir qu'à soi-même et donc c'est « ne jamais obéir ». « Ni Dieu, ni maître » dit la devise anarchiste de la fin du XIXe; « Il est interdit d'interdire » dit la devise de mai 68. Inversement, faire dépendre le devoir exclusivement du pôle autoritaire, c'est finalement agir comme un esclave ou une marionnette en étant la possession d'un autre. C'est être aliéné (du latin *alienus*, signifiant étranger, l'aliéné est celui qui est devenu étranger à lui-même) en ne se possédant plus soi-même. « Tu dois », dit l'autorité, sans se préoccuper du bien de celui qui obéit. L'anarchisme et l'autoritarisme nient chacun un pôle du devoir.

Ce qui constitue le devoir c'est de relier l'autorité et la liberté. Mais est-ce possible ? Quelle est cette relation ? Qu'est-ce qui en constitue la juste mesure ?

2. La relation de commandement et d'obéissance : le problème de l'autonomie

Jean-Jacques Rousseau posait ainsi le problème du devoir dans le cadre politique du contrat social : « Trouver une forme d'association qui défende et protège de toute la force commune la personne et les biens de chaque associé, et par laquelle chacun s'unissant à tous n'obéisse pourtant qu'à lui-même et reste aussi libre qu'auparavant. » Le contrat social serait la forme politique assurant à la fois la liberté et l'autorité. Encore faut-il que la liberté soit éclairée et morale, et que l'autorité soit orientée vers la liberté (voir le chapitre sur l'État et la justice).

En relisant Rousseau, le philosophe allemand Emmanuel Kant tentera d'exprimer le concept d'« autonomie » pour parler d'une liberté ouverte à l'autorité morale mais pleinement elle-même. La liberté autonome (du grec *autos*, soi-même, et *nomos*, la loi) est celle qui agit par sa propre loi interne. Elle reconnaît dans la loi morale qui s'impose comme extériorité la règle même de son intériorité. La loi morale est précisément l'expression objective de cette règle interne de la liberté, de sorte que, en obéissant à la morale, la liberté n'obéisse pourtant qu'à elle-même.

Il faudra ainsi distinguer la liberté morale du seul libre arbitre individuel orienté par ses seules tendances naturelles et égoïstes. La liberté morale est aussi la reconnaissance de la dignité morale de toute liberté. Ce n'est pas exactement la reconnaissance de chaque liberté individuelle, car ces libertés peuvent errer et se perdre dans leurs passions égoïstes. Le devoir est ici reconnaissance d'une dignité et donc d'une hauteur morale de la liberté. L'obligation morale contraint le libre arbitre et s'oppose aux passions, de sorte que le devoir se reconnaît aussi à la force d'opposition aux tendances spontanées. C'est pourquoi il s'exprime dans des formes impératives et pas dans les formes du désir. Il se donne comme un impératif ou un commandement qui s'oppose aux instincts égoïstes. C'est ce que psychologiquement nous retenons le plus souvent du devoir : il s'impose contre notre vécu.

Mais ce commandement intérieur a lui-même des expressions variées, remarque Kant. La liberté peut sentir que, étant donné une fin qu'elle se donne, un moyen s'impose pour l'obtenir. Ainsi, si je souhaite obtenir une mention très bien en philosophie au baccalauréat, le travail d'approfondissement s'impose comme une obligation. La logique de cette obligation est bien libre et prend la forme : « si... alors... » : « si » je veux obtenir ce résultat que j'ai librement désiré, « alors » cette obligation s'impose. Il s'agit ainsi d'un « impératif hypothétique » parce qu'il repose sur une condition librement consentie – « si je veux la mention très bien » – condition qui, elle, ne s'impose pas comme une obligation absolue. Il est un impératif conditionné par le but que la liberté s'est arbitrairement donné préalablement. Les impératifs hypothétiques sont ainsi toujours utilitaires et techniques.

En revanche, une obligation absolue, que Kant appelle « impératif catégorique », est celle qui est constitutive de l'acte de la liberté. Il est tel que, la liberté renoncerait à sa dignité en le rejetant. Il exprime donc l'impératif de la dignité de la liberté, et rien d'autre. Il serait en cela inconditionné et autonome. Au contraire, l'hétéronomie (du grec *heteros*, l'autre, le différent et *nomos*, la loi), indique la dépendance à une loi externe et donc à une contrainte. L'autonomie est l'idée de la correspondance de la liberté à ses propres exigences. Elle prend paradoxalement une forme impérative parce qu'elle s'exprime comme une obligation qui contraint les instincts. Pourquoi contraint-elle ? Parce qu'elle dit la dignité de la liberté et pas seulement le fait volontaire du vécu. La dignité exprime un « devoir-être » et pas seulement un « fait d'être ». L'impératif est « catégorique » au sens d'absolument obligatoire parce qu'il oblige la liberté depuis sa nature même.

C'est donc le concept d'autonomie qui semble, pour Kant, la réponse adéquate à la relation entre la conscience libre et l'autorité. Mais, puisque l'autorité et la conscience diffèrent comme deux réalités différentes, alors quelle continuité peut-il y avoir entre elles ?

3. Les formules du devoir

La réponse kantienne se tient du côté du langage et de la parole. C'est par des mots que s'exprime l'objectivité de la loi morale. En effet, impératif à portée universelle s'exprimant de façon à la fois intérieure et objective, la loi morale objective s'exprime comme une parole intérieure de portée universelle que Kant appelle une « maxime ». Le passage par les mots est l'assurance d'une mise en relation entre les consciences. Les mots expriment du sens (voir le chapitre sur le langage). Ils ont une portée universelle de ce fait. C'est donc, par la référence à une maxime morale que le contenu du devoir peut se préciser. C'est la maxime qui fait le lien entre l'autorité et la conscience.

Kant va chercher à en préciser l'expression principale dès 1785 dans les *Fondements de la métaphysique des mœurs* : « Agis uniquement d'après la maxime qui fait que tu puisses vouloir en même temps qu'elle devienne une loi universelle. » L'action individuelle se réfère ainsi à l'extériorité de toutes les libertés. Elle n'est morale qu'ainsi. L'expression principale de l'impératif catégorique articule ainsi l'action individuelle existentielle, sa maxime (domaine du langage) et sa condition d'universalité. Elle s'exprime parfois simplement dans l'éducation familière : « pense aux autres » ; « que voudrais-tu que les autres fassent pour toi ? » ; « Mets-toi à la place des autres », etc.

Kant exprimera l'impératif catégorique de trois autres manières dépendantes de cette expression principale. Puisque l'action morale se réfère à des êtres autonomes, elle découpe le monde en deux catégories : les personnes et les choses, les premières étant douées de liberté. L'impératif catégorique s'exprimera alors sous la forme suivante : « Agis de façon telle que tu traites l'humanité, aussi bien dans ta personne que dans toute autre, toujours en même temps comme fin, et jamais simplement comme moyen ». Puisque chaque individu est autonome, et que sa volonté est législatrice. Il faut alors que la loi instituée par la volonté se réfère aux autres libertés. D'où la seconde expression qui soutient « l'idée de la volonté de tout être raisonnable conçue comme volonté instituant une législation universelle. » Enfin, la volonté ne se contente pas d'instituer la loi, elle s'y réfère comme au moyen qui commande un ensemble de libertés tournées les unes vers les autres. Le dernier impératif catégorique s'exprime ainsi : « Agis selon les maximes d'un membre qui légifère universellement en vue d'un règne des fins simplement possibles. » Le « règne des fins » est celui exprimé par l'impératif personnaliste, le « règne des personnes » et non pas celui des « choses ».

Kant déploie les conséquences politiques et historiques de cette analyse. La liberté autonome et morale, saisie par l'exigence rationnelle et universelle du devoir, cherche à établir la paix. La paix, selon la définition kantienne, est la coexistence des libertés. Et cette exigence interne donne d'attendre un progrès moral dans l'Histoire, qui est à la mesure de la conscience que la liberté a d'elle-même. La Déclaration des Droits de l'Homme, constitue selon Kant, un moment important de la conscience morale de l'Humanité. De même, l'établissement en Europe de nombreux gouvernements républicains, montrait comme l'exigence d'autonomie s'était imposée partout. La philosophie des Lumières, en portant ces idéaux, a permis, d'après Kant, d'accéder à une maturité de l'Humanité (voir l'opuscule *Qu'est-ce que les Lumières ?*). Cette maturité est celle de l'autonomie de la raison et de la reconnaissance de la liberté dans les droits et l'organisation politique.

4. La nécessaire critique de la morale au nom de la vie

La déduction kantienne du devoir conduit à un déracinement du monde et de l'expérience vitale. Le devoir ne commande qu'une exigence rationnelle surplombant la vie. Kant écrit clairement dans *Critique de la Raison pratique* (1788) : « La morale n'est donc pas à proprement parler la doctrine qui nous enseigne comment nous devons nous rendre heureux, mais comment nous devons nous rendre dignes du bonheur ».

Nietzsche, conscient des effets mortifères de la morale rationnelle, tente de remonter généalogiquement aux origines vitales du choix de la moralité : « nous avons besoin d'une critique des valeurs morales, et la valeur de ces valeurs doit tout d'abord être mise en question ». Comme le personnage de Calliclès dans le *Gorgias* de Platon, ou ceux de Thrasymaque et Glaucon dans la *République,* il tente de dévoiler ce qui est caché derrière l'apparence rationnelle. Ce qui se cache, selon l'auteur de *La Généalogie de la morale* (1887), est une haine de la vie, la peur des plus forts et la crainte du désordre comme de la souffrance.

En effet, la haine de la vie est présente dans la morale rationnelle parce qu'elle suppose que les expériences empiriques sont incertaines. Or, si elles ne présentent pas les modalités de certitudes attendues par la raison, comme le veulent Socrate ou Kant, c'est parce que la raison attend quelque chose qui n'existe pas dans la vie réelle. La conséquence est le divorce de la morale avec la vie. Pire encore, la morale se présente comme une haine de la vie puisque la vie se présente comme un éclatement inintelligible de sensations dans un mouvement qu'aucune théorie ne peut anticiper. Vouloir réduire la vie à l'ordre de la raison, précisément parce que la vie déborde la raison, c'est une posture de haine. C'est l'exclusion rationnelle et la violence fondamentale de la morale. C'est aussi ce qui délégitime la raison à la racine. Au contraire, il faudrait reconnaître la grande finesse des appréciations sensorielles du bien, le vent sur la peau, la fraîcheur de l'eau sous le soleil, et les multiples odeurs et saveurs par lesquels se déploient des instincts plus intelligents pour nous conduire dans la vie que tous nos jugements rationnels.

Mais, pour accepter la vie, il faut vaincre la peur de la souffrance et l'esclavage de la peur. Leur fonction c'est de protéger les esclaves apeurés contre les forts, en construisant un ordre rationnel prémunissant de la vie et de ses souffrances. Ce qu'il s'agit alors de montrer – non de « démontrer », puisque ce serait se soumettre à l'ordre unique de la raison – est que la vie vécue dans le corps est le principe réel de toute valeur. Cela est possible en démontrant les contradictions de la raison. Le but de la raison pratique est de faire le bien. Or, en se retournant contre la vie, le bien que fait la raison est le seul bien de l'âme rationnelle, et non plus celui de l'homme entier, corps et âme. Le devoir rationnel ne fait pas de bien. Il n'est pas « bon ». Le divorce qui s'établit alors est celui entre le « bien » et le « bon ». Le « bien » relève d'une définition rationnelle, alors que le « bon » relève de l'expérience qui en diffère. Finalement, la raison, au lieu de faire du bien, sert uniquement ses propres exigences. Or la raison est une expression de la vie. C'est de la vie qu'elle tire sa légitimité. Le discours de la raison est finalement un discours contradictoire parce que c'est la vie qui se retourne contre la vie. Le principe qui fait autorité, en réalité, est la vie.

En ce sens, Blaise Pascal écrivait déjà au XVIIe siècle : « La vraie morale se moque de la morale ». La vraie morale est celle qui s'appuie sur un principe vital sans quoi ce qu'elle construit sera mortifère et donc contradictoire et irrationnel. C'est ailleurs qu'en elle-même que la raison doit trouver les sources de ses devoirs pour être en osmose avec la vie. Comment la raison peut-elle ainsi recevoir la vie et la servir autrement tout en demeurant elle-même, l'instance qui exprime l'autorité de la vérité ? Et, réciproquement, comment la sensibilité peut-elle être source de vérité en matière morale ?

5. La pitié comme source de devoir : la compassion

La question se déplace vers l'expérience sensible qui donne accès à un devoir moral entendu comme l'obligation envers autrui. Pouvons-nous être attentif à autrui au travers d'une expérience sensible ? Autrement dit, la sensibilité, qui est partagée avec les animaux, peut-elle ne pas répondre à la seule logique de l'égoïsme, comme le rationalisme l'a toujours enseigné, mais à une logique altruiste ?

Rousseau, dans l'*Émile* (1762), est attentif à l'expérience de la pitié. La pitié est une passion sensible qui donne à sentir la souffrance d'autrui. Les animaux la partage, remarque Rousseau. Un animal qui se plaint, gémit, convulse, saigne, produit, dans son espèce, un sentiment de compassion. De même, un enfant se met à pleurer lorsque ce qu'il aime pleure. Il sent qu'il y a des êtres semblables à lui qui souffrent ou peuvent souffrir, comme lui. « Ainsi, conclut Rousseau naît la pitié, premier sentiment relatif qui touche le cœur humain selon l'ordre de la nature ». Cette compassion (étymologiquement, en latin *cum-patior*, « pâtir avec ») est la voie d'une expérience de la communauté humaine. Si on la nourrit, plutôt que de nourrir la haine, on ouvrira par l'éducation les portes de la bienfaisance plutôt que de la cruauté.

Mais Rousseau va vite, trop vite, pour passer de l'expérience singulière de la pitié à une expérience générale d'humanité. Par exemple, la mère qui souffre par compassion des cris de son bébé peut être sans aucune pitié pour ses collègues de travail et les enfants des autres. De plus, la compassion peut manquer de discernement, lorsqu'elle est la compassion pour le bourreau ou le meurtrier. Comment distinguer entre la compassion et la complaisance, et donc comment discerner le type d'action adéquate à une relation de pitié ? Aussi, la relation de pitié est une relation projective liée à l'image de quelqu'un plutôt qu'à sa personnalité morale véritable. Toute personne sait qu'il suffit de se mettre à pleurer, lorsqu'elle est prise en faute, pour provoquer la compassion et diminuer la peine de sa faute. La compassion repose sur l'image. Enfin, la compassion est aussi universelle que la haine. Les modalités compassionnelles du devoir sont donc peu éclairées et ambivalentes. Il s'agit alors d'identifier une forme sensible de la rencontre avec autrui qui soit concomitante avec un devoir moral universel.

6. La responsabilité sur autrui

C'est ce qu'ouvre Emmanuel Levinas au travers de l'analyse du Visage. Voir autrui c'est être immédiatement situé dans une exigence qui est en même temps une tentation.

Chez Levinas, le processus d'accueil de la faiblesse est en dernier ressort celui d'une obligation, celui de laisser être ce Visage sous la forme de l'interdit du meurtre : « Tu ne tueras pas ». Le Visage, en effet, n'est ni un portrait, ni une chose, il parle. En parlant, il m'appelle. En m'appelant, il me commande. Non qu'il dirige ma vie – ce serait absurde – mais il place ma vie en situation de responsabilité. Il commande cette responsabilité. En cela il m'oblige. Il ne me contraint pas, car le Visage n'a pas de révolver. Il commande : « Tu ne tueras pas ». Voir Autrui est ainsi une expérience morale.

Certes, pour le voir, encore faut-il le regarder ! L'expérience des camps de la mort, proche de Levinas, ou celle de l'extermination idéologique ou celle des meurtres par intérêt maffieux ou celle de l'esclavage montre qu'on peut éviter de voir autrui, en se le représentant comme un sous-homme, un animal, un nuisible, une chose. La perception d'Autrui sous la forme du Visage est ainsi une expérience perceptive fragile. Elle dépend d'une construction culturelle préalable et donc d'une éducation.

La question de la source de l'obligation demeure posée. Levinas a sans doute clarifié la question du « lieu » de manifestation de l'obligation, non de la source de son autorité. La question que nous avions au départ rebondit donc : qu'est-ce qui nous commande ?

Chapitre 9

La justice

Je révise et je me perfectionne

I. Les mots de la justice

➡ **Légal, moral, juste, équitable**

Le juste désigne immédiatement la conformité d'une action à ce qu'autorise le droit civil c'est-à-dire la **légalité**. Mais, puisqu'on peut se demander si la loi est juste, c'est qu'on réfère le juste à d'autres sources. Une, en particulier, est celle de la **moralité**, à savoir la conscience morale des valeurs. Antigone est la figure classique de l'expression de la voix morale de la conscience. La justice morale est la conformité au devoir (voir le chapitre sur le devoir).

Mais le juste n'est pas réductible à la moralité puisqu'il connaît plusieurs sources : la loi, la conscience et le bien commun avec ses diverses composantes. Il réclame alors un jugement prudentiel pour se dire en tenant compte des circonstances. L'**équité** est ainsi le nom la justice soumise à la prudence (Aristote). Par exemple, dans un litige financier entre un riche et un pauvre, un fort et un faible, même si la loi prévoit l'égalité entre les deux partis, il est toujours équitable de ne pas trop pénaliser le plus fragile, « la veuve et de l'orphelin » disait Levinas. Ou encore, puisque la loi est très générale, il y a des cas où il ne faut pas l'appliquer en tenant compte des circonstances. Thomas d'Aquin donne cet exemple : si la loi prévoit de laisser fermer les portes de la ville à partir de la nuit, et que survient un citoyen poursuivi par des bandits, il sera juste de lui ouvrir la porte et de le défendre contre les bandits.

➡ **Droit, loi, Droit naturel, droit positif, droit divin, loi éternelle**

Le **droit** désigne l'autorité de faire ou de ne pas faire quelque chose. Il s'exprime sous la forme de la loi. La **loi** désigne l'expression du droit, quelle que soit la forme de cette expression (coutume, législation, droit religieux, morale, etc.).

Le droit a plusieurs sources et expression. Le **droit naturel** désigne ce qui est juste selon la nature des choses et de l'homme. C'est une référence qui se veut objective, parce que théoriquement fondée sur une nature, mais

qui ne trouve en réalité de force d'universalité que dans des coutumes, une morale, un droit civil. En revanche, le **droit positif** désigne, à un moment donné, l'ensemble des règles applicables dans un espace juridique déterminé. Relativement au droit positif, identifiable matériellement et historiquement dans des institutions, le droit naturel est une notion philosophique.
Le **droit divin** se veut l'ensemble des lois applicables dans une religion donnée en référence à une révélation. C'est par exemple la Charia ou la Thora ou le Droit canon. On peut l'appeler aussi **droit religieux**. Il se distingue de la **loi éternelle**, chez Thomas d'Aquin, qui est l'idée du juste en Dieu.

II. Les enjeux de la justice

1. Qu'est-ce que la justice ?

Étymologiquement, le mot « justice » vient du latin *jus* qui signifie « le droit ». La justice se définit ainsi comme la reconnaissance et le respect du droit dans l'action ou la conformité à la norme du droit. Il est ainsi juste de rendre l'argent prêté parce que la loi le commande. Le droit s'exprime dans une loi ; la loi désigne l'ensemble des prescriptions du droit ou l'ensemble des règles de justice. C'est pourquoi la justice est souvent identifiée à la loi, de même que la pensée est identifiable au langage (voir le chapitre sur le langage). De même qu'il n'y a pas de pensée consciente sans langage, il n'y a pas de justice consciente sans la loi. Et aussi, de même qu'un langage sans pensée est vide et ne dit rien – il n'est que du bruit –, de même la loi sans justice est sans valeur. La justice est à la loi, ce que la pensée est au langage, une référence de sens.

Quelle différence faire entre justice et devoir, puisque tous les deux se présentent comme des règles de l'action ? Le devoir se donne comme une exigence interne à la conscience. Comme le remarque Levinas, le devoir est une obligation asymétrique, c'est-à-dire qu'il m'oblige même si l'autre ne l'est pas. La responsabilité c'est toujours *ma* responsabilité : « Selon mon analyse, dans la relation au Visage, ce qui s'affirme c'est l'asymétrie : au départ peu m'importe ce qu'autrui est à mon égard, c'est son affaire à lui ; pour moi, il est avant tout celui dont je suis responsable ». (*Entre nous, Essais sur le penser-à-l'autre*, 1991). La justice, en revanche, se donne comme une règle de réciprocité. C'est pourquoi l'égalité semble une valeur si importante en matière de justice. La justice, c'est l'égalité devant la loi. Le devoir, c'est l'obligation de conscience fondatrice de ma responsabilité. Mais le devoir n'est tel que s'il est juste.

Une autre différence touche aux modes d'existence de la justice et du devoir. La justice est une institution. Certes, la justice promeut l'exigence de faire son devoir, c'est-à-dire d'être juste. Mais la justice institutionnelle peut exister sans que les hommes fassent leurs devoirs parce que, comme institution, elle se dote d'une force punitive qui évalue, corrige ou exclut ceux qui se comportent mal. Comme l'écrit Kant, elle serait valable « pour une société de démons ». Ultimement, elle décide entre qui se trouve dans une communauté et qui ne s'y trouve pas, qu'il s'agisse des extrêmes de la justice d'un État, dont la portée est celle d'un territoire et d'une période, ou de l'idée la justice divine, à portée ontologique et universelle. La justice d'un État peut mettre en prison, exiler ou tuer ; la justice divine se veut l'instance de vengeance ultime et ontologique sous la figure du Jugement dernier.

Comme institution, la justice possède ainsi plusieurs composantes et pouvoirs en référence à la loi. Une instance chargée de l'évaluation du rapport des individus à la loi (le juge et le dispositif du jugement, le travail du procès) ; une instance chargée de l'application du jugement et de la loi (la justice punitive et réparative). En amont, la justice c'est d'abord une autorité qui proclame la loi et l'institue (c'est le législateur). De côté et comme instrument, la justice possède une force qui contraint à se soumettre à la loi ; à l'intérieur d'un pays donné, c'est la police. En accompagnement, elle s'appuie sur des dispositifs chargés d'incarner les normes dans les esprits et donc de normaliser ; ce sont les dispositifs éducatifs. La justice est donc une institution complexe, à la mesure de l'action personnelle et collective, qui travaille cette action de tous côtés : en amont en produisant des lois ; en aval, en se chargeant de leur application ; de côté par des forces contraignantes d'éducation et de sauvegarde ; au centre par le travail du jugement ; en haut, par la référence à des valeurs dites « justes » ; en bas, par l'existence de coutumes et d'une vie sociale soutenant les normes.

En conséquence, on constate que la justice possède plusieurs composantes : c'est un ensemble de règles (la loi) ; c'est une valeur mesurant ces règles ; c'est une condition commune d'égalité ; c'est une institution.

2. L'unité de la justice

Quels liens existent entre la loi civile, la loi morale, l'exigence d'égalité et les données institutionnelles ? Pour que la justice existe, faudrait-il nécessairement l'unifier ? De fait, on hésite souvent entre une conception archaïque unifiée de la justice et une conception moderne, où les multiples instances sont établies dans des rapports critiques. Les débats internationaux contemporains sont en effet marqués aujourd'hui par l'opposition entre, d'une part, une conception totalisante de la justice, marquée en particulier par un modèle religieux, et, d'autre part, une conception laïcisée et rationnelle de la justice.

La conception unifiée de la justice est archaïque, autant au plan politique ou culturel qu'au plan psychique. Son origine est religieuse. Elle s'exprime dans une conception théocratique de l'ordre sociale où le Prince est aussi le représentant de la divinité. En effet, dans la conception religieuse de la justice, tout est unifié et tout est dans les mains de la divinité. Cette dernière (ou son représentant sur terre comme Pharaon) est à la fois l'instance législatrice, la police qui amène au jugement (soit pas la conscience soit par la mort soit par le bras séculier comme cause seconde), le juge suprême et infaillible (omniscient), le pouvoir d'appliquer le jugement (vengeance) ou d'y soustraire (pardon). La justice divine est alors l'instance la plus forte de la justice, et son instance omniprésente. Cette conception de la justice est fortement hiérarchique. La seule justice véritable est la justice divine, les autres sont dites des « justices » par participation ou par délégation.

Mais il serait erroné de penser qu'elle est exclusivement une conception religieuse. Elle possède un soubassement philosophique extrêmement argumenté. On le trouve de façon exemplaire dans *La République* de Platon (vous en trouverez un résumé satisfaisant sur ce site : https://www.les-philosophes.fr/la-republique-de-platon.html). À la source de toute justice se trouve le Bien en soi comme autorité suprême. C'est la figure de la divinité suprême, en ce qu'elle est la source de toute moralité. La divinité échappe à la prise de tout concept car elle est, par définition, plus grande que toute pensée. Par conséquent, la loi ne peut se déduire directement de la divinité. Il faut penser nécessairement un intermédiaire entre la divinité et la loi, un législateur et des idées qui rassemblent les valeurs. C'est, dans la construction théocratique de Platon, la fonction des philosophes-rois et la fonction de l'idée de justice. Les philosophes-rois, les yeux fixés sur l'idée du Bien et sur l'idée de justice, organisent la Cité par des lois civiles et ils éduquent la jeunesse conformément à ce Bien. La construction théocratique de la justice est celle qui part d'en haut, de la valeur suprême, et descend jusqu'aux lois civiles par l'intermédiaire des philosophes-rois. Dans cette perspective, l'unité de la Cité est considérée comme son bien suprême. Le contraire d'une Cité unifiée est une Cité dispersée et donc anarchique dont la conséquence est l'instabilité et finalement la désagrégation.

Ce modèle unifié et autoritaire de justice est d'autant plus fort qu'il s'appuie sur une autorité morale transcendante, supérieure à l'homme et parfaite. C'est en ce sens qu'on le qualifie de « métaphysique » ou de « religieux ». Cependant, cette belle unité (Hegel) de la justice est-elle à la mesure de l'homme et, à cause de cela, peut-elle tenir ses promesses ?

Ce modèle possède plusieurs paradoxes. Est-il véritablement éclairant si le Bien et la justice sont considérés comme des réalités non empiriques ? Est-il vraiment réaliste s'il ne rend pas compte de la pluralité constitutive du monde humain (Arendt) ? Y compris de la pluralité des métaphysiques, des morales et des religions ? Est-il vraiment praticable s'il compte plus sur la force des idées que sur la force des armes et des conventions humaines ? N'est-il pas dangereux, et finalement injuste, par excès d'idéalisation de la justice ? Tout en voulant légitimer l'autorité, n'est-il finalement pas arbitraire, parce que les critères de la justice se trouvent dans le ciel des idées ? Peut-il être au service de tous, sans corruption si seulement une minuscule élite décide du bien de tous et de la place de chacun ?

En conséquence, là où il se veut stable, en échappant à la loi humaine du changement et de la multiplicité, il s'avère en réalité fragile parce que, précisément, peu adapté à la condition humaine. Or, une justice inhumaine, même idéalement fondée, ne peut que s'avérer injuste. Le modèle du jugement divin et d'une Cité totalement unifiée par la morale et la vertu est un idéal de référence riche mais aussi un modèle structurellement critiquable pour établir une justice dans le monde humain.

3. Vers la justice des hommes : le droit naturel

Il s'agit donc de passer de la justice divine à la justice des hommes. Comment se dit le droit pour les hommes ?

L'Antiquité grecque a favorisé considérablement des figures comme Socrate ou Antigone qui se réfèrent d'abord à la conscience (voir le chapitre sur la conscience). Pour Socrate, la justice est le plus grand bien de l'âme. Pour Antigone, c'est dans la conscience qu'on trouve d'abord l'exigence de la justice, même lorsque l'institution la bafoue, comme celle du roi Créon. Au XVIIIe J.-J. Rousseau le dira aussi : « Il est au fond des âmes un principe inné de justice et de vertu, sur lequel, malgré nos propres maximes, nous jugeons nos actions et celles d'autrui comme bonnes ou mauvaises, et c'est à ce principe que je donne le nom de conscience » (profession de foi du vicaire savoyard dans *Émile ou de l'éducation*). Cette conscience est sacrée, pour Rousseau comme pour l'antiquité. Elle indique ce qui ne peut être objet d'un contrôle institutionnel et qui, pourtant, se trouve en l'homme. La conscience morale se réfère à une justice et à un droit plus fondamental que les conventions humaines. Puisque la nature précède l'homme, on le nomme « droit naturel ». Il n'est pas nommé seulement « droit moral » parce qu'il se réfère à un ordre du réel et des valeurs préalables à la conscience. La conscience en est le témoin, non le producteur.

C'est pourquoi les productions du droit, nommées « droit positif », peuvent être critiquées par la référence au droit naturel. Cela suppose que cette conscience est universelle et objective et, dira Voltaire, appartient à « une intelligence partout répandue » de sorte que la morale naturelle serait une partout sur la terre : « Il est évident à toute la terre, dit le philosophe de Ferney, qu'un bienfait est plus honnête qu'un outrage, que la douceur est préférable à l'emportement. »

Mais, en réalité, les mêmes philosophes comme Diderot et Voltaire qui valoriseront la morale naturelle sont aussi ceux qui montrent que les coutumes en matière de justice sont extrêmement variables selon les lieux et les temps. La variété des coutumes en témoigne. Montaigne conclura de cette conscience de la variabilité des justices : « Considérez la forme de cette justice qui nous régit : c'est un vrai témoignage de l'humaine imbécillité, tant il y a de contradiction et d'erreur » (*Essais*, III). Pascal confirmera cette idée dans les *Pensées* : « Vérité en deçà des Pyrénées, erreur au-delà [...] Le larcin, l'inceste, le meurtre des enfants et des pères, tout a eu sa place entre les actions vertueuses ».

Rousseau se trompe donc en pensant que la conscience est infaillible puisque ses référents sont si variables. L'idée de droit naturel est donc fragile parce que la conscience qui le percevrait est aussi fragile. L'idée de droit naturel se résume finalement, non à un savoir fondamental de la nature, mais à une fonction critique vis-à-vis du droit positif. Cette fonction est de rapporter le droit positif à une exigence morale universelle et existentielle, de sorte de ne pouvoir se satisfaire de son aspect fonctionnel et conventionnel. Par exemple, c'est au nom du droit naturel qu'on peut critiquer le travail des enfants, l'esclavage ou les prix élevés des carburants. Mais, quant à ses modalités, si le droit naturel n'est pas un savoir de la nature, alors qu'est-il ? Est-il seulement la revendication romantique de la conscience contre la loi civile ? L'appel incessant de la liberté à sa reconnaissance légale ? Comment alors s'établit-il comme donnée objective ? La revendication du droit naturel se heurte à des objections semblables que celle du droit divin.

Alors, peut-on alors construire une justice solide et une expérience solide de la justice au milieu de tant de variations et de tant de vanités ? Peut-on construire la justice avec une conscience de la fragilité et de la malice de l'homme ?

4. La condition de l'homme, condition de la justice

Des réponses sont possibles qui tiennent compte des acquis précédents. En effet, la justice est ainsi conditionnée, certes ; mais c'est *par nature* qu'elle l'est. L'homme, en effet, est conditionné et l'exercice de sa raison l'est aussi (voir le chapitre sur la raison). Par conséquent, c'est en épousant la condition de l'homme qu'on pourra s'acheminer vers un établissement humain, concret et effectif de la justice.

La première condition de l'homme est filiale. L'homme naît de l'homme dans des sociétés humaines. Il reçoit ainsi un ordre de justice qui est celui de sa survie, et qui correspond à des coutumes. Les coutumes sont, dans le temps, le sillon labouré par la vie des hommes et qui est reçu et transmis dans la condition filiale.

La vie s'imposant par la force, et l'Histoire étant le lieu de l'institution des rapports de force, c'est donc par l'Histoire que la justice s'impose. La seconde condition de la justice est historique. C'est par la force que la justice s'impose : « ne pouvant faire que ce qui est juste fût fort, on a fait que ce qui est fort fût juste », disait encore Pascal.

Ces deux conditions ont en commun d'être le résultat de la liberté de l'homme en rapport avec la condition humaine (voir le chapitre sur la liberté). C'est pourquoi, la justice trouve sa condition fondamentale dans la liberté elle-même. Dire que la justice relève de la convention (l'accord des libertés) c'est précisément indiquer qu'elle se fonde dans l'activité des libertés dans l'histoire. La justice est une convention en ce sens qu'elle accorde symboliquement les libertés en prise avec le réel.

C'est pourquoi, lorsqu'il veut identifier ce que serait une institution politique juste, Rousseau remonte à une première convention. C'est celle du contrat social (voir le chapitre sur le devoir et sur l'État). Ce faisant il épouse la condition humaine comme condition de la justice.

5. Les lois et l'égalité, résultats de la convention

La déduction opérée par Rousseau conduit du *Contrat social* aux lois par l'intermédiaire de l'État, véritable Souverain. Le contrat social ne porte en effet pas sur les lois mais sur leur principe : la production d'une volonté générale.

En effet, les lois ont une distance existentielle avec la volonté générale. La législation sera ce qui permettra au corps politique ainsi produit de se conserver. Elle s'exprime sur des cas généraux et abstraits. Dans son abstraction, elle conserve un principe directeur qui est celui de l'égalité, parce qu'elle est la volonté de « tout le peuple sur tout le peuple ». Pour Rousseau, l'égalité est au principe de la convention puisque celle-ci fait référence aux libertés et que le but du contrat social est de protéger la liberté de chacun par la force de tous les associés. La protection de la liberté et de l'égalité est le but de tout système législatif.

Remarquons que ce lien entre liberté et égalité est ici abstrait. C'est la production d'une égalité devant la volonté générale et non pas d'une égalité réelle. Les contractants n'ont ni les mêmes forces, ni les mêmes héritages, ni les mêmes conditions d'existence. Le contrat est l'idée d'un top départ de la course, tous sur la même ligne, mais la course des individus sera différente, de sorte que, dans le temps, leurs histoires différeront. L'égalité est toujours l'égalité devant la loi et dans la perspective contractuelle. L'État qui naît de l'égalité est celui qui protège la puissance contractuelle conçue comme une liberté naturelle. Pour Rousseau, l'égalité ne signifie pas l'uniformité des conditions, la possibilité de différences décentes. L'égalité constitue alors une mesure vers laquelle tend la législation tout en s'adaptant à la société concrète qui se trouve sous les lois. Les modalités de l'égalité varient selon la géographie, l'histoire, l'économie, la démographie, etc.

Les lois, par leur généralité, constituent donc un ensemble de règles à la fois fonctionnelles et aussi dysfonctionnelles parce qu'elles ne sont pas identiquement adaptées à tous. C'est pourquoi l'autorité qui les instaure – le législateur – est conçue comme une sorte d'entité divine de nature religieuse, commandant sans être commandée, et incarnant la volonté générale. Il défend la liberté de tous tout en frustrant la liberté de chacun, dans un subtil équilibre. Les lois constituent ainsi une condition de la liberté des individus et aussi une contrainte pour la liberté individuelle. Ce qui assure le miracle de cette coïncidence c'est, précisément, la justice. Il ne faut donc pas confondre entre « indépendance » et « liberté », puisque l'indépendance consiste à vivre sans obligations alors que la liberté consiste à vivre avec l'obligation de défendre la liberté des autres, sachant que cela est réciproque. Rousseau affirmera alors, dans ses *Lettres sur la montagne* que « la liberté sans la justice est une véritable contradiction. [...] Il n'y a donc pas de libertés sans lois, ni où quelqu'un est au-dessus des lois. »

Les lois constituent ainsi des obligations pour tous les membres d'une société sur un territoire. La condition légale de la liberté de tous s'impose comme condition de la liberté individuelle. Elle ne s'y substitue pas cependant, elle la garantit, moyennant un certain degré de frustration et d'éducation. C'est pourquoi la vengeance est un interdit fondamental de la loi. Le vengeur est celui qui veut substituer sa justice à celle des lois pour parvenir à une satisfaction psychologique. Il se préfère individuellement à l'exigence du bien commun garanti par les lois. Le fait que le jugement d'un délit passe par la médiation de l'institution judiciaire est une frustration. Le fait que les lois assurent l'existence collective est un bien qui justifie cette frustration. La vengeance est un interdit fondamental parce que, symboliquement, elle refuse la médiation de l'institution judiciaire dans le processus de justice. La justice nécessite ainsi un processus de réconciliation entre les affects de la liberté individuelle et les exigences de la loi. Ce processus c'est l'éducation qui l'assure. L'éducation est une socialisation des instincts moyennant leur sublimation. La justice est ainsi un processus de sublimation des pulsions et non le cadre de leur exercice.

Des lois justes sont donc des règles communes défendant l'égalité et la liberté en équilibrant les avantages et les désavantages, les frustrations et les satisfactions, de chacun pour le bien de tous. Elles résultent alors d'une dynamique de la relation entre un peuple et un État représenté par un gouvernement et incarné dans des processus éducatifs et policiers.

Chapitre 10

L'État

Je révise et je me perfectionne

1. Les mots de l'État

➠ **État, politique, public, institution, gouvernement**

L'État désigne l'organisation institutionnelle centralisant les pouvoirs politiques dans une société donnée. On la définit aussi comme l'Institution responsable du bien public sur un territoire donné.

La **politique** désigne, de manière générale, l'action collective organisée. Elle envisage en cela le « bien public » appelé aussi « bien commun », pour le distinguer du bien privé et du bien individuel. « **Public** » s'oppose à « privé », comme qui concerne le domaine de ce que gère l'État par opposition à ce que gèrent les personnes privées, comme les domaines associatif ou familial. En cela, le domaine privé peut correspondre à des biens collectifs ou communs et pas seulement à des biens individuels, comme le domaine des entreprises, des religions, des associations sportives, etc.

L'institution désigne le pouvoir de la légitimation. La légitimité est la reconnaissance de quelque chose comme ayant *le droit* d'exister ainsi. Par exemple, la légitimité du Président de la République en France au XXIe siècle est décrétée par la Constitution. Une institution est concrètement une organisation ayant le pouvoir reconnu de décréter la légitimité d'une personne, d'un acte ou d'une propriété. C'est le pouvoir de la reconnaissance. L'État est l'Institution par excellence puisque, dans un processus généalogique de légitimation, on en revient toujours à l'État. Dans l'exemple précédent, la Constitution est elle-même légitimée par le pouvoir judiciaire ; elle-même l'est par l'État, qui constitue finalement l'Institution instituante. Mais qu'est-ce donc qui légitime l'État ? C'est un des problèmes posés par la place des religions et de la morale : sources de légitimation de l'État ou contre-pouvoir ou domaines privés de la conscience ?

Le **gouvernement** doit se distinguer de l'État car il désigne trois choses :

- Le régime politique d'un État qui décide de l'organisation de l'instance qui gouverne et donc prend les décisions politiques.
- L'organisation étatique des décisions politiques, comme l'existence d'un président ou/et d'un roi, de chambres, de ministères, etc.
- Les personnes concrètes qui exercent le pouvoir de l'État.

Régime, république, démocratie, tyrannie, dictature, totalitarisme, anarchie

La question du **régime politique** a occupé une bonne partie de la réflexion en philosophie politique depuis l'Antiquité. Un régime politique est la forme que prend l'État pour exercer son pouvoir. On parlera dans l'antiquité des régimes monarchique ou tyrannique, républicain ou démocratique, aristocratique ou ploutocratique, etc. Mais la liste exacte des régimes n'est pas arrêtée et est toujours discutée en philosophie politique.

Sans être exhaustif ici, il importe de faire des distinctions simples entre certains régimes politiques pour éviter les confusions :

- Un régime **républicain** vise la défense de la *res publica*, la « chose publique ». En ce sens une monarchie républicaine est possible, comme en Grande-Bretagne par exemple. La **démocratie** désigne le pouvoir (du grec *kratos*) du peuple (du grec *demos*). La démocratie peut parfois se faire l'ennemie de la république lorsque, par exemple, elle joue des divisions du peuple ou est manipulée par des puissances comme l'argent.
- une **tyrannie** désigne le pouvoir d'une personne ou d'un groupe concentrant les pouvoirs de l'État et imposant ses décisions arbitrairement. Ainsi une tyrannie n'est pas un état de droit mais un état de force. Elle se distingue de la **dictature** qui, comme elle, est le pouvoir sans partage d'une personne ou d'un groupe, mais qui à la différence de la tyrannie, s'effectue selon des lois, comme le fascisme ou le nazisme ou la dictature stalinienne ou celle des colonels en Grèce. Dans les faits, ces lois sont le plus souvent arbitrairement décidées, ce qui tend à identifier ces deux régimes. Un régime **totalitaire**, en revanche, n'est pas à identifier à une dictature dans la mesure où il dépend d'une idéologie (communisme, nazisme) et qu'il tend à se doter d'une police intérieure visant à contrôler non seulement les mœurs civiques mais les pensées. Le totalitarisme tend à produire un « homme nouveau » selon les règles préétablies de l'idéologie : l'aryen, l'*homo sovieticus*, etc.

L'**anarchie** désigne un projet politique visant à assurer l'auto-organisation vitale et libre de la société en la débarrassant de ce qui est identifié comme la source structurelle de l'oppression et du malheur de tous, à savoir l'État. L'anarchisme consiste à rendre le pouvoir et la liberté au peuple en détruisant l'État. Ce n'est donc pas la recherche du chaos politique, dans la mesure où c'est la concentration de toute légitimité politique par l'État qui est identifié comme la source de toute violence et de tout chaos, en ce qu'elle serait l'instance possédant, selon le mot du sociologue Max Weber, « le monopole de la violence légitime ».

II. Les enjeux de l'État

1. L'inévidence de l'État, figure historiquement située de l'organisation politique

L'État désigne l'organisation institutionnelle centralisant les pouvoirs dans une société donnée.

En ce qu'il est une institution l'État a une histoire car le pouvoir social ne repose pas toujours, et n'a pas toujours reposé, sur une organisation centralisant tous les pouvoirs : la justice, l'organisation militaire et policière, les décisions législatives et exécutives. De fait, l'anthropologue Pierre Clastres a montré dans *La Société contre l'État* (1974) qu'existent des sociétés sans État (voir http://1libertaire.free.fr/Clastres01.html). Ayant étudié plusieurs tribus indiennes du Paraguay et du Brésil entre 1963 et 1974, il constate que le désir d'État comme forme centrale de gouvernement n'apparaît qu'à l'occasion d'une volonté coercitive et despotique d'un chef ou d'une tribu. Les sociétés amazoniennes qu'il a étudiées connaissent cette dérive despotique du pouvoir et ne veulent pas d'État précisément pour s'en prémunir. Ce ne sont pas des sociétés qui n'auraient *pas encore* découvert l'État, faute d'une évolution suffisante, mais des sociétés qui refusent la concentration des pouvoirs.

Une société sans État n'est pas pour autant une société sans autorité, sans règle ou sans organisation, soutient Clastres. Dans ces sociétés, les pouvoirs sont partagés dans différentes organisations (coutumes familiales, organisation religieuse, chefferie). Ces dernières dialoguent ou connaissent des conflits. Entre les tribus existent aussi des conflits. La guerre alors le moyen, non de les régler, mais d'éviter la domination d'une tribu sur l'autre et l'excès du pouvoir. L'unité des tribus amazonienne, par exemple, passe par un chef sans pouvoirs et dont les devoirs sont exorbitants. Clastres s'oppose donc à la fascination de l'État dans la réflexion politique moderne et s'oppose en particulier au marxisme dont les problématiques politiques sont concentrées sur l'État et sur le sens de l'Histoire. Il écrira au contraire : « L'histoire des peuples qui ont une histoire est, dit-on, l'histoire de la lutte des classes. L'histoire des peuples sans histoire, c'est, dira-t-on avec autant de vérité au moins, l'histoire de leur lutte contre l'État. » Il déplace la réflexion politique de l'État vers la question du pouvoir et de l'autorité. Les sociétés sans État connaissent la réalité du pouvoir et de l'autorité et se dirigent et se régulent sans État.

Mais aujourd'hui l'État désigne l'organisation politique la plus ordinaire, celle qui représente concrètement le politique. De fait, l'essentiel des problématiques politiques actuelles est centré sur la question de l'État, en présupposant la nécessité de son existence et sa légitimité. Même s'il existe des mouvements philosophiques la contestant, comme l'anarchisme, l'existence de l'État est devenue presqu'incontestable. Une fois présupposée, la question majeure qu'il pose est celui de la légitimité de son mode d'organisation et d'exercice du pouvoir.

Pourtant, avant de s'intéresser aux modalités du gouvernement de l'État il s'agit de s'interroger sur la nécessité de son existence et sur la signification même de son existence. Est-il le signe de la perte de pouvoirs naturels, pluriels qui régulent l'autorité ? Est-il le symptôme de la perte du sens authentique et vivant du politique plutôt que le signe de son intérêt ? Est-il au contraire une solution à des problèmes que ce type primitif d'organisation ne parvient pas à régler ? S'impose-t-il à partir d'une certaine échelle de l'organisation politique ?

L'État est-il finalement nécessaire pour la bonne organisation politique des sociétés humaines ? Et, si oui, selon quelles modalités de gouvernement et de gouvernance ? Pour le discuter, il s'agira d'établir une altérité à l'État : le peuple, les valeurs morales, la religion, la guerre, la pluralité sociale et politique...

2. Pourquoi l'État ?

On a perçu l'importance d'une philosophie politique qui aura pour effet de se décaler relativement à l'unique voix étatique de manière à penser la légitimité du politique. Cependant, si l'État concentre les pouvoirs et les sources de légitimité – ayant dans l'Histoire tenté d'éliminer ses concurrents religieux, familiaux, sociaux et idéologiques – alors qu'est-ce qui peut le contester ? Y a-t-il une réponse à ce qui légitimerait l'État et son pouvoir de légitimation ?

De fait, il existe des philosophies de légitimation de l'État. L'État est nécessaire comme organisation efficiente de la justice et la sécurité. C'est ce qui semble ses deux légitimités fondamentales. En effet, entre les hommes existent des conflits liés aux égoïsmes des individus et des groupes. Pour éviter à la société de s'autodétruire par la violence passionnelle, il s'impose la nécessité de poser une instance de jugement, instance qui soit reconnue par tous et possède le pouvoir d'imposer les lois communes par une force supérieure à celle de chaque groupe. Le philosophe Thomas Hobbes a ainsi justifié fondamentalement l'existence de ce monstre immense originaire, un « Léviathan », par la nécessité de concentrer les forces en une seule puissance reconnue par tous, et qui pourrait alors s'imposer à tous comme une force légitime. En cela, l'État est bien l'organisation qui possède « le monopole de la violence légitime », selon la formule de Max Weber, ou encore qui serait, selon l'image nietzschéenne, « le plus froid des monstres froids ».

Mais ce n'est pas en raison de la violence et de la froideur par laquelle il s'impose qu'il est fondamentalement contesté, c'est en raison des intérêts réels qu'il défend. Ainsi Jean-Jacques Rousseau a pu exprimer au début du *Contrat social* que « l'homme est né libre mais partout il est dans les fers », en raison d'une organisation politique illégitime. L'État, dont la légitimité pour la justice n'est pas contestée en son principe par Rousseau, est un domaine qui a été conquis dans l'Histoire par des coquins qui imposent leurs lois selon leurs intérêts, de sorte que, en imposant à tous les diktats de l'État, ils défendent leur propre contrôle. Le groupe dont les intérêts sont défendus par l'État est appelé du nom de « bourgeois » par Marx. Au lieu de défendre la justice, les lois et l'État défendent alors les intérêts bourgeois contre le reste du peuple qui, déductivement, n'a d'existence légitime qu'en tant que sa force de travail s'exerce servilement en faveur de l'État et des intérêts qu'il défend. C'est le sens de l'opposition marxiste entre « bourgeois »/« capitalistes » et « prolétaires ». Malgré une idéologie publique, une propagande l'État, au service du discours sur l'obéissance à l'État pour le bien public, il s'agirait, pour Rousseau ou Marx, de détruire la source de l'illégitimité et de lui substituer un pouvoir légitime, en apurant dans une ultime violence révolutionnaire l'État d'une histoire injuste et en proposant une organisation qui, dans l'avenir, pourrait éviter de répéter cette histoire maudite qui n'est jamais que « la loi de la jungle », et assurer de la sorte la permanence du pouvoir du peuple.

Plus radicaux que Rousseau ou Marx, les anarchistes contestent l'idée même d'un État. L'État est toujours le vol de la légitimité du peuple puisque, par une règle ontologique de « représentation », il se substitue à lui. Ainsi, le Président de la République représente le peuple, ainsi que la chambre des députés, de sorte qu'il puisse agir « au nom du peuple français » dans chacune de ses décisions. Rendre le pouvoir au peuple, fondamentalement, c'est décider la fin de l'État. Mais comment ? De nombreux anarchistes, dans une logique d'opposition mécanique d'une force à une autre, ont envisagé la violence révolutionnaire comme la seule arme possible, et justifiés ce que l'État nomme nécessairement du nom de « terrorisme » mais qui, pour eux, relève de la « résistance ». Il faut remarquer que, contre l'État la guerre est aussi sémantique et lexicale puisqu'il possède le pouvoir des mots en possédant le pouvoir de la légitimité. D'autres anarchistes soucieux de non-violence, plus réformateurs que révolutionnaires, proposent d'atteindre le point ultime d'une démocratie participative et non plus représentative, de manière à redonner, dans les institutions étatiques, le pouvoir au peuple. Leur action passe par toutes sortes d'oppositions, de contestations, de propositions, de construction d'expériences politiques alternatives. Il s'agira de montrer que les liens des membres d'une communauté suffisent à la justice et à la sécurité.

3. Peut-on contester la légitimité de l'État ?

La question dans sa radicalité a été traitée juste précédemment. Ici, il s'agit de préciser s'il existe d'autres sources de légitimation que l'État et quelles relations elles entretiennent avec l'État. Si l'on admet le raisonnement de Hobbes légitimant l'existence de l'État et de son pouvoir total, cela signifie-t-il que l'État est incontestable ?

L'État lui-même a une source de légitimité qui, dans le raisonnement de Hobbes, est la sécurité de tous. Si certains voient dans cette déduction l'avènement de l'État totalitaire, c'est à tort. L'avènement de l'État fait naître conjointement le droit absolu pour tout individu d'être protégé contre la violence de l'arbitraire. Le contraire de l'arbitraire, c'est l'existence d'un « État de droit », c'est-à-dire, d'un État où le droit est exprimé de sorte que tous puissent s'y référer, sans exception, y compris le gouvernement de l'État. En cela, le Léviathan se révèle comme un État républicain. L'*habeas corpus* des Anglais, principe proposé au XIIIe siècle qui défend la liberté fondamentale de n'être pas enfermé arbitrairement, naît du contrat entre le peuple qui accepte l'autorité royale et le devoir du roi de défendre chacun, et de le protéger de l'arbitraire royal. Mais comment cela peut-il se réaliser concrètement si le pouvoir total est donné effectivement au souverain ? Ce dernier peut toujours évoquer l'argument de la sécurité de tous pour se débarrasser des importuns et des contestataires.

Rousseau a en cela critiqué Hobbes, non dans le raisonnement sécuritaire légitimant l'État, mais dans le fait que la sécurité porte d'abord sur la liberté naturelle de chacun. En cela, il ne s'agit pas de transférer la souveraineté du peuple et de l'aliéner, il s'agit de s'associer. : « Trouver une forme d'association qui défende et protège de toute la force commune la personne et les biens de chaque associée, et par laquelle chacun s'unissant à tous n'obéisse pourtant qu'à lui-même et reste aussi libre qu'auparavant » (*Contrat social*, Livre I, chap. 6). Évidemment, pour Rousseau, la condition de l'association est radicale : « l'aliénation – c'est-à-dire la perte totale – de chaque associé avec tous ses droits à la communauté », mais le résultat n'est pas le même que pour Hobbes. L'effet en effet est ce que Rousseau nomme « l'union parfaite », et aussi une égalité parfaite, car « condition est égale pour tous ». L'égalité étant la même pour tous, personne n'aurait d'intérêt divergent et l'union serait totale. C'est là la définition de la République ou de la véritable Souveraineté. Toute la question de Rousseau sera, une fois ce principe de légitimité de l'État reconnu et inscrit dans une Constitution par définition républicaine, de le traduire dans une organisation concrète et d'envisager des contre-pouvoirs rééquilibrant ce que l'histoire politique, celle de l'acquisition des pouvoirs par des individus et des groupes, pourrait détruire.

Cependant, les libéraux contestent l'idée d'un État-providence, chargé d'assurer l'égalité plutôt que la liberté. En effet, la théorie de Rousseau repose sur l'idée d'égalité, et tend à faire de l'État le médiateur permanent de la justice, indépendamment des dons que les acteurs économiques peuvent eux-mêmes réaliser selon leurs options particulières. Or, un État légitimé par la liberté, est un État qui tend à s'effacer au profit des dynamiques libres, en particulier dans l'économie. Le marché, conçu comme l'espace du libre-échange entre les hommes est régulé par les intérêts de chaque acteur et tendrait à s'autoréguler. Certes, l'État aurait pour rôle d'assurer que des règles de justice se trouvent au cœur des échanges, en interférant le moins possible dans ceux-ci. Ainsi, alors que Rousseau ou Marx envisagent un État fort, État-providence chargé de répartir les biens pour favoriser l'égalité de tous, quitte à diminuer la liberté, les libéraux affirment que la dignité vivante et dynamique des êtres humains se trouve dans la liberté, de sorte que l'État devrait se retirer le plus possible, dans une option minimaliste.

Il s'agit donc d'envisager les manières concrètes dont le pouvoir s'exerce en tenant compte des fonctions fondamentales de l'État : la sécurité et la justice, l'égalité et la répartition des richesses, la liberté et leurs garanties économiques.

4. Peut-on identifier les justes pratiques d'un État ? Machiavel contre Arendt

L'État moderne possède les moyens de l'exercice de la violence légitime. Il contrôle et concentre tous les pouvoirs et tend à se séparer de la société, autant dans son personnel que dans ses intérêts propres. Il semble se résumer à l'exercice du pouvoir. Le philosophe florentin Nicolas Machiavel, dans *Le Prince* (1515), enseignait que, concrètement, la politique n'était rien d'autre que l'acquisition et la conservation du pouvoir. Tous les discours sur la légitimité de ce dernier n'étaient rien d'autre que des façades destinées à s'allier l'opinion, le plus possible, de manière à conforter sa place. La justice semble n'avoir à faire à l'apparence de l'État de sorte qu'il serait vain de vouloir identifier de quelconques « justes pratiques » autres que celles qui assurent l'efficacité durable du pouvoir. *Le Prince* est en cela un recueil de conseils judicieux, que plusieurs présidents élus, comme François Mitterrand, consultaient sur leur table de chevet. Et on comprend que Marx ait identifié le concept d'intérêt général comme une construction des classes dominantes destinées à la manipulation idéologique de l'opinion.

Cependant, l'État se soumet lui-même à des normes, ne serait que parce qu'il a besoin de légitimité dans le domaine des apparences. De fait, remarque Hannah

Arendt dans *La Condition de l'homme moderne,* l'apparence est par excellence le domaine du politique, la vérité de la conscience étant celui de la morale, de sorte que, sous couvert de cynisme et de réalisme, Machiavel redécouvre en réalité le domaine propre du politique. En ce sens, l'autorité de l'État s'appuie sur des valeurs ou des dynamismes que le sociologue Max Weber identifie comme « trois fondements de la légitimité » (*Le Savant et le politique*), à savoir : (1) l'autorité de la tradition ; (2) l'autorité personnelle fondée sur le charisme individuel ; (3) l'autorité légale. La tradition, le pouvoir de persuasion d'un chef l'État, les lois, servent de références possibles à l'autorité de l'État, de sorte qu'on trouve là un réservoir solide de « justes pratiques ».

Finalement, la justice de l'État repose-t-elle sur une appréciation circonstancielle ou sur la détermination d'un critère fondateur de la justice ? Rebondit ainsi la question de la moralité de l'État et de la limitation de l'exercice de son pouvoir.

5. Faut-il limiter la puissance de l'État ?

Dans l'Histoire de la philosophie, le premier problème repérable de la politique était celui de la tyrannie. Dans l'Histoire des régimes politiques, la tyrannie fut le genre de régime rassemblant tous les pouvoirs et les soumettant à l'arbitraire du tyran. Or l'État est l'instance qui rassemble l'ensemble des pouvoirs politiques de sorte qu'il semble le moyen stable et structurel de la tyrannie. Peut-on trouver les voies du bon usage du pouvoir de l'État ? Est-ce seulement en le limitant ?

Dans l'Histoire grecque, le tyran a toujours eu tendance à se placer au-dessus des lois, et c'est pourquoi l'adjectif tyrannique est devenu péjoratif. Dans *Les Politiques,* Aristote veut mesurer la qualité de la politique par le bien commun. Le bien commun est à la fois la sécurité, la justice, la richesse, l'organisation et le bonheur d'une société. La source de légitimité d'un gouvernement est pour Aristote le Bien commun. Un bon gouvernement est celui qui réalise le bien de tous. Il s'appuie sur des lois qui assurent la continuité des institutions et leur publication. Pour avoir le souci du bien il faudrait

Mais l'organisation éthique du gouvernement par sa finalisation n'assure pas concrètement le fait que l'État ne se prenne pas comme fin de sa propre action. Pour cela, dira Montesquieu, « pour qu'on ne puisse abuser du pouvoir, il faut que par la disposition des choses le pouvoir arrête le pouvoir » (*L'Esprit des Lois,* 1748). C'est là le principe de la séparation des pouvoirs législatif, exécutif et judiciaire, assurant à chacun son indépendance et assurant par là même la régulation d'un pouvoir pour l'autre. Le but final est la modération dans l'exercice du pouvoir. « Pour des gouvernements modérés, il faut combiner, tempérer les puissances ; savoir ce qu'on donne à l'un, ce qui reste à l'autre ; enfin il faut un système, c'est-à-dire une convention de plusieurs et une discussion d'intérêts », résume-t-il. C'est pourquoi la modération passe par un certain degré de conflictualité politique : « Si dans l'intérieur d'un État vous n'entendez le bruit d'aucun conflit, vous pouvez être sûr que la liberté n'y est pas ».

Toutefois l'État, en tant qu'il est légitimé par le souci de la sécurité de tous autour du contrat social, semble dans une situation de légitimation permanente, quelle que soient la qualité de la séparation des pouvoirs en son fonctionnement intérieur. Le discours sécuritaire – militaire, sanitaire, culturel, intérieur –, appuyé sur les passions de peur ne cesse de légitimer l'État. Il ne cesse de légitimer aussi le contrôle de l'État sur l'individu et au nom de la protection de la société. Ainsi, pour Stirner « tout État est despotique car aux mains de l'État, la force s'appelle droit, aux mains de l'individu, elle s'appelle crime ».

On parlera de « société de contrôle » dans le monde post-moderne pour indiquer la manière dont l'État contrôle les personnes, non plus par l'éducation (les institutions disciplinaires), mais par « contrôle continu et communication instantanée » (Deleuze, 1990) où « les mécanismes de maîtrise se font toujours plus immanents au champ social, diffusés dans le cerveau et le corps de citoyens », comme l'écrit Antonio Negri (*Empire,* 2000). C'est Michel Foucault qui, dans *Surveiller et punir* (1975), met en valeur le travail incessant de l'État sur les corps. Il révèle le modèle du panoptique de Jeremy Bentham, type d'architecture carcérale au XVIIIe siècle, qui donne l'impression aux détenus d'être surveillés en permanence. Étrangement, ce contrôle supprime la visibilité du pouvoir étatique. La surveillance devient réticulaire, note Gilles Deleuze. Les modalités d'actions de l'État changent : de l'application d'une contrainte sur un corps, l'on passe à des effets incitateurs. L'État prend alors un visage souriant, reconnaissant et encourageant là où se présentait auparavant comme extérieurement oppressif. L'assujettissement n'en est que plus grand. Ce qui constitue le sujet-citoyen c'est alors l'ensemble des références, des éléments de langage, des éléments culturels qui sont les médiations par lesquelles le sujet se dit sa propre identité (voir le chapitre sur la conscience). L'État ne se présente alors plus seulement de l'extérieur des citoyens mais de l'intérieur d'eux-mêmes, presque « dans leurs têtes ». La conscience de soi est comme aliénée par le contrôle de l'État.

Comment alors parvenir à modérer l'État ? Ce dernier se charge, de l'intérieur, de justifier sa propre conduite en distinguant entre ses amis et ses ennemis. Comment retrouver une place authentique pour la conscience morale ?

6. Quelle place donner à l'État dans la politique ?

La réponse libérale est de donner une place plus importante à la société civile, en particulier au monde économique, en diminuant la place de l'État. L'État devrait se contenter de fournir les règles communes et de leurs arbitrages, ainsi que des rapports internationaux. L'idée libérale est celle du minimum l'État.

Mais le minimum l'État conduit facilement au règne du marché économique et donc de rapports de force. Le règne du marché est aussi le règne de l'argent. Et cela devient facilement le règne de la corruption de l'État. En effet, lorsque l'État exerce une force plus faible que le marché et les multinationales, alors l'État ne peut plus être indépendant et la justice ne peut plus s'exercer de façon égalitaire. Comment parvenir à conserver la justice dans l'économie sans un État fort et redistributeur.

Par ailleurs, l'État, pour être efficient, doit s'appuyer sur des sociétés naturelles : la famille, l'entreprise, les communautés religieuses, les associations, etc. L'État ne peut vivre que de la générosité de chaque communauté. Il doit respecter leur autonomie de manière à ce que chacune puisse décider aussi de son propre destin. C'est le principe de subsidiarité. Il dit que la responsabilité d'une action publique, lorsqu'elle s'impose, doit rechercher le niveau hiérarchique et social le plus pertinent. On en trouve cette idée chez Thomas d'Aquin, le libéralisme de Locke ou le socialisme de Proudhon. Cela évite de déconnecter les décisions de ceux qui doivent les respecter et aussi cela permet de s'assurer que les décisions répondent à des intérêts réels. Par exemple, l'éducation familiale et sociale permet à l'éducation d'État d'avoir un meilleur effet et favorise la réussite des enfants. Inversement, lorsque l'éducation d'État contredit les idéologies familiales, elle a moins de chance d'être reçue et d'être efficace.

Cependant, jusqu'où faudrait-il accepter de la subsidiarité ? Faudrait-il par exemple penser une subsidiarité dans la police ou l'armée, par exemple avec des compagnies privées de police ou de mercenaires ? De même, faudrait-il des organisations subsidiaires de justice ? C'est le cas par exemple des règlements associatifs ou des conventions collectives d'entreprises ou des tribunaux de commerce ou des conseils de prud'hommes en France. Jusqu'où l'État doit-il garder la main mise sur l'ensemble des institutions ? De plus, la multiplication des instances engage aussi une lenteur dans les processus de décisions et des jeux d'influences longs, coûteux et inégalitaires. Comment éviter ces inconvénients en promouvant les avantages de la subsidiarité ? Comment garder une société vivante et libre, tout en assurant les fonctions de sécurité et de justice pour tous ?

Cette question est renforcée par le développement des technologies de contrôle et d'individualisation, en particulier dans le domaine du numérique. L'extrême individualisation diminue aussi la force des communautés naturelles et renforce le rôle de l'État. Typiquement, le divorce est un droit des individus qui contribue grandement à juridiciser le statut des enfants et placer les familles en dépendance de décisions de justice et donc d'un contrôle de l'État.

Il s'agit donc de penser une place pour l'État qui ne soit pas toute la place du politique, ainsi que le montrent les anarchistes et les communautaristes, mais aussi de saisir les bienfaits et les nécessités d'une organisation cohérente des fonctions et des autorités politiques. C'est probablement dans une conception plus globale de la liberté qu'on pourra trouver des réponses.

Chapitre 11

La liberté

Je révise et je me perfectionne

I. Les mots de la liberté

Libre arbitre, liberté d'indifférence, liberté réelle, liberté abstraite

La liberté se confond souvent avec **le libre arbitre** c'est-à-dire la capacité à choisir entre plusieurs possibles. Mais la vie étant souvent sous l'emprise de la nécessité – celles de travailler, de vivre, etc. – on en déduit que la liberté est faible et illusoire. On la confond aussi avec l'idéal d'un choix sans pression d'aucune sorte, sans influence, et donc indifférent à l'objet du choix – on parle alors de **liberté d'indifférence**. À nouveau, définie ainsi la liberté n'existe pas et serait impossible. Il revient, en particulier à Bergson dans *Les Données immédiates de la conscience*, d'avoir montré la différence entre l'idée abstraite de liberté et la liberté réelle. La **liberté réelle** coïncide avec le temps vécu de la conscience alors que la **liberté abstraite** est sa projection sur un plan spatial où l'on dessine des possibles abstraits comme choisir entre des conjoints, entre des parents, entre des vies possibles, etc.

Nécessité, déterminisme, contingence, liberté du sage, liberté rationnelle, volonté

Le problème serait de vouloir que la liberté échappe à la **nécessité**, c'est-à-dire à l'ordre des causes naturelles qui impose un rapport déterminé entre des conditions et des conséquences, ordre qui prend le nom de **déterminisme**. Au contraire, on la situerait dans le domaine de la **contingence**, puisqu'elle s'exerce comme un événement possible et non pas nécessaire. Cependant, la **liberté du sage**, dira Baruch Spinoza dans l'*Éthique* est la liberté véritable parce que le sage s'est réconcilié de l'intérieur avec la nécessité, ayant atteint par un effort de connaissance, et donc d'intériorité, à une coïncidence intérieure avec l'ordre de la nécessité. La **liberté au sens rationnelle** est celle liberté réconciliée avec le réel et la nature. On distinguera alors liberté et **volonté** car il ne suffit pas de vouloir quelque chose pour être libre, encore faudra-t-il que la volonté soit rattachée à un ordre de la raison pour qu'existe la liberté.

II. Les enjeux de la liberté

1. La liberté psychologique : la liberté comme capacité à agir par soi-même

Le mot de « liberté » fait partie des mots revêtant une forte charge affective et qui à cause de cela est polysémique, Paul Valéry dira que c'est « un mot qui chante » plus qu'ils ne parlent. De quoi donc parle-t-on lorsqu'on parle de « liberté » ?

Si ce mot « chante » c'est qu'il possède une grande résonance psychologique et relève originellement d'une expérience psychologique. De fait, la liberté se *sent* avant même d'être *pensée*. Ce petit enfant qui pleure parce qu'on le force à manger ou à aller se coucher éprouve la violence faite à sa liberté ; et lorsque ce même enfant hurle de joie en courant et jouant avec les papillons dans les prés, il éprouve la jouissance de la vie qui le traverse. La liberté se sent avant même d'être réfléchie. C'est pourquoi on perçoit la liberté chez l'animal et on pleure sur le tigre en cage ou le chien en laisse. La liberté est le sentiment de pouvoir exprimer sa vie sans entrave.

Cette expression réclame des précisions. En effet, lorsque Baruch Spinoza écrit dans une *Lettre à Schuller* (n° XVIII) : « J'appelle libre, quant à moi, une chose qui est et agit par la seule nécessité de sa nature ; contrainte, celle qui est déterminée par une autre à exister et à agir d'une certaine façon déterminée », il rejoint notre expérience fondatrice à partir du principe universel de Nature (voir le chapitre sur la nature). Mais il lui manque d'identifier le sujet libre, car la liberté n'est pas seulement un fait de nature en général mais le sentiment d'un sujet agissant, d'un Moi. En ce sens la pierre qui est mue par une impulsion ou celle qui demeure au repos, enchâssée dans la terre, n'éprouve pas de liberté. Seul le vivant l'éprouve à partir d'une impulsion intérieure dans laquelle il se reconnaît lui-même. La liberté c'est *ma* liberté ou *ta* liberté ou encore celle de ce chien ou ce tigre, mais ce n'est pas celle de la Nature en général. La liberté c'est la vie d'un sujet agissant et capable de s'éprouver lui-même dans l'action. Ainsi l'enfant de tout à l'heure se sent libre parce que l'impulsion de courir est la sienne, et le tigre est malheureux d'être encagé parce que sa propre impulsion est frustrée. La liberté est donc le sentiment d'un sujet agissant. On dira que c'est une propriété de la volition ou de la volonté. On la définira négativement comme la capacité à vouloir sans entrave ; positivement, on dira que c'est l'expression naturelle de la volonté. C'est une Nature avec un sujet. La volition désigne ici la capacité d'un être vivant à rassembler ses tendances naturelles dans une impulsion ou un désir. La liberté est cette capacité d'agir à partir de soi.

Au contraire, la non-liberté – la contrainte et le déterminisme – c'est d'être agi ou empêché par d'autres forces que les siennes. Être agi par d'autres causes que soi, c'est être déterminé de l'extérieur. Si le monde entier n'est qu'un ensemble d'actions et de réactions, s'il est déterminé, alors le libre arbitre n'existe pas autrement que comme un effet de surface. Les théories déterministes existent sous la forme du matérialisme ou des théories neuronales. La liberté, *a contrario,* est la capacité à se soustraire aux déterminismes.

2. Liberté et libre arbitre

Cette première définition de la liberté positionne la liberté comme une certaine relation problématique du sujet à soi et au monde.

En effet, n'être en rien concerné par le monde pour agir – ce qu'on nomme la *liberté d'indifférence* – est une situation d'abord abstraite et impossible. Imaginons, un âne ayant également faim et soif placé à égale distance d'un seau contenant de l'avoine et d'un seau contenant de l'eau. Cet âne se trouverait dans une situation de parfaite indifférence. Eh bien, paradoxalement, cet âne mourrait de faim et de soif, faute de pouvoir choisir. Cette légende est celle connue sous le nom de « l'âne de Buridan », bien que le logicien médiéval Jean Buridan (1292-1363) ne l'ait jamais lui-même exprimé. Elle signifie l'illusion de la liberté d'indifférence. Nous sommes, de fait, engagés dans la relation au monde. La liberté véritable n'est pas l'indifférence d'un soi au monde mais la reconnaissance du monde dans la vérité de soi. Ainsi, l'âne s'accomplit comme être vivant en mangeant et buvant. La liberté est pour lui de pouvoir le faire. Dans l'existence réelle nulle n'a autant soif que faim dans le temps. Et surtout, pour choisir entre deux choses indifférentes – par exemple entre une serviette en papier blanche ou jaune pour le pique-nique – on donne une réponse parce qu'*il faut choisir*. L'âne réel s'oriente et ne meurt jamais de faim ou de soif lorsqu'on lui présente nourriture et boisson. D'ailleurs, dans son mouvement intérieur, la faim et la soif alternent et se différencient psychologiquement.

Si donc le sujet est toujours mû par le monde et par ses impulsions intérieures, est-il vraiment libre ? Il ne s'oriente pas par référence à soi mais par référence à des mouvements qui se passent en lui (ici la faim ou la soif) ou par référence aux propositions du monde. Choisit-il véritablement ? Il semble contraint plus que sujet de décision. Apparaît ici la notion capitale de « choix ». Le choix c'est l'orientation que prend la volonté à partir de la considération d'une situation. La liberté s'incarne dans un choix parce que c'est le choix qui exprime le fait d'agir à partir de soi et non pas à partir d'autre chose. La liberté serait « le pouvoir de choisir », ce que la tradition philosophique appelle « le libre arbitre ».

La liberté se définit comme « action » et non comme « réaction ». À quelles conditions un acte du libre arbitre est-il une action et pas une réaction ? L'école stoïcienne a montré que ce qui constitue l'aliénation interne de la liberté sont les passions : colère, désir, espoir, etc. La passion est, par définition, la réaction à un objet qui nous affecte. La liberté, au contraire, est un certain type de rapport que le Moi produit avec le monde, monde intérieur comme monde extérieur. Pour Épictète, ce rapport est un rapport d'opinion. Admettons qu'une amie m'appelle pour m'annoncer qu'elle ne vient pas à un rendez-vous, j'ai intérieurement le choix de me laisser aller à la colère ou à la tristesse qui apparaissent en moi. En cela j'ai toujours la possibilité de me positionner et d'orienter l'action en lui donnant un sens.

Par là le libre arbitre repose sur un jugement, et en particulier sur un jugement de valeur. Pour ne pas me laisser saisir par la colère, encore faut-il que je reconnaisse une valeur à une position alternative, par exemple de conserver une relation sereine avec mon amie. Juger c'est être capable de se mettre en position de choix. Choisir c'est en cela produire une alternative entre un « oui » et un « non », un « 1 » et un « 0 » en langage logique. Le jugement est, dans cette perspective, une position réflexive. On dit, dans le langage courant : « prendre du recul », « prendre de la distance », en employant une image spatiale. Dans l'espace on projette plusieurs possibles et le sujet se promènerait au milieu d'eux, par l'imagination spatiale, pour finalement choisir entre eux. La spatialisation des possibles, c'est cela le libre arbitre. Et son sujet – le sujet libre, le sujet du choix, le Moi – c'est le sujet réflexif et spatialisant.

3. Liberté et durée vitale

L'espace semble le domaine par excellence de la liberté puisque la liberté du libre arbitre consiste à produire, par l'imagination spatiale les conditions de possibilité d'un jugement de valeur et donc d'une décision. Spatialiser c'est projeter *devant* soi le réel comme un spectacle dont le sujet serait retiré comme dans une « citadelle intérieure » (le mot est du stoïcien Marc-Aurèle). La spatialisation de la liberté est aussi sa spectacularisation. Et la spectacularisation de la liberté c'est aussi l'image de la liberté contrôlante. Pourtant, nous l'avions vu précédemment, la liberté est en prise avec le monde conçu comme l'ensemble des réalités autres que le sujet. Lui-même est en mouvement (voir les chapitres sur la conscience et le temps). La spatialisation est un artifice de fixation du temps et des affects du monde. Le sujet fait *comme si* le monde était devant lui, *comme si* il n'était pas pris par le temps, *comme si* il maîtrisait le monde. La liberté spatialisée, le libre arbitre, est l'image de la liberté et du Moi, mais il n'est pas la liberté réelle.

Dans son *Essai sur les données immédiates de la conscience* (1889), Henri Bergson tente de comprendre l'enracinement de la liberté dans le dynamisme temporel de la vie elle-même. Voici ce qu'il écrit :

« La durée toute pure est la forme que prend la succession de nos états de conscience quand notre moi se laisse vivre, quand il s'abstient d'établir une séparation entre l'état présent et les états antérieurs. Il n'a pas besoin, pour cela, de s'absorber tout entier dans la sensation ou l'idée qui passe, car alors, au contraire, il cesserait de durer. Il n'a pas besoin non plus d'oublier les états antérieurs : il suffit qu'en se rappelant ces états il ne les juxtapose pas à l'état actuel comme un point à un autre point, mais les organise avec lui, comme il arrive quand nous nous rappelons, fondues pour ainsi dire ensemble, les notes d'une mélodie. »

La liberté est dans la vie, comme les notes dans la mélodie. Elle est la production du Moi dans la vie et en phase avec elle. La liberté n'est pas seulement le fait de choisir mais le fait de vivre comme un sujet inscrit dans sa durée. La capacité à organiser la durée intérieure, c'est cela la liberté. Bergson évite ainsi les écueils d'un matérialisme déterministe ainsi que ceux de l'absolutisme du libre arbitre. Le dynamisme de la liberté n'est pas le contrôle du monde ou de soi, ni la coïncidence avec lui. Le positionnement spatial de la liberté est un travail symbolique de la liberté qui manifeste son pouvoir et sa capacité d'organisation. La vérité de la liberté c'est bien sa durée propre.

La liberté est inscrite dans le temps. Cela signifie qu'elle progresse ou régresse, qu'elle connaît des moments de libération, de guérison, d'éclairement ou, au contraire, des moments d'esclavage, de maladie, d'obscurcissement. On ne peut pas la considérer comme une réalité absolument fixe qui serait toujours la même de la naissance à la mort. En ce sens, la liberté est d'autant plus vivante que les choix sont bons. La liberté doit être éthiquement qualifiée. De mauvais choix détruisent la liberté ; les bons la construisent. La structure des vertus morales, selon Aristote dans l'*Éthique à Nicomaque* (voir le cours sur le bonheur) est aussi ce qui structure la liberté. La prudence, en particulier, est la vertu du temps, celle de l'inscription cohérente de la liberté dans sa durée propre. La liberté, comme vertu, c'est la capacité à faire le bon choix.

Pris ainsi, sachant que l'effet des vertus est le bonheur, la liberté s'éprouve d'autant plus que l'expérience du bonheur est vécue. Être lié à sa fin, dans un amour, c'est à la fois ce qui rend fondamentalement heureux et libre à la fois. Plus le bonheur s'enrichit de biens authentiques, d'expériences diverses et unifiées, de services et de liens vivants à la société, plus la liberté aussi se développe et plus la possibilité de choisir se déploie.

Plus un sujet se sent bien, plus il se sent libre, dans le modèle d'une liberté vivante inscrite dans la durée. Inversement, dans la représentation spatiale de la liberté, plus un homme a de pouvoir, plus il a d'indépendance, plus il a de choix et plus il se sent libre. Le modèle bergsonien de l'homme libre est l'homme heureux communiquant la joie ; le modèle stoïcien de l'homme libre est celui de l'Empereur dans sa Citadelle. La liberté, est-ce la joie ou est-ce le pouvoir ?

4. Liberté et la politique

Sans doute est-ce la raison pour laquelle la déduction rousseauiste du *Contrat social* est si pertinente parce qu'elle fait de la liberté sentie, vécue et réfléchie la condition de légitimité du pouvoir politique. Si les hommes sont libres, alors un régime ou un pouvoir qui ne serait pas fondé sur l'expression historique et risquée de la liberté, serait un pouvoir inhumain et illégitime. Ce pouvoir légitime prend le nom de « République ». La « chose publique » c'est précisément le bien vital de la liberté. Le pouvoir contraire a, depuis toujours, pris le nom de « tyrannie », régime ou un seul est libre extérieurement, même si, montrait Platon, il est en réalité soumis à ses passions et la peur de perdre son pouvoir.

Montesquieu, dans l'*Esprit des Lois* (1748) consacre ses onzième et douzième livres à la liberté politique. Il fonde la légitimité des lois sur la sûreté et soutient que « la liberté politique consiste dans la sûreté, du moins dans l'opinion qu'on a de sa sûreté », l'opinion c'est-à-dire l'avis qu'un citoyen peut se faire au travers de son expérience. Sous de mauvaises lois, en particulier de mauvaises lois criminelles, un citoyen peut ne pas se sentir défendu mais menacé par les institutions. Lorsque les lois et le régime politique reconnaissent la liberté, la justice est assurée et la liberté l'est, même pour le contrevenant. Montesquieu a ainsi un bon mot : « dans un État qui aurait les meilleures lois possible, un homme à qui on aurait fait son procès, et qui devrait être pendu le lendemain, serait plus libre qu'un pacha en Turquie ». On retiendra de l'enseignement de Montesquieu que « la liberté est le droit de faire tout ce que les lois permettent ». Il s'agit de la liberté politique. Prise ainsi, la liberté comme expérience individuelle est circonscrite par les lois. Il distingue alors nettement entre l'indépendance individuelle et la liberté politique. La liberté réelle n'est effective que moyennant les possibilités de vie environnée d'une société. Le non-citoyen, l'individu absolu, est toujours menacé parce qu'il n'est protégé par aucune société.

Mais cette idée, aussi rationnelle soit-elle, n'est-elle pas un paradoxe, voire une plaisanterie ? Il est tellement évident que les lois contraignent ! L'expérience de la liberté sous les lois est en effet celle d'une frustration. Cette frustration vient du fait que, même lorsque les lois sont justes, il n'est pas possible pour l'individu de percevoir en permanence leurs raisons d'être. Pourtant, les lois, en tant que compromis historique rendant possible la vie d'une société, sont l'expression de la présence d'un peuple et de son histoire. Respecter les lois, lorsqu'elles sont justes, c'est respecter la vie donnée dans une société. En cela, la liberté réelle c'est bien la liberté politique, comme le soutient Montesquieu, lorsque les lois sont justes et républicaines. Le philosophe J.-F. Spitz dans son livre sur la liberté politique (*La liberté politique. Essai de généalogie conceptuelle*) résume tout cela :

« Être libre, c'est donc être en état de vivre sans peur ni déférence, mais c'est aussi vivre au milieu de gens qui vivent sans peur ni déférence. C'est cette dimension subjective qui rend la liberté si attractive, car elle induit l'assurance de pouvoir agir comme la loi le permet sans avoir rien à craindre de quiconque, sans avoir à manifester la moindre déférence envers quiconque, sans avoir à solliciter la moindre bienveillance. »

Méthodologie

Je m'entraîne aux écrits

Je m'exerce et je fais la différence

L'ensemble des exercices a pour but de vous faire appliquer correctement les éléments de méthode qui vous sont ici proposés. Elle repose donc sur une bonne compréhension de celle-ci.

Dans cette partie du cours vous travaillerez plus particulièrement la méthode d'explication de texte.

Vous trouverez les corrections des exercices à la fin de chaque partie.

I. Je m'exerce à l'explication de texte : Hannah Arendt

Lisez activement le texte suivant en dégageant le TTQPP.

« Un des traits marquants de l'action humaine est qu'elle entreprend toujours du nouveau, ce qui ne signifie pas qu'elle puisse alors partir de rien, créer à partir du néant. On ne peut faire place à une action nouvelle qu'à partir du déplacement ou de la destruction de ce qui préexistait et de la modification de l'état de choses existant. Ces transformations ne sont possibles que du fait que nous possédons la faculté de nous écarter de la pensée de notre environnement et d'*imaginer* que les choses pourraient être différentes de ce qu'elles sont en réalité. Autrement dit, la négation délibérée de la réalité – la capacité de mentir –, et la possibilité de modifier les faits – celle d'agir – sont intimement liées ; elles procèdent l'une et l'autre de la même source : l'imagination. [...] Nous sommes *libres* de changer le monde et d'y introduire de la nouveauté. Sans cette liberté mentale de reconnaître ou de nier l'existence, de dire « oui » ou « non » – en exprimant notre approbation ou notre désaccord non seulement en face d'une proposition ou d'une déclaration, mais aux réalités telles qu'elles nous sont données, sans contestation possible, par nos organes de perception et de connaissance – il n'y aurait aucune possibilité d'action ; et l'action est évidemment la substance dont est faite la politique. »

Hannah Arendt, « Du mensonge en politique.
Réflexions sur les documents du Pentagone. » (1972)
in *Du mensonge à la violence*, traduit de l'anglais
par Guy Durand, Press Pocket, pp. 9-10

1. Quel est le thème du texte.
2. Dégagez la thèse de ce texte.
3. Montrez comment la thèse est établie en dégageant le plan détaillé du texte, et en manifestant ses concepts principaux, et des références ou contre-références possibles.
4. Expliquez : « Sans cette liberté mentale de reconnaître ou de nier l'existence, de dire "oui" ou "non" [...] il n'y aurait aucune possibilité d'action. »
5. Quelle alternative proposeriez-vous à la thèse d'Arendt et quelle problématique ?

II. Je m'exerce à la dissertation

1. Dissertation. « Faire son devoir rend-il plus humain ? »

1. Construisez une alternative.
2. Proposez une ou plusieurs questions problématiques ?

2. « La justice est-elle contraire à la force ? »

1. Indiquez la distinction entre justice et force permettant de justifier la thèse initiale assurant la distinction entre justice et force.
2. Utilisez une référence. Voici un texte de Blaise Pascal. Construisez une alternative en utilisant le texte suivant :

« Justice. Force. Il est juste, que ce qui est juste soit suivi ; il est nécessaire que ce qui est le plus fort soit suivi. La justice sans la force est impuissante, la force sans la justice est tyrannique. La justice sans la force est contredite, parce qu'il y a toujours des méchants. La force sans la justice est accusée. Il faut donc mettre ensemble la justice et la force, et pour cela faire que ce qui est juste soit fort ou que ce qui est fort soit juste.

> La justice est sujette à dispute. La force est très reconnaissable et sans dispute. Aussi on n'a pu donner la force à la justice, parce que la force a contredit la justice et a dit qu'elle était injuste, et a dit que c'était elle qui était juste. Et ainsi ne pouvant faire que ce qui est juste fût fort on a fait que ce qui est fort fut juste. »
>
> **Blaise Pascal, *Pensées*, 1670**

4. Dégagez une ou plusieurs questions problématiques.

3. « Pouvons-nous refuser d'être heureux ? »

1. Faire l'analyse du sujet en dégageant les éléments de l'alternative et la question problématique.
2. Proposez une introduction.
3. Après avoir lu l'ensemble du devoir proposé ci-après, en IV, écrivez la conclusion.

4. « Peut-on dire d'une société qu'elle est plus civilisée qu'une autre ? »

1. Construisez un plan détaillé des trois parties en indiquant la phrase introductive de chaque partie. Pour les paragraphes de développement, indiquez l'exemple.
2. Rédigez l'introduction du devoir.
3. Rédigez le paragraphe n° 6 en introduisant la référence directrice.

III. Explication de texte rédigée : Thomas d'Aquin

Expliquez le texte suivant :

> « Parce que les actes humains pour lesquels on établit des lois consistent en des cas singuliers et contingents, variables à l'infini, il a toujours été impossible d'instituer une règle légale qui ne serait jamais en défaut. Mais les législateurs, attentifs à ce qui se produit le plus souvent, ont établi des lois en ce sens. Cependant, en certains cas, les observer va contre l'égalité de la justice, et contre le bien commun, visés par la loi. Ainsi, la loi statue que les dépôts doivent être rendus, parce que cela est juste dans la plupart des cas. Il arrive pourtant parfois que ce soit dangereux, par exemple si un fou a mis une épée en dépôt et la réclame pendant une crise, ou encore si quelqu'un

réclame une somme qui lui permettra de combattre sa patrie. En ces cas et d'autres semblables, le mal serait de suivre la loi établie ; le bien est, en négligeant la lettre de la loi, d'obéir aux exigences de la justice et du bien public. C'est à cela que sert l'équité. Aussi est-il clair que l'équité est une vertu. »

Thomas d'Aquin, *Somme théologique*, 1266-1273

Introduction

Durant la période de confinement imposée par l'État français de mars à mai 2020 en raison de la pandémie de Covid-19, dans l'arrière-pays niçois, relativement isolé, on voyait souvent les gens dehors. Ils respectaient les règles de distanciation mais non l'interdit de sorties et de rencontres en raison d'un besoin vital de relations sociales. La loi apparaissait inadaptée à toutes les situations en s'appliquant uniformément de sorte que son effet était de fragiliser le bien public. Ne faudrait-il pas comme ces Niçois envisager un droit de ne pas appliquer la loi lorsque celle-ci s'avère imparfaite ? C'est ce que Thomas d'Aquin tente de réfléchir en s'intéressant à la vertu d'équité comme réponse à l'imperfection structurelle de la loi. Contre l'autoritarisme médiéval, puis le légalisme ultérieur d'un Hobbes ou d'un Montesquieu, il montre que la loi doit être corrigée dans l'action elle-même par la vertu d'équité. Il montre d'abord que les lois, pourtant établies pour le bien commun, sont structurellement imparfaites du fait de leur généralité (l. 1 à 4) ; c'est ainsi la raison pour laquelle les circonstances de l'action prennent les lois en défaut de non-ajustement à leur finalité (l. 4 à 8) ; par conséquent, juge l'aquinate, il est nécessaire de bien juger de l'application des lois selon les circonstances, ce en quoi constitue la vertu d'équité (l. 8 à 11), dont il défend la légitimité. Il soutient donc que le citoyen – peut-être une autre autorité – pourrait désavouer l'autorité de la loi en jugeant des circonstances de son application. Cependant, l'autorité de la loi n'est-elle pas absolue ? Il faudrait se demander à quelle condition l'équité peut devenir légale sans ruiner l'autorité des lois ? Et, plus largement, au nom de quelle autorité aurait-t-on le droit de désobéir aux lois ?
Pour notre explication, nous suivrons l'ordre du texte.

I. Les lois, établies pour le bien commun, sont imparfaites du fait de leur généralité (l. 1 à 4)

Les lois, règles communes à une société, qui font autorité sur un territoire donné, sont structurellement imparfaites, remarque Thomas d'Aquin, dans ce premier moment de l'argumentation.
Mais pour juger de leur imperfection, il s'agit d'abord de comprendre leur finalité. Cette dernière est d'établir les règles légitimes de la vie sociale sur un territoire donné. La finalité de ces règles est de favoriser une société heureuse et utile à tous. C'est ce qu'il nomme « le bien public ». Le « bien » est ce qui fait du bien et épanouit la vie. Il est qualifié de « public » par distinction à un bien qui ne serait qu'individuel et privé. Un bien public est ce qui fait du bien à un groupe, et pas seulement à la somme des individus. Ainsi les règles des prêts commerciaux permettent d'assurer les avantages

des crédits aux demandeurs et permettent au prêteur d'être garanti contre un vol. La conception thomasienne de la loi peut être qualifiée de communautarienne au sens où c'est la vie sociale en son immanence qui sert de mesure de la légitimité des lois en constituant sa finalité. La loi est ainsi identifiée comme un moyen et non comme une fin ou comme une condition absolue de la vie sociale. Si le bien de la vie sociale est la mesure à la qualité et de la légitimité des lois, alors ce qui diminuera ce bien sera identifié comme une imperfection de la loi. À la différence avec une posture légaliste qui fait de l'acte législatif le principe de toute autorité, l'analyse communautarienne affirme une primauté de la vie sociale réelle sur sa formalisation par les lois.
Or, le premier défaut de la loi se trouve précisément dans sa forme abstraite. Celle-ci est structurellement inadaptée à la prétention de toute loi qui est d'encadrer socialement les « actes humains », c'est-à-dire des actes propres à l'homme autrement dit des actes volontaires. En effet, explique Thomas d'Aquin, les actes humains libres ont des propriétés particulières : ils sont « singuliers », « contingents » et « variables à l'infini ». Leur singularité vient de ce qu'ils sont rattachés à une individualité agissante, une conscience de soi. Or, il y a autant de manières de vivre que d'individus et donc autant de cas divers pour la loi. Aussi, les actes humains sont « contingents », c'est-à-dire qu'ils n'obéissent pas à une règle de nécessité mais peuvent être autrement qu'ils se présentent, en raison particulièrement du libre arbitre mais aussi en raison de la variabilité des circonstances des interactions de la liberté avec le monde et les autres. Enfin, les actes libres sont « variables à l'infini » parce que la volonté est libre et infiniment créative de sorte que les cas des actes humains sont en nombre infinis. La loi ne peut donc jamais être adéquate à ce qu'elle prétend régir, à savoir les actes humains. Elle se trouve structurellement en défaut de fragilité ou de prétention. Le Code de la route, par exemple, ne prévoit pas les situations d'urgences privées – un accouchement par exemple – mais seulement les urgences publiques (ambulances ou polices). Ou encore, le développement du commerce par internet depuis vingt ans a donné lieu à de nouvelles situations comme le vol des données privées, leur collection, l'intrusion publicitaire, etc. Le droit commun ne sait pas encore totalement affronter ces nouvelles réalités. De par sa forme générale, la loi ne peut donc jamais être à la mesure de sa tâche qui est de structurer socialement les actes humains.
Pourtant, malgré cette imperfection, l'aquinate observe que nul législateur ne renonce à établir des lois. Pourquoi ? Parce que les lois demeurent nécessaires pour structurer la vie sociale. L'autorité de la loi est la pierre fondatrice d'une société de droit qui ne se vive pas dans la violence ou l'arbitraire, ainsi que, plus tardivement, l'ont énoncé Hobbes ou Montesquieu. Pour ce faire, « les législateurs, attentifs à ce qui se produit le plus souvent, ont établi des lois ». La catégorie des actes se produisant « le plus souvent » sont les actes coutumiers, par exemple les droits de passage des troupeaux dans les lieux de montagne sur les propriétés privées, ou encore les actes naturels, comme l'union procréatrice encadrée par le mariage. Le législateur ne peut commander ce qui est contraire aux habitudes de bon sens ni commander aux hommes de voler. Il s'appuie sur les données de la vie pour l'améliorer par la communauté et non pour la

détériorer. L'imperfection des lois n'est donc pas une raison suffisante pour sursoir à l'existence des lois. Leur existence répond à un besoin fondamental.
Les lois, tout en étant nécessaires, ne sont donc pas à la mesure de l'action humaine que, pourtant, elles prétendent structurer. Afin de mieux comprendre cet état structurel, et afin de mieux le corriger, Thomas d'Aquin propose de le regarder au travers d'un exemple fondamental parce qu'il illustre une règle structurant toute société : celle du rapport entre le don et la dette.

II. C'est pourquoi, certaines circonstances les prennent en défaut relativement à leur finalité

De fait, nous avons reconnu que certaines circonstances prennent les lois en défaut relativement à leur finalité. Comment s'articulent alors, en situation, les principes directeurs des lois et les circonstances concrètes de l'action ? Comment ainsi penser en situation l'action avec son exigence sociale ?
Thomas d'Aquin pointe clairement le problème en montrant la contradiction possible de la loi avec elle-même : « en certains cas, observer (les lois) va contre l'égalité de la justice, et contre le bien commun, visés par la loi ». Autrement dit, si la finalité des lois est ce qui les légitime, alors dans certaines circonstances observer la loi irait contre la loi. Cet énoncé est soit contradictoire (le légal n'est pas légal) soit il faut comprendre que la loi, comme mesure de l'action, doit se comprendre de deux façons : selon « la lettre de la loi », dit l'auteur plus loin, par opposition à « selon l'esprit de la loi ». Cette opposition, qu'on connaît bien chez Saint-Paul et dans l'interprétation antique et pharisienne de la Thora est celle des fins de la loi (l'idée de « l'intention du législateur ») opposée à son expression déterminée écrite ou orale (le code à proprement parler). La loi peut être contre la loi parce que la lettre peut contrevenir à l'esprit.
Thomas illustre cette opposition par deux exemples précis dans le même domaine du droit, celui de la rétribution d'une dette. La rétribution de dette est un principe fondamental du droit des affaires : toute dette doit être payée, qu'il s'agisse d'un pain ou d'une maison. Ce principe est même structurant anthropologiquement et dans toute société : tout don ouvre une dette qui doit faire l'objet d'un contre-don. Le seul principe supérieur serait extraordinaire, celui du pardon ou de la remise des dettes, principe royal ou divin, non structurant dans les relations sociales ordinaires. Mais, pour l'aquinate, ce principe, aussi fort soit-il, est au service de la vie dans une société donnée et n'est donc par un principe intangible mais un moyen au service du bien commun. Ainsi, « si un fou a mis une épée en dépôt et la réclame pendant une crise », le fou – qui a perdu la raison et le sens du bien commun – devient un danger pour la société. Il ne peut réclamer de l'autorité de la loi qu'on lui rende l'épée, car la lettre de la loi est au service de son esprit qui est le bien vital d'une société. De même, « si quelqu'un réclame une somme qui lui permettra de combattre sa patrie », sa demande fidèle à la lettre de la loi, n'est pas fidèle à son esprit, de sorte qu'on la lui refusera. L'esprit de la loi est garant de sa finalité et la lettre n'apparaît que comme un moyen.

Une analyse simple permet de rendre compte de la distorsion entre l'esprit de la loi, garante de sa finalité, et de la lettre de la loi, garante d'une détermination des actions dans les circonstances les plus fréquentes. Cette opposition loin de détruire la loi, en réalité la sauvegarde parce qu'elle se trouve à l'intérieur de la loi. Par exemple, dans la période moderne, la constitution est gardienne de l'esprit de la loi, de l'intention du législateur (par exemple les Droits de l'Homme et du Citoyen dans la constitution de 1793 en France), de même que la Bible ou le Coran dans la période médiévale où vivait Thomas d'Aquin. Ce dernier montre la fragilité de la lettre de la loi indépendamment d'un esprit qui la porte et en donne l'interprétation circonstanciée. On voit poindre un triangle interprétatif comportant trois éléments d'interprétation : le code proprement dit, expression écrite de la loi ; les circonstances de la vie sociale, terrain d'application de la loi ; le sens du bien commun, constituant l'esprit de la loi. Nous avons là les éléments du jugement juste. Ces éléments connaissent un ordre pour Thomas d'Aquin, un ordre qui se prend du bonheur dynamique de la vie commune : le bien commun. Ce n'est là ni la seule sécurité qui préserve le passé, ni le seul ordre qui préserve le souverain dans le présent de l'action, ni le seul futur d'un projet encore incertain, c'est la vie commune rassemblée dans l'expérience vivante.

Donc, la division entre « l'esprit de la loi » et « la lettre de la loi » permettrait de garder sauve l'autorité de la loi comme principe général garant du bien commun, selon Thomas d'Aquin, tout en reconnaissant la fragilité constitutive de tout code de loi. Cependant, si ces situations existent bien, qui peut juger de cette distorsion entre la lettre de la loi et de son application ? Qui est donc le législateur : le citoyen ou le souverain ? La finalité des lois ou leur principe d'établissement ? Que faire, et en dernière instance quelle autorité légitime ce qu'il faudrait faire ?

III. Par conséquent, il est nécessaire de bien juger de l'application des lois selon les circonstances, ce en quoi constitue la vertu d'équité (l. 8 à 11)

L'action finalisée par le bien commun étant toujours circonstanciée et potentiellement en décalage avec les circonstances ordinaires envisagées par la loi, il faut toujours en juger. La vertu qui perfectionne ce jugement porte pour Thomas d'Aquin, à la suite d'Aristote, le nom d'« équité ».

En effet, puisque les cas d'exception existent, il s'agit de les identifier et d'agir selon le bien commun. Le premier acte est celui d'un discernement entre le « bien » et le « mal » publics. Percevoir que remettre le dépôt d'une arme à un fou en crise s'oppose au bien public malgré la règle écrite, engage une perception de ce bien et l'analyse des conséquences de l'acte. L'application de la loi réclame ainsi un travail de l'intelligence prudentielle qui perçoit la relation entre les moyens et les fins et commande ces moyens. La prudence est une intelligence de l'application des moyens dans la lumière de cette finalité immanente qu'est le bien social. En fait, la distorsion du moyen et de la fin s'éprouve autant qu'il se réfléchit. Il s'éprouve comme donnée vitale et il se pense comme rapport de condition à conséquence. Il est à la fois rationnel et non rationnel, relevant de l'expérience et de l'enracinement dans la communauté. C'est cela qui donne de percevoir le décalage entre la lettre et l'esprit. Et c'est cela aussi qui permet d'envisager les moyens correctifs à ce décalage, comme ne pas rendre le dépôt de l'arme au fou. Ce discernement prudentiel, l'équité, apparaît alors comme l'autorité suprême dans l'action.

L'idée légaliste, agissant toujours selon l'adage latin « *lex est lex* » semble donc erronée. Pourtant, elle part de l'idée que la loi représente la souveraineté. Elle-même est l'autorité supérieure jugeant de l'autorité politique comme de l'autorité citoyenne. Cette supériorité de la loi sur toute autorité politique est même, pour Montesquieu dans l'*Esprit des Lois*, ce qui permet d'éviter le despotisme et d'entrer en République. En ce sens, si l'autorité des lois est discutable, qu'est-ce qui assurera l'autorité pour l'ordre public ? Si c'est le citoyen qui, dans l'action, décide de ne pas appliquer la loi, alors le risque de l'anarchie et de la dissolution de l'ordre social est grand. Ce ne peut être là la thèse de Thomas d'Aquin, puisqu'il défend l'idée que l'équité est une vertu et qu'un individualisme ne peut être vertueux. Il reste alors que c'est l'autorité politique qui décide de ce qui est équitable. Mais alors, qu'est-ce qui peut la contrôler ? Le risque de l'autoritarisme est grand. En ce sens la valorisation de l'équité contre le légalisme n'est pas garante du bien public parce qu'elle valorise une autorité non légale.

À quelle condition peut-elle être une vertu ? C'est la même question que : « à quelle condition peut-on corriger la loi sans détruire le bien public ? ». Il y a probablement deux solutions à cela, dont une est envisagée par Thomas d'Aquin et l'autre par Montesquieu. La première est de créer les conditions de la vertu par l'éducation prudentielle de ceux détenant l'autorité politique : les gouvernants, d'une part, et les citoyens, d'autre part. C'est ainsi qu'il s'agit de reconnaître les circonstances des distorsions entre la lettre et l'esprit de la loi de manière à éviter de détériorer la société par un excès de zèle légaliste. La seconde est de garantir les conditions de légalité des autorités jugeant qu'il faut faire « exception à la règle » légale. C'est ce qui se passe, par exemple, par l'établissement d'une Constitution et d'un Conseil constitutionnel, et plus encore d'un « Préambule à la Constitution », qui définit l'esprit des lois et l'autorité qui assure l'exception. En France, récemment, la justice a relaxé Cédric Herrou, symbole de l'aide aux migrants dans la vallée de la Roya, en établissant grâce au Conseil constitutionnel, que le principe de fraternité guidant la Constitution française était plus important que le délit d'abriter des migrants en situation irrégulière. Ainsi, la loi prévoit et anticipe sa propre imperfection dans son code même et dans la disposition des pouvoirs. On peut éviter ainsi les excès du légalisme comme les excès de l'équitarisme, le premier durcissant la lettre de la loi, l'autre voulant se passer de la loi en détruisant son bien-fondé.

Ainsi, l'équité est une vertu, ainsi que le dit Thomas d'Aquin, mais seulement lorsqu'elle trouve les conditions de sa propre légalité.

Conclusion

Thomas d'Aquin montre ainsi que, puisque la loi est structurellement imparfaite, en raison de sa forme générale et abstraite, elle réclame des correctifs pour préserver sa propre légitimité. La vertu d'équité se veut ainsi une vertu corrective de la loi. Elle est gouvernée par la prudence politique qui assure le lien des moyens politiques et sociaux au bien commun. L'équité peut se définir comme la justice gouvernée par la prudence dans les conditions d'insuffisance légales. Mais, puisque la loi est le plus précieux des biens communs, ce que le légalisme de Montesquieu a bien perçu, il s'agit d'organiser le principe d'équité dans la loi elle-même. L'équité n'est pas fondée seulement sur la perception du bien commun, celle-ci étant toujours incertaine, mais sur le jugement d'une autorité légitimée et encadrée par la loi. L'équité est ainsi une vertu correctrice sous condition de légalité. Thomas d'Aquin ne le reconnaît pas ici. En réalité, nul citoyen, et nulle autorité ne peuvent s'ériger trop facilement comme garantie de la loi au nom même de l'insuffisance de cette dernière, en se revendiquant du besoin d'« équité ». C'est pourquoi les temporalités de l'action et les temporalités de la correction de la loi sont distinctes. C'est ce qui produit la frustration de toute action consciente de l'insuffisance des lois. C'est pourquoi, même si les consignes de confinement durant le printemps 2020 furent probablement excessives, il n'appartenait à personne de s'en exempter, mais à tous de les discuter.

IV. Réponses

I.1 Le mensonge en politique

I.2 et I.3

Dans l'extrait de son article de 1971 intitulé « Le mensonge en politique », cette philosophe américaine d'origine allemande, tente de montrer que le mensonge est inhérent à l'action politique. Son argumentation se déploie en trois parties.

Dans un premier moment, Hannah Arendt énonce ce que signifie l'action politique : transformer la société par un travail de l'imagination. Comme chez Platon, la politique, c'est-à-dire l'action de gouverner une société, est perçue comme un art, comme la production d'une forme dans la matière qu'est la société. Mais cette production part d'une réalité, celle de l'Histoire, celle des relations existantes dans une société donnée, de sorte qu'elle ne peut pas prétendre à être une *creatio ex nihilo.* L'action politique transforme mais ne produit pas la société. En ce sens, l'action politique dépend de l'Histoire et s'adapte à la matière particulière d'une société donnée. La transformation de la société repose sur la faculté d'imaginer. Imaginer consiste à se représenter la réalité sensible mentalement, autrement qu'elle est donnée effectivement par les sens. Cette imagination se manifeste par exemple dans le programme d'un homme politique. L'imagination constitue une « négation de la réalité », ainsi que le soutient Jean-Paul Sartre, parce qu'elle substitue un état du réel à un autre dans la représentation. La substitution d'une forme de vie sociale à une autre, par le travail de l'imagination, constituerait ainsi l'essence de l'action politique.

La seconde partie, va au cœur de ce qui constitue la thèse de l'ouvrage « Le mensonge en politique » et sa plus grande originalité. Sans aucun moralisme, Hannah Arendt soutient que le mensonge appartient aux actes de l'imagination politique. Le mensonge est l'acte de tromper volontairement autrui par exemple, en politique, par de fausses promesses ou des informations erronées. Son raisonnement est le suivant : puisque l'action politique passe par la négation du réel ; puisque le mensonge est une négation délibérée de la réalité ; alors le mensonge est un instrument de la politique. Ainsi, sa thèse clé est la suivante : « la faculté de mentir [...] et celle d'agir sont intimement liées ». Elle considère dans le mensonge sa face créatrice, cependant, elle en néglige la face morale. Le mensonge devient comme une espèce particulière de l'imagination, au même titre que l'art de la poésie

La troisième partie identifie l'imagination et la liberté mentale. Ce dernier concept désigne la faculté de choisir dans son enracinement imaginatif. Il se distingue de la liberté politique, celle des citoyens, ou de la liberté du gouvernant, son pouvoir objectif de transformer d'infléchir la marche de la société ou encore, comme le dit notre auteure « la liberté de changer le monde et d'y introduire de la nouveauté ». Cette liberté fait les gouvernants comme celle du général de Gaulle d'introduire le système de retraite par répartition ou celle de François Mitterrand de susciter la construction du quartier de la Défense à Paris. On reconnaît ordinairement la valeur d'un homme politique à ce qu'il a créé plutôt qu'à ce qu'il a conservé. La liberté mentale est ainsi la condition logique et subjective de la liberté politique. Dans l'ordre humain, pour *agir,* il faut *imaginer.*

Le raisonnement principal d'H. Arendt est le suivant : puisque l'action politique du gouvernant est de transformer librement la réalité sociale ; puisque l'imagination est la condition de la liberté mentale du gouvernant ; alors l'imagination est la condition de l'action politique. S'ajoute un corolaire essentiel pour la thèse du livre : puisque le mensonge est une espèce de l'imagination créatrice, alors le mensonge est une espèce particulière de la liberté mentale du gouvernant dans l'action politique. Le mensonge est donc en quelque sorte légitimé anthropologiquement dans l'action politique. La question sera de savoir s'il peut l'être moralement.

I.4 Expliquez : « Sans cette liberté mentale de reconnaître ou de nier l'existence, de dire « oui » ou « non » [...] il n'y aurait aucune possibilité d'action. »

Cette phrase poursuit la précédente et en applique le contenu à l'action politique. Elle dit, en substance, que l'action en général, l'action politique en particulier, dépend de la possibilité d'établir une distance mentale avec l'environnement, ce qu'elle nomme « liberté mentale ».

La liberté, en général, est enracinée dans le libre arbitre, c'est-à-dire la capacité à choisir. Or, choisir, c'est ne pas être déterminé automatiquement par une réalité. Le prisonnier qui ne peut quitter son cachot n'est pas libre parce qu'il n'a pas la possibilité de se promener ou bon lui semble. Si on prend radicalement l'idée de liberté, comme le fait par exemple Sartre dans *L'Être et le Néant* ou dans *L'Imagination,* on la décrit comme le choix devant l'être même, toute réalité et sa signification. Pouvoir dire « oui » ou « non » au réel c'est se constituer dans une relation libre vis-à-vis de lui, ce qui définit la notion d'« existence ». La liberté est ainsi cette possibilité et cette réalisation d'un rapport personnel au réel.

Cette liberté est d'abord mentale, c'est-à-dire intérieure, avant d'être politique et effectivement créatrice. C'est parce que l'homme n'est pas rattaché et déterminé par le réel, qu'il peut le penser autrement qu'il n'est. L'imagination est cette néantisation du réel dans laquelle s'établit la liberté mentale. En ce sens, le projet politique repose sur l'imagination des hommes politiques. Elle-même repose sur la possibilité d'établir une distance avec le réel socio-historique. Cette distance est celle d'un « je » qui porte le réel et s'en distingue à la fois. On comprend alors que la politique dépende des hommes politiques comme de sujets autonomes. L'intérêt du livre d'Arendt sur *Les Vies politiques,* est précisément de rattacher la dynamique politique à celle de la biographie. La politique possède un enracinement mental. Ce sont donc les « grands hommes » qui font la politique.

L'action politique est ainsi la projection de la liberté du gouvernant dans la société. On peut dire aussi que c'est le partage d'un projet politique par une société. Cette idée n'engage pas nécessairement une compréhension despotique du gouvernement. La démocratie, comme autogouvernement du peuple, indique le partage mental de la liberté entre les gouvernants et les gouvernés. L'interaction entre le gouvernement et les gouvernés se fait en particulier par le débat démocratique ou par les débats électoraux. Le « oui » ou « non » mental est aussi un « oui » ou un « non » durant une élection à un personnage politique.

La possibilité de l'action politique est ainsi la liberté partagée comme une idée partagée ou une imagination partagée. La question sera de savoir si on peut concilier la possibilité de mentir et la possibilité d'une liberté partagée. Hannah Arendt, finalement, n'envisage-t-elle pas seulement ici le gouvernement despotique ? Ne se place-t-elle pas seulement du point de vue du gouvernant ?

I.5 L'action politique peut-elle vraiment se passer de vérité ?

II.1 et II.2

La source fondamentale du devoir est liée aux habitudes sociales. Ce sont les obligations de l'animal social, selon Aristote ou Bergson. Il s'agit d'obligations hétéronomes mais constitutives de notre humanité.

Ensuite, il s'agira de dénoncer les excès du devoir. La psychanalyse freudienne a mis en valeur les angoisses, hontes, sentiments d'indignité naissant des excès de la pression morale. (Voir ici le chapitre sur l'inconscient). L'obligation de « faire son devoir » par soumission à une autorité est déshumanisante.

Plusieurs enjeux apparaissent :

- Peut-on parvenir à l'autonomie ? Voir Kant.
- À quelles conditions le devoir humanise-t-il ?
- Faut-il rejeter l'idée de devoir ?

III.1 Une autre manière de situer le problème de l'exigence de justice a été dans la tradition philosophique d'opposer entre la justice et la force. La force définit en effet un ordre factuel des choses. La justice définit un ordre des valeurs. La force contraint; la justice oblige. La force impose une nécessité; la justice appelle la liberté. Apparemment, du point de vue conceptuel, cela semble clair.

III.2 Dans la réalité les choses sont bien plus compliquées. En effet, la justice qui se contente d'appeler la raison est bien souvent inefficace et impuissante face à l'injustice qui se présente avec des bras musclés. L'histoire montre que ce sont les plus forts qui organisent l'ordre des lois, pour contrôler un territoire. Ainsi, la conquête de l'Amérique fut un acte de force à partir duquel s'est imposée la Constitution américaine. La justice est en cela la justice du fort pour s'appliquer concrètement contre les indigènes. Comme le dit Pascal dans une formule ramassée: « La justice sans la force est impuissante: la force sans la justice est tyrannique ». Or, si la force s'impose, certes lui est soumis extérieurement mais pas moralement. Chaque solution est fragile: il est impossible, pour des raisons différentes, de fonder la société sur un seul des éléments opposés.
La solution serait d'associer la justice et la force, comme le proposait idéalement Rousseau dans le Contrat social de manière à protéger de la force de tous les droits de chacun. Mais pour cela encore faudrait-il que la force soit d'avance juste. Or elle ne l'est pas, et elle a toujours de l'avance en efficacité sur la justice, et s'impose donc finalement toujours. Pascal, pessimiste, pense que « ne pouvant faire que ce qui est juste fût fort, on a fait que ce qui est fort fût juste. », autrement dit que le droit qui s'impose est toujours celui de la force.
Au contraire, les révolutionnaires comme Robespierre ou Marx pensaient qu'on pouvait, par un acte ultime de violence, établir le règne d'un ordre juste au cours de circonstances historiques opportunes. Tel est le sens de la justification des révolutions. Ont-elles réussi, qu'ils s'agissent de la révolution américaine, de la révolution française, de la révolution russe, des révolutions portugaise ou tchèque, cela ne va pas de soi de l'affirmer. Entre la réalisation et les idéaux existe une inévitable distance. Mais des conditions nouvelles peuvent favoriser les progrès de la justice.

III.3 Certaines forces s'imposent donc à la justice qui, dans son incarnation historique, demeure ambiguë.
Plusieurs enjeux se dessinent:

- Puisqu'il convient d'associer la justice à la force, et que les forces tentent à leur intérêt propre, peut-on créer dans un État un dispositif permettant de contrôler les forces en présence en vue du bien de tous? (Voir le chapitre de l'État, la partie concernant la séparation des pouvoirs).
- Peut-on créer, par une révolution, les conditions d'une force politique morale assurant la justice?
- L'autorité de la justice doit-elle nécessairement être incarnée par la force? N'y a-t-il pas une mesure dans l'obligation de justice?

IV.3 On peut donc refuser d'être heureux parce que le bonheur n'est pas une valeur absolue. Il prend sa place dans l'action parmi d'autres valeurs comme l'individu, la justice ou le devoir moral, qui se situent parfois comme des valeurs différentes ou parfois comme des valeurs supérieures. Mais si le bonheur n'est pas une valeur absolue, c'est une valeur nécessaire à l'action car l'action est enracinée dans la nature humaine et ne peut la quitter sans perdre toute valeur. Aristote a ainsi tort contre Kant dans son total naturalisme mais raison au travers du temps contre le même Kant de défendre la nécessité de l'enracinement de l'action dans la nature humaine. Valeur relative mais nécessaire, le bonheur est objet d'expérience, de critique et d'espérance. On peut justifier un devoir de bonheur, comme dans la constitution américaine, et cependant ne pas lui être asservi dans une culture repliée sur sa propre jouissance, ainsi que le dénonçaient au début des années 2000 les essayistes Jean-Claude Guillebaud à propos de La tyrannie du plaisir ou Pascal Bruckner Pascal Bruckner dans un essai critique intitulé L'euphorie perpétuelle : essai sur le devoir de bonheur.

V.1

	Partie I	**Partie II**	**Partie III**
Réponse formulée	Sur la base d'un critère de réussite extérieure, les civilisations sont comparables	Mais la civilisation forme d'abord une manière de vivre ensemble et d'être heure de façon singulière	Il semble que, plus on est civilisé, plus on est vulnérable. La grandeur de l'esprit n'engage-t-elle pas la capacité à déployer sa force pour résister à la violence externe ?
Référence directrice accompagnée d'une citation clé	Clauswitz : « La guerre, c'est la politique poursuivie par d'autres moyens ».	Lévi-Strauss : « Le barbare c'est celui qui croit à la barbarie ».	Hegel : « L'esprit est réel et le réel est esprit »

Argument 1, formulé par une phrase et accompagné d'un exemple. Il met en situation la réponse	Une civilisation, comme organisation culturelle cohérente d'une ou plusieurs sociétés, se réfère à des éléments qui sont comparables entre eux. Ex : une temporalité, des institutions, des techniques, des sciences, une éducation, des moyens de dominations, etc.	La civilisation se rapporte d'abord à la qualité d'un vivre ensemble et de la construction d'un sens de la vie. Ex : civilisation chrétienne ou musulmane, civilisation grecque ou chinoise.	Il est inacceptable moralement de ne pouvoir résister à la violence. Une civilisation forte possède aussi des moyens de défense efficace.
Argument 2, formulé par une phrase et accompagné d'un exemple. Il indique la raison principale fondant la réponse	La mesure d'une civilisation c'est sa réussite au travers du temps dans la domination des autres car la mesure de l'homme c'est sa force.	La mesure d'une civilisation est l'esprit, qui engage un renoncement à la violence. Ex : Gandhi, Levinas.	L'esprit est une capacité qui se déploie dans des dimensions intérieures et extérieures.
Formulation de la conclusion avec argument principal	Une civilisation s'avère meilleure qu'une autre lorsqu'elle domine les autres.	La mesure d'une civilisation est sa capacité éthique, ce qui la singularise et la rend incomparable.	La mesure d'une civilisation est l'esprit qui se ressaisit de la totalité du réel.

V.2 Les civilisations grecques ou andalouses ou mayas se sont effondrées, suite à la guerre des armes ou des idées. Celles qui ont succédé semblent meilleures, ne serait-ce que parce qu'elles survivent. Si une civilisation comme organisation culturelle cohérente d'une ou plusieurs société est comparable sur une échelle de valeurs avec d'autres, c'est d'abord parce que leur efficience, l'exercice de leurs forces, dans les multiples éléments qui les constituent, sont comparables. Mais, se tenir sur le critère de la force pour comparer entre des civilisations, n'est-ce pas oublier qu'une civilisation forme un esprit et une manière de vivre ? Or, un esprit et un vivre-ensemble constituent des singularités incomparables, comme des chefs-d'œuvre chacun unique. Peut-on alors prétendre hiérarchiser les civilisations sans imposer subrepticement l'échelle de valeur de l'une d'elles aux autres, ainsi que le remarquait l'ethnologue Claude Lévi-Strauss ? Cependant, sans force, aucune civilisation ne peut survivre dans le régime de la concurrence guerrière dont témoigne l'Histoire entière. En cela, la grandeur de l'esprit d'une civilisation ne se mesure-t-elle pas aussi à sa capacité à affronter la violence du réel, ce qui la rend comparable aux autres, dans l'exigence d'un affrontement ? Le comparatisme en anthropologie n'est-il pas une manière d'envisager la nécessité de cet affrontement ?

V.3 La civilisation se rapporte d'abord à la qualité d'un vivre ensemble et de la construction d'un sens de la vie, ce qui la rend incomparable aux autres. *C'est* ainsi une évidence que la manière de vivre des arabes du désert et des français de la Côte d'Azur, des chinois de l'époque de Confucius et des grecs antiques diffère par un projet de vie particulier. On pourrait être tenté de les comparer mais avant tout il s'agit de reconnaître dans cette différence, de l'humanité. Le tragique grec Eschyle, dans *Les Perses,* en comparant entre la tyrannie à l'œuvre dans le monde asiatique opposé au sens de la liberté chez les grecs, produisait un propos ethnocentrique. L'ethnocentrisme consiste à mesure une autre civilisation par l'application de ses propres critères et, finalement, dans l'ignorance de ce que l'autre vit réellement. Pour Eschyle, les perses ont perdu les guerres médiques, malgré leur supériorité militaire, à cause de leur civilisation produisant finalement des lâches, des mercenaires, des gens n'ayant pas le sens de leur dignité la plus élevée. Cependant, la grandeur de cette première tragédie de toute l'histoire littéraire est de critiquer l'ethnocentrisme grec, en raison, précisément, de la grandeur grecque capable de reconnaître l'autre humain. Il fait en cela de la victoire de Salamine l'occasion d'une immense lamentation sur les victimes des guerres au nom d'une forme d'humanisme capable de reconnaître l'autre homme dans toute civilisation.

Chapitre 12

La raison

Je révise et je me perfectionne

- **Précautions d'approche de la raison**

La raison est un thème fondamental, comme l'étaient la nature ou la liberté. Attention à garder une vue large de cette notion, en distinguant des sens différents possibles. Ici, nous l'appréhenderons en supposant qu'un premier cours d'initiation vous a déjà été donné.

La raison est une notion capitale. Dire qu'elle est « capitale » c'est dire qu'elle se trouve à la tête (en latin, caput*) d'autres notions. C'est dire aussi son importance car toute compréhension de la notion engage des conséquences dans la compréhension de tous les domaines de la philosophie (science, morale, politique, anthropologie). L'appréhension que vous en aurez, les décisions réfléchies que vous prendrez quant à la nature de la raison, détermineront un principe de décision sur bien d'autres domaines.*

I. Les mots de la raison

Raison, entendement, intelligence, pensée

La raison se dit par plusieurs mots parce qu'elle s'exprime de façons riches et parfois opposées. Chez différents philosophes, on trouvera des dénominations différentes. Elle est **entendement** en ce qu'elle est la faculté des concepts qu'elle fabrique pour comprendre la diversité du réel. Le concept s'applique à l'expérience. Mais elle est **intelligence** en ce qu'elle a l'intuition des principes qui la mesurent. Par l'entendement, la raison est descendante, contrôlante, vérificatrice et méthodique ; comme intelligence, elle est ascendante, intuitive et ouverte. Dans ce mouvement du clos vers l'ouvert et de l'ouvert vers le clos elle est **pensée**. La pensée est le nom de la vie de la raison dans les sujets et entre les sujets rationnels. Quant à **l'esprit**, c'est à la fois la source et le milieu de la vie rationnelle comme domaine distinct (pas nécessairement séparé) du monde sensible et matériel.

Universel, général, particulier, singulier

L'idée, dit-on, a une signification universelle. On entend par **universel** le fait qu'elle vise l'essence de la chose. Par exemple, l'idée d'homme vise l'essence de la nature humaine. Certes on peut particulariser l'essence, en restreindre l'extension et la signification, par exemple en visant ce qu'il y a de commun entre l'homme de Neandertal et l'*homo sapiens*. Mais cette particularisation sera encore de signification universelle, puisqu'elle vise l'essence de ce qui est commun entre les deux. En ce sens, il faut absolument éviter un contresens, celui entre le sens logique de l'universel (celui que nous venons d'établir) et le sens sociologique (le fait que tous seraient d'accord ou qu'il correspondrait à tous les cas). L'universel regarde la signification de l'idée dans la raison, non son extension à tous les objets.

D'où le fait de pouvoir dire que l'universel n'est pas toujours une généralité. Dire que l'être humain est bon peut-être vrai en considérant l'essence de l'homme (c'est bien entendu discutable) mais il ne faut pas généraliser au sens de penser que l'ensemble concret des hommes serait bon. Le **général** désigne une propriété qui s'applique à la plupart des objets d'une classe donnée. Ainsi, c'est une généralité de dire que les Français sont des râleurs ou les Anglais flegmatiques, mais beaucoup ne le sont pas. Cela n'est pas universel en étant lié à l'essence du français ou de l'anglais. En revanche on peut dire qu'il est de l'essence du français d'avoir une carte d'identité française ou d'y avoir droit.

Faire droit à du **particulier** c'est saisir qu'il existe des sous-groupes dans des groupes. On parlera du particularisme breton ou du particularisme niçois pour les Français. C'est différent du **singulier** qui désigne une réalité dans son originalité propre.

Ce serait une erreur de dire qu'universel, général, particulier, singulier, seraient seulement des groupes inclus les uns dans les autres, du plus grand au plus petit. C'est aussi deux significations du réel : universel et singulier indiquent deux qualifications de l'essence. Général et particulier indique plutôt des quantifications. En ce sens, les termes d'universel et singulier sont plutôt utilisés par les idéalistes en référence aux significations (par exemple le nom commun et le nom propre), et les termes de général et particulier plutôt par les empiristes, en référence aux objets réels.

II. Les enjeux de la notion

1. La raison, puissance de juger, concevoir et raisonner dans les domaines de la vérité et de l'erreur

La raison désigne la faculté de discerner le vrai du faux en produisant des concepts et en les reliant les uns aux autres selon des règles. Elle est le pouvoir de juger, de concevoir des idées et de raisonner. Il importe de distinguer ces trois actes et de les ordonner afin d'éviter des confusions.

Elle est la faculté de juger, en ce qu'elle établit la véracité ou l'erreur d'une proposition (voir le chapitre sur la vérité). C'est ainsi qu'on reconnaît qu'il existe un enjeu rationnel, par l'injonction d'avoir à discerner entre le vrai et le faux. Par exemple, le fait de se sentir bien au bord de la plage, sur un transat avec un verre de boisson fraîche dans la main, est une sensation de bien-être. Elle ne devient un fait rationnel que si se posent des questions concernant la vérité, comme par exemple : « est-ce juste de se prélasser alors que le travail s'amoncelle ? » ; « le bronzage ne risque-t-il pas de se transformer en mélanome ? » ; « Ne faudrait-il pas aller préparer le repas ? », etc. La raison interroge sur la vérité dans tous les domaines. Ici ce sont les domaines de la sensation, de l'éthique, de la santé, des fonctions qu'on occupe, etc.

Pour juger, la raison use de représentations mentales abstraites qu'on appelle du nom générique d'« idées ». L'idée n'est pas la chose mais sa représentation sur un mode d'existence différent de la matière des choses. En cela, l'idée de soleil n'a pas de chaleur ni de poids, comme le soleil réel. La raison évolue ainsi dans un monde d'objets immatériels qu'on dit « abstraits », voulant seulement signifier par là que le substrat de l'idée n'est pas comme celui des choses du monde et qu'il relève d'une « matière mentale ». On distinguera entre le substrat de l'idée, « la matière mentale », et sa forme ou son contenu, c'est-à-dire ce que signifie l'idée. L'idée est en cela une signification. La question se pose alors de savoir si elle est purement subjective ou objective ? Et d'où elle provient, c'est-à-dire de la manière dont la raison engendre l'idée ?

La raison est aussi la faculté de produire des raisonnements. Les idées sont en effet reliées entre elles dans des chaînes, des réseaux d'harmonie et d'oppositions, qu'on appelle des raisonnements. La raison a la capacité à rattacher ou opposer les idées pour mettre en valeur leurs liens de signification. On peut rattacher l'idée d'homme et celle d'animal, ou au contraire les opposer en mettant en valeur un éventuel propre de l'homme qui serait la raison. Ainsi, la raison confirme des propositions et des jugements. Par exemple, il est vrai de dire que l'homme n'est pas un animal parce que l'animal déploie sa vie par la sensibilité exclusivement, alors que l'homme peut juger de la sensibilité par la raison, de sorte que sa vie propre ne se réduit pas à l'animalité. Donc, il n'est pas un animal. Le raisonnement renforce l'intuition habituelle de la différence entre l'homme et les autres espèces animales.

La raison est ainsi la faculté de juger, concevoir des idées et raisonner, comme le remarquait Aristote. Ces trois déploiements de la raison sont finalisés par le jugement parce que c'est lui qui dit la vérité ou l'erreur. Le raisonnement est finalisé par une conclusion qui est un jugement. Quant à l'idée, elle exprime une signification dont la valeur est la vérité, et dont seul le jugement est juge. En cela, on peut soutenir en résumé que la raison est la puissance de juger du vrai et du faux.

2. La raison : faculté ou monde ?

Cette puissance est-elle une réalité subjective ou objective ? La description de la raison hésite depuis toujours entre décrire la raison comme un monde ou comme une *faculté*. Dire que c'est une faculté, c'est insister sur la dimension psychologique de la raison. De fait, en chacun de nous, nous sentons que nous pensons, raisonnons ou réfléchissons. Dire que c'est un *monde*, c'est parler des sciences, de la culture, des Lois, du langage, qui sont des productions humaines ; mais aussi de la nature, des animaux, de l'univers qui se donnent à penser comme des faits rationnels. La raison est à la fois en nous et hors de nous. Elle est à la fois en moi et hors de moi, parce qu'elle se discute avec les autres. Elle est à la fois en nous et hors de nous parce qu'elle déborde aussi l'intelligence collective comme mesure de celle-ci. Prenons deux auteurs, Platon et Hegel, qui expriment cette dualité de la raison.

Platon, dans *La République* (IVe av. J.-C.) envisage la raison comme une faculté à deux aspects : celle de l'intelligence intuitive (le *Noûs,* l'Intelligence), capable d'envisager les principes premiers du réel dans un ordre ascendant de la vérité, et celle de l'intelligence raisonnante (*logistikon,* l'entendement) capable d'appréhender les idées en relation avec le monde sensible, dans un ordre descendant de la vérité qui est l'ordre de la déduction. La faculté de la raison intègre l'intelligence et l'entendement, les unifiant tous deux comme faculté du vrai.

Le même Platon, décrit l'objet de la raison comme un monde d'Idées (*Eidos*). Les Idées platoniciennes (on les écrit avec un « I » majuscule en raison de leur dignité) ne sont pas des représentations mentales mais des réalités objectives que rencontre la raison, et qui mesurent la vérité de son discours. Ainsi, l'Idée de sapin est objectivement ce qu'est le sapin et pas seulement ma représentation de lui. Il faudra alors distinguer entre *l'Idée* qui s'identifie à l'essence de quelque chose (l'essence de sapin) ou d'un domaine de chose (les arbres, les nombres...), et le *concept* qui est la représentation mentale (individuelle ou collective) qu'on peut s'en faire (la théorie des nombres, celle des sapins...).

Pour Platon, la raison au sens de faculté est l'instrument d'accès à la raison au sens de monde. Le monde de la raison (ici le monde des Idées) est la mesure de la valeur de la faculté.

Hegel (XIXe) utilisera la notion d'Esprit (*Geist*) pour envisager la même chose. Pour lui, avant tout, l'Esprit c'est le monde de l'Esprit : la culture, l'art, la religion, la philosophie, la technique, etc.). Il distinguera entre le sens subjectif de l'Esprit (ce qui s'intériorise dans le sujet rationnel) et le sens objectif de l'esprit (ce qui se donne à penser). Les deux se réconcilient dans l'Esprit absolu (qui est à la fois subjectif et objectif). En ce sens, un sujet (moi, ma nation) peut se faire une idée de la nature, en l'utilisant (sens subjectif) ; la penser en amont de son usage (sens objectif) ; et appréhender un sens absolu qui relativise son usage propre (comprenant par exemple que d'autres usages de la nature existent que le sien dans d'autres civilisations) en rapport au sens objectif (la nature sans l'homme) mais en portant la nature dans l'Esprit. La raison absolue, c'est un sujet absolu portant le savoir absolu sur soi et le monde. Et c'est dans le temps que la Raison (ici avec un « R » majuscule) parvient à ce savoir absolu, par les médiations des cultures et des civilisations, au travers des progrès dans l'Histoire qui seraient autant de progrès de la Raison.

La force de Platon ou de Hegel est de ruiner la conception d'une raison seulement faculté ou seulement savoir. Elle est autant subjective qu'objective. La raison est en cela toujours rattachée à un sujet pensant (voir le chapitre sur la conscience) ; et inversement, le sujet rationnel est toujours rattaché au monde. En ce sens, la raison est aussi cette relation universelle du sujet pensant à l'objet de la pensée par la médiation de la culture. Objectivement, comme objet, c'est le monde de la culture entendu comme le monde des médiations de la raison, travaillé de façon critique par la raison. Subjectivement, c'est l'ensemble des sujets reliés par le langage.

3. La raison peut-elle juger d'elle-même ? La dimension critique de la raison

La dimension *critique* de la raison est essentielle à la philosophie et révèle la raison. Aux aurores de la philosophie, Socrate (V^e^-IVe av. J.-C.) identifiant la philosophie à une capacité à s'interroger sur les opinions toutes faites pour retrouver idéalement une authentique vérité, au moins en montrant négativement que les opinions étaient fausses. Il faisait l'expérience du pouvoir critique de la raison comme de son pouvoir heuristique (de découverte). Mais la raison peut-elle juger d'elle-même ? L'enjeu de cette question n'est pas moindre que celui de la possibilité de juger de la vérité, et donc de vérifier que la raison est bien ce qu'elle prétend. En effet, puisque la raison est une puissance subjective, qu'est-ce qui assure qu'elle puisse à coup sûr discerner le vrai du faux en se rapportant à autre chose qu'elle-même ? Si elle est objective, alors pourquoi se trompe-t-elle ? La raison a-t-elle donc un authentique pouvoir de critique ?

Toute la démarche socratique reposait sur l'identification d'une définition correspondant à l'essence d'un mot (l'amour, la piété, le beau, la justice, la rhétorique, etc.). La raison apparaît là comme le pouvoir des idées. On distinguerait entre des idées vraies et des idées fausses ou erronées. Le seul examen de l'idée permettrait de s'assurer de la vérité. Descartes dans ses *Méditations métaphysiques* (1641), Spinoza dans son *Traité sur la réforme de l'entendement* (1670), insistent sur les critères internes de l'idée : son évidence, sa clarté, sa distinction. La présence de l'idée engage la possibilité de mesurer une définition avec l'essence qu'exprime l'idée. L'intelligence sent de l'intérieur la conformité ou la non-conformité, et se sert de raisonnements. Par exemple, soutenir que « la beauté c'est une belle jeune fille », comme Hippias, l'interlocuteur de Socrate dans le dialogue de Platon intitulé *Hippias majeur,* est faux parce qu'un exemple singulier de beauté n'est pas une idée à portée universelle ; aussi parce qu'il y aurait idéalement des valeurs plus belles qu'une belle jeune fille comme « une belle déesse ». Ici, la raison discerne la signification des idées et les compare à une opinion.

La raison a aussi la capacité à discerner les rapports valides et invalides entre les idées et à formuler des règles de ces relations qu'on appelle des « règles logiques ». La logique est l'art du raisonnement valide. Par exemple, si un raisonnement soutient : « Tous les chats ont quatre pattes ; mon chien a quatre pattes ; donc mon chien est un chat », ce raisonnement est faux mais il faut savoir pourquoi. C'est parce que l'ensemble des êtres à quatre pattes contient plusieurs ensembles indépendants les uns des autres, qui en sont les parties, dont les chats et les chiens. De même, faire partie de l'ensemble des cuisiniers ne signifie pas d'être un bon cuisinier français, car on peut aussi être un élément de l'ensemble des mauvais cuisiniers guatémaltèques. La raison discerne ces logiques de vérité de sorte qu'elle peut, par la logique, faire la critique de faux raisonnement qu'on appelle des « sophismes ».

La raison est donc capable de critique. Mais l'est-elle à son propos ? Est-elle autocritique ? La conscience de soi passe par un rapport au monde, aux autres, à la culture, de sorte que la raison est capable de critique de ses propres jugements. Elle n'est pas l'unique mesure de ses jugements. Elle découvre des critères de validité de ses propres jugements dans un processus continu de vérification rationnelle. La raison est aussi cette capacité à produire des méthodes assurant la qualité et l'objectivité de ses jugements. Un modèle particulièrement important est le modèle scientifique de la vérité que la raison a établi pour s'assurer de ses propres assertions, en prenant conscience de sa propre faillibilité (voir le chapitre sur la science en complément).

4. Tout est-il rationnel ?

Il est vrai que la raison se trouve partout. On la trouve dans les domaines moral ou politique (voir le chapitre sur le devoir et l'État) comme dans la science. À la fois elle reconnaît ce qu'elle établit et aussi elle découvre l'intelligibilité des choses, c'est-à-dire la correspondance entre le monde et la raison elle-même. Elle découvre ce que les grecs antiques appelaient le *Logos*. Le *Logos* désigne la rationalité de tout et donc la Raison comme Principe du réel. Beaucoup de philosophes l'ont identifié à Dieu : Pythagore, Socrate, les stoïciens, Saint-Augustin, Avicenne, Maïmonide, Descartes, Spinoza, Leibniz, et bien d'autres. Il est en effet étonnant que le monde soit compréhensible, de sorte qu'il est comme « logique » ou « rationnel » de lui attribuer une origine qui soit la Raison ou le Logos. Autour de la Raison se ferait l'Unité définitive du Monde, de Dieu et de l'Homme, comme le remarquait le philosophe Franz Rosenzweig dans *L'Étoile de la rédemption* (1922) ou Emmanuel Levinas dans *Totalité et infini* (1961). « Le principe de raison » c'est la certitude rationnelle que « tout le réel est rationnel et que tout ce qui est rationnel est réel » (Hegel, Préface de la *Philosophie du droit*). La Raison est le Tout et le Tout est Raison : voilà le principe de raison. Alors, tout est pensable et explicable selon un « principe de raison suffisante » selon le mot de Leibniz. Rien ne serait en dehors de la Raison.

Pourtant, tout est-il vraiment rationnel ? Notons que se poser cette question c'est mobiliser la raison comme critère de vérité. Mais, la raison est aussi capable de percevoir ses limites, et de s'autocritiquer, avons-nous. Et elle reconnaît qu'il y a de l'autre qu'elle. Nous avons parlé de l'ordre des faits sensibles (voir le chapitre sur le devoir et la valeur du devoir), et aussi de la foi (voir le chapitre sur la religion). Il faudra alors distinguer entre ce qui est *rationnel,* conforme aux critères internes de la raison, de ce qui est *raisonnable,* et donc non contradictoire avec la raison. Ainsi fait Pascal par des sentences connues : « Le cœur a ses raisons que la raison ignore » ; « Rien de plus raisonnable que le désaveu de la raison ». Il signifie que le cœur, qui est un organe de connaissance, saisit des valeurs et des mesures dans le réel et l'action, qui diffèrent des raisons abstraites. Typiquement, l'amour n'est pas mathématisable, même dans des logiciels appartenant à des sites de rencontre. Le cœur engage alors une connaissance d'un autre type que la connaissance rationnelle et déductive. Par le cœur on saisit les premiers principes en les *sentant* non en les *abstrayant*. Le cœur dicte ce qui fait vivre de façon principale, ce qui est réellement vivant, là où la raison ne saisit que des concepts abstraits. La foi religieuse, l'amour humain, même ce qu'il y a de vivant et premier dans les sciences, se donne par le cœur, selon Pascal. Le cœur n'est pas pour autant déraisonnable en se situant hors de la pertinence rationnelle. *Raisonnable* signifie alors qu'il possède des arguments, mais *rationnel* signifierait que ces arguments seraient entièrement mesurés par les exigences internes de la raison.

D'autres auteurs vont procéder à des critiques fondamentales de la raison comme valeur absolue. Pour Kierkegaard, un anti-hégélien, dans *Ou bien, ou bien* (1843), une décision éthique ou la foi religieuse engagent un être singulier qui ne peut se justifier entièrement par la raison. L'existence singulière n'est pas totalisable par la raison. De même, pour Emmanuel Levinas dans *Totalité et infini* (1961), l'éthique n'est pas une saisie de l'universel, mais le résultat d'une obligation devant la singularité d'autrui qui apparaît en son visage. Dans l'acte de responsabilité, le *je* est insubstituable, unique dans sa réponse. Typiquement, un parent a une responsabilité singulière pour son enfant que personne d'autre ne possède. Il s'agit donc de penser l'éthique et la foi par-delà des normes universelles de morale et de rationalité, en s'attachant à l'existence même dans son unicité. Plus radicale encore, semble la critique de Nietzsche dans *Le Crépuscule des idoles* (1888) pour lequel la raison est ce qui momifie la vie en fixant son mouvement dans des normes prétendument immuables, en universalisant ce qu'elle a d'unique, en spiritualisant ce qu'elle a de sensible. L'odeur de la mer et de la colline à Eze, où Nietzsche a vécu, rien de rationnel ne peut en rendre compte : c'est une expérience.

En cela, si la raison est une valeur, elle ne décide pas de toutes les valeurs, en particulier de celle de la vie. De même que la raison est débordée par la sensibilité ou par l'idée de transcendance, et globalement par l'existence, de même elle ne peut prétendre à statuer sur tous ces sujets. En revanche, elle peut enregistrer, équilibrer et réfléchir à tous ces sujets en se mettant à leur écoute, humblement. À cette condition, sans doute la raison peut-elle être le réceptacle de toutes les valeurs sans prétendre à constituer la totalité du champ des valeurs.

5. Unité ou éclatement de la raison ?

La raison possède donc de multiples formes. Elle est essentiellement plastique parce qu'elle reçoit du réel un conditionnement et qu'elle se détermine aussi de l'intérieur. Edgar Morin insistera sur la notion de « complexité » pour parler de la raison parce qu'elle possède des domaines divers, établit des relations lucides entre ces domaines, que ceux-ci interagissent les uns sur les autres, et enfin parce que le sujet rationnel est toujours en jeu dans le travail de la connaissance. L'idée de « pensée complexe » s'exprime chez lui pour la première fois en 1982 dans le livre *Science avec conscience*. Il écrira : « Le but de la recherche de méthode n'est pas de trouver un principe unitaire de toute connaissance, mais d'indiquer les émergences d'une pensée complexe, qui ne se réduit ni à la science, ni à la philosophie, mais qui permet leur intercommunication en opérant des boucles dialogiques ».

Cependant, la raison est-elle éclatée dans la complexité ? Peut-on suggérer qu'elle demeure une sous ses multiples formes, dans sa complexité et sa plasticité ? Et si oui, quel type d'unité serait à penser ? Aristote ou Saint-Augustin noteront qu'elle est *une* sous l'angle de sa finalité et de son domaine fondamental qui est la vérité. Que la vérité soit cherchée pour elle-même ou pour l'action, à partir d'une méthode expérimentale ou dans un champ esthétique, comme technique ou comme bonheur, il s'agit toujours de vérité. Et la vérité parle à l'homme à cause de sa raison. Cette unité par la finalité permet de justifier l'usage unique du mot « raison » malgré toutes les formes qu'elle prend dans les sciences, les arts, les cultures, les politiques. En revanche, si l'on veut traduire cette unité dans une architecture hiérarchisée des sciences, des pratiques et des arts, on se heurte aux divers usages de la vérité. C'est de l'intérieur de son propre développement que la raison s'organise et se hiérarchise, parce qu'elle identifie sa propre finalité. Pour Aristote, la métaphysique sera la science architectonique ; pour Levinas ce sera l'éthique ; pour Arendt ce sera la politique ; pour Marx ce sera l'économie, etc.

Chapitre 13

La science

Je révise et je me perfectionne

- **Précautions d'approche de la notion**

La maîtrise de cette notion demande de vous une bonne culture générale dans le domaine des sciences et aussi des connaissances d'exemples précis. Ceux qui, parmi vous, ont des spécialités scientifiques ne doivent pas hésiter à utiliser leurs connaissances en mathématiques, physique, Sciences de la vie et de la terre. De même ceux qui étudient les sciences humaines : l'économie, la sociologie, les sciences politiques, l'histoire et la géographie doivent mobiliser ces savoirs.

Notez que le titre de la notion est LA science et non LES sciences. On interroge donc ce qu'il y aurait de commun entre la diversité des sciences, leur scientificité.

Enfin, cette notion est rattachée à l'ensemble constitué par l'étude de la raison et de la technique, parce que la science est une œuvre rationnelle et que le projet scientifique moderne se déploie par sa nature même en technoscience, comme le prévoyait Descartes. Dans ce chapitre nous appréhenderons la science comme construction contrôlée du savoir et comme vision du monde.

I. Les mots de la science

Hypothèse, problématique, conséquence, preuve

Une **hypothèse** désigne la proposition permettant d'expliquer un phénomène et demandant à être vérifiée expérimentalement. L'hypothèse est une réponse possible à une question et donc une réponse provisoire. Elle est proposée sur la base d'une **problématique scientifique** liée à l'insuffisance du savoir disponible. On la vérifie par ses **conséquences** expérimentales, c'est-à-dire sur la base des effets qui devraient s'imposer si l'hypothèse était vraie ou fausse. Ainsi Claude Bernard fait-il l'hypothèse de la fonction glycogénique du foie et, faisant jeûner des lapins, il découvre malgré tout la présence de glucose dans leur sang, ce qui ne s'explique que par une production métabolique, dont le foie est l'origine. La science recherche la **preuve** d'un énoncé, c'est-à-dire ce qui atteste de la validité d'une hypothèse.

Méthode expérimentale, expérience, expérimentation, observation, théorie scientifique, loi scientifique

La science, au sens moderne, désigne un savoir fondé sur la **méthode expérimentale**. Elle s'appuie sur des faits vérifiés expérimentalement. À la différence de **l'expérience**, qui désigne le contact naturel et spontané des organes de connaissance avec le réel, **l'expérimentation** désigne le dispositif de production d'un phénomène pour vérifier une hypothèse. L'expérimentation organise rationnellement l'expérience, de sorte que **l'observation** scientifique résulte d'une construction. On n'observe jamais que ce qu'on prévoit de voir à partir d'un plan théorique. Ainsi Blaise Pascal, avec Toriccelli, montre l'existence de la pression atmosphérique en comparant la hauteur du mercure dans un tube au bord de la mer et en haut du Puy de Dôme. Les faits expérimentaux sont produits et interprétés dans le cadre d'une **théorie scientifique**, c'est-à-dire d'un système formel reliant plusieurs énoncés scientifiques portant sur un objet d'étude donné (la biologie végétale, l'électricité, etc.) et établissant ses lois. Une **loi scientifique** désigne un rapport constant entre des phénomènes, comme le lien entre la température et l'évaporation de l'eau par exemple.

Sciences de la nature, sciences humaines et sciences formelles ; sciences dures et science molles

Les sciences de la nature désignent un ensemble hétéroclite de sciences comme la physique, la chimie, la biologie, l'astronomie, la géologie, etc. qui ont en commun de porter sur des aspects de la réalité non humaine, qui précède l'homme, et qu'on désigne communément sous le vocable de « nature » (voir le chapitre sur la nature). Négativement, on veut signer par là le fait que ces sciences n'abordent pas l'Homme comme sujet conscient et libre, ne répondant pas aux mêmes lois que celles de la nature. Au contraire, les **sciences humaines** prennent l'homme comme un objet sous un certain aspect : ainsi la psychologie, la sociologie, la linguistique, etc. Chacune de ces sciences peut se constituer grâce à la méthode de **sciences formelles**, comme les mathématiques ou la logique. La mathématisation des sciences ou leur absence définit par là la distinction entre **sciences dures** et **sciences molles**. Cette distinction est en partie péjorative lorsqu'on applique le qualificatif à la solidité des certitudes obtenues.

II. Les enjeux de la science

1. L'origine critique de la science

La science désigne un ensemble de connaissances rationnelles, exactes ou positives, relevant de la démonstration abstraite et/ou de la vérification expérimentale. C'est donc un savoir reconnu parce qu'il procède à une vérification de sa prétention à la vérité par une méthode objective. Il diffère ainsi de la connaissance vulgaire, subjective, sans ordre ni méthode réfléchie, dénuée de preuve et de certitude rigoureuse, qu'elle soit empirique ou rationnelle, ou encore d'un savoir exclusivement utilitaire et entaché de particularisme. La science est une certaine qualité d'un savoir objectif, général, méthodique et certain.

Mais le savoir a-t-il besoin d'être vérifié pour être établi ? Toute procédure de vérification d'un savoir repose sur un doute à l'égard d'un savoir préalable. Par exemple, l'idée que la terre soit plate est invalidée par la disparition des mâts des bateaux à l'horizon. Ou encore, l'idée de certains mythes indiens selon laquelle des anguilles électriques géantes cachées dans les nuages provoqueraient les éclairs des orages est douteuse pour toute sorte de raisons très empiriques, comme l'absence de leur trace. L'exigence de vérification est liée à l'expérience que nos connaissances sont le plus souvent douteuses et qu'elles posent problèmes. Ces faux savoirs relèvent, dira Baruch Spinoza dans son *Traité sur la réforme de l'entendement humain* (1670), soit de l'ignorance, soit de la superstition, soit d'une habitude sociale, soit d'un mensonge colporté et donc relèvent de l'opinion. L'intérêt pour la science provient ainsi d'abord d'une critique du faux savoir.

Plus spontanément, la science n'est-elle pas une expérience qui supplante l'ignorance ? Non, la science arrive à un moment de l'histoire du savoir et non à son commencement. Le faux-savoir n'est pas une simple ignorance (absence d'expériences et d'idées) mais toujours la possession d'un discours (la narration d'un ensemble de propositions) qu'on tient pour vraie. L'ignorant ne se croit pas savant, sauf lorsqu'il possède une représentation opératoire des choses. En cela, l'ignorant distingue généralement le discours à portée réaliste et la fiction. La fiction mythologique ou romanesque est identifiée clairement comme un discours de l'imagination que personne ne tient pour vrai, telle l'idée qu'Oncle Picsou ou Mickey existent réellement. Le faux-savant est celui qui possède un discours qui a une certaine efficacité, une efficacité suffisante, pour être tenu pour vrai. Ainsi, la critique du faux savoir est toujours une critique du discours, c'est-à-dire de l'organisation opératoire des idées. Aussi, Platon, à l'aurore de la philosophie a-t-il fait la critique de l'opinion (*doxa*) et des manipulateurs de l'opinion (les sophistes), et non pas la critique de l'ignorance. Spinoza a fait la critique de la superstition et du préjugé, et non la critique de l'ignorance. La science n'est donc pas un fait initial du savoir mais le résultat d'un rapport critique à un savoir initial tenu pour douteux. Le contraire de la science n'est pas l'ignorance mais le faux-savoir.

La science est donc un savoir critique, fondé sur la critique de connaissance préalable. Elle s'établit donc à partir d'une problématique, c'est-à-dire à partir des contradictions d'un certain état du savoir et à partir de l'exercice méthodique et rationnel du doute.

2. L'origine des faux-savoirs

Mais pourquoi existent de faux-savoirs ? Pour mieux comprendre la science, il est utile de regarder son contraire. Puisque l'ignorance pour l'ignorance n'est pas désirable, c'est que le faux-savoir répond à des intérêts desquels la science authentique devra se méfier.

Le premier ressort du faux-savoir, remarque Platon, c'est l'opinion. Il s'agit d'un préjugé qui a pour fonction de défendre un fonctionnement social. Le racisme possédait cette fonction dans le sud des États-Unis de défendre les intérêts des propriétaires blancs, qui, au XVIIIe siècle, usait des esclaves comme main-d'œuvre bon marché afin de s'assurer la domination sur le commerce du coton en particulier. Au début du XXe siècle, le préjugé antiallemand servait de ciment à la nation française en portant un désir de revanche après la défaite de 1870. De nombreuses opinions jouent un rôle d'intégration sociale et ne sont pas interrogées parce qu'elles défendent un lien nécessaire à la vie matérielle et psychique. Elles sont sécurisantes et leur mise en question est, inversement, insécurisante. L'attaque de l'opinion suscite bien souvent la violence, ainsi qu'on l'a constaté à l'origine de la philosophie avec le procès et la mort de Socrate. Ainsi, le faux savoir a une utilité sociale et un caractère opératoire. Il fonctionne là où la vérité peine à s'installer parce qu'elle dérange les habitudes. Galilée a ainsi peiné à installer la conception copernicienne de l'univers dans le monde chrétien parce qu'elle venait prendre la place sociale de la théologie. La science face à l'opinion se tient sur le terrain de la fonction du lien social.

Son second ressort du faux-savoir est psychologique. Ainsi Baruch Spinoza a-t-il longuement analysé les ressorts de la superstition dans le *Traité théologico-politique* (1670) et Sigmund Freud lui a emboîté le pas dans *L'avenir d'une illusion* (1929). Cette dernière relève du désir profond d'avoir une assurance contre l'insécurité d'un monde hostile, traversé par des forces supérieures et ignorées. La superstition permet de se rassurer par des rites, par un discours, par des institutions et des actes communautaires. La voyance est ainsi une activité très lucrative qui exploite la crédulité. Elle relève d'un savoir social fondé sur l'empathie et sur les probabilités, et non d'une connaissance de l'avenir. L'important, sait le voyant, est de fournir ce qu'attend le client. Il en va de même des superstitions liées aux talismans de tout ordre. Ils fournissent un substitut psychique à l'absence d'un parent consolant et tout-puissant à ses côtés. La science face à la superstition se tient sur le terrain de la fonction psychologique de consolation.

Un troisième ressort est celui de l'idéologie, montre Marx. L'idéologie est la représentation que se donne une société ou une culture pour défendre l'ordre des pouvoirs qui le constitue et ainsi justifier la violence. Ainsi, l'ordre chrétien de l'occident possède-t-il une fonction idéologique, quelle que soit sa vérité interne. Le préjugé de l'inégalité entre hommes et femmes, par exemple, a permis de défendre l'ordre patriarcal qui semblait favorise l'affirmation d'un Dieu Père, origine de toute autorité, en particulier de l'autorité royale. L'observation neutre des hommes et des femmes ne permet pas de soutenir un tel préjugé défendant une nature masculine ou une nature féminine, et une supériorité de l'homme sur la femme en raison uniquement de la masculinité. Mais, l'idéologie permet de voir ce qu'on attend et de dessiner le champ de l'exception, celle de la femme virile ou de l'homme efféminé. Sa particularité est d'être défendue par la violence. Face à l'idéologie, la science se tient sur le terrain de l'institution.

La science, ainsi, doit dénoncer un rapport social, désirant, institutionnel et politique au savoir pour donner la place à des recherches objectives. Elle soutient une préférence pour la vérité contre l'illusion. Mais comment construire la science comme société, comme désir et comme institution ? Le peut-on ?

3. La science est le contrôle de la connaissance par l'abstraction

Chaque étape de la progression de la connaissance est contrôlée par l'intelligence et correspond à une exigence grandissante d'universalité et d'abstraction. Ainsi, dans le *Banquet* de Platon, on passe de la considération des multiples beaux corps à la contemplation du Beau-en-soi, cause universelle de toute beauté. En s'élevant – la métaphore est platonicienne – l'intelligence se dépouille progressivement de la matière par des abstractions successives qui sont autant de moments de contrôle par une délimitation de l'objet de l'intelligence. C'est ainsi que l'intelligence parvient à l'intuition intellectuelle de la cause qui fonde l'expérience sensible et qui l'explique : le Beau-en-soi.

L'intelligence semble libre quant à la production abstraite de son objet. Elle classe, elle organise, et donc elle sépare et unis selon des critères. Pour ce faire, l'intelligence abstrait. Abstraire c'est regarder le réel avec un plan d'avance préparé qui permet de considérer des propriétés communes à certaines réalités en délaissant les autres. L'abstraction est, premièrement, une lecture du réel à partir d'un objet défini (les étoiles, les citoyens français, les quantités physiques des vivants, etc.) ; puis la production d'un résultat sous la forme d'un concept ou d'une idée ou d'une théorie. L'abstraction est une activité de l'intelligence qui lui permet de maîtriser sa relation au réel en dégageant son intelligibilité selon des plans divers.

Ainsi, la scolastique médiévale inspirée par Aristote distinguait clairement deux éléments de l'acte d'abstraction : **l'objet matériel et l'objet formel**. L'objet matériel c'est un domaine qui existe, comme par exemple celui de l'humain ou celui des vivants ou celui des objets matériels. Par *objet formel* il faut entendre une réalité *en tant qu'elle est visée par l'intelligence*. Ce n'est pas le réel nu, mais le réel repris par une visée intellective qu'on appelle du nom d'*intentionnalité*. Par exemple on considère l'homme *en tant que* il est conditionné socialement, ce qui définira la perspective d'une analyse sociologique dont les résultats raisonnés définiront une science : la sociologie. Ou encore on considérera l'homme *en tant qu*'il possède un psychisme, ce qui permettra de définir le domaine d'une science, la psychologie. La science se définit ainsi par un objet qui résulte d'un plan d'abstraction formel. Les sciences, pour la scolastique, se différencient par leurs objets formels et matériels.

La science est donc une œuvre abstraite construite par l'intelligence qui contrôle de l'intérieur son propre processus d'abstraction.

4. La vertu de science

C'est pourquoi Aristote, après Platon, soutiendra que la science est une vertu. Il veut signifier par là qu'elle est le résultat d'une auto-construction critique de l'intelligence dans son rapport lucide à la connaissance.

La recherche inductive des principes et des causes est le premier moment de la vertu de science, moment qui engage une critique des faux-savoirs immédiats et l'acquisition d'une bonne habitude de pensée critique. C'est le moment principal, parce qu'il décide de la valeur des principes, et crée les conditions de toute explication. Mais ce n'est pas le moment caractéristique de la science puisqu'on attend précisément du savant qu'il *explique* les phénomènes. C'est pourquoi la scolastique distingue la vertu d'intelligence qui rend compte des principes dans l'induction et la vertu de science qui les applique dans une déduction. Pour nous, ces deux vertus s'articulent pour construire le savoir de sorte qu'on les unifie au travers de l'unique dénomination de « science ».

À partir de cette abstraction, l'intelligence peut reconnaître des causes propres à produire certains effets. En effet, la science, pour Aristote, est avant tout la connaissance par les causes. Le savant est celui qui peut expliquer et rendre raison des choses. « Expliquer » c'est saisir une cause, c'est-à-dire ce qui détermine un être dans son être (voir le chapitre sur la nature et l'exposé de la causalité aristotélicienne) ; « rendre raison », c'est saisir un principe, c'est-à-dire une idée qui commande d'autres idées. La science se situe à la fois sur le terrain ontologique (la réalité) et sur le terrain intellectuel (les idées). Ainsi on explique le port du casque en moto d'une part à cause de son rôle de protection de la tête, partie vitale et fragile de l'anatomie, en cas de chute. Et aussi on rend raison de l'obligation du port du casque en raison de l'existence des assurances, du rôle protecteur de l'État, en raison des conflits juridiques et en raison des dangers de la route. Ce sont des causes divers. Elles produisent des interactions complexes dans lesquels le savant sait s'orienter pour juger et expliquer. La science est une capacité explicative qui vise des causes et des principes.

Essentiellement, chez Aristote la vertu de science est surtout un savoir résultant de la démonstration. Démontrer, c'est mettre des propositions dans un ordre correspondant aux exigences de l'intelligence de manière à expliquer des propositions (on les nomme « conclusions ») par des principes (on les nomme « prémisses »). La science peut ainsi dégager des conséquences sur la base des causes qu'elle connaît d'avance. Elle peut même procéder à des calculs. Par exemple, étant donné la quantité d'eau qui tombe en amont du village, on peut déduire que tel petit pont de bois posé négligemment sur la rivière ne résistera pas à la pression des eaux. Ou encore qu'il ne faudrait pas construire d'habitation dans le lit ancien d'une rivière, parce que ce qui s'est produit – une cru – peut se reproduire. Le savant peut ainsi prévoir en raisonnant sur les rapports des causes à leurs conséquences. **Expliquer** et **prévoir** sont les deux faces de la démonstration scientifique.

Chez Aristote, la vertu de science est ce qui guide ainsi les différentes sciences, non pas à la manière d'un savoir particulier mais comme une construction interne de l'intelligence dans son rapport à elle-même et à la réalité qu'elle sait connaître pour une part et sans naïveté. La science est une conquête consciente, méthodique et maîtrisée de l'objectivité. C'est pourquoi elle est une vertu. Par conséquent, elle peut s'apprendre, se reconnaître et se perfectionner.

5. Les instruments de la science : logique, mathématiques et méthode expérimentale

Dans ses progrès vers l'objectivité, l'intelligence se donne d'outils et de méthode lui permettant d'assurer son savoir et sa scientificité.

Si toute science permet d'expliquer, au sens de rendre raison d'un phénomène par une cause et un principe ; et si l'explication est un raisonnement ; alors l'outil premier de toute science est celui qui perfectionne le raisonnement. De fait, chaque science possède une exigence logique, la **logique** formulant « les principes d'une argumentation correcte que tous les domaines de recherche ont en commun ». La logique est pour Aristote, qui en invente les premières règles, en dehors de la science : elle est *l'instrument* de la science, d'où le nom d'*Organon* (instrument, outil) donné aux traités de logique chez Aristote.

Un moment capital dans la construction de la science moderne fut effectué par Galilée en mathématisant la nature. Les **mathématiques** travaillent en effet sur des quantités et des relations entre ces quantités. Elles permettent de formaliser les relations entre des réalités qui sont considérées sous l'angle de leur quantité (par exemple une masse, une vitesse, etc.). Puisque toutes les réalités physiques sont quantifiables et que leurs interactions constituent des relations qu'on peut formaliser, et qu'elles ont lieu dans l'espace lui-même géométrisable, alors les mathématiques peuvent avoir une relation fondamentale avec toutes les sciences qui étudient le monde physique. De la sorte les mathématiques constituent une architecture formelle et une grammaire pour toutes les sciences physiques et les sciences se préoccupant de relations quantitatives. L'astronomie fut la première science mathématisée. Mais la plupart l'ont été ensuite, y compris la biologie, l'économie ou la psychologie.

Mais, alors que la logique et les mathématiques perfectionnent les raisonnements et les calculs de manière à parvenir à une certitude intellectuelle, la **méthode expérimentale** s'intéresse à établir rationnellement des faits observables. Elle est une maîtrise du fait d'observation par l'organisation théorique de l'expérience. Le fait expérimental est construit d'avance : la raison n'observe que ce qu'elle a elle-même prévu de regarder selon son attente théorique. Le dispositif expérimental est lui-même une construction abstraite du phénomène. Une table à coussin d'air est un dispositif permettant de faire des calculs d'inertie en supprimant par un jet d'air le frottement d'un palais calibré sur une table. De manière générale, un **laboratoire** est un espace abstrait – non naturel – permettant de contrôler les paramètres de l'expérience et de les faire varier de manière maîtrisée pour procéder à des observations et des calculs. L'accélérateur de particules (de hadrons) du Cern, près de Genève, le plus grand et le plus puissant du monde, est un gigantesque laboratoire formé d'un anneau de 27 kilomètres de circonférence, placé dans un vide très poussé, formé d'aimants supraconducteurs refroidis à -271 °C, et de structures accélératrices qui augmentent l'énergie des particules qui s'y trouvent de manière à provoquer des collisions entre les particules. Il a pour but de valider des théories physiques, comme celle des bosons de Higgs. C'est une immense machine construite à partir d'une théorie physique et dont les résultats expérimentaux ne peuvent être compris qu'au travers d'une théorie. L'observation scientifique est ainsi une observation construire par une théorie et est très éloignée de l'expérience empirique. Les clichés colorisés des collisions de particules dans l'accélérateur de hadrons ne peuvent être interprétés comme des photos d'objets naturels.

Ainsi la science construit elle les outils de maîtrise de ses objets d'étude et de ses résultats, qu'il s'agisse des outils du raisonnement ou des outils de l'observation.

6. La vision scientifique du monde et le déterminisme

La science est ainsi un savoir contrôlé méthodiquement. Mais est-il un savoir vrai ? Qu'est-ce que la méthode scientifique fait à la connaissance ? N'engage-t-elle pas une certaine vision du monde ?

Alors que la logique engage une validation des raisonnements scientifiques et de leurs inférences sans transformer leur contenu, les mathématiques transforment fortement leur objet par leur mode d'abstraction. L'astéroïde devient un objet de telle taille, telle forme et telle masse ; l'homme devient le producteur de X produits par son travail durant T et permettant d'obtenir Y euros ou dollars. En ce sens, la mathématisation de l'objet scientifique dénature la réalité et transforme la vue même que nous avons. Dans un ouvrage paru en France en 1962, *Du monde clos à l'univers infini*, le philosophe Alexandre Koyré montrait que l'effet de la révolution galiléenne avait été de nous faire passer de la représentation d'un cosmos, reçu dans la perception naturelle comme un ordre limité et différentié, à un univers qui, parce qu'il était mathématisé se présentait comme infini, homogène et dont le seul ordre est celui des mathématiques. L'espace mathématisable est infini comme les nombres et infiniment divisible. Par la mathématisation de l'univers, soutient Koyré, nous sommes passés de la représentation antique et médiévale d'un cosmos fini ordonné par un Dieu sage, dont le centre est la terre, à la représentation d'un univers infini dans lequel l'homme n'est plus qu'un point géométrique dans un espace illimité. Pour faire le lien entre ces deux conceptions, dans une formule très célèbre, Galilée écrivait que « la nature est un livre écrit en langage mathématique », Dieu étant l'écrivain.

Pour se préciser quelle approche la science a du monde et quel monde elle nous présente, il est intéressant de se pencher sur le problème très caractéristique du déterminisme. Le déterminisme désigne le fait que des conditions étant posées, des conséquences s'ensuivent nécessairement. Si on gratte une allumette, elle s'allume, étant donné sa matière ; si on chauffe de l'eau à 100 °C, elle se vaporise ; si une vache est fécondée par taureau, elle donnera naissance à un veau, car ainsi est la reproduction sexuelle ; si on place des grains de blé dans une terre arable, on verra pousser du blé, etc. Le déterminisme est rattaché à la loi de causalité de la nature. Mais, le déterminisme est-il dans les choses ?

Le déterminisme ne se résume pas à ce type de constats empiriques à portée ontologique, il désigne une manière d'appréhender le réel dans une approche objective. En cela, le déterminisme de la nature, qui conduit à formuler des « lois de la nature » repose sur la loi de causalité soutenant que « tout effet a une cause ».

Certains philosophes, Avicenne au Moyen Âge ou Baruch Spinoza au XVII°, très marqués par ce déterminisme naturel et la nécessité qui semble s'imposer à la nature, pensent un principe absolu de nécessité pour toute chose qu'ils identifient à Dieu. Dieu est l'Être nécessaire qui impose à tout ce qui dépend de lui une nécessité. Le déterminisme désignerait la compréhension que l'intelligence aurait de l'ordre de la nature voulue par Dieu. Mais il donne à rêver aussi que l'intelligence de l'homme prenne la place de la divinité. Ainsi le baron d'Holbach (1723-1789) esquisse l'idée d'un déterminisme universel dominé par la figure du géomètre dans un texte célèbre : « Dans un tourbillon de poussière qu'élève un vent impétueux ; quelque confus qu'il paraisse à nos yeux, dans la plus affreuse tempête excitée par des vents opposés qui soulèvent les flots, il n'y a pas une seule molécule de poussière ou d'eau qui soit placée au hasard, qui n'ait sa cause suffisante pour occuper le lieu où elle se trouve, et qui n'agisse rigoureusement de la manière dont elle doit agir. Un géomètre qui connaîtrait exactement les différentes forces qui agissent dans ces deux cas, et les propriétés des molécules qui sont mues, démontrerait que, d'après les causes données, chaque molécule agit précisément comme elle doit agir, et ne peut agir autrement qu'elle ne fait. » (Paul Henri Thiry d'Holbach, *Système de la nature*)

Toutefois, ce nécessitarisme ne peut être prouvé parce qu'il n'est pas certain que la loi de causalité soit absolue dans les choses. Comme le dira David Hume au XVIIIe siècle : de ce que je vois chaque jour le soleil se lever, il ne s'en suit pas que *nécessairement* il se lèvera. Je ne peux faire de mon habitude psychologique la marque d'une nécessité dans les choses. Ainsi, il s'agira de découvrir que le déterminisme est plus une loi de la connaissance qu'une loi de la nature. Emmanuel Kant soutiendra ainsi que le déterminisme de la nature n'est pas une proposition métaphysique disant que « la réalité est déterminée » mais une proposition *transcendantale* – celle qui concerne la structure *a priori* de la connaissance – soutenant qu'on ne peut appréhender la réalité objectivement autrement que de façon déterminée. En effet, expliquer la réalité, c'est en rendre compte de façon causale et donc présupposer qu'elle est déterminée. Cela ne signifie pas nécessairement qu'elle le soit en son principe, comme « chose-en-soi », dit Kant dans la *Critique de la Raison pure* (1781), seulement qu'elle le soit comme « phénomène » appréhendé par la conscience. La science soutient ainsi que « rien n'arrive sans cause », et cela s'applique dans le monde phénoménal. La science ne s'affranchit jamais du déterminisme.

La science nous communique une vision d'un monde déterminé par des lois universelles maîtrisables par des esprits scientifiques qui n'est pas le monde réel et surtout qui n'est pas le monde humain, parce que l'homme est un sujet conscient, libre et appréhende la vie comme un individu. Peut-il être objet de science ? C'est toute la question de la possibilité des sciences humaines.

Chapitre 14

La technique

Je révise et je me perfectionne

I. Les mots de la technique

- **Technique et technologie**
  La **technique** désigne un ensemble de moyens et de méthodes utiles dans l'obtention d'un résultat. La **technologie** désigne une technique construite par la science et qui constitue l'application d'une découverte scientifique, comme un téléphone. De manière générale, toute technique désigne un instrument agissant sur une matière.

- **Outil, machine, robot, automate, ordinateur**
  En ce que cet instrument prolonge la main, on l'appelle **outil**, comme un tournevis. En revanche, une **machine** désigne une forme complexe de l'outil constituée par plusieurs outils : c'est un système d'outils, comme une automobile. Par ailleurs, une machine est un outil possédant une puissance indépendante vis-à-vis de la main, comme une perceuse électrique ou un mixer. Elle pose un problème du fait de son indépendance vis-à-vis du corps, qui peut engager une forme de rivalité dans le domaine de l'efficacité et de la rentabilité. D'autant plus lorsque la machine devient un robot. Un **robot** désigne une machine associant plusieurs tâches mécaniques. On le distingue d'un **automate** qui est une machine possédant une capacité d'interaction avec son environnement qui l'adapte à des circonstances variées, comme un aspirateur autonome. **L'ordinateur** est un outil technologique qui a cette particularité de réaliser des tâches de calculs et de communication en interagissant avec des hommes par une interface ergonomique. Il travaille sur les éléments du langage humain et c'est pourquoi il se présente comme une intelligence artificielle.

II. Les enjeux de la technique

1. La définition de la technique

On identifie le plus souvent la technique à un ensemble d'objets : une voiture, un mixer, un téléphone portable, un tournevis, une bouteille et son ouvre-bouteilles, un téléviseur et sa télécommande, etc. Pourtant la technique se place d'abord dans la pensée, dans le corps individuel et dans le corps social, dans un système culturel qui l'identifie et la promeut. L'objet n'est-il pas un effet de la technique comme fait anthropologique qui définit un certain rapport de l'homme au monde ? Ce rapport est-il une vertu ou un problème ?

La technique désigne l'ensemble des moyens utiles à obtenir un résultat dans l'action. Ce n'est pas seulement ce qui sert au travail et à la production, comme le soutenaient les Grecs comme Aristote, en définissant la *technè*. Il y a en effet des techniques de la communication politique comme la rhétorique, du contrôle politique comme l'administration, de la réflexion comme la logique, de la bonne action comme la loi, de la mémorisation comme certaines méthodes, du sport, etc. Des techniques s'appliquent dans tous les domaines de l'action. Elles viennent soutenir son efficacité autant dans les domaines théoriques, éthiques ou politiques. Elles entrent dans le processus de l'action pour faciliter l'action, lui permettre d'être plus précis, plus rapide, bref, plus efficace. Il est évidemment plus rapide et sûr d'effectuer des calculs avec une calculatrice que de tête. L'efficacité est la qualité propre de la technique.

Mais cette médiation engage nécessairement une distance entre un résultat et l'homme lui-même. Utiliser une calculatrice pour compter c'est d'une certaine manière ruser avec l'action naturelle. La technique cache une incapacité naturelle et spontanée qui est compensée par un détour de l'intelligence. En cela, la technique s'apparente à une ruse : elle cache une incapacité et elle la compense autrement, par un détour qui, finalement aboutira. Ne pouvant casser une noix avec sa main, l'homme use d'un caillou ; ne pouvant forer un trou dans un tronc de bois, il invente le foret. La ruse technique est un détour et non un mensonge parce qu'elle permet d'obtenir ce qui est voulu ou annoncé. Le mythe grec de la création par Épiméthée raconte que les dieux ont produit les animaux pourvus de moyens de nourriture, de protection et de défense, pour résister à leur environnement, mais que, s'agissant de l'homme, il n'y avait plus de fourrure, de griffes et de crocs, le laissant exposé à une nature hostile. Alors Prométhée, le frère d'Épiméthée, alla chercher le feu, c'est-à-dire la technique, pour permettre à l'homme de survivre. Les dieux le punissent de ce vol parce qu'en donnant le feu il permet de transmuter la nature et d'en être libre, comme les dieux eux-mêmes.

La technique est ce détour permettant d'assurer une distance entre l'homme et la nature et de transformer la nature au-delà des pouvoirs naturels de l'homme.

La technique est donc une médiation efficace dans l'action. D'où vient ce pouvoir du détour efficace ?

2. L'origine complexe de la technique

La technique est une médiation dans un processus de production qui tient ensemble le projet, la représentation de son achèvement, la matière sur laquelle il s'effectue et l'usager de la technique. C'est pourquoi la technique est avant tout un processus mental, un processus de représentation.

Pour utiliser une technique il faut se représenter le temps de la production. Ainsi, l'ébéniste (usager) travaille une planche en bois (matière) par un ciseau à bois (outil) parce qu'il sait qu'ainsi il ajustera le bois à la réalisation du bureau qu'il fabrique (résultat anticipé dans un projet). L'usage du moyen technique, à l'échelle de l'outil, se situe à l'intérieur du processus de travail (voir le chapitre sur le travail). Il dépend du projet par lequel le travailleur domine la production d'une œuvre. La technique se situe comme un moyen pour cet objectif qu'est l'œuvre : le ciseau à bois sert à tailler finement le bois, le stylo sert à écrire, etc. Le travail semble ici le cadre de compréhension spontané de la technique. Et puisque le travail trouve son intelligibilité par la réalisation d'une œuvre dans un cadre social, la technique aussi. La représentation de l'objectif est ce qui permet de rendre intelligible une technique et de l'identifier. La pluie qui ravine un chemin de terre n'est pas une technique parce que son effet n'est précédé d'aucune intentionnalité, d'aucune visée, d'aucun objectif. Elle pourrait le devenir si, en vue de strier le chemin, on l'exposait intentionnellement à la pluie, par exemple pour le filmer. **La technique relève ainsi d'un processus mental de médiation intégré à la production d'un résultat**. Elle se place dans le temps du travail. Pris ainsi, l'origine de la technique semble l'intelligence fabricatrice. Elle pense des médiations par une capacité à anticiper la série des causes et des effets, dominant ainsi le temps de la production du résultat. On datera alors l'apparition des techniques en même temps que l'apparition de l'homme et on la repère il y a deux ou trois millions d'années dans la pierre taillée.

Mais l'intelligence fabricatrice ne désigne pas seulement une aptitude des individus humains, mais encore une condition sociale ainsi qu'une aptitude sociale. De ce point de vue, comme l'écrit l'historien Maurice Daumas dans sa monumentale *Histoire des techniques* : « depuis l'origine de l'humanité, le progrès des techniques s'est poursuivi de façon régulière, à peu près sans faille », de sorte qu'on peut dire que son développement repose aussi sur la mémoire sociale et les processus de transmission. L'Histoire des techniques est ainsi indissociable de l'histoire sociale, de sorte que, une technique forme toujours un « système technique », rattaché à un système économique, à un système social qui l'exploite et l'encourage. C'est pourquoi un autre historien des techniques, Bertrand Gilles, ne voit pas le progrès des techniques dans une régularité sans faille, mais il observe des mutations rattachées à des crises ou des changements de civilisation. La technique est une intelligence sociale à l'œuvre dans la représentation des fins du travail et des moyens de la production sociale d'un résultat. La technique est un fait social autant qu'un fait anthropologique.

Mais elle n'est pas seulement un fait mental et social, elle est aussi un fait corporel et charnel. Le ciseau à bois est un prolongement de la main de l'ébéniste, comme le voyait Aristote. Plus largement, la technique est un prolongement du corps, comme une excroissance de ce dernier, à la manière d'une incorporation et aussi à la manière d'une expression de la puissance du corps. Le corps ne se résume en effet pas à un espace physique. Le geste technique manifeste ainsi le pouvoir du corps sur le monde en transformant efficacement ce monde. Il en prolonge la puissance et l'incarne. C'est pourquoi, si la vie heureuse passe par l'expression de la puissance du corps, comme le souligne Gilles Deleuze dans *L'anti-Œdipe,* alors la technique est aussi l'objet d'un désir. On le constate par la fascination des objets techniques, qu'il s'agisse de vêtements performants ou de voitures puissantes. L'objet technique augmente le pouvoir du corps et est désiré comme un accomplissement du corps. Mais aussi, la technique a des effets sur le corps, qui vont des cales aux mains à des transformations de la sensibilité, de la musculature et du psychisme.

En conséquence, l'origine de la technique, c'est l'homme dans sa distance projective personnelle et sociale à l'égard du monde ; et aussi c'est l'homme dans l'expression de sa puissance corporelle et de son désir. Ainsi, lorsque nous analyserons le sens de la technique il faudra toujours nous demander le sens qu'elle aura pour l'esprit, le corps, le désir, la société, l'économie, le travail et le temps humain.

3. La technoscience et le sens de la technique

La technique est un rapport au monde qui s'incarne dans les objets techniques. Un tournevis, un pont, une voiture, un ordinateur ou l'internet sont des objets ou des systèmes techniques. Ils médiatisent le corps et l'esprit dans tous les domaines de l'action. La technique fait sens et ainsi elle fait culture. Quel est le sens de cette culture ?

La culture technique est une culture de la maîtrise et de la domination. Descartes définissait ainsi dans le *Discours de la méthode* (1637) le projet technique comme celui de « devenir comme maîtres et possesseurs de la nature ». Le scientifique qu'est Descartes voulait appliquer les sciences aux techniques. Les lois scientifiques permettent en effet de prédire des résultats. Il en va ainsi de la prédiction d'une trajectoire d'un rayon de lumière par la science optique. Son application permet de fabriquer le télescope. La science est pour Descartes un moyen d'augmenter l'efficacité des techniques. Il voyait dans la médecine le sommet de l'utilité de la technique comme maîtrise du bien fondamental qu'est la santé. La technique est ainsi un projet de contrôle rationnel.

Si l'on considère que la technique est un produit rationnel fondé par le désir d'efficacité, alors la technique a pour sens le résultat et l'efficience. Martin Heidegger, dans sa conférence appelée « La question de la technique » (1954) y voyait la manifestation de la volonté de puissance moderne qu'il exprime dans le concept d'« arraisonnement », i.e. de réduction à un projet rationnel. Ainsi la technique est un regard sur le sens du réel. La technique exprime la raison, non pas symboliquement, comme dans l'œuvre d'art, mais de façon efficiente. Elle regarde le monde selon un projet rationnel : « le vent gonfle les voiles, la forêt est une réserve de bois, etc. » notera le philosophe de la forêt noire. La technique est un arraisonnement, un regard de pouvoir sur le monde, tout à l'opposé d'un regard contemplatif. La culture technique est ontologiquement une culture de l'efficacité rationnelle.

Cependant, ce regard heideggérien est réducteur et unilatéral. Si la technique exprime la volonté de puissance de l'homme, elle exprime aussi sa vitalité. En ce sens, une voiture est un objet qui fait l'objet d'un désir de vitesse, et le téléphone portable est une promesse de communications nombreuses et efficaces. La technique propose une culture du désir irrationnel d'expression de la puissance vitale. Celle-ci peut être symbolique, comme par exemple dans des jeux vidéo, ou physique comme avec une moto très puissante, ou intellectuel comme avec un calculateur. Avec Internet, ce qui se joue est par exemple la possibilité de nombreuses relations. Ainsi, l'usage des techniques ne diminue pas les forces naturelles mais elles amènent à des détours qui sont autant de dépassements. La technique est aussi une affirmation de la vie.

Elle se présente aussi comme un prolongement du corps et de l'esprit. Les deux intègrent des médiations par l'intermédiaire d'une habitude. Ainsi, la voiture ou l'avion difficile à conduire au début d'un apprentissage, devient un prolongement du conducteur, autant que l'épée de l'épéiste ou l'ordinateur du geek. La technique est ainsi la jouissance d'un corps ou d'un esprit augmenté. La technique n'est pas seulement l'abstraction du corps ou de l'esprit, le moyen de leur effacement, mais le moyen de leur augmentation. Aristote, dans *Les Politiques* regardait le rêve technique comme le moyen de la paresse et de la facilité : « si les navettes tissaient toutes seules ; si l'archet jouait tout seul de la cithare, les entrepreneurs se passeraient d'ouvriers, et les maîtres, d'esclaves ». En réalité, la technique augmente l'action et la jouissance de l'action. Elle ne diminue pas l'action, elle en change seulement les médiations. On le constate dans le fait que, l'usage de l'ordinateur pour la comptabilité n'a pas permis une diminution du travail mais seulement une diminution du nombre de comptable et l'amélioration de la rentabilité des entreprises. Le rêve de diminuer le temps et l'effort du travail par la technique n'est pas celui qui se réalise grâce au progrès de la technique. La technique appelle à un détour dans l'usage du corps et dans sa jouissance.

Par conséquent, la culture technique est à la fois une culture de la maîtrise rationnelle et une culture de la puissance vitale. Elle n'est pas unilatérale. L'objet technique est à la fois le promoteur de la vie et ce qui peut la mettre en danger.

4. Le temps technique

La technique est un ensemble de médiations qui vise l'efficacité et l'augmentation de la puissance vitale. Comme médiation, elle se tient dans les intermédiaires de la temporalité (voir le chapitre sur le temps). Qu'est-ce que le temps technique ? Fondamentalement, la technique, en augmentant l'efficacité, accélère le temps. Mais pourquoi, vouloir aller plus rapidement ?

Le philosophe Paul Viriglio a travaillé sur la place de la vitesse depuis les années 1970. Dans son livre *Vitesse et Politique* (éditions Galilée, 1977, voir http://www.leconflit.com/article-vitesse-et-politique-de-paul-virilio-37518697.html), il écrit : « La vitesse, c'est la vieillesse du monde... emportée par sa violence, nous n'allons nulle part, nous nous contentons de partir et de nous départir du vif au profit du vide de la rapidité. Après avoir longtemps signifié la suppression des distances, la négation de l'espace, la vitesse équivaut soudain à l'anéantissement du Temps : c'est l'état d'urgence. En fait, la course surgit de l'histoire comme une sublimation de la chasse, son accélération achève l'extermination, la vitesse devient à la fois un destin et une destination. Chasseur, éleveur, marin, pirate et chevalier, conducteur de char, automobiliste, nous sommes tous les soldats inconnus de la dictature du mouvement... Nous l'avions semble-t-il oublié, à côté de la richesse et de son accumulation, il y a la vitesse et son accélération, sans lesquelles, centralisation et capitalisme auraient été impossibles ». Il appelle Dromocratie (du grec, *dromos* : vitesse ; *cratos* : pouvoir) le pouvoir politique lié à l'accélération de la société. Comment comprendre ce lien entre l'argent, la culture, le capitalisme et l'accélération des processus sociaux et politiques ?

Le raisonnement sous-jacent est le suivant. La raison de l'accélération des processus de communication, pour Paul Viriglio, est le capitalisme. Ce dernier veut optimiser la production pour gagner le plus possible d'argent : « *Time is money* ». Et celui qui procure l'accélération est celui qui domine alors la culture. En effet, la culture est faite de relations et de moyens de la communication. Sachant que les moyens numériques sont ceux qui, aujourd'hui, drainent l'essentiel de la communication, et que ces moyens sont dominés par de grands groupes, alors Viriglio peut dire que l'accélération fait culture, et que cette culture est dominée par le capitalisme. Comme l'écrit le philosophe Byung-Chul Han, « l'accélération de la circulation de la communication et de l'information conduit à une accélération de la circulation du capital ». Et réciproquement, l'accélération de la circulation du capital est une accélération de la culture. C'est pourquoi on peut parler de « diktat de la vitesse » dans la culture contemporaine. Ce diktat chacun l'éprouve.

L'impératif de vitesse joue, dans la culture contemporaine, le rôle de l'Éternité dans la culture médiévale. La vitesse, à son maximum, c'est l'instantanéité. Mais l'instantanéité n'est pas le rassemblement de toutes les temporalités. L'ultra vitesse ne réconcilie pas les temporalités, elle prétend les dominer par l'efficacité et l'argent. En revanche, l'Éternité est l'idée de la réconciliation de la grande diversité des temporalités. L'ultra vitesse sépare de plus en plus les temporalités, elle divise les communautés en individus, elle creuse les inégalités entre les individus, elle éloigne toujours plus la temporalité de la nature et du monde humain. Elle n'est pas sans poser des problèmes éthiques et politiques considérables.

Sans doute, les alternatives à l'accélération sont aussi des alternatives au capitalisme, des tendances du type « *slow is beautiful* », ou « *slow attitude* ». Ralentir serait se réenraciner dans l'habitation de notre propre corps et de sa temporalité. Mais contre ces tendances alternatives ou écologiques ou nostalgiques, le libéralisme économique possède des arguments forts sur la productivité, l'humanité augmentée, la normalité de la vitesse, les moyens techniques et médicaux de pallier ces difficultés. Et, surtout, il a pour lui tous les bénéfices des technologies.

5. Le catastrophisme dus aux techniques

À cause de l'accélération du temps causé par la technique associée au capitalisme, nous sommes dans une période catastrophiste où le thème de la fin des temps revient par l'intermédiaire des problématiques du nucléaire, des désastres écologiques et de la mondialisation capitaliste et anarchique.

Des auteurs annoncent les catastrophes comme Gunther Anders dans l'*Obsolescence de l'homme* (1956) pour qui l'Humanité est périmée depuis 1945, la shoah, Hiroshima et Nagazaki. Il dénonce l'aveuglement prométhéen des hommes en particulier dans *La Menace nucléaire* (1981). Jean-Pierre Dupuy parle de « catastrophisme éclairé » pour indiquer le fait de la conscience des conséquences de nos actions. Pour Anders se pose alors une question qui déjoue le catastrophisme purement négatif : « Comment faire mentir la prédiction et, depuis le délai, dans le temps qui nous est donné, ressusciter une histoire », comment rouvrir « l'horizon temporel » pour « restaurer une perspective politique » dans notre « présentisme apocalyptique ? »

Avec les développements du numérique, beaucoup de philosophes voient l'avènement de systèmes de contrôles généralisés. Ils iraient du traçage GPS des téléphones portables, la surveillance des expressions suspectes sur le Net, le traitement des Big-data, la centralisation de la télésurveillance, le fichage des données individuelles, etc. De fait, aucune société et aucun individu d'aucun temps n'a été contrôlé comme nous le sommes. Est-ce là une forme de « totalitarisme » ?

D'abord il s'agirait de refuser la peur globalisée, ainsi que le note le philosophe Paul Viriglio dans une interview donnée au journal *Libération* (https://www.liberation.fr/societe/2010/07/03/la-vitesse-reduit-le-monde-a-rien_663490). « Nous sommes mortels, tout ce qui menace notre vie fait peur : notre survie en tant qu'espèce devient notre grande terreur. Il ne faut pas avoir peur, mais faire face car la peur fait partie des questions ancestrales. Dans la crise écologique, domaine extrême s'il en est, la tentation est grande de vouloir vaincre plutôt que convaincre. Il faut refuser le globalitarisme écologique imposé par la peur, parce que c'est toujours au nom du bien que l'on terrorise. Les écologistes ont la tentation de gouverner par la peur. » Ce refus passe par notre responsabilité sur le temps.

Dans *Après la fin du monde. Critique de la raison apocalyptique* (Seuil, 2012), le philosophe Michaël Foessel, dans la perspective du criticisme kantien, montre que « l'hyperbole » de la fin du monde constitue une « erreur de perspective ». Il montre que le monde peut se *perdre*, mais non se *terminer* : il doit être transformé. « C'est parce que le monde peut être perdu qu'il doit devenir l'objet d'une sollicitude politique », écrit Foessel.

Le catastrophisme engage un sauve-qui-peut sans espace pour fuir, de sorte qu'il est vain. Au contraire, il faut agir dans le monde pour que de telles expériences de perte en monde soient impossibles. Le temps se présente sous la forme d'un engagement et d'une réflexion, non sous la forme d'un destin funeste. La technologie est dans ce cadre non pas la promesse d'un surcroît de vie mais celle d'un écrasement de la vie modeste du corps et de l'esprit par l'hyperpuissance et l'hyper-vitesse.

N'aurions-nous pas le moyen d'adapter la puissance des technologies au corps et à l'esprit de l'homme ? Ainsi se présente l'intérêt du design.

6. Le design

Le design est une démarche de production artistique tentant d'associer des exigences esthétiques et des exigences utilitaires dans l'œuvre. À la période contemporaine, l'œuvre désignée devient essentiellement un « signe » (voir le chapitre sur le langage).

En devenant signe, l'objet technique se présente d'une façon signifiante et adapté à l'usage de l'homme. Ainsi, lorsque l'ordinateur s'est présenté non plus comme un calculateur mais comme un ordinateur personne, un PC, il est devenu un outil adapté à l'usage de personnes non-formées en sciences et techniques. De même, lorsque Raymond Loewy (1893-1986) développe l'esthétique industrielle, en particulier avec les premières photocopieuses Gestener dont il améliore l'ergonomie, ou dans le dessin des voitures.

Ainsi en témoigne un sémiologue éminent aux tous débuts de la société de consommation en France à propos de la production d'une nouvelle voiture produit par Citroën et qui fait sensation : la DS. Remarquez comme Barthes l'analyse comme un signe.

> « Je crois que l'automobile est aujourd'hui l'équivalent assez exact des grandes cathédrales gothiques : je veux dire une grande création d'époque, conçue passionnément par des artistes inconnus, consommée dans son image, sinon dans son usage, par un peuple entier qui s'approprie en elle un objet parfaitement magique.
> La nouvelle Citroën tombe manifestement du ciel dans la mesure où elle se présente d'abord comme un objet superlatif. Il ne faut pas oublier que l'objet est le meilleur messager de la surnature : il y a facilement dans l'objet, à la fois une perfection et une absence d'origine, une clôture et une brillance, une transformation de la vie en matière (la matière est bien plus magique que la vie), et pour tout dire un silence qui appartient à l'ordre du merveilleux. La "Déesse" a tous les caractères (du moins le public commence-t-il par les lui prêter unanimement) d'un de ces objets descendus d'un autre univers, qui ont alimenté la néomanie (1) du XVIIIe siècle et celle de notre science-fiction : la Déesse est d'abord un nouveau Nautilus. C'est pourquoi on s'intéresse moins en elle à la substance qu'à ses joints. [...] Quant à la matière elle-même, il est sûr qu'elle soutient un goût de la légèreté, au sens magique. »
>
> **Roland Barthes, *Mythologies*, 1957,**
> **in *Œuvres complètes* I, Éditions du Seuil**

Une néomanie est un néologisme formé par Barthe et signifiant « la passion pour la nouveauté ».

La signifiance de l'objet technique le rend plus transparent pour l'usage humain. En même temps, il cache ses propriétés techniques et l'artifice qu'il constitue, voilant la ruse commerciale. La DS n'est pas une meilleure voiture que les autres, mais une voiture plus désirable à son époque. Le packaging entourant de nombreux objets les voile et les habille de manière à mieux les vendre plutôt qu'à mieux les utiliser. La tromperie est ainsi possible. Le design hésite ainsi entre la démarche fonctionnaliste, par exemple avec l'école du Bauhaus, et la démarche publicitaire.

En cela, le design hésite entre une éthique humaniste et un usage capitaliste de la technique, ce dernier renforçant le danger fondamental de la technique.

7. La sagesse technique

La technique fait culture mais elle ne constitue pas le socle premier de la culture. Ce sont d'autres valeurs qui décident de son usage. Ainsi, le capitalisme crée les conditions d'un usage pervers de la technique. Quelles seraient les règles éthiques et politiques fondamentales pour bien user de la technique ?

La technique ayant une portée universelle, à la mesure de la transformation globale de la nature, ce ne peut qu'être une éthique universelle qui puisse lui faire face. Il en va ainsi de l'éthique nécessaire à la conscience écologique. Comprendre que la terre est notre maison commune engage une volonté de ne pas s'approprier la terre pour soi en faisant des autres des esclaves. Ainsi, il s'agit de refuser les objets techniques dont les conséquences de l'usage seraient nécessairement destructrices, comme celle de la bombe nucléaire. La seule sagesse est de ne pas l'utiliser. Ainsi, en 2019, on trouvait plus de 17 000 armes nucléaires détenues par neuf pays du monde. 1 000 seraient suffisantes pour rendre la terre entièrement inhabitable, sans compter le nombre terrible de mort que chacun causerait directement. Seule une conscience universelle et pragmatique pourrait limiter ce danger.

Ainsi, une éthique de la technique réclame de savoir limiter le désir de puissance. Or, la culture technique est porteuse du désir de contrôle rationnel et de puissance. C'est là le danger majeur de la technique, d'augmenter sans limite notre puissance, en nourrissant notre propre fantasme de toute-puissance. Vouloir ne pas faire tout ce que nous pouvons faire pour maintenir la vie en sa donation première est un axiome de l'éthique technique. C'est d'ailleurs un axiome de toute éthique en ce qu'elle reconnaît en premier lieu l'homme en sa faiblesse (voir le chapitre sur le devoir). Cette éthique n'est d'ailleurs possible que dans une société démocratique où la valeur de la vie de chaque individu est égale à celle des autres. En revanche dans un État despotique ou inégalitaire, la technique peut être utilisée au détriment de la population. Dans le cadre de rapports internationaux inégalitaires et violents la technique présente un danger évident. Ce ne sont qu'au travers de traités internationaux que la limitation de l'usage des techniques s'est avérée possible.

Mais le principe de limiter la puissance est-il définitif ? Combien de temps est-il tenable ? En effet, l'expression de la puissance vitale est aussi humaine que sa limitation. Par exemple, la possibilité du génie génétique de modifier le génome humain, de procéder à des fécondations artificielles, etc. doit-il être interdit ou différé ? Comment savoir si l'Humanité est prête à certaines innovations techniques ou doit les limiter ou les différer ? C'est l'objet d'un choix politique risqué.

Chapitre 15

La conscience

Je révise et je me perfectionne

- **Précautions d'approche de la notion**

La notion de la conscience doit être complétée par celle de l'inconscient avec laquelle elle forme un tout. Le chapitre sur la conscience s'intéressera au phénomène de la conscience et celui sur l'inconscient insistera sur la question de la connaissance de soi.

I. Les mots de la conscience

1. Conscience, Conscience immédiate, conscience perceptive, conscience réfléchie, conscience morale

La conscience en général désigne la connaissance qui accompagne l'expérience et se rapporte au Moi. Elle se présente schématiquement en prolongement des sens comme **conscience immédiate**. Mais, puisqu'elle s'élabore aussi de façon autonome, dans la construction d'une perception, on l'appelle **conscience perceptive**.

La **conscience réflexive** désigne le rapport de la conscience avec elle-même. Elle culmine dans la conscience de soi. La réflexivité est ce rapport à soi qui s'effectue dans le temps, et permet à la conscience de s'orienter de l'intérieur d'elle-même.

La **conscience morale** désigne la conscience qu'à un sujet des valeurs morales qui le constituent.

2. Sujet, subjectivité, assujettissement

Le **sujet** conscient désigne la personne en tant qu'elle possède une conscience, une liberté et agit de façon autonome. La **subjectivité** désigne le rapport qu'à un sujet à lui-même, par lequel il se perçoit lui-même et s'oriente dans la vie.

À l'opposé chez Michel Foucault, l'**assujettissement** désigne les conditions de production de la subjectivité par les pouvoirs, de manière à produire un sujet obéissant et normalisé.

3. Conscience de soi, sentiment de soi, connaissance de soi

La **conscience de soi** désigne le rapport d'attention d'un sujet à lui-même. Le **sentiment de soi** désigne cette conscience en tant qu'affect de soi sur soi. La **connaissance de soi** désigne un savoir positif sur la réalité de soi. La conscience est une connaissance, au sens d'un rapport de représentation à soi-même, mais pas nécessairement un savoir parce que cette représentation de soi est une apparence.

II. Les enjeux de la conscience

1. Le fait de la conscience

La conscience est un phénomène complexe que nous rencontrons sous la forme perceptive, réfléchie et morale.

La conscience, de manière générale, est une connaissance subjective qui accompagne le vécu de l'expérience d'un être vivant sensible. Le cheval possède la conscience, par exemple d'un cavalier qui s'approche de lui ou le monte, au sens où il le sent et s'approprie plus ou moins cette réalité qui veut s'imposer à lui. La conscience, prise ainsi, est une propriété d'un certain développement des facultés sensibles d'un être vivant. Il n'est pas évident, dans l'état actuel des connaissances neurologiques, de préciser quels êtres vivants en sont pourvus ou non. Il semble qu'il faille un cerveau pour cela, et un cerveau à un certain état de développement. Par exemple, la mouche n'a pas conscience de la main qui tente de l'écraser, son système nerveux la fait réagir à un stimulus mais ne la lui fait pas sentir dans une connaissance sensible. En revanche, le chien qui aboie devant moi puis s'approche pour me lécher la main semble avoir conscience de ma présence et de mon comportement dans le fil même de ses sensations. On parle là de « conscience immédiate », avec l'idée qu'elle serait un prolongement des sensations, comme le soutiennent John Locke, Condillac et l'école empiriste : « toute la connaissance provient des sens », toute conscience aussi.

Mais la conscience ne se réduit pas à l'existence de la sensation de *quelque chose*, d'un *objet de connaissance*. La présence de la conscience indique un pôle subjectif dans la connaissance, d'un *moi*. Le cheval qui sent son cavalier s'éprouve lui-même en sentant le cavalier. Le cavalier est l'objet de ses sensations, le pôle objectif ; le cheval est le pôle subjectif. La connaissance est consciente dans la mesure où elle connaît un pôle subjectif. Dire cela, c'est indiqué que la conscience se trouve *à l'intérieur* du sujet connaissant. Par la conscience s'opère une distinction entre le dehors et le dedans de manière psychique. La conscience c'est l'existence d'un moi psychique, c'est-à-dire de l'existence d'une intériorité, d'une vie intérieure. Ce moi psychique est un fait d'expérience, c'est pourquoi Kant le nomme aussi « moi empirique ». C'est un moi senti, vécu intérieurement et donné dans l'expérience.

La connaissance sensible est ainsi une dualité opposant un *sujet* et un *objet*, un dedans et un dehors, un moi et un monde. Kant parlait de l'*aperception* pour indiquer le *moi* qui accompagne la perception objective. Ce moi aperceptif est à la fois la *place du moi* et le moi de l'expérience, le *moi empirique*. Le moi aperceptif précède l'expérience comme condition de possibilité de la conscience empirique. Lui-même n'est pas conscient mais précède la conscience. Kant le nomme aussi *moi transcendantal* ou *conscience transcendantale*. Ces analyses permettent de distinguer, d'une part, entre un pôle objectif de la connaissance, l'objet de la connaissance, et un pôle subjectif qui est la conscience. Elles permettent, d'autre part, de comprendre que la conscience est à la fois le pôle du moi (le moi transcendantal) et un moi empirique (ou moi psychique).

On peut donc définir factuellement la conscience comme le pôle subjectif et intérieur de la connaissance sensible.

2. La conscience perceptive

Le fait que la conscience s'élabore autrement que les sensations se met en valeur par l'existence de la perception. Cette dernière se présente comme une forme de concentration sur certaines sensations et donc comme un découpage perceptif. Le petit chaton qui courait après un papillon et se concentre maintenant sur le lait que je lui verse, n'a pas perdu la sensation du papillon qui continue à voleter autour de lui, mais il en a perdu la conscience. Sa sensation du papillon est diminuée par sa conscience du lait. La conscience est en cela un dynamisme d'attention et pas seulement d'enregistrement des sensations. Elle n'est pas seulement un prolongement des sensations mais une organisation originale de celles-ci par une attention.

Cette organisation définit une perception qui est un certain découpage, une certaine forme d'organisation des sensations en fonction d'une espèce et d'une situation (par exemple les besoins de reproduction ou de nourriture). La conscience n'est en cela pas l'étage des sensations mais un autre étage de la connaissance, qui connaît une certaine indépendance et des enjeux spécifiques. Le chien de berger, par exemple, a des réflexes d'aboiement face aux animaux qui approchent, réflexe très différent du chien de chasse qui se met silencieusement en arrêt. Si la sensation est analogue, la perception que chaque chien possède du même réel définit une autre conscience perceptive et comportementale. La conscience est en cela marquée par l'espèce, par la situation, par le genre, par un conditionnement de dressage ou d'éducation. Elle s'enracine dans la chair du sujet conscient et dans le mode d'attention qui s'y produit. Ainsi, la souris qui court sur mon exemplaire ancien des *Méditations métaphysiques* de Descartes ne s'arrête pas pour le lire, mais s'intéresse à la croûte de fromage qui demeure encore au bord de mon bureau ; alors que, mon collègue Damien, qui pénètre à l'instant dans mon office s'intéresse au livre et pas à la croûte de fromage. La conscience est ainsi organisée par des finalités, des habitudes, des conditionnements propres aux espèces et aux individus. Chacun de ces conditionnements montre des écarts entre les sensations et la conscience. Et chacun de ces conditionnements médiatise (c'est-à-dire constitue un intermédiaire) la perception qui résulte des sensations.

C'est donc enracinée dans le corps que se constitue la perception. Ce corps est à la fois le corps organisé par l'espèce animale auquel appartient l'être conscient, mais aussi son corps propre, le sien, comme le soulignait Maurice Merleau-Ponty dans sa *Phénoménologie de la perception* en 1945.

La perception est donnée dans la singularité du corps propre et la conscience aussi. La conscience est incarnée, relative à une chair. La taille d'un corps, son genre biologique, son état de santé, son âge, son histoire, etc. conditionnent la conscience. Mais aussi son environnement, comme le climat, les sons, l'espace d'une pièce, la nourriture, etc. conditionnent la conscience. Par exemple, le changement moderne de l'organisation des appartements dans les années 70 qui a conduit à des pièces de plus en plus individuelles pour les enfants, a conduit à une perception de plus en plus importante de l'individualité pour les enfants. Au lieu de se percevoir dans la communauté, ils se perçoivent dans la possibilité permanente de la séparation et de l'isolement, libres ou non de rencontrer leur famille. Les espaces conditionnent la conscience de soi. De manière générale, la conscience est une réalité conditionnée et médiatisée par les éléments de la perception.

C'est pourquoi l'expression de « conscience immédiate » est approximative. Il faut lui préférer le concept de « conscience perceptive ». Et toute conscience est l'acte d'un moi empirique, c'est-à-dire d'une réalité psychique. En cela, le cheval est un sujet sensible, comme le chat ou comme Socrate. À ce point de notre réflexion, la conscience est partagée par l'homme et l'animal.

3. La conscience réfléchie

Classiquement, les philosophes opèrent une différence entre l'homme et l'animal à partir de la réflexion. De fait, si l'expression de conscience immédiate est employée, c'est essentiellement pour se distinguer de celle de la « conscience réfléchie ». La conscience est capable de se prendre elle-même comme objet et de se réfléchir. Ainsi, j'ai conscience de Moi, conscience d'avoir conscience, et conscience de posséder des représentations sous forme d'idées, d'images, de souvenirs, de sensations actuelles. L'odeur de la croûte de fromage au bord du bureau me chatouille ainsi les narines de sorte que je la jette enfin à la poubelle, au grand dam de mesdames les souris. La conscience réfléchie est un certain rapport de la conscience à elle-même et à son contenu.

La conscience réfléchie est-elle propre à l'homme ? Si on la définit comme un rapport de la conscience à son propre contenu, on constate que de nombreux animaux au cortex cérébral développé sont capables d'opérer des synthèses de sensations et d'images. Ainsi, les loups possèdent certaines stratégies pour chasser les cerfs et s'adaptent à la course du cerf. Le chimpanzé est capable de construire des schémas adaptatifs. Par exemple, il peut comprendre que la banane, qu'il apprécie comme nourriture, peut devenir un moyen d'échange pour des caresses ou d'autres nourritures plus abondantes, en particulier trois bananes. Pour que cela soit possible, il faut reconnaître que la conscience produit des synthèses nouvelles et toujours plus complexes, dans lesquelles la sensation et l'instinct sont mis un peu à distance. C'est ce qui se passe lorsque nous apprenons à ne pas nous jeter sur la nourriture mais à attendre le moment du repas, et à attendre que les convives soient assis, à demander les plats et à les proposer à d'autres, à utiliser des couverts, etc. Ce sont les conditions ordinaires et réfléchies de notre nutrition. Plusieurs espèces et l'homme montrent ainsi ce type de conscience réfléchie. On ne peut donc faire de la conscience, perceptive ou réfléchie, le propre de l'homme et de sa distinction avec les animaux.

Mais on peut préciser un premier niveau de distinction en comprenant mieux quelles sont les modalités de la conscience humaine. Le chapitre précédent à propos de La Raison permet de mieux percevoir la portée de la conscience humaine. Elle possède une portée universelle. Rien n'est par principe hors du champ d'intérêt de la conscience : les plantes, les étoiles, l'esthétique, la technique, les autres, les différentes cultures, les différentes pratiques, Dieu aussi comme première cause universelle, bref la totalité de la vérité. En conséquence, la conscience de l'homme est universelle. Cela ne veut pas dire que chaque homme l'explore ainsi, et moins encore qu'il existerait des hommes possédant un savoir universel. Cela signifie que chaque homme est, dans l'Humanité, capable de s'ouvrir à l'universel comme principe de vérité complet. Alors que la souris s'intéresse au fromage et ne s'intéresse ni à Descartes ni au bureau ni au possesseur du bureau, l'humain s'intéresse à Descartes et à la philosophie en général comme à tous les savoirs ; au bureau et à tous les bureaux et à toutes les formes d'aménagements des espaces et des fonctions ; au fromage et à tous les fromages comme à leurs procédés de fabrication et à savoir si c'est une nourriture intéressante et pourquoi, comme il s'intéresse au système de la nutrition en général. Il s'intéresse aussi à la souris et à sa nourriture comme à son comportement. Il s'intéresse à tous les animaux et à leur univers. Non seulement cela, mais l'humain s'interroge quant à savoir pourquoi il existe des souris et des hommes, pourquoi existe un univers avec des êtres vivants, et, de manière générale, pourquoi il y a de l'être plutôt que rien, selon la formulation de Leibniz. La conscience humaine a une portée universelle.

L'acte réflexif humain a ainsi une portée universelle que n'a pas la réflexion animale, qui est seulement adaptative.

4. La conscience et le Moi : la subjectivité

La seconde différence avec l'animal est que la conscience humaine possède une portée existentielle là où la conscience animale demeure une propriété psychique. Le moi animal – moi empirique – n'a pas la même portée que l'Ego humain.

Cela ne va pas de soi car l'animal conscient se sent mis en jeu dans chacune de ses expériences conscientes. Le chat qu'on caresse, qui ronronne et présente son ventre vit à l'évidence une expérience de plaisir. Le chien qui prend la laisse dans sa gueule afin d'aller le promener a conscience imaginairement du plaisir que lui procure la promenade. La conscience est en cela une expérience intérieure ou se trouve rassemblé un substitut psychique de l'être conscient. Spontanément la conscience c'est le sujet vivant qui s'éprouve dans l'expérience en même temps qu'il éprouve une sensation. La conscience est ainsi un état psychique rattaché au sentiment que le vivant a de lui-même.

Certes, la conscience varie selon les espèces vivantes. La conscience du berger allemand n'est certainement pas celle du puma, ni celle d'un trader britannique comme Nick Leeson ou d'une artiste berlinoise comme Nina Hagen. Le berger allemand comme le puma se situent dans le monde par une conscience qui s'est forgé dans leur expérience individuelle organisée par les conditionnements de leur espèce, nous l'avons vu. De la sorte, le berger allemand, du nom de Rex, est attaché à son maître et à la villa où il s'ébat en gardant le domaine. Un autre berger allemand serait attaché à d'autres maîtres et à un autre espace. Le puma du Québec n'est pas formé dans son expérience comme celui de Guyane ou du Wyoming. Et chacun est constitué comme un individu dans sa conscience. Il en va de même des individualités humaines.

La différence cependant entre les êtres humains ne se contente pas d'être psychique, elle est existentielle. Nick Leeson qui causa en 1995, du fait de ses manipulations boursières et comptables, la ruine de la prestigieuse banque Barings, était un homme avide d'argent. Le film *Trader* (1999 par James Darden), basé sur son autobiographie, montre que ce n'est pas seulement le contact avec l'argent qui l'a rendu ainsi, mais des choix, des priorités, une culture de l'argent, une manière de construire sa vie et sa morale. Il était devenu un « loup de la finance ». La conscience de soi est ainsi construite à la mesure de la conscience de l'universel et d'un jugement sur le réel et sur soi. La conscience de soi est ainsi le lieu où un sujet, non seulement s'éprouve lui-même psychiquement, mais aussi un lieu qu'il travaille par ses propres choix. L'être humain forme sa propre conscience dans l'expérience d'une unicité irréductible.

Ainsi, dans les *Méditations métaphysiques* (1641), René Descartes, cherchant une vérité indubitable et doutant de toute connaissance reçue, ne peut douter qu'il doute ; et puisqu'il doute, il pense ; et puisqu'il pense, il existe. « Je pense, je suis » – *cogito, sum* – en latin, est l'intuition fondamentale qui reste lorsque le monde a disparu. Ce *cogito* c'est la conscience. Elle est porteuse du *Je suis,* et donc de l'existence même du sujet pensant. Elle est référée non seulement à un Moi psychique, mais à un *Ego* spirituel. La conscience humaine est ainsi un fait existentiel, porteur du *Je* inclus dans le sens universel de l'existence. Le sujet pensant qu'est l'*Ego cogito* est ainsi au plus au point un individu unique porteur du sens de son existence en même temps qu'il est porteur du sens de toute existence par la portée universelle de sa conscience.

La conscience réfléchie de l'homme est ainsi très unique et très différente dans sa structure et sa portée de la conscience psychique de l'animal. Elle est celle d'un sujet. Être un sujet signifie non seulement dire « Je » mais aussi se soucier de l'universalité de la vérité. Le sujet est un Je universel : une personne.

5. La conscience morale et l'intersubjectivité

C'est de cette façon que se construit le propre de la conscience qu'à l'homme des valeurs et de la morale (voir le chapitre sur le devoir). Avoir le sens d'être un individu signifie aussi reconnaître l'autre comme un autre individu. Ma conscience témoigne donc de la présence de l'Autre tout en étant conscience de soi. Mais il faut approfondir ce fait en considérant l'opposition de ces deux pôles de la conscience : Moi et l'Autre.

Descartes a permis de mettre en valeur la conscience comme réalité pensante, comme fait cogitatif non psychique. Pour ce faire, il a mis en doute jusqu'à l'existence du monde et d'autrui de manière à montrer que demeurait toujours la nécessité d'un sujet pensant permanent : la conscience. Si la conscience est un fait séparé, solipsiste (du latin, *solus ipse,* seul soi-même), alors comment savoir qu'on n'est pas seul ? Le premier niveau de réponse, donné par Maurice Merleau-Ponty, est de prendre en compte le fait que le *cogito* est un fait de langage : « je pense, je suis » ainsi que l'expression même de toute méditation. Or, le langage est un fait social. C'est donc que le *cogito* est habité par autrui. S'il résulte d'une mise en doute de l'existence d'autrui alors qu'il est un fait de langage, c'est qu'en fait il se cache derrière le *cogito* une présence d'autrui plus constitutive que celle du doute.

Merleau-Ponty (après Husserl dans les *Méditations cartésiennes* de 1929) insistera sur l'existence d'une intersubjectivité originaire. Il désigne ainsi le fait que le sujet pensant se dit pensant parce qu'il se rapport à d'autres sujets pensants. Il accède à la conscience de soi par la médiation d'autrui. Dans une formule brillante de *L'Être et le Néant* (1943), Jean-Paul Sartre dira : « autrui est un médiateur entre moi et moi-même ». Le Je spirituel se révèle comme réponse à la présence d'autrui alors que le moi psychique s'éveille dans la présence du monde. Seul Autrui est à la mesure d'un éveil de la conscience humaine de soi. La causalité du monde n'atteint pas directement ma liberté ; seul autrui me sollicite comme être libre et pensant. En ce sens, les antiques propos d'Aristote sur l'homme comme « animal social » (*Les Politiques*) ne sont pas seulement le constat d'un fait – à savoir que l'homme vit le plus souvent en société et non isolé – mais c'est un constat anthropologique – à savoir que l'homme n'accède à sa conscience et donc à son humanité que par la présence d'autrui et par son action.

Quelle action d'autrui est fondamentale et depuis quand ? Puisque la connaissance provient de l'expérience (voir le chapitre sur la raison), et que la révélation de sa propre humanité est native, c'est que l'expérience filiale – la seule expérience présente à notre origine – est capitale dans l'accès à la conscience. De fait, la conscience d'un sujet est plus ou moins heureuse et plus ou moins perturbée en fonction du rapport originaire à ses propres parents. Bien entendu ce n'est pas là l'unique facteur dans la mesure où l'intersubjectivité est plus large que l'intersubjectivité filiale. Il s'agit ici de la filiation en tant qu'elle produit la subjectivité et amène à la conscience de soi. Cette filiation est d'ailleurs plus large que la filiation biologique et peut même se déployer en dehors d'elle, dans la fragilisation ou l'absence de celle-ci. Le propre de la filiation est d'engager une conscience de soi en rapport avec le fait radical d'exister comme un individu humain : « être, c'est toujours *être né de...* » (voir Pierre Benoit, *Le Père en personne,* 2014).

À cause de cette présence d'Autrui à la constitution de soi, on peut saisir le sens d'une formule comme celle de Rimbaud soutenant que « Je est un autre » dans sa lettre à Paul Demeny datée du 15 mai 1871. Il manifeste un paradoxe : l'identité qui me fait Moi est la présence de l'Autre en Moi, c'est-à-dire la présence de ce qui n'est pas Moi. Peut-on sortir de ce paradoxe ? Levinas et Ricœur y parviennent. Le premier en montrant que le Je se rapporte à ma responsabilité sur l'Autre, responsabilité unique, insubstituable ; le second en montrant que ce rapport est un rapport temporel de sorte que la place de Moi et celle de l'Autre ne fusionnent pas. Les deux ont en commun de prendre en compte la *relation* entre Moi et Autrui, et non pas le Moi isolé ou Autrui séparé. En ce sens, ce qui est constitutif de la relation – et que nous avons étudié précédemment : le langage, le travail, la raison, le devoir, la justice, les institutions, la religion, etc. – tout cela est une médiation dans l'identité de quelqu'un. C'est pourquoi je dis qui je suis – mon identité – en indiquant une culture, une langue une place sociale, une famille, des valeurs, etc. De fait, si « qui je suis » est quelque chose d'unique, en revanche les moyens de l'exprimer peuvent être communs et peu originaux. Ainsi, lorsque Georges déclare à Françoise qu'il l'aime, il dit quelque chose de banal et pourtant de tout à fait unique qui lui donne une conscience unique. Cette dernière s'accomplit d'autant plus, d'ailleurs, que Françoise lui dit la même chose… C'est aussi la raison pour laquelle l'unicité de quelqu'un peut s'obscurcir derrière la référence à ces médiations qui demeurent communes, de sorte que quelqu'un semble perdre toute originalité derrière l'usage qu'il fait des conventions. Là, Je est un Autre, et seulement un Autre ! Il est aliéné.

Plus qu'un paradoxe, la formule « Je est un Autre » désigne une responsabilité personnelle et médiatisée dans une histoire (voir le chapitre sur la liberté). Elle dit finalement que la conscience est constituée dans une intersubjectivité riche et diversifiée de médiations : la filiation, la culture, les institutions, etc.

Chapitre 16

L'inconscient

Je révise et je me perfectionne

I. Les enjeux de l'inconscient

1. L'inconscient en moi

Au début de la philosophie, il y avait Socrate dont la devise écrite au frontispice du temple de Delphes était : « Connais-toi toi-même » (*gnosi sè aut*ôn). C'est en se connaissant soi-même qu'on atteint la sagesse. Mais, la sagesse étant une connaissance du sens universel de la réalité, peut-on l'atteindre par un savoir de sa conscience ? Et peut-on véritablement se connaître soi-même ? La conscience est-elle vraiment transparente à elle-même ? Cette question semble se concentrer sur celle de l'existence de l'inconscient.

L'inconscient s'oppose avant tout au conscient. Il désigne de manière générique ce qui se passe dans un sujet et dont il n'a pas conscience. L'inconscient, c'est tout ce que j'ignore en moi. Or, s'il y a de l'inconscient en nous, c'est donc que le sujet n'est pas maître de lui-même « dans sa propre maison », selon le mot de Freud. C'est aussi, sans doute, que la conscience de soi ne peut prétendre être une connaissance de soi. Alors en quoi consiste la connaissance de soi ?

D'abord, peut-on prouver l'existence de l'inconscient ? Si ce dernier n'est précisément pas conscient, et que la connaissance s'accompagne de conscience, alors quelle connaissance peut-on en avoir ? Ce n'est forcément pas une connaissance directe, par l'évidence de la cause, comme on connaît la cause de la nuit par la disparition du soleil à l'horizon, mais une connaissance par les effets, comme on sait que quelqu'un est passé sur la plage parce qu'on y voit des traces de pas. Quelles sont donc les traces certaines de l'inconscient dans la conscience ? Si on les trouve, elles apparaîtront comme les éléments d'une activité qui échappe au domaine de la conscience et donc aussi au domaine du choix.

Les premières traces connues de l'existence de l'inconscient relèvent du discernement de l'involontaire, dans l'analyse de l'acte volontaire qu'Aristote opère au livre III de l'*Éthique à Nicomaque*. L'involontaire relève à la fois des conditions extérieures de la volonté, comme ensemble des conditions de l'acte que la volonté ne contrôle pas, par exemple le conducteur qui roule lentement et est accidenté par un rocher tombant de la montagne. Mais il s'agit de l'inconscient « du dehors », et non de l'inconscient au sens où nous l'avons défini, l'inconscient « du dedans ».

L'inconscient au sens qui nous intéresse se trouve essentiellement dans ce qu'on nomme du terme générique de « passions » auquel s'ajoute le terme d'« instinct ». De façon simpliste, on oppose là essentiellement un inconscient animal – inné, naturel et rattaché à l'espèce humaine – qu'on range sous la catégorie de l'« instinct » ; et un inconscient personnel – acquis, culturel, rattaché à une histoire individuelle et sociale, qu'elle soit subie ou construite comme de mauvaises habitudes – qu'on range sous la catégorie de « passions ». Ce sont les forces intérieures qui animent les comportements : les désirs, les colères, les espoirs, les obsessions, les phobies, etc. Le comportement de quelqu'un n'est pas toujours celui qu'il voudrait parce qu'il est dominé par des forces qui se déploient au-dedans de lui sans être rattaché à son moi conscient.

Mais l'idée que la nature en nous soit étrangère à notre identité suppose comme une scission en soi entre l'individu et sa nature. Plus encore, l'idée que la culture s'imprime en nous et constitue notre identité sociale principale sans que l'individu y participe, y consente ou puisse se l'approprier, ressemble à une aliénation au regard d'un idéal de la liberté individuelle. Au sommet de ces constats dramatiques, il y a le constat que l'histoire personnelle d'un individu puisse lui échapper. Ce qui est advenu à quelqu'un comme des amours et des violences, des atmosphères dans lesquelles son enfance a baigné ou des événements qui lui sont advenus, ou des actes qu'il a posés sans réfléchir, peuvent demeurer des sources d'activités qui échappent à la conscience de quelqu'un et se manifester sous la forme de désirs, de phobies, de discours, de culpabilité, de réflexes, etc. Ce qui m'advient est en moi et m'agit sans être moi ! Vraiment, « le moi n'est pas maître dans sa propre maison ».

Et si chaque habitant de la société n'est pas maître de lui, alors la collectivité n'est pas non plus maîtresse d'elle-même. Il existe en cela une dimension collective de l'inconscient.

2. L'inconscient du corps : Descartes

Pourquoi y a-t-il de l'inconscient, autant au plan individuel que collectif ? Si l'inconscient est ce qui demeure hors du champ de la conscience individuelle ou collective et qui cependant agit sur cette conscience, alors il semble qu'il faille penser la complémentarité de la conscience et de l'inconscience dans le champ de la subjectivité. On pourrait le figurer dans une équation simpliste : Cs + Ics = S (l'addition de la conscience et de l'inconscient constitue la subjectivité). C'est au travers d'une caractérisation de la conscience qu'on pourrait définir l'inconscient.

C'est ainsi que Descartes a opposé pour l'homme, dans un dualisme, le domaine de la conscience, substance pensante qui serait spirituelle, libre et transparente à lui-même, avec le domaine du corps qui serait opaque et déterminé, et qui serait le domaine de l'inconscient. La conscience est le socle indubitable de toute connaissance : « Je pense, je suis », « *cogito*, sum ». En découvrant sa propre conscience, le sujet pensant se découvre comme vérité substantielle et découvre concomitamment que tout ce qui n'est pas conscience en lui n'est pas lui. Ce qui n'est pas lui – substance pensante – est corps – substance corporelle, matière, étendue. Descartes opère un discernement entre conscient et inconscient. Le corps désigne précisément tout ce dont on peut douter et auquel la conscience ne peut s'identifier, le rejetant hors d'elle-même.

De fait, de nombreux constats corroborent l'assertion cartésienne. Le corps est à l'évidence sujet d'une dynamique inconsciente. Elle passe par la passivité de la matière corporelle et ses retentissements vitaux. Le système nerveux, la vie végétative, les instincts, les réflexes, la physiologie des hormones et des sécrétions, etc. sont autant de sources de mouvement qui échappent à la conscience et se produisent pourtant dans le domaine de la vie psychique et conscient lorsqu'ils s'actualisent. Par exemple, les taux d'hormones sexuelles s'actualisent dans les désirs sexuels, la tension nerveuse accumulée se décharge dans des gestes, etc. Ce qui se passe dans le corps devient donc conscient à partir d'un certain niveau quantitatif ou à partir d'un certain niveau qualitatif de changement. Les constats sur le corps sont donc indirects. Ils relèvent d'une méthode analytique qui part de l'analyse d'effets visibles pour indiquer des causes. En effet, chacun des facteurs que nous avons envisagés possède un rapport déterminé à son effet de sorte qu'on peut lire mécaniquement le corps. L'influx nerveux dans le muscle produit la contraction ; l'afflux de sang fait grossir les veines et un caillot peut les boucher, le plaisir ressenti après un jogging vient de la production d'endorphines, etc.

Deux logiques d'explication séparent l'âme et le corps. Ce qui relève de l'âme s'explique par la liberté et la connaissance ; ce qui relève du corps s'explique par un jeu déterminé de causes efficientes. De la sorte, Descartes expose les principes d'une explication mécaniste du corps et de l'inconscient. L'inconscient n'est alors pas un autre Moi, un Moi parallèle, il désigne les conditions corporelles de la conscience. Comme l'écrira le philosophe Alain : « l'inconscient est un abrégé du mécanisme ». Certes, « l'homme est obscur à lui-même » mais il n'est pas divisé. L'inconscient n'est pas une pensée. Il n'y a qu'un Moi et qu'une pensée, celle de la conscience, comme le soutient Descartes.

Le dualisme de la conscience et de l'inconscient est donc réel et oppose comme deux substances – l'esprit et la matière – et deux logiques – le mécanisme et la liberté. L'addition des deux constitue matériellement la subjectivité ; mais c'est la conscience qui forme l'inconscient et l'organise progressivement. L'humanisation, entendue ainsi, est un processus vertueux, dont la connaissance est le moyen, le vouloir l'opérateur, et la liberté le fruit. L'inconscient n'est jamais supprimé, mais il est intégré à la personnalité. Le sujet est finalement toujours le sujet conscient victorieux de son inconscient. L'inconscient ne disparaît pas mais est partiellement résorbé, contenu, compris, intégré et contrôlé.

3. La destitution du Moi conscient

Selon les Grecs et Descartes, le Moi, sans être maître absolu de l'inconscient, semble au moins maître chez lui et capable d'organiser consciemment l'inconscient. Mais a-t-on résolu jusqu'au bout l'énigme de l'inconscient, d'un inconscient qui affecterait l'intérieur du Moi, en le destituant de ce qu'il prétend être ?

Au travers d'un exemple, Freud brise les prétentions grecques et cartésiennes qui ont été précédemment énoncées :

> « Je me limiterai, écrit-il dans ses *Cinq Leçons sur la psychanalyse* (1909, Deuxième leçon), à l'exposé d'un seul cas, dans lequel les conditions et l'utilité du refoulement sont clairement révélées. [...] Une jeune fille avait récemment perdu un père tendrement aimé, après avoir aidé à le soigner [...]. Sa sœur aînée s'étant mariée, elle se prit d'une vive affection pour son beau-frère, affection qui passa, du reste, pour une simple intimité comme on en rencontre entre les membres d'une même famille. Mais bientôt cette sœur tomba malade et mourut pendant une absence de notre jeune fille et de sa mère. Celles-ci furent rappelées en hâte, sans être entièrement instruites du douloureux événement. Lorsque la jeune fille arriva au chevet de sa sœur morte, en elle émergea, pour une seconde, une idée qui pouvait s'exprimer à peu près ainsi : maintenant il est libre et il peut m'épouser. Il est certain que cette idée, qui trahissait à la conscience de la jeune fille l'amour intense qu'elle éprouvait sans le savoir pour son beau-frère, la révolta et fut immédiatement refoulée. La jeune fille tomba malade à son tour, présenta de graves symptômes hystériques, et lorsque je la pris en traitement, il apparut qu'elle avait radicalement oublié cette scène devant le lit mortuaire de sa sœur et le mouvement de haine et d'égoïsme qui s'était emparé d'elle. Elle s'en souvint au cours du traitement, reproduisit cet incident avec les signes de la plus violente émotion, et le traitement la guérit. »

L'exemple montre que le Moi a été débordé par ce qui émergeait en lui et l'a refoulé de lui-même sans même en prendre conscience. Ce qui a été refoulé a fait retour sous la forme du symptôme hystérique. Le refoulement et le retour du refoulé se sont effectués de façon inconsciente, par devers la conscience. Alors que la perspective cartésienne présente la conscience comme autre que l'inconscient qu'est le corps, au travers d'une dualité. Le fait exposé par Freud montre clairement que la conscience est incluse dans une dynamique inconsciente.

Le fait majeur qui interroge Freud est le caractère « lacunaire » de la conscience. L'ensemble de ces actes ne peuvent s'expliquer qu'en formulant l'hypothèse d'un inconscient psychique. Ces actes ne trouvent de cohérence qu'au travers d'une théorie de l'inconscient qui rend compte des causes d'un refoulement, d'un retour du refoulé et du travail de la conscience sur le refoulé de manière à parvenir à la disparition de certains symptômes. Vouloir maintenir la prétention de la totale domination de la conscience serait irrationnel et intenable.

Ce qui est certain est l'existence de l'inconscient psychique. Sa nature, en revanche, échappe par essence à la conscience et à l'expérience directe. Elle ne peut donc que faire l'objet d'hypothèses multiples et opposées comme celle de Freud, Jung, Nietzsche, par exemple. Nous ne sommes donc pas en mesure d'unifier totalement la théorie de l'inconscient. Ce qui est certain est l'existence de l'inconscient et aussi le fait qu'il se rattache à des éléments multiples eux-mêmes rattachés à l'histoire de quelqu'un et à celle des sociétés.

4. Les objections à l'inconscient

Il y a plusieurs erreurs concernant l'inconscient. En particulier, il faut éviter d'être pris au piège du langage exprimant l'inconscient avec un article défini « l' » comme s'il était lui-même une cause unique et un sujet agissant comme un « moi-inconscient ». Le philosophe Alain, dans des *Propos* soutenait que « la plus grave de ces erreurs est de croire que l'inconscient est un autre moi ; un Moi qui a ses préjugés, ses passions, et ses ruses, une sorte de mauvais ange, diabolique conseiller. ». Il s'agirait d'hypostasier, de chosifier, de subjectiver des forces et des significations pour les constituer comme des pensées. En réalité, soutient Alain, « Il faut comprendre qu'il n'y a point de pensée en nous sinon par l'unique sujet Je. Il ne faut point se dire qu'en rêvant on se met à penser. Il faut savoir que la pensée est volontaire ; tel est le principe des remords : "tu l'as bien voulu !" [...] ». Le Je qui pense et veut n'est pas une force qui se déploie *en nous* mais une décision, un vouloir, une liberté qui ressaisit ce qui est en nous et l'oriente. Il n'y a en ce sens pas en nous un sujet caché, notre « vrai moi » (il est tellement mieux protégé lorsqu'on le pense caché !), qui agirait par devers le moi social qui serait le moi conscient. La pensée se ressaisit par la réflexion tout autant de ce qui est inconscient que des apparences sociales et elle se distingue d'eux. L'élève d'Alain qu'est Jean-Paul Sartre a insisté lui aussi sur la conscience morale qui juge des forces inconscientes et en prend la responsabilité. « Si en effet, dit-il dans l'*Être et le Néant* (1943), nous repoussons le langage et la mythologie chosiste de la psychanalyse nous nous apercevons que la censure, pour appliquer son activité avec discernement, doit connaître ce qu'elle refoule. Si nous renonçons en effet à toutes les métaphores représentant le refoulement comme un choc de forces aveugles, force est bien d'admettre que la censure doit choisir et, pour choisir, se représenter ». De fait, le travail même de la thérapie psychanalytique conduit à se représenter ces forces au travers d'un effort conscient de pensée.

Mais Sartre va plus loin et rejette toute idée de refoulement, dont on a vu qu'elle était l'expérience cruciale de la psychanalyse freudienne. « En un mot, ajoute-t-il, comment la censure discernerait-elle les impulsions refoulables sans avoir conscience de les discerner ? Peut-on concevoir un savoir qui serait ignorance de soi ? Savoir, c'est savoir qu'on sait, disait Alain ». Or, c'est précisément ce savoir dans la représentation qui est nié par Freud. Précisément, si toute pensée relevant d'un Je engage une représentation consciente (idée d'Alain), la réciproque n'est pas vraie, à savoir que toute représentation engagerait une pensée consciente (idée de Sartre). Sartre confond en fait « pensée » et « réflexion » parce que le *cogito* cartésien les identifie. De même, il confond ici entre le Moi qui accompagne les représentations et l'Ego réflexif. Descartes aussi tendait à les confondre. La pensée est rencontrée par Descartes comme une réflexion sur soi : « Je pense, je suis ». Or, il y a des représentations inconscientes et des flux de pensées inconscientes mais pas pour autant de la réflexion inconsciente. Freud met en valeur, ne serait-ce que dans sa méthode des « associations libres », l'existence de flux de pensées inconscients. Mais la thérapie est un acte réflexif. Il ne faut donc pas confondre entre des flux de pensées inconscientes et des actes réflexifs. C'est cette distinction qui maintient la possibilité d'une responsabilité réflexive consciente et ne fait pas de l'homme le jouet d'un inconscient.

On n'acceptera alors pas la suite du raisonnement de l'auteur de l'*Être et le néant* : « De quel type peut être la conscience de soi de la censure ? Il faut qu'elle soit conscience d'être conscience de la tendance à refouler, mais précisément pour n'en être pas conscience. Qu'est-ce à dire sinon que la censure doit être de mauvaise foi ? ». La notion de « mauvaise foi » désigne chez Sartre la conscience qui se nie-elle même et démissionne de sa responsabilité. Dire que l'inconscient agit par devers nous serait se destituer de sa propre responsabilité, s'excuser à bon compte. Plus qu'une erreur, ce serait une faute, comme le disait déjà Alain. La psychanalyse ne serait rien d'autre qu'une idéologie masquant notre universelle et inaliénable responsabilité consciente. L'inconscient ne devrait alors que s'expliquer mécaniquement, comme corps, ainsi que nous l'avions déjà exposé. Mais Sartre a tort. L'inconscient à l'œuvre dans le refoulement, n'est pas réflexif et n'est pas constitué comme un Ego. Il n'est pas « mauvaise foi » mais il énonce l'impossible compatibilité entre les représentations et les forces du Ça, du Moi et du Surmoi.

Il importe donc de désubjectiver l'inconscient. Il importe aussi de ne pas le traiter comme une instance unifiée. De fait l'inconscient se rattache à des forces et à des significations multiples possédant plusieurs causes et interagissant.

L'inconscient n'est pas une cause unique. Freud lui-même le rattache au moins à une triple source. C'est donc un ensemble d'instance et de dynamismes en interaction qui ont en commun la propriété d'être de l'inconscient. Mais certaines dynamiques sont matériellement corporelles, d'autres sont sociales, d'autres sont symboliques, d'autres sont relationnelles. D'une certaine manière il y a *des* inconscients. S'ils sont nommés par un article défini singulier c'est en raison du traitement commun qu'en produit l'Ego cogito en ce que ce sont des processus qui ont en commun d'être inconscients et de devoir être rattachés à la conscience par un processus langagier. L'Ego cogito traite l'inconscient comme l'Autre que la conscience, dira Jacques Lacan. C'est une altérité interne avec laquelle on traite par le langage. Freud a écrit quelque part : « Partout où je suis passé, un poète est déjà passé avant moi ».

5. L'altérité interne qu'est l'inconscient

Pourquoi, alors, identifions-nous l'inconscient comme un sujet ? D'où vient cette illusion ?

De fait, l'inconscient est rattaché non seulement à des sujets, mais aussi à des significations multiples. Au travers de l'idée de Surmoi se trouve les parents réels, leurs images et leur symbolique. L'analyse freudienne du complexe d'Œdipe met en scène le couple parental et la filiation comme fondement de l'histoire inconsciente du sujet. Le Surmoi se présente ainsi comme un ensemble de forces rattachées aux sujets parentaux et à leurs paroles intériorisées. Les conflits psychiques se donnent comme des conflits entre des sujets divers à l'intérieur du sujet. Le sujet n'est pas le seul à habiter sa subjectivité. Il est habité – hanté est le verbe juste – par les spectres de ceux qui l'ont formé (ce qu'il identifie comme père, mère, parents, frères et sœurs, en particulier). Ces spectres sont eux-mêmes habités d'autres spectres, etc. L'inconscient se présente ainsi comme la figure de sujets autoritaires possédant une force morale ou pulsionnelle. C'est pourquoi, fondamentalement, il se présente comme une présence subjective.

En réalité, nous l'avons vu, il n'est pas un sujet unique ou réel, il est un ensemble de significations rattachées à des sujets. Jacques Lacan distinguait avec pertinence, en ce qui concerne la paternité inconsciente, entre le père réel (le père qui existe, biologique ou non), le père imaginaire (l'image du père dans l'enfant) et le père symbolique (le signifiant de la paternité qui se trouve présent lorsqu'on en parle et qui fait sens dans une portée universelle inconsciente). La différence entre le sujet névrotique et le sujet psychotique se joue particulièrement dans le statut accordé à la subjectivité inconsciente. Le sujet névrotique (phobique par exemple) garde la place de sujet premier et se trouve en conflit intérieur avec ce qui l'habite. Il souhaiterait être plus adapté aux autres et au réel. Il garde l'expérience d'être comme divisé, et demeure conscient de ses conflits. Les autres sont pour lui d'autres sujets parlants qu'il s'agit de recevoir et respecter, sans savoir toujours quel comportement et quelle distance adopter. Le névrotique a conscience d'être dans un monde commun avec les autres, sans pouvoir toujours habiter ce commun comme il le souhaiterait. Au contraire, le sujet psychotique s'est identifié à une signification qui n'est pas lui. Mais s'étant absenté de la place de sujet, il ne se rencontre pas comme sujet hors du signifiant qui l'aliène sans le savoir. Par exemple, pour le religieux fondamentaliste ou le meurtrier de masse ou l'idéologue politique, ce qui pose problème dans la vie ce sont les autres qui ne le reconnaissent pas suffisamment pour ce qu'il est, c'est-à-dire un signifiant vrai (son idéologie). Et le problème essentiel des autres est qu'ils vivent dans une réalité qui n'est pas le réel que le psychotique a identifié comme tel. Lui seul, et ceux qui partagent sa vision du monde (mais qui ne la partagent jamais assez), sont dans le réel, les autres sont des menteurs ou des ignorants.

La différence entre le névrotique et le psychotique est donc dans le rapport entretenu avec la signification subjective à laquelle ils s'identifient. Le névrotique semble demeurer le sujet principal mais non exclusif de son histoire ; au contraire, le psychotique s'est aliéné de l'intérieur par une identification à une signification qui est Autre que lui. Le névrotique tente de tracer la différence entre ce qui est autre que lui-même et lui-même, en reconnaissant sa communauté avec les autres ; en revanche, le psychotique fusionne avec un Autre et exclut les autres du domaine du signifiant.

Nous comprenons donc pourquoi l'inconscient se présente comme un sujet, et nous avons répondu à notre question. Lacan dira même qu'il est l'Autre en nous, plaçant un « A » majuscule. Il rendait compte ainsi des analogies entre la religion et le rapport à l'inconscient, sans pour autant identifier la religion à une simple manifestation de l'inconscient. Mais si l'inconscient se présente comme une altérité qui dérange le sujet, par quel travail et quels moyens se situer dans, avec et vis-à-vis de l'inconscient pour parvenir à une authentique connaissance de soi ?

6. L'intégration de l'inconscient

On voit donc que l'inconscient se présente comme une altérité en rapport à laquelle il s'agit de se situer dans le domaine du sens. Comment peut-on l'atteindre ? Pour Paul Ricœur, dans son livre *De l'interprétation* (1965), il est clair que travailler sur le sens est possible par l'entremise du langage qui médiatise le sens (voir le chapitre sur le langage). Mais il faut aller plus loin, car l'inconscient est vivant dans un sujet ou un groupe de sujet. C'est donc dans l'acte de vie subjective du langage que peut s'opérer la relation vivante à l'inconscient ; or l'acte vivant du langage c'est la parole ; c'est donc par la parole que peut s'intégrer l'inconscient. C'est vrai de la thérapie psychanalytique, Ricœur le montrera dans l'ouvrage indiqué, mais cela semble vrai plus largement dans l'accès à soi, ce que Ricœur montrera dans des ouvrages ultérieurs. Considérons ces deux voies de l'accès à soi.

Fondamentalement, la thérapie psychanalytique se présente sous la forme d'un travail de la parole. Il s'agit de « parler l'inconscient » en présence d'un tiers-thérapeutique. « Parler les rêves » c'est par exemple les interpréter de manière à ce qu'ils fassent sens. Il ne s'agit pas tant d'identifier la vérité du rêve – comme un oracle religieux interprétant les songes ou comme un scientifique qui les expliquerait – que de parvenir à donner sens sur la base de liens entre des représentations inconscientes qui s'unissent dans le travail de la parole thérapeutique. Parler l'inconscient à un tiers c'est, pour le patient, se situer comme sujet devant ce qui fait sens de manière à se libérer d'une emprise (par exemple se libérer d'une relation parentale excessive) ou au contraire à accepter la nécessité d'une contrainte avec ce qui est autre et fait sens dans la vie d'un sujet (par exemple l'autorité de la Loi). La parole à un tiers est ainsi la médiation de l'intégration de l'inconscient.

On pourrait penser avec Freud que l'accès au symbolique pourrait passer par d'autres voies. Ainsi, Freud a identifié d'autres voies d'accès au symbolique qu'il nomme par le concept de « sublimation ». La sublimation est le fait de socialiser une pulsion, par exemple par le travail ou l'art le sujet fait de ses désirs ou de son agressivité intérieure quelque chose *pour autrui*. Il accède ainsi à une dimension symbolique dans sa pulsion en la représentant ou en la mettant en œuvre, ce qui lui évite le *passage à l'acte*, purement pulsionnel. Mais la sublimation est une socialisation et non une appropriation. En effet, Freud montre que la socialisation peut être une aliénation par le Surmoi. Et c'est une expérience commune que de pouvoir être aliéné à vouloir trop faire pour les autres et pour la reconnaissance sociale. Ce qui est symbolique doit donc encore être parlé pour permettre au sujet de se situer devant l'ordre symbolique.

Ricœur, dans son livre majeur qu'est *Soi-même comme un autre* (1990), admet que « l'Autre n'est pas seulement la contrepartie du Même, mais appartient à la constitution intime de son sens ». En conséquence, la relation à soi n'est pas immédiate, comme l'imagine la tradition cartésienne centrée sur l'*ego cogito*. La réflexivité s'opère dans le rapport à autrui médiatisée par le langage. Ce travail du langage ouvre immédiatement du temps parce qu'il engage la succession des paroles et des autres. Il n'engage donc pas un rapport immédiat à soi – hors-temps – mais un rapport médiatisé. L'accès à Soi part du Moi ouvert à autrui. C'est un travail d'identification et d'identité qui relève d'énonciations successives.

Mais, contrairement à Freud qui ne parlait que le langage des forces psychiques ou de Lacan ne parlant que d'un rapport de signifiant à signifié dans le langage, Ricœur admet avec Levinas la dimension éthique de la relation langagière. Le langage est un acte de responsabilité. L'accès à l'inconscient comprend donc une dimension éthique. Parler l'inconscient, c'est parler à l'autre des autres. On retrouve là le dispositif thérapeutique de la psychanalyse : une parole sur l'inconscient et un tiers. La différence est qu'il ne s'agit pas seulement de se situer face à des représentations des autres mais aussi en rapport à la réalité qu'ils constituent pour d'autres que le Moi.

L'accès à Soi est ainsi un travail éthique par le langage. Il donne une connaissance de soi qui n'est pas un savoir. Le savoir de soi est toujours relatif et limité, ainsi qu'on l'a vu. La connaissance de soi est une responsabilité de parole « devant autrui, avec autrui et pour autrui dans des institutions justes », dit Ricœur. Autrement dit, dans une pratique éthique où je me révèle comme un sujet éthique qui donne sens à sa propre histoire et se tient comme le sujet actif de son histoire. L'inconscient, ici, n'est pas ce qui déresponsabilise, contrairement aux remarques d'Alain ou de Sartre. L'inconscient est ce qui appelle à la responsabilité dans un sujet travaillé par de multiples significations et de multiples loyautés.

L'inconscient n'est donc ni la part obscure de soi qu'il faudrait mettre en lumière comme la vérité de soi, le sujet caché – Alain a raison sur ce point ; ce n'est pas non plus la part instinctive et passionnelle de soi qu'il faudrait seulement dresser par l'éducation : Descartes a tort sur ce point, car l'inconscient se présente comme un langage. Ce n'est pas seulement non plus un langage qu'il suffirait d'interpréter, mais un ensemble de forces et de significations qu'il faut s'approprier vertueusement – Aristote avait raison sur ce point. L'inconscient est l'ensemble des forces et des significations qui habitent un sujet et qui doivent devenir signifiantes pour lui dans sa relation à lui-même et aux autres dans des institutions justes moyennant un travail de la parole.

Le programme socratique de la connaissance de soi ne se contente donc pas d'être une introspection solitaire ou une désaliénation pulsionnelle. Se connaître c'est établir une relation exigeante à la vérité qu'il s'agit de s'approprier par la référence à ce qui constitue l'ensemble des significations qui mesurent l'intelligence (les idées) par le dialogue, la critique et la maïeutique. Se connaître c'est savoir habiter le réel en s'y engageant dans la vérité de ce qui nous habite de propre et d'autres. C'est en ce sens une sagesse de vie et non un savoir technoscientifique – objectif et extérieur au sujet que contrôlerait un sujet ; c'est une sagesse aussi qui rend compte devant autrui de ce qui est vrai et pas seulement une expérience subjective d'habitation de soi. L'inconscient, dans ce processus de connaissance de soi, est la part d'autrui et du monde dans le sujet lui-même, dont il s'agit de juger en vérité, en faisant la lumière sur les gênes et les ajustements qu'ils occasionnent par un travail du langage.

Chapitre 17

La vérité

Je révise et je me perfectionne

I. Les mots de la vérité

Vérité, erreur, mensonge

La **vérité** est la conformité entre un discours, un acte intellectuel et le réel. Elle possède trois pôles qu'elle met en cohérence. Parfois, on donne des définitions partielles : la correspondance entre les mots et les choses (Wittgenstein), ou la correspondance entre l'intelligence et la réalité (définition scolastique). **L'erreur** désigne une proposition qui ne correspond pas au réel. Le **mensonge** désigne la volonté de tromper l'intelligence d'autrui par une proposition fausse. L'erreur est involontaire, contrairement au mensonge.

Réel, réalité, vérité, objectivité

Le **réel** désigne « ce qui est », quelles que soient ses modalités. La **réalité** désigne en revanche le réel en tant qu'il est visé par l'intelligence. La réalité diffère selon les intelligences individuelles ou collectives. La réalité est un effet produit par le rapport entre le réel, l'intelligence et le langage. La réalité est un effet de vérité en ce qui concerne le pôle réel de la vérité. Alors que **l'objectivité** désigne le fait que la réalité corresponde à l'attente de l'intelligence. Ainsi le résultat d'une expérience scientifique est objectif parce qu'il est construit méthodiquement par l'intelligence. L'objectivité s'oppose à la **subjectivité** qui désigne le seul état du sujet tourné vers lui plus que vers le réel.

Évidence, certitude

L'évidence et une vérité qui s'impose à l'intelligence du fait de la structure de l'intelligence. Elle est caractérisée par sa clarté et sa distinction. Elle constitue un critère valable concernant les vérités internes à l'intelligence, comme les vérités logiques ou mathématiques, en revanche elle n'est pas valable dans le domaine des vérités empiriques. Ce qui alors s'impose est alors une certitude de type expérimentale. La **certitude** est la conscience de la correspondance entre l'objet de l'intelligence et l'expérience. Par exemple voir la mer à Nice donne la certitude que c'est une ville de bord de mer. La certitude est réflexive. L'évidence est une certitude, mais non l'inverse.

- **Scepticisme, relativisme, subjectivisme, dogmatisme**
Le **scepticisme** désigne la doctrine qui met toute vérité en doute. Parmi ses arguments, le scepticisme évoque le **relativisme**, à savoir l'idée que toute vérité dépend des circonstances dans lesquels elle est énoncée. L'une d'entre elle est celle qui se réfère au fait que l'intelligence est celle d'un sujet. La relativité de la vérité sujet qui l'énonce se nomme **subjectivisme**. Le **dogmatisme**, en revanche, désigne la doctrine philosophique soutenant que l'intelligence peut atteindre des vérités absolues qu'elle énonce sous forme de propositions définitives. Le relativisme présente la vérité comme une proposition conditionnelle alors que le dogmatisme présente la vérité comme une proposition inconditionnelle.

II. Les enjeux de la vérité

1. Qu'est-ce que la vérité ?

La philosophie scolastique définit la vérité comme l'adéquation de l'intelligence et du réel exprimée par une proposition, *adequatio rei et intellectu*. Elle soutient un ternaire essentiel pour dire en quoi consiste la vérité : le réel, la pensée et le langage. C'est la relation entre les éléments de ce ternaire qui constitue la problématique fondamentale de la vérité.

La vérité en effet engage un rapport au réel. Dire ce qui est, tel qu'il est, c'est dire la vérité. Par exemple, dire que ma moto ne dépasse pas les 120 km/h c'est dire la réalité, alors que prétendre qu'elle monte jusqu'à 240 km est un grossier mensonge. Le réel est ainsi une mesure fondamentale de la vérité. De même, la connaissance réussie est une connaissance vraie parce qu'elle atteint le réel et non une illusion, ainsi elle produit un savoir authentique. Un savoir fiable est un savoir vrai qui, précisément, exprime le réel.

Mais cette adéquation est aussi un mythe. Par exemple, quel est le réel référé à la proposition : « Il vaut mieux être juste qu'injuste ? ». Il ne s'agit pas d'un jugement de fait, mais d'un jugement de valeur. Une valeur n'est pas donnée à connaître comme un objet des sens (voir chapitre sur le devoir). Empiriquement, on connaît des gens malhonnêtes qui s'en sortent mieux dans le monde que des gens honnêtes. De même, ainsi qu'on l'a vu dans le cours sur la science et sur la raison, l'objet de l'intelligence est construit par abstraction. Ainsi, la notion de vérité, par exemple, n'est pas un objet des sens. Elle est une idée appréhendée par l'intelligence. Il en va de même des idées mathématiques ou des théories scientifiques. C'est pourquoi, la vérité n'est pas seulement adéquation au réel mais la saisie intellectuelle des structures du réel dans l'intelligence elle-même. La vérité est l'adéquation de l'intelligence à elle-même.

Cette correspondance de l'intelligence à elle-même est une expérience qu'on appelle une évidence. Les règles de l'addition sont évidentes, de même que le principe de non-contradiction. Elles correspondent à ce que l'intelligence appréhende d'elle-même et de sa construction du réel. Chez Descartes par exemple, le modèle exemplaire de toute évidence est le *cogito*. Doutant du monde et des règles d'évidence, il parvient au socle de toute vérité : l'acte du *cogito* (voir chapitre sur la conscience). Le réel dans l'évidence est celui qui est donné à l'intelligence à partir de l'intelligence. C'est un résultat réflexif. Ainsi, étant donné la définition de l'animal comme corps vivant, on peut en déduire que le cheval est un animal : c'est une évidence. Elle provient de la correspondance entre des idées. La vérité est une réalité intellectuelle, dont l'existence se produit dans l'intelligence.

Une réalité seule n'est pas une vérité, elle l'est en tant qu'elle correspond à une norme de l'intelligence, une idée, un concept. Par exemple, un faux policier est une personne réelle. En tant que telle elle n'est ni vraie, ni fausse, elle est ce qu'elle est. Cette personne est un faux policier parce qu'elle ne correspond pas à la fonction de policier, à son idée ou son concept. Discerner la vérité c'est déceler la différence entre l'apparence et la réalité au moyen d'un critère intellectuel. Ce faux policier est un vrai truand. L'intelligence reconnaît ce qu'elle prévoit et guide les critères empiriques de reconnaissance de manière à discerner la fausseté ou la vérité de l'apparence. La vérité de l'apparence est sa correspondance à un concept.

La vérité n'est donc ni le réel seul ni l'intelligence seule mais une relation entre les deux. Ce qui tient ensemble l'intelligence et le réel et qui les exprime tous deux c'est le langage, c'est une proposition : « Cette personne est un faux policier ». Il s'agit donc d'interpréter une proposition, de bien la comprendre, pour s'assurer de sa vérité (voir le chapitre sur le langage). La vérité est un résultat herméneutique. Elle place la vérité dans un domaine du signe, de l'histoire d'une langue et d'une société, dans un rapport intersubjectif. La question se pose des justes mots dans une proposition. Par exemple ce propos de William James : « La vision "instrumentale" de la vérité c'est l'idée selon laquelle la vérité de nos idées réside dans le fait qu'elles "fonctionnent" » réclame une interprétation pour être vérifiée. C'est ce qu'on opère dans une explication de texte.

Mais il s'agit de juger des mots et pas seulement de les utiliser. Juger c'est rassembler le réel et l'intelligence dans une proposition. Au travers du jugement, naît la vérité. La vérité se donne dans une expression symbolique : la correspondance entre le réel et l'intelligence au travers d'une proposition dans un acte de jugement. La vérité advient dans l'acte du jugement qui associe ces trois éléments.

L'ensemble des jeux de langage, des jeux rhétoriques, constituent autant de façon de se rapporter à la vérité.

2. La vérité existe-t-elle ?

De manière certaine, il existe des situations de vérité et des discours sur la vérité des propositions. La vérité est un fait sociologique. Mais ce qui est prétendu dans les discours de vérité est-il vrai ? La vérité est-elle possible ?

Dans l'Antiquité grecque les philosophes sceptiques ont mis en cause la possibilité de la vérité par une série d'arguments forts. Ils attaquent les trois éléments constitutifs de la vérité : le langage, l'intelligence, l'accès au réel. Ce faisant ils critiquent la naïveté du dogmatisme philosophique et sa suffisance.

- Le premier argument s'appuie sur le fait que les opinions sont diverses, changeantes et opposées entre elles. Si la vérité existait, on la rencontrerait le plus souvent et assurée. Or ce n'est pas le cas, donc la vérité n'existe pas. C'est l'argument sociologique sceptique qui montre que la vérité n'est pas un fait sociologique, malgré les discours de vérité. Ils mettent en question le langage.
- Le second argument est celui du subjectivisme. Il s'attaque au fait intellectuel : « À chacun sa vérité ». Pourquoi cela ? Parce que tout jugement dépend de celui qui l'énonce, de l'état de son corps et de ses valeurs. Tout ce qui est dit par un sujet, et donc toute proposition, dépend d'un sujet et de ses intérêts. L'intelligence est en effet un fait subjectif. En ce sens, le discours de vérité témoigne-t-il du réel ou de la subjectivité ? L'intelligence en effet est porteuse d'une intention dont on peut juger qu'elle déforme la relation au réel (voir le chapitre sur la raison). Elle part du corps et de son vécu et l'exprime. C'est une expérience courante de constater que les jugements sont influencés par le caractère, par l'éducation ou par les intérêts personnels. À cause de la part subjective de la vérité, le jugement possède un point aveugle : celui à partir duquel le sujet est lui-même fondé (voir le chapitre sur l'inconscient). Il semble donc qu'on ne puisse faire confiance au jugement qui prétend à la vérité. Il dit plus l'intérêt du sujet que la vérité elle-même.
- Le troisième argument est celui du relativisme. Il s'attaque à l'idée de réalité. Chaque jugement est lié à un point de vue sur le tout, à une place dans l'univers et à des circonstances de jugement. Cela est vraiment clair dans le domaine des coutumes, des différences culturelles, du « lieu d'où l'on parle » comme l'écrit le sociologue Pierre Bourdieu. Personne n'a la connaissance du Tout. Or, c'est à partir de ce Tout que la vérité existe et peut-être évaluée. Par exemple, pour comprendre la vérité sur la politique

extérieure de la France, il faut la situer parmi les autres nations. Ainsi, parce que l'intelligence est ancrée dans un corps, dans l'espace et le temps, son jugement est toujours relatif.

– Le quatrième argument porte sur les raisonnements qui conduisent à un jugement. C'est une nouvelle objection contre l'intelligence, non dans sa capacité à juger mais dans sa capacité à raisonner. Tout raisonnement repose sur des principes qui prouvent la conclusion : « L'intelligence atteint le réel ; Or la vérité est l'adéquation de la pensée et du réel ; donc l'intelligence atteint la vérité ». Or, si les principes sont faux ou incertains, alors la conclusion est fausse ou incertaine. Pourtant, on ne peut prouver la preuve d'un raisonnement à l'infini. « Prouve ta preuve », demandent les sceptiques. Puisqu'on ne peut aller à l'infini dans l'ordre des preuves, on ne peut donc fonder la moindre proposition et le moindre raisonnement. Par conséquent, la vérité n'existe pas.

Ces quatre arguments sceptiques soutiennent, non seulement qu'il n'y a pas de vérité certaine, mais encore que la vérité n'existe pas. Ils mettent en question les trois fondements de la vérité : la capacité du langage à dire quelque chose, la capacité de l'intelligence à dépasser le sujet et à raisonner, la possibilité à se situer dans le réel.

3. La vérité comme fait modeste

Dans le contexte du scepticisme antique de Pyrrhon d'Élis, Aristote a engagé une controverse et une réfutation du scepticisme radical, non pour atteindre une vérité absolue, mais pour montrer que l'intelligence, bien que fragile en ses conditionnements, ne manque pas habituellement la vérité. Dans la *Métaphysique* il emploie l'image de l'archer visant une cible de grosse taille : « quel archer manquerait une porte ? », demande-t-il. De même, quelle intelligence manquerait absolument le réel ? Sa réfutation use essentiellement d'arguments *ad hominem,* adressés à la personne même du sceptique de manière à mettre en valeur la contradiction même de son acte intellectuel.

SI le langage ne voulait rien dire, alors la réfutation du sceptique ne voudrait rien dire, elle ne constituerait que des sons comme le bruit des feuilles au vent. Or, c'est un fait, le sceptique parle et prétend dire quelque chose, de sorte que la langue ne constitue pas seulement le bruit du signifiant mais articule un signifié. Donc le sceptique ne croit lui-même pas à ce qu'il avance. Aristote réhabilite ainsi le fait du langage.

De plus, le scepticisme radical est contradictoire. Il dit qu'il n'existe pas de vérité autre que celle de l'énoncé individuel (subjectivisme) ; or cette proposition se présente comme une proposition de portée universelle ; c'est donc que le scepticisme soutient que l'universel existe. Cet argument s'appuie sur le principe de non-contradiction soutenant que « on ne peut dire une chose et son contraire en même temps et de la même manière ». Renoncer à ce principe, c'est tout simplement renoncer à dire quelque chose. (Évidemment, vous envisagerez l'objection adressée à l'objectant : « Parler, est-ce dire quelque chose ? »). L'intelligence est donc nativement en possession d'un principe de discernement de la vérité et de l'erreur.

Aussi, le sceptique se contredit lorsqu'il soutient un total relativisme. D'abord parce que son relativisme n'est pas relatif mais absolu, et en cela il contredit ce qu'il prétend énoncer dans l'énoncé lui-même. Aussi parce que sa critique fait la preuve du pouvoir critique de l'intelligence capable d'envisager que sa propre posture soit relative. D'une certaine manière, la critique de la relativité indique la possibilité d'échapper à la relativité par l'acte même du jugement. Le réel se donne à discerner comme réel et pas seulement comme une apparence produite par l'intelligence. Au moins l'intelligence fait la différence entre deux apparences qui seraient deux points de vue et élève son regard au niveau du point de vue comme tel. Elle juge du jugement et compare entre un point de vue qui ne serait que relatif avec un point de vue qui serait absolu. Elle ne peut le faire que parce qu'elle dépasse le relatif. Certes, « dépasser le relatif » n'est pas immédiatement atteindre l'absolu ! C'est avoir la capacité à distinguer entre plusieurs points de vue relatifs. C'est donc se situer dans le réel en tant que tel.

Enfin, la critique du raisonnement est aussi contradictoire. D'abord elle se présente elle-même comme un raisonnement. Surtout, elle méconnaît qu'un raisonnement atteint un fondement solide par un autre acte intellectuel que celui du raisonnement. On ne prouve pas une preuve par un nouveau raisonnement mais par des faits ou des évidences. Or, c'est ainsi que le sceptique procède, soutenant l'évidence qu'on ne peut prouver sa preuve à l'infini. Le fondement de l'intelligence est dans sa capacité à juger, que veut ignorer le sceptique tout en l'utilisant.

Le scepticisme radical n'est donc pas soutenable intellectuellement. La vérité est un fait intellectuel : il y a de la vérité.

4. L'absolue vérité : le dogmatisme

Est-ce pour autant qu'on peut la connaître absolument et formuler des propositions définitives à son sujet ?

C'est là l'idée dogmatique (du grec *dogma*, opinion) qui soutient que certaines propositions peuvent apparaître comme incontestables et par conséquent indiscutables. Elle repose d'abord sur l'idée que la raison peut atteindre des vérités absolues. On la trouve chez Platon et les néoplatoniciens, ou chez Aristote et

Thomas d'Aquin. L'existence de Dieu est un de ces dogmes, de même que le principe de raison. Aussi, l'idée dogmatique repose sur l'idée que ces vérités rationnelles peuvent trouver une expression définitive qui constitue le dogme proprement dit. Le dogmatisme est ainsi l'idée d'un absolu dans l'expression langagière, affirmation on ne trouve pas chez Platon ou Aristote. Les rationalismes de Descartes ou de Leibniz au XVIIe et XVIIIe, sous l'influence du langage mathématique et de l'usage religieux des dogmes, ont défendu l'idée d'une métaphysique rationnelle dogmatique – dont Wolff fut l'expression aboutie en Allemagne au milieu du XVIIIe. Ils défendaient l'idée d'une approximation permanente de la vérité dans l'expression, confondant aisément la dogmatique et l'axiomatique. L'axiome désigne en effet le statut d'une vérité qui sert de fondation à une théorie sans pouvoir être prouvée dans ce cadre théorique, sinon d'une preuve par la fécondité des résultats qu'elle permet d'obtenir ; le dogme, en revanche, désigne, non un statut référé à une théorie limitée, mais le statut d'une vérité incontestable, quelles que soient les conditions théoriques. Ainsi le dogme de la Trinité dans le catholicisme ou celui du prophétisme de Mohamed dans l'Islam. Le dogme désigne donc des propositions vraies et inconditionnées et le dogmatisme désigne en philosophique les doctrines soutenant la possibilité de telles propositions.

Le dogmatisme est-il légitime ? Il s'appuie sur la possibilité simple de la vérité. Si la vérité existe, ainsi que nous l'avons énoncé précédemment en réfutant le scepticisme, il s'agit de reconnaître que l'énoncé d'une telle proposition est absolue et définitive. Ainsi a fait Descartes, dans les *Méditations métaphysiques* (1641), en soumettant toute vérité à l'épreuve du doute, pour parvenir à la certitude apodictique (absolument certaine, indubitable) du *cogito*. Le *cogito*, et ainsi le sujet pensant, se présente comme une vérité dogmatique. Immédiatement ensuite, dès la troisième méditation métaphysique, Descartes montre que la certitude que Dieu existe est la condition de la vérité du *cogito*. Le sujet pensant éprouvant sa finitude dans un doute infini, et son imperfection relativement à une idée de perfection qu'il possède en lui-même, c'est qu'existe un Sujet infini, parfait, absolument vrai – qu'on appelle Dieu – qui est la condition de possibilité de l'infini et de la perfection dans le sujet fini. L'infini fonde le fini et le parfait fonde l'imparfait. En ce sens la vérité absolue du *cogito* est portée par l'Absolue vérité de Dieu. L'absolu fini du dogme réclame un Absolu infini. Ainsi Descartes va de la simple possibilité du vrai à la vérité absolue. Il légitime ainsi le dogmatisme dans les degrés de vérité allant du sujet pensant jusqu'à Dieu.

N'existe-t-il pas des vérités dogmatiques intermédiaires ? La possibilité de vérités absolues repose sur l'idée que l'intelligence atteigne ces vérités et ait en commun avec elle un caractère absolu. Pour Platon, c'est de façon innée que l'intelligence comprend la notion d'égalité et peut entendre que 3 = 3. Cette idée ne dérive pas de l'expérience sensible. À cause de cela elle est claire et distincte. « Claire », cela signifie qu'on peut l'apercevoir sans obstacle, ce qui est le cas puisqu'elle est interne à l'intelligence. « Distincte », cela signifie que sa détermination l'oppose à d'autres idées. Par exemple, l'idée de corps est très différente de celle d'esprit. Le corps se définit par sa longueur, sa largeur, ainsi que son mouvement, alors que l'esprit se définit par la liberté, l'intériorité, la stabilité. Il en irait ainsi des idées de nombre. L'idée de Dieu est aussi une idée innée chez Descartes. Elle a pour fonction de justifier le monde extérieur à la conscience. L'idée de relation nécessaire – celle de nécessité – est aussi innée et dépasse l'expérience qui ne nous apprend que des choses contingentes. Ce qui est inné à l'esprit c'est l'esprit lui-même, notera Leibniz, et donc les règles mêmes de l'esprit.

Le rationalisme dogmatique ne serait rien d'autre que la proposition claire et conceptuelle de la raison et de ses règles en tout acte de connaissance. L'existence factuelle de la vérité nous conduit immédiatement à l'affirmation de certaines vérités et de certaines propositions. René Descartes, dans les *Règles pour la direction de l'esprit* (1628) ou Christian Wolff (1679-1754) proposent ainsi toute une série de vérités dogmatiques. Wolff, en particulier, s'est préoccupé d'une théorie du langage et du symbole qui puisse rendre compte de la pérennité d'une proposition ou d'une expression.

5. L'impossible dogmatisme

Toutefois, le dogmatisme est fragile, comme le sont ces vérités dogmatiques que sont le sujet pensant, l'idée de nécessité et celle de Dieu.

C'est David Hume qui s'attaquera frontalement à la vérité dogmatique du *cogito* dans son *Traité de la nature humaine* (1740). Regardez ici les objections formulées dans un texte expliqué dans la partie méthodologique de cette Troisième perspective. Elles concluent à l'expérience que le moi n'est pas une substance mais une fonction psychique, de sorte que le *cogito* ne soit rien d'autre d'une apparence et non une vérité absolue.

C'est dans sa critique de l'idée de nécessité que David Hume sera le plus pertinent, montrant que cette idée ne naît que de la répétition d'un phénomène, comme le lever du soleil, répétition qui produit une habitude, elle-même assimilée à une nécessité. La nécessité est donc un fait psychique et non une réalité objective. Si elle existe, c'est en raison du langage et de la culture. Or, toute culture ne porte pas l'idée de nécessité, et tous les domaines du savoir non plus. Souvent on fait la différence entre les vérités générales, fréquentes, probables, certaines, incertaines, etc. et de même dans les relations entre les phénomènes fréquents, habituels, etc. Le nécessaire est une construction du langage.

Enfin, réveillé de son « sommeil dogmatique » par Hume, Emmanuel Kant, dans la *Critique de la Raison pure* (1781) s'attaque à une fondation du rationalisme dogmatique que sont les « preuves de l'existence de Dieu ». Il montre que les preuves dites rationnelles par analyses causales reposent toutes sur une idée innée de Dieu qui s'impose par une évidence, en réalité peu évidente, celle de la « preuve ontologique ». On la résume à ceci : il est évident que Dieu est l'être le plus parfait ; or moi qui suis un être imparfait ne pourrait avoir cette idée si un tel être ne m'avait fourni cette idée ; donc l'Être le plus parfait existe. Or, une telle évidence de Dieu comme Être le plus parfait n'existe pas, pas plus que l'idée qu'un être parfait serait Dieu. Et surtout – telle est la pointe de la critique que Kant adresse à la preuve ontologique – on conclut en toute logique à la possibilité de Dieu et non à sa réalité, car l'idée de Dieu comme Être parfait désigne une possibilité, non une réalité. On ne peut donc conclure à la réalité de Dieu mais seulement à la réalité de d'idée de Dieu. La factualité de l'idée n'est pas celle de son contenu, pas plus que la factualité de l'idée de martien équivaut à celle d'habitants réels sur Mars ou que, pour prendre la comparaison de Kant, l'idée d'un billet de 500 € dans ma poche équivaut la réalité de ce billet dans ma poche. La preuve ontologique est un tour de pickpocket.

On peut conclure que les trois fondements du dogmatisme : le *cogito,* l'objectivité de la relation de nécessité et la preuve de Dieu sont fragiles, de sorte que le dogmatisme soit incertain. Certes, il y a de la vérité, mais la vérité n'est pas constituée de propositions incontestables et indiscutables.

6. Les conditions historiques de la vérité

De fait, la vérité se produit dans un jeu permanent entre l'intelligence, le réel et le travail du langage. Ce jeu est par essence temporel et social puisqu'il résulte de nombreux évènements et de plusieurs interactions. Avec Paul Ricœur on soutiendra qu'elle est une construction herméneutique. Elle se présente à la fois comme un savoir et comme une réinterprétation de celui-ci.

La vérité est construite parce que, pour être atteinte par l'intelligence, elle doit se présenter selon les normes de l'intelligence et donc être vérifiée (voir les chapitres sur la raison et la science). C'est le principe d'autonomie de la raison qui se joue. Une raison authentique ne se contente jamais de répéter ce qu'elle a reçu, quand bien même ce qu'elle aurait reçu serait vrai, elle le questionne et doit se l'approprier par un processus réflexif. D'une certaine manière le chemin est aussi important que le résultat pour construire la vérité. L'errance appartient à la possibilité du chemin de la vérité en raison même du caractère intrinsèquement réflexif de la vérité. Il n'y a donc pas de vérité sans possibilité d'un doute universel et radical concernant toute proposition. En cela, la quête de la vérité remet toujours et nécessairement en question la tradition, la filiation, la loi et toutes les idées reçues, y compris les plus nécessaires et les plus vraies.

Il importe de souligner que le chemin de la vérité est autant un fait individuel que collectif, et que c'est un fait permanent dans l'Humanité. Il est structurellement individuel, parce que l'intelligence humaine est toujours celle d'un sujet individuel. Chacun, dans sa propre vie découvre ce qui est vrai par l'appropriation de ce qu'on lui a transmis comme par ses questionnements personnels et les circonstances de sa vie. C'est un fait. De même, c'est un fait que le chemin dans la vérité est collectif car c'est dans un rapport à autrui moyennant le langage que se constitue la subjectivité. En ce sens, les groupes humains aussi errent et progressent, y compris les institutions. La France, comme État-nation a évolué dans ses régimes politiques, dans la découverte de ce que signifie sa propre liberté, jusqu'à contredire des principes qu'elle jugeait vrais à un certain moment, comme le principe monarchique ou celui des unions exclusivement hétérosexuelles. Il en va de même de ce qu'on tient pour un savoir assuré par la science. Ce processus est permanent en raison du renouvellement incessant des générations et parce que la vérité n'est pas une possession assurée.

Il en va de même pour la science. Contre le mythe scientiste d'une science toujours plus sûre de ses résultats, l'Histoire des sciences montre au contraire un travail incessant de rectification des connaissances et une évolution des modèles théoriques au travers de problématiques successives. Chaque expérimentation confirme et questionne la théorie jusqu'à produire des changements radicaux qu'on appelle des « révolutions scientifiques ». En 1962 paraît un essai de l'historien des sciences Thomas S. Kuhn intitulé *La Structure des révolutions scientifiques*. Selon lui, les idées scientifiques sont le produit d'un processus discontinu comportant deux phases : la science normale et la science extraordinaire. Dans la phase normale, les expériences obéissent à un paradigme qui est un cadre général. C'est par exemple le paradigme aristotélicien du cosmos par opposition au paradigme galiléen. Avec le premier, on expliquera le cosmos avec les concepts de causes, d'éléments, de finalité, etc. Avec le second, on entre dans un paradigme mathématisé de l'univers : on parlera de forces, de vecteurs, de quantité, de rapports mathématiques, etc. La phase normale accumule les observations, les expériences, les théories, et renforce essentiellement le paradigme. Mais on constate toujours ce que Kuhn nomme des « anomalies », c'est-à-dire des énigmes plus ou moins résolues. C'est leur prise en compte sérieuse qui amène à la phase extraordinaire de la science qui est celle de la révolution scientifique, c'est-à-dire du passage d'un paradigme à un autre. Ainsi, la science est passée du paradigme de la mécanique newtonienne à celui de la mécanique einsteinienne, ou de la chimie des éléments et l'alchimie à la chimie moderne, ou en biologie d'un fixisme des espèces à la théorie de l'évolution. Dans ces révolutions scientifiques, se jouent des processus sociologiques, nécessaires pour adopter une nouvelle vision du monde. Kuhn montre ainsi que la révolution scientifique s'appuie aussi sur des éléments irrationnels, au sens où ils échappent à l'explication rationnelle de la science à un moment donné. La raison scientifique progresse aussi grâce à des passions et des états sociaux sans référence à la science.

La vérité est donc un processus historique. Elle engage tout à la fois une dimension de construction (la réflexivité) et une dimension de réception (le savoir). Le savoir c'est la vérité constituée comme patrimoine. C'est lui qui est transmis comme culture de génération en génération. Sans ce rassemblement des vérités en savoir et sans cette transmission, l'humanité ne peut exister. Temporellement elle se donne dans des traditions (du latin *tradere*, transmettre). La vérité est une tradition au sens où, pour naître à la vérité, il est nécessaire d'en avoir reçu le sens dans un savoir. On connaît l'importance de l'éducation dans l'éveil à la vérité. Mais, paradoxalement, cette transmission est donnée de manière à pouvoir produire une nouvelle réflexion. Comme le souligne Hannah Arendt dans « Qu'est-ce que l'éducation ? », chaque génération fait du nouveau sur la base d'une éducation qui est structurellement une transmission. La transmission, montre-t-elle, est la condition de la nouveauté générationnelle, car la transmission manifeste l'état et les limites du savoir d'une époque donnée. La transmission n'est pas celle de la vérité mais celle du savoir. Et c'est dans une tradition qui traverse le temps en ouvrant la nouveauté de l'avenir.

L'attitude dogmatique, qui atteste de la vérité du langage, est ainsi un principe de tradition ; l'attitude sceptique, qui atteste de la construction de l'intelligence, est un principe de réflexivité ; la démarche scientifique, qui atteste de l'importance du fait empirique, est un principe de réalité. La vérité est le chemin qui croise incessamment la cohérence de l'intelligence, du réel et du langage. En cela, la vérité est un processus herméneutique, c'est un chemin.

7. L'idéal de vérité et le courage de la vérité (*parrêsia*)

Si la vérité associe la pensée d'un sujet intériorisant le réel sans suppression de sa différence dans un langage qui exprime la relation symbolique entre les éléments du réel, alors la vérité est l'idéal d'un sujet omniscient communiquant avec chaque réalité dans sa singulière altérité. C'est l'idée de Dieu, au sens monothéiste, d'une part, et l'idée de religion, d'autre part. Mais ces idées engagent-elles des approches dogmatiques et anhistoriques que nous avons réfutées ?

Dieu, dans le sens monothéiste, est l'idée d'un sujet unique, omniscient et créateur. Comme créateur, il correspond à l'idéal de vérité parce qu'il connaît toute chose dans sa singularité même. « Créer », comme l'expriment autant la thèse thomasienne que la thèse levinassienne, c'est donner l'existence en se retirant, en acceptant la différence des êtres, sans se tenir comme un principe d'intelligibilité ontologique, contrairement à ce que Spinoza énonce dans l'*Éthique*. Dieu ne supprime aucunement l'existence des médiations constitutives des réalités en réduisant l'interaction de la pluralité des êtres, mais, comme le montre Levinas, il soutient cette pluralité sans l'unifier abstraitement. Les parents, les scientifiques, les autorités politiques, l'art et les techniques, dans leurs grandes différences, constituent des médiations de la vérité. Elles ne sont pas pour autant les parties d'un Tout divin. Et l'idée de Dieu ne supprime en rien l'Histoire et ne se tient pas dans un domaine dogmatique. C'est ce que Hegel, Maurice Blondel, Emmanuel Levinas tentent de démontrer.

En ce sens, l'omniscience divine n'est pas une Idée ou un Savoir. Dire que le monde est créé ce n'est pas l'expliquer, c'est indiquer une Source tout autre, et non mondaine du monde. La Première cause et le Premier principe n'est ni cause ni principe au sens d'une *ratio,* d'une « raison » possédée par une intelligence humaine. Thomas d'Aquin ou Levinas s'accordent sur ce point. Expliquer est un processus consistant à « rendre raison », mais le créateur n'est pas une raison connue ou connaissable. S'il possède l'idée de chaque chose, parce qu'il la connaît en la créant, cette idée désigne seulement, et au plus, une relation entre chaque être et la Source de l'être, le fait qu'elle soit relative à une Intelligence première. En ce sens, l'idée de Création ne désigne pas la possession d'un savoir sur les êtres, mais la possession d'une relation intelligente à tout être. Le Créateur ne connaît donc pas la Vérité au sens de la possession d'un savoir rationnel – comme celui de la science – ou comme si ce savoir était un bien extérieur. Dieu est la Vérité au sens du sujet intelligence qui établit une relation réussie et unifiée avec toute réalité en recevant les médiations constitutives de toute réalité sans jamais s'y substituer. « Être » la vérité n'est pas « posséder » la vérité. L'omniscience est éthique.

L'idée de l'unicité de la vérité n'est donc pas celle d'une unification des savoirs. Elle n'est pas celle d'une vérité monolithique. Elle n'est pas l'idée d'une vérité unique méprisant la pluralité des approches que nous avons déjà mise en valeur. Elle n'est pas l'idée d'une vérité immuable, comme si le savoir était lui-même sans Histoire et sans changement. L'unicité de la vérité est l'idée d'une relation entre les hommes et Dieu, d'une part, et entre les hommes entre eux. Le savoir est une fixation de la vérité dans un état particulier de l'Histoire. Le savoir n'est pas la vérité, il est une formalisation historique de celui-ci.

Du côté de l'homme, la vérité ne se donne pas non plus sous la forme de l'assurance d'avoir raison. Elle est le témoignage de la conscience, ce que Michel Foucault appelle du mot grec de *parrêsia,* la sincérité ou le courage de la vérité ou encore « le franc parler », dans ses cours au Collège de France dès 1982. Alors que Descartes propose dans le modèle du *cogito* un sujet anhistorique, Foucault s'intéresse au sujet historique. Ce dernier fait l'aveu de la vérité sans prétendre la posséder mais seulement en prétendant être traversé par elle. Il use de ce concept dans son cours du 10 février 1982 : « *parrêsia,* étymologiquement, c'est le fait de tout dire (franchise, ouverture de parole, ouverture d'esprit, ouverture de langage, liberté de parole). Les Latins traduisent en général *parrêsia* par *libertas.* C'est l'ouverture qui fait qu'on dit, qu'on dit ce qu'on a à dire, qu'on dit ce qu'on a envie de dire, qu'on dit ce qu'on pense pouvoir dire, parce que c'est nécessaire, parce que c'est utile, parce que c'est vrai. » Il s'agit à la fois d'une technique et d'un *ethos*, un comportement. La vérité n'est pas l'objet d'un savoir mais d'une responsabilité.

La vérité c'est ainsi la responsabilité parlante de la réalité pour un sujet pensant. Qu'il s'agisse de l'idéal de la vérité ou de l'acte de la vérité. La vérité n'est pas un savoir. Avoir raison n'est pas nécessairement posséder la vérité.

8. La condition politique de la vérité

Si la vérité est une réalité de l'Histoire, alors elle répond à des exigences politiques et sociales.

Foucault soulignait que la *parrêsia* est un droit politique. Il permet à l'homme politique de gouverner par la franchise de son discours. La vérité se joue ainsi dans un cadre démocratique où la parole s'échange librement. Il en allait ainsi de Périclès. Mais Foucault distingue entre une « bonne » et une « mauvaise » *parrêsia*. La bonne est porteuse du bien commun alors que la mauvaise n'est porteuse que d'un intérêt particulier. C'est cette dernière qui engagera la dégradation du régime démocratique. La juste mesure du bien commun est, pour Foucault, celle consistant à pouvoir perdre sa vie pour ce bien. Socrate en est un modèle.

Si la vérité n'est telle que vérifiée dans une réflexivité et si elle engage une *parr*êsia, alors la forme politique qui rend possible la vérité est la forme démocratique. Elle seule permet le débat. Elle seule assume l'historicité de la vérité et de ses progrès. Elle seule assure la liberté d'expression et le franc-parler sans que le sujet parrésiaste soit inquiété.

De plus, pour atteindre la vérité, il faut passer par la remise en question du donné et donc par le doute. En ce sens seule une forme d'État permettant le doute est un État permettant l'accès à une authentique vérité. En même temps il faut que l'État sécurise le devenir de chacun et des groupes dans l'accès à la vérité, de sorte que personne ne puisse être inquiété dans son propre chemin de vérité. Il faut donc que toute vérité puisse être questionnée publiquement sans que personne ne puisse être lui-même menacé ou violenté. Un tel État est une République qui défend l'individu sans pour autant tenir dogmatiquement une vérité. C'est cette liberté-là que soutient Spinoza dans son *Traité théologico politique* dans les chapitres XVI à XX. Le chapitre XIX établit que la vérité absolue et spirituelle (foi, opinions, croyances) relève de l'individu. Le chapitre XX soutient que « dans une libre République, il est permis à chacun de penser ce qu'il veut et de dire ce qu'il pense ». En cela, la République est une condition politique de la vérité.

La vérité peut se définir comme une situation politique des rapports libres entre les hommes. Puisque dans une République la vérité est désacralisée, parce qu'elle autorise la liberté d'expression, parce qu'elle s'établit dans la réflexivité, la République ouvre la possibilité d'une Histoire de la vérité.

Méthodologie

Je m'entraîne aux écrits

Je m'exerce et je me perfectionne

I. S'exercer à la dissertation

1. La raison peut-elle déraisonner ?

1. Quelle approche pourriez-vous proposer dans l'introduction ?
2. Quelle alternative proposée, avec quelles références ?
3. Quelles questions problématiques envisager ?

2. « Pourquoi faut-il raison garder ? »

1. Quel proverbe trouver pour l'approche du sujet et sa justification ?
2. Quel plan proposer ? Selon quelle argumentation ?

3. Dissertation : « Peut-on être soi-même ? »

1. Construisez un plan détaillé des trois parties en indiquant la phrase introductive de chaque partie. Pour les paragraphes de développement, indiquez l'exemple. Suivez scrupuleusement la méthode.
2. Rédigez l'introduction du devoir.
3. Rédigez le paragraphe n° 6 en introduisant la référence directrice.

4. « N'y a-t-il de vérité qu'établie par la science ? »

1. Proposer un plan problématique.
2. Proposer une introduction problématique.

II. S'exercer à l'explication de texte : Henri Bergson

« La nature a doté l'homme d'une intelligence fabricatrice. Au lieu de lui fournir des instruments, comme elle l'a fait pour bon nombre d'espèces animales, elle a préféré qu'elle les construisît lui-même. Or l'homme a nécessairement la propriété de ses instruments, au moins pendant qu'il s'en sert. Mais puisqu'ils sont détachés de lui, ils peuvent lui être pris ; les prendre tout faits est plus facile que de les faire. Surtout, ils doivent agir sur une matière, servir d'armes de chasse ou de pêche, par exemple ; le groupe dont il est le membre aura jeté son dévolu sur une forêt, un lac, une rivière ; et cette place, à son tour, un autre groupe pourra juger plus commode de s'y installer que de chercher ailleurs. Dès lors, il faudra se battre. [...] Mais peu importe la chose que l'on prend et le motif qu'on se donne : l'origine de la guerre est la propriété, individuelle ou collective, et comme l'humanité est prédestinée à la propriété par sa structure, la guerre est naturelle. »

Henri Bergson, *L'Évolution créatrice*

1. Dégagez l'idée centrale et les étapes de l'argumentation du texte.
2. Expliquez le concept d'« intelligence fabricatrice ».

III. Exemple de sujet-texte

« Il y a certains philosophes qui imaginent que nous avons à tout moment la conscience intime de ce que nous appelons notre moi ; que nous sentons son existence et sa continuité d'existence ; et que nous sommes certains, plus que par l'évidence d'une démonstration, de son identité et de sa simplicité parfaite. Pour ma part, quand je pénètre le plus intimement dans ce que j'appelle moi, je bute toujours sur une perception particulière ou sur une autre, de chaud ou de froid, de lumière ou d'ombre, d'amour ou de haine, de douleur ou de plaisir. Je ne peux jamais me saisir, moi, en aucun moment sans une perception et je ne peux rien observer que la perception. Quand mes perceptions sont écartées pour un temps, comme par un sommeil tranquille, aussi longtemps, je n'ai plus conscience de moi et on peut dire vraiment que je n'existe pas. Si toutes mes perceptions étaient supprimées par la mort et que je ne puisse ni penser ni sentir, ni voir, ni aimer, ni haïr après la dissolution de mon corps, je serais entièrement annihilé et je ne conçois pas ce qu'il faudrait de plus pour faire de moi un parfait néant. »

Hume, *Traité de la nature humaine*, 1739

Introduction

Alors que Descartes a fait de l'intuition de la conscience – le cogito – la vérité première et le fondement de toute sa philosophie, David Hume, un siècle après, tente de montrer que la réalité substantielle du moi n'est pas certaine parce que le moi se donne dans des consistances perceptives variables. Ce texte du Traité de la nature humaine, daté de 1739, présente quelques arguments critiques fondamentaux. Après avoir, dans une première partie (l. 1 à 4) rappelé certains aspects de la théorie rationaliste cartésienne, qu'il rapproche d'autres théories psychologiques du moi, il en développe la critique en deux temps, en usant d'une méthode empirique. Dans le premier temps (l. 4 à 7) il propose une méthode fondée sur la perception, indiquant qu'elle ne donne accès qu'à des qualités sensibles dans la conscience et non à une substance ; puis, dans un second temps (l. 7 à la fin) il montre que la méthode fondée sur la perception est la meilleure car, si l'on faisait l'hypothèse de la fin de celles-ci, il n'y aurait plus du tout de moi. La conséquence implicite est une thèse modérée : le moi n'est ni substance, ni néant, il est un agrégat perceptif fragile. Mais, là où Hume use d'un critère d'observation, identifiant le cogito cartésien à un fait intime et psychique, Descartes use d'un critère de jugement purement rationnel. Ce dernier doit-il reposer nécessairement sur un critique empirique de sorte que Hume ait véritablement raison contre Descartes ? Le moi n'est-il pas un sujet plus consistant qu'un agrégat perceptif ?

Nous suivrons, pour l'explication, le plan du texte indiqué précédemment.

I. 1re partie. La méthode philosophique introspective conclut à la certitude substantielle du moi

En quelques lignes, Hume synthétise les appréhensions philosophiques les plus substantialiste de la conscience, rapprochant ainsi plusieurs philosophies.

Ces philosophies prétendent entrer dans l'intimité du moi. Le moi désigne le sujet vivant qui s'identifie lui-même. Il s'agit, non d'une essence générale mais de quelqu'un ; non d'un ce que ou d'un quoi mais d'un qui. L'intimité désigne la proximité affective avec une réalité. Il ne s'agit pas seulement d'une proximité physique, comme la continuité entre deux corps physiques, mais d'une interpénétration affective entre deux êtres vivants doués de sensibilité. Le moi est ici une réalité intérieure car l'homme s'éprouve lui-même de l'intérieur et possède un rapport conscient à ce qu'il ressent. Le moi est au moins ce qui fonde cette relation à ce qu'il sent et c'est aussi le résultat de cette appréhension. Par exemple, l'expérience du mécanicien-auto forme son moi au point qu'il puisse dire de lui : « je suis mécanicien », comme d'autres diront : « je suis professeur de philosophie ». Le moi est donc reçu de l'expérience. Mais il établit aussi un rapport à l'expérience, parce que la personne a orienté son expérience de mécanicien en fonction de lui-même. Le moi est ainsi à la fois découvert et produit. En ce sens, partager l'intimité d'un être humain, c'est atteindre à la proximité partagée avec sa manière de sentir le monde et les autres, dont la source est le moi. Or, puisque le moi est intérieur à quelqu'un, et que chacun se trouve à l'intérieur de soi, partageant sa propre intimité, alors chacun pourrait l'appréhender son moi dans l'intimité.

La méthode employée est celle de l'introspection psychologique. Elle donne à « sentir », dit Hume, plutôt qu'à « démontrer ». « Sentir » c'est atteindre une réalité par la perception. Ici il s'agit d'un sens interne et non des sensations externes. La démonstration, en revanche, est : soit un raisonnement valide allant d'une proposition-principe vers une conclusion, cette dernière étant l'objet de la démonstration ; soit l'attestation d'un fait par une méthode expérimentale. Ainsi, la démarche de Descartes dans les *Méditations métaphysiques* (1641) est-elle une démarche expérimentale fondée sur le doute et concluant à la substantialité de la conscience et au grand dualisme entre substance pensante et substance étendue. Plus modestement sur le plan méthodologique, mais non moins fort sur le plan du raisonnement, les aristotéliciens soutiennent qu'il faut un sujet comme suppôt aux perceptions intérieures, une âme comme sujet des facultés sensibles et intellectuelles. Aristote procède par un raisonnement inductif, allant de la perception des impressions sensible à leur faculté et à la source de ces facultés qu'est l'âme. Saint-Augustin ou Platon soutiendront ainsi l'existence d'une âme spirituelle, sujet de toutes les impressions intérieures. Mais, qu'il s'agisse de Descartes ou de Platon, selon l'auteur du Traité de la nature humaine, ce n'est pas par démonstration que les philosophes procèdent, en réalité. Ils seraient plus enclins à une certitude de type psychologique. Descartes achève en effet sa démarche par l'intuition du cogito plus que par sa démonstration. La formule « je pense donc je suis », du Discours de la méthode en 1637, laissant entendre une déduction, est remplacée, quatre ans plus tard, en 1641, dans les Méditations métaphysiques par la formule « je pense, je suis », qui atteste d'une intuition. Pascal écrira que « les principes se sentent », et ainsi Hume soutient que c'est finalement l'introspection psychologique qui est la source des certitudes concernant le moi.

Qu'est-ce qui est donné à sentir dans l'intimité du moi ? Selon Hume, qui interprète ces philosophes, ce qui est appréhendé serait « l'existence et la continuité d'existence » du moi, et encore « la certitude de son identité et de sa simplicité parfaite ». L'existence désigne le fait que le moi existe réellement et qu'il ne serait pas seulement une représentation mentale ou une illusion. Le moi existe alors comme « quelque chose », une substance. Cette réalité est continue. La continuité d'existence désigne la permanence du moi, le fait que ce moi serait identique à lui-même dans le temps. Cette permanence est la conséquence de sa substantialité, certes. Elle est aussi la conséquence de la perception de soi et du fait que, tout acte d'un homme se réfère à lui-même comme sujet et que ses actes lui sont imputés au travers du temps. Ainsi, le moi est-il saisi comme existant et continu par les philosophes de l'intimité. En tant que tel, il semble « simple », c'est-à-dire non composé de diverses impressions. L'identité semble alors, d'après les philosophes de l'introspection, un fait certain, substantiel, durable et pur. Ainsi Hume résume-t-il l'investigation des philosophes de la conscience et les résultats auxquels ils prétendent parvenir. Mais ce qu'ils « imaginent » être ainsi, l'est-il vraiment ? C'est à la critique de leur méthode et de leur perception que Hume s'attaque à la suite du texte. La subjectivité est-elle solidement attestable ?

II. …mais le moi n'est pas une substance, il est une perception

Hume réitère la démarche introspective des philosophes mais pour d'autres résultats. Ainsi il commence par parler de ses investigations à la première personne du singulier : « quand je pénètre… je bute… » de manière à attester d'une expérience. Il privilégie ainsi une démarche expérimentale et empirique sur une démarche rationnelle. La démarche empirique est la seule à pouvoir attester des faits. Il retourne dans l'intimité du moi, entendue comme proximité expérimentale. Qu'observe-t-il ainsi : « une perception particulière », ce qui signifie une sensation, une impression ou un sentiment. Une « perception » et non une réalité substantielle. Dans sa propre intimité se trouvent des impressions multiples : le mal de dent, la joie d'écrire, l'espoir de réussir un bac, la sensation que l'été est chaud, ou que ma feuille est mal éclairée. « Où est le moi ? », demanderait aussi Blaise Pascal ? Ce qui apparaît sont des impressions sensibles. Le moi n'existe pas en moi comme objet empirique à la manière d'une chose concrète comme cette table, cet arbre, cet ami. Or, remarque notre philosophe empiriste, « Je ne peux jamais me saisir, moi, en aucun moment sans une perception et je ne peux rien observer que la perception ». Il signifie ainsi qu'on ne peut attester de la réalité de quelque chose que par une perception. Or, le moi ne se donne pas à percevoir. S'il n'est pas perçu, alors qu'est-ce qui autoriserait à soutenir qu'il est réel, continu et simple ? Mais il en allait ainsi pour Aristote, qui pourtant ne conclut pas comme Hume. Pour le stagirite, la perception intime n'est pas celle d'une chose qui serait le moi, mais l'expérience de l'exercice des facultés sensibles et spirituelles : les sens, l'imagination, la mémoire, les raisonnements, les intuitions, les volitions, etc. S'il conclut à une substance, l'âme, c'est en raison d'un raisonnement inductif qui passe des accidents à leur principe d'unité et d'existence. Puisque toutes ces perceptions sont reliées, elles doivent posséder un principe d'unité vitale qu'on appelle l'âme. C'est bien un tel raisonnement que refuse Hume, demeurant dans l'expérience perceptive : « chaud, froid… amour haine ». En effet, l'induction passe du visible à l'invisible en s'appuyant sur la seule intuition intellectuelle. Mais en quittant le sol de l'expérience l'intelligence s'illusionne et pose l'hypothèse de la réalité d'un sujet séparé, hypostasié, support des différentes facultés. En réalité, dit l'empiriste écossais : « Je ne peux jamais me saisir, moi, en aucun moment sans une perception et je ne peux rien observer que la perception. », et donc le moi est inséparable des perceptions. On ne peut l'induire comme réalité séparée. Comment alors expliquer l'unité vitale de l'expérience et son lien à un moi ? Ce phénomène du lien de toute perception à un moi, Emmanuel Kant le nommait « aperception ». Il indique que le moi se donne comme une relation à ce qui est perçu et non comme une chose. La question rebondit cependant : que serait une relation sans extrêmes réels dans la relation, c'est-à-dire sans un perçu et un percevant ? Le fait d'établir le moi comme relation déplace la question : qu'est-ce qui est mis en relation par ce moi-relation ? Ce pourrait être plusieurs perceptions de sorte que le moi serait le système des relations perceptives, le nom mis sur leurs rapports, une forme d'espace perceptif contenant les perceptions et les rattachant les unes aux autres. Ce ne serait pas une chose mais le rapport entre des données perceptives, un agrégat de ces données,

diraient les bouddhistes. Mais, à nouveau la question rebondit, car le principe de subjectivité résiste : pourquoi ces perceptions se relient-elles sous la forme d'un moi et d'un sujet ? On peut aussi d'étonner d'une formule comme : « je ne peux rien observer que la perception », car qu'est-ce observe sinon un moi ? À ces questions, Hume ne répond pas et se contente de constater que le moi n'est donné qu'au travers de perceptions. Peut-être est-ce un empirisme un peu court.
Le moi découvert par Hume dans une introspection s'avère donc un ordre perceptif et non une substance, comme en jugeaient classiquement les philosophes. C'est parce qu'il reste fidèle à une méthode expérimentale que le philosophe écossais économise les jugements sur des êtres potentiellement fictifs comme le moi. Son raisonnement se poursuit par une confirmation expérimentale, celle du sommeil.

III. Dans l'absence de perception, le moi s'absente, ce qui confirme sa nature

Si l'on considère les états non perceptifs, on peut confirmer que le moi y est absent. Le sommeil est une preuve expérimentale de l'inconsistance du moi. En effet, durant le sommeil, dit Hume dans une formule presqu'hyperbolique, « mes perceptions sont écartées pour un temps [...], je n'ai plus conscience de moi et on peut dire vraiment que je n'existe pas. » Le sommeil est une perte de conscience – non une perte d'être – mais cette perte de conscience constitue un effacement du moi psychique – de l'Ego – dans la mesure où la conscience et l'Ego sont équivalents. La permanence du moi, comme conscience, n'existe donc pas. Toutefois, la question serait de savoir si ce qui est nommé moi est la conscience ou si c'est par l'entremise du fait de la conscience qu'un moi est nommé comme suppôt de la conscience. La conscience est le signe de la personne mais non la personne, au contraire de ce que semble suggérer Hume. De fait, la conscience n'est pas la personne : lorsque Hume s'endort, il perd conscience mais il demeure lui-même comme être personnel. C'est une « personne » endormie. En ce sens, le sommeil est la preuve de la discontinuité du moi psychique, non du moi réel qu'est la personne. Mais Hume joue sur cette confusion.
C'est pourquoi son propos va jusqu'à l'hypothèse de la mort. Comme le disait Épicure dans la *Lettre à Ménécée*, la vie est sensations et la mort, absence de sensation. Donc, lorsqu'on est mort on ne le sait pas, faute de sensation ; par conséquent, disait le disciple du matérialiste Démocrite, « la mort n'est rien pour nous ». De même Hume fait l'hypothèse que la mort « supprime toutes les perceptions », de sorte que le moi disparaîtrait avec elle, et que la mort « ferait de moi un parfait néant ». Si le moi est perception, et si la mort est la fin des perceptions, alors la mort est l'annihilation du moi : le raisonnement est clair. Mais, ce raisonnement indique que la mort est la fin du moi psychique, non de la personne. Si la conscience est signe de la personne, la fin de la conscience est la fin d'un signe non nécessairement de la réalité. En ce sens, l'image du « sommeil de la mort » admet la perte de la conscience et du moi psychique, mais n'indique pas automatiquement la fin du soi. Au contraire, beaucoup de mythes parlent soit de la transmigration du moi spirituel, soit de son jugement final et véritable avec la perte de l'Ego. Ces mythes admettent la distinction entre le moi psychique et le soi

véritable, comme on le constate dans les cultures hindoues, bouddhistes ou bibliques. La fin du moi n'est la fin de soi que si le moi et le soi sont identiques.
Mais Hume parvient-il, par les quelques arguments empiristes dont nous disposons ici, à renverser la métaphysique du sujet ? Il montre que le moi psychique est un agrégat instable de perceptions. Il est lui-même une perception dans la perception, quelque chose comme un « rapport perceptif ». Ce rapport, les bouddhistes l'identifient à un désir et les chrétiens à un attachement. Mais bouddhistes et chrétiens distinguent l'Ego et le cœur ou l'âme de la personne, ce que Hume rejette. En effet, que serait un regard de l'âme sans perception ? Certainement un néant de vie. À moins qu'il s'agisse d'une perception non sensible, à la manière de l'acte propre de l'esprit qui habite les données perceptives et les orientent sans s'y identifier. De fait, la continuité d'un homme ne peut être perceptive. Pourtant les usages sont de nommer quelqu'un de façon constante. Et l'expérience montre que, malgré les discontinuités perceptives, quelqu'un se retrouve toujours plus ou moins dans son histoire trouée. C'est aussi une donnée de l'expérience que Hume n'aborde pas.
Ainsi, il est difficile de conclure de l'absence et de la discontinuité du moi psychique à l'absence d'une réalité de la personne et de sa continuité.

Conclusion

David Hume nous contraint donc à distinguer le moi psychique d'une substance spirituelle. Ce moi psychique est effectivement discontinu et instable. Il n'est qu'un agrégat de perceptions rattachées les unes aux autres par des liens historiques, dont nous n'avons pas ici identifié la nature. En s'attaquant à la vérité du sujet, Hume prétend aller plus loin que Descartes. Là où Descartes voulait renverser la primauté de l'autorité théologique de la scolastique et trouver une vérité première qui soit rationnelle, Hume, en sceptique, va plus loin pour montrer qu'une telle certitude n'existe pas. Son empirisme est plus critique encore que le rationalisme. Cependant, la confusion entre le moi psychique, l'Ego, et le soi ontologique, la personne, est dommageable de sorte que la portée ontologique du texte ne puisse être assurée. Descartes ou Saint-Augustin auraient, à rebours du temps, de belles objections à formuler à Hume.

IV. Réponses

1. La raison peut-elle déraisonner ?

1. Quelle approche pourriez-vous proposez dans l'introduction ?

De façon provocatrice, on dit que « le fou a tout perdu sauf la raison », indiquant par là que la raison pourrait déraisonner. « Déraisonner » n'est pas seulement « errer » au sens d'énoncer des propositions fausses. De ce point de vue il sera admis que l'erreur est humaine et que le sujet rationnel peut se tromper. Encore faut-il savoir pourquoi cependant. « Déraisonner » c'est plus l'idée d'un obstacle épistémologique au sens de Bachelard, c'est-à-dire un obstacle interne à l'usage de la raison, qui l'aveuglerait sur la vérité et la conduirait à se tenir durablement dans des illusions ou des erreurs en s'appuyant sur des critères rationnels.

2. Quelle alternative proposée, avec quelles références ?

De fait, la raison peut errer, au sens de l'errance et de l'erreur. Réfléchissant sur les causes de l'erreur, Descartes identifie la précipitation comme sa cause majeure. Ainsi, voulant trop rapidement identifier ce qu'est le nuage de poussière sur la route au loin, on dit que c'est une voiture alors que c'est un buisson porté par le vent. Dans la quatrième des *Méditations métaphysiques* (1641), Descartes affirme que c'est la volonté qui porte la raison à l'erreur et non elle-même. Il garde sauve la capacité de la raison à discerner entre le vrai et le faux, et donc à ne jamais déraisonner. La folie serait le contraire de la raison.

Pourtant, certaines œuvres rationnelles sont folles. Ainsi, les organisations totalitaires nazies et communistes extrêmement rationnelles se sont avérées dépourvues d'humanité et finalement de raison. On peut parler justement de la « folie du troisième Reich ». Elle s'est avérée non seulement dans les meurtres de masses mais aussi dans son enfermement idéologique le conduisant à l'échec. La logique totalitaire, rigoureusement décrite par Hannah Arendt dans Les Origines du totalitarisme (1951), est rationnelle mais déraisonnable. Les dignitaires nazies ne cessaient d'être rationnels et logiques avec leurs principes mais ils s'avéraient fous, incapables de percevoir leur propre perversité et la réalité sous leurs yeux. La raison, en partant de principes erronés (ceux du nazisme ou du communisme ici) peut errer quant au réel en s'aveuglant elle-même.

3. Quelles questions problématiques envisager ?

Dans la troisième partie, on pourrait viser quelques enjeux :

- À quelles conditions peut-on s'assurer d'un bon usage de la raison ?
- À quelles conditions la raison peut-elle critiquer ses propres déraisons ?
- Faut-il disqualifier la raison de sa mission de dire la vérité ? Quelle instance alors faudrait-il qualifier ? Et par quelle autorité ?
- N'attend-t-on pas trop des pouvoirs de la raison ? Ne faudrait-il pas parvenir à une compréhension modeste de la raison ?

2. « Pourquoi faut-il raison garder ? »

1. Quel proverbe trouver pour l'approche du sujet et sa justification ?

À celui qui se trouve en situation de danger ou de désordre, lorsque ses passions se déchaînent, on dit proverbialement qu'il doit « garder la tête froide » ou encore qu'il doit « raison garder ». S'il faut garder la raison c'est sans doute qu'elle semble une référence indépassable en matière de valeur. S'il s'agit de la « garder » la raison, c'est qu'elle peut être menacée ou perdue, et qu'il faudrait le conserver. Qu'est-ce donc qui la menace ? Et pourquoi faudrait-il la conserver plutôt que de l'enrichir ou d'y renoncer pour une valeur supérieure ou différente ? Qu'y a-t-il de raisonnable dans la valeur de la raison ?

2. Quel plan proposer ? Selon quelle argumentation ?

Il faut raison garder par conservatisme.

La raison c'est un ordre habituel mis par les hommes et qui, à cause de cette convention, possède une valeur. C'est la loi, la culture, les coutumes. « Raison garder » se justifie comme acte de conservation d'un ordre et de sa justification. Le conservatisme s'est toujours donné comme plus rationnel que le progressisme, qualifié aisément de « folie », ou de « menace » contre l'ordre établi. La raison s'exprime donc comme un ordre normatif fixe, mais est-ce toujours un bien raisonnable que de le suivre ?

Il faut raison garder par progressisme.

La raison est facteur de progrès. Changer est parfois une exigence rationnelle. Vouloir rester par exemple en référence avec l'idéal de la culture classique du XVIIe n'est pas raisonnable parce que les circonstances ont changé. Le conservatisme n'est pas raisonnable parce que la rationalité est évolutive. La raison est même, par essence, une puissance dialectique, montre Hegel dans la *Phénoménologie de l'Esprit* (1807), capable d'opérer son propre dépassement (Aufhebung) en demeurant elle-même. Garder raison n'est pas conserver le même état fixe de la raison, de sorte que des révolutions politiques ou scientifiques peuvent engager des changements de paradigmes. Mais peut-on juger de ce changement raisonnablement ? Comment ne pas sombrer dans l'irrationalisme ?

Il faut raison garder par prudence, et aussi par l'exercice permanent du jugement et par devoir de conscience.

La raison est un ordre objectif mais aussi un ordre subjectif. La raison n'est rien sans ma raison. La raison existe dans une conscience de soi. Dans les changements révolutionnaires, raison garder c'est changer en maintenant une exigence morale et une exigence de vérité. La raison est alors une vertu, la vertu de prudence selon Aristote, qui conserve l'ordre de la vie, ses équilibres, la hiérarchie des valeurs lorsque les passions et la folie la menacent. Elle se présente comme volonté, c'est-à-dire « désir rationnel », puissance active capable de dominer ou contrôler des forces. Elle se maintient au milieu du désordre comme le risque de sa propre conscience contre la perception de la folie. « Garder raison » c'est alors seulement garder ce qu'il y a d'humain en l'homme, lorsqu'il est raisonnable de tout recommencer.

3. Dissertation : « Peut-on être soi-même ? »

1. Remplissez le tableau suivant.

	Partie I	Partie II	Partie III
Réponse formulée	Le soi semble une réalité à laquelle on peut coïncider.	Mais le soi s'avère une apparence sociale à laquelle chacun peut coïncider par convention	Pourquoi vouloir l'existence d'une identité consistante ? C'est pour construire une responsabilité qu'on souhaite se référer à une identité.
Référence directrice accompagnée d'une citation clé	Descartes : « Je pense donc je suis ».	Blaise Pascal : « On n'aime jamais personne, seulement des qualités ».	Sartre : « Autrui est un médiateur entre moi et moi-même ». Paul Ricœur.
Argument 1, formulé par une phrase et accompagné d'un exemple. Il met en situation la réponse	Le soi est une réalité substantielle à laquelle se réfèrent toutes les qualités du sujet. Ex : Socrate est grec, philosophe, etc.	Le soi n'est jamais perçu directement : « il n'est ni le corps, ni l'âme ». Ex : l'expérience de l'amour	Le soi est le résultat d'un processus éthique. Ex : la filiation.
Argument 2, formulé par une phrase et accompagné d'un exemple. Il indique la raison principale fondant la réponse	C'est en doutant de tout ce qui le constitue que le soi émerge comme *cogito.* Ex : le *cogito cartésien.*	Même le soi intérieur, le *cogito,* est l'objet d'une construction langagière et donc d'une convention. Ex : Pascal *vs* Descartes	Être soi-même c'est situer la réalité du soi dans l'intersubjectivité pour identifier une responsabilité. Ex : Ricœur.
Formulation de la conclusion avec argument principal	Le soi s'avère une *res cogitans,* une chose qui pense.	La *res cogitans* est une construction conventionnelle.	Être soi-même c'est prendre une responsabilité devant autrui dans la société.

2. Rédigez l'introduction du devoir.

La société des droits de l'individu et le libéralisme économique ne cesse de se référer à un sujet consistant, capable de penser et d'être responsable devant la loi ou les assurances. Être soi-même, un sujet libre et pensant, repose spontanément sur la perception intérieure que nous aurions d'être un « moi », une chose pensante, comme la nommait Descartes. Mais le moi est-il vraiment consistant ? Nous ne pouvons jamais l'exhiber comme une chose. Il semble une apparence, comme le suggèrent Blaise Pascal, Hume ou Nietzsche. En ce sens, a-t-on le pouvoir d'être soi-même si le soi n'est pas une réalité ? Et pourquoi vouloir se référer à l'idée d'une identité consistante ? D'où vient le désir d'une identité de référence ? N'est-ce pas de l'exigence d'une relation sociale responsable ?

3. Rédigez le paragraphe n° 6 en introduisant la référence directrice.

Le soi n'est jamais perçu directement. En effet, le soi ne se donne jamais, ni dans l'expérience objective, ni dans l'expérience intersubjective. Prenons l'expérience de l'amour. Les amants croient spontanément s'aimer l'un l'autre, pour eux-mêmes. L'aveu du « je t'aime » prétend viser un « je » et un « tu » qui deviendraient transparents l'un à l'autre et objet d'une adhésion volontaire. Pourtant, cette femme dit aimer un beau jeune homme, mais la petite vérole qui bientôt ravagera son visage, dévastera aussi son amour. Il en va de même de ses qualités morales qui sont soumises aux variations des circonstances et proviennent d'un processus social d'éducation. Blaise Pascal conclut cette analyse par une formule forte : « on n'aime jamais personne mais seulement des qualités ». Ces qualités ne sont pas la réalité substantielle, le soi, mais ce qui se manifeste dans l'apparence. Donc, le soi n'est pas une chose pensante donnée dans une expérience directe mais une apparence sociale.

4. « N'y a-t-il de vérité qu'établi par la science ? »

1. Proposer un plan problématique.

1. La science vise un savoir du monde, un savoir non métaphysique.
2. Il existe un ordre de vérités non mondaines qui sont inadéquates à la vérification expérimentale.
3. Plusieurs vérités peuvent-elles coexister dans des ordres différents ? La vérité est-elle une ?

2. Proposer une introduction problématique.

« La vérité scientifique sera toujours plus belle que les créations de notre imagination et que les illusions de notre ignorance », écrivait le célèbre médecin expérimentateur Claude Bernard au XIXe siècle. Elle exprime l'attachement que la culture moderne a pour la science et le mépris légitime qu'elle a pour l'ignorance et l'illusion. Mais cette formule est aussi une construction rhétorique car elle suggère que la science aurait le monopole de la vérité et que toute autre prétention à la connaissance serait mensongère, ce qu'on appelle le « scientisme ». Or l'art, la religion, la politique, la philosophie prétendent aussi à des expressions authentiques de la vérité, qui se différencient de la méthode scientifique, et ne la prennent pas pour modèle. Quelles raisons ont-elles de penser ainsi ? Si la méthode scientifique veut établir des faits à partir d'une méthode rigoureuse – ce qu'on nomme la « méthode expérimentale » depuis Claude Bernard – peut-on prétendre énoncer une vérité, c'est-à-dire une connaissance valide, certaine et exacte de la réalité, sans la méthode expérimentale ? Cette dernière connaît-elle des limites de sorte que certains objets ne se prêtent pas à son investigation ou encore qu'elle-même repose sur des vérités d'un autre ordre ? Y aurait-il ainsi, ce que Blaise Pascal au XVIIe nommait, des « ordres de vérités » ? Ou bien, comme le scientisme le voudrait, toute vérité digne de ce nom ne peut-elle être que scientifique ? Finalement, la vérité doit-elle être une ? Le principe de son unité serait-il méthodologique ?

Dans un premier temps nous établirons, avec Plotin, que la science vise une connaissance du monde sensible ; ainsi, dans un second temps nous en tirerons la conséquence, avec Kant, qu'existe la place pour d'autres vérités de nature spirituelles, politiques et morales, qui se donnent sur d'autres modalités que celle du savoir de type scientifique, tout en méritant le titre de « vérité » ; enfin, nous établirons, avec Pascal, la possibilité d'une coexistence de vérité de natures différentes en nous interrogeant sur l'unité du domaine de la vérité.

N.B. : le plan est ici problématique. Il est donc annoncé.

5. Texte de Bergson

1. Dégagez l'idée centrale et les étapes de l'argumentation du texte.

Bergson nous éveille au lien qui existe entre la capacité de l'homme à fabriquer des outils et la guerre. Le raisonnement du texte suit un ordre génétique, c'est-à-dire qu'il part de l'analyse de « l'intelligence fabricatrice », considère les conséquences de cette activité (la propriété puis la guerre), et s'achève à l'idée que « la guerre est naturelle », mais il ne part pas du fait de la guerre pour remonter à ses causes.

Le premier terme de son raisonnement est que « la nature a doté l'homme d'une intelligence fabricatrice ». L'appellation « la nature » consiste en une personnalisation permettant le constat d'un fait : l'homme a la faculté de fabriquer des outils. À la différence des autres animaux dont le corps est un instrument suffisant à satisfaire leurs besoins, comme la conformation des pattes de la taupe pour creuser des galeries, l'homme possède un corps nu, sans défense naturelle forte. Pour satisfaire ses besoins, se défendre contre la nature, et la plier à ses désirs il possède l'intelligence et prolonge son corps par des outils : un couteau pour couper, du feu pour se chauffer et transformer des matériaux, etc. Mais l'intelligence, si elle est bien un fait naturel, semble destinée à une autre fonction qu'animal, c'est-à-dire qu'elle ne semble pas être uniquement dans le prolongement des besoins instinctifs, comme le montrent ses développements artistiques, philosophiques ou religieux. La vision de Bergson apparaît donc restreinte.

Le rapport de l'homme à l'outil qu'il a fabriqué est un rapport de propriété, « au moins pendant qu'il s'en sert » ajoute Bergson. L'existence de la propriété découle en ce sens du fait de l'intelligence fabricatrice de deux façons. Bergson insiste sur la première : la propriété est un fait matériel, puisque l'homme « se sert » de ses outils. On pourrait ajouter à ce fait l'idée juridique d'un droit de propriété car l'homme a conscience de l'outil qu'il utilise comme étant le fruit de son travail, et donc de l'outil comme son outil. Par conséquent ce second moment établit que la propriété est naturelle.
Le troisième moment de l'argumentation se prend de l'analyse de la nature de l'outil. En effet, à la différence de l'organe animal (griffes, etc.) l'outil d'un individu n'est pas une partie de cet individu mais est « détaché de lui ». Si on dit que l'outil est sa propriété, ce n'est pas à titre organique, comme un bras ou une jambe, mais en référence au travail qui l'a façonné. L'outil possède une objectivité telle qu'un autre que son propriétaire puisse l'utiliser. En ce sens le vol de l'outil est possible. Cependant le vol d'une personne semble aussi possible, ainsi que le désir de la dominer : on l'appelle l'esclavage ; là encore la pensée de Bergson s'avère restreinte.
En quatrième lieu Bergson montre que le vol sera réalisé nécessairement à cause de deux défauts appartenant à la nature humaine : la paresse et la convoitise. La paresse empêche d'aimer ce don de fabrication, à cause des efforts du travail à accomplir. La convoitise fait désirer le bien de l'autre comme un moindre effort ; voler un outil serait plus facile que de le réaliser. La convoitise est d'autant plus forte que les outils servent à dominer une matière ou un territoire « de chasse ou de pêche », et l'enrichissent par la culture. L'alliance de la paresse et de la convoitise, du fait de la nature de l'outil, engendre la guerre. L'outil, les techniques en général, semble donc le point focal des guerres, dès lors qu'elles sont des propriétés assurant d'autres propriétés.
L'auteur conclut alors, en résumant son développement, que « la guerre est naturelle ». Voici son raisonnement : puisque l'origine de la guerre est la propriété ; puisque la propriété naît de *parrêsia* l'existence d'objets fabriquées ; puisque la capacité à fabriquer des objets (l'intelligence fabricatrice) est naturelle ; alors la guerre est naturelle.

2. Expliquez le concept d'« intelligence fabricatrice ».

Le concept d'« intelligence fabricatrice » est présent dès la première ligne du texte. C'est un concept essentiel de la compréhension anthropologique de Bergson.
Littéralement l'expression « intelligence fabricatrice » désigne la capacité intellectuelle à fabriquer des objets. Bergson parle de l'intelligence comme étant la source de cette capacité et non par exemple de l'imagination ou de la volonté parce que la notion même du rapport d'un moyen à une fin, c'est-à-dire d'un outil à une œuvre, relève de l'intelligence, et suppose la faculté d'abstraction. Cette capacité apparaît comme une caractéristique de l'homme qui le différencie des animaux.
De plus la conception d'un projet technique relève de l'intelligence. Marx notait ainsi qu'à la différence des abeilles construisant leur ruche, l'architecte construit d'abord la cellule dans sa tête avant de la réaliser matériellement. L'intelligence rend possible le

projet comme principe de toute réalisation. Le projet introduit alors une distance entre l'individu et la nature. C'est ce qui permet à l'homme de dominer la nature.
Par ailleurs, l'intelligence seule donne la faculté d'adaptation présupposée par le fait technique. Les techniques humaines en effet progressent, s'enrichissent et se perfectionnent en fonction des besoins et des variations du milieu du travail. C'est pourquoi la source de la fabrication est l'intelligence.
L'adjectif « fabricatrice » indique le fait que l'intelligence peut se servir de l'imagination et mouvoir la volonté pour créer un projet et le réaliser. Le qualificatif veut permettre de différencier le sens qu'à Bergson de l'intelligence par rapport aux anciens qui la définissent comme une capacité contemplative (Platon) ou morale (Kant).

On comprend donc l'importance du concept d'« intelligence fabricatrice » pour Bergson. Si l'intelligence est ce qui spécifie l'homme ; et si l'intelligence est définie par sa capacité fabricatrice ; alors, la définition spécifique de l'homme pour le philosophe français est : *homo faber*. Toute une anthropologie découle donc de cette caractérisation.

Achevé d'imprimer en mars 2021
N° d'impression 2009.0103
Dépôt légal, mars 2021
Imprimé en France